독을 품다

독을 품다

초판 1쇄 찍은 날 | 2015년 9월 7일
초판 1쇄 펴낸 날 | 2015년 9월 15일

지은이 | 적영
펴낸이 | 예경원

편집 | 유경화

펴낸곳 | 예원북스
등록번호 | 제396-2012-000132호
등록일자 | 2012. 7. 25
YRN | 제1-0116호

주소 | 경기도 고양시 일산동구 무궁화로 8-28 삼성메르헨하우스 1118호 (우) 410-837
전화 | 031-819-9431 팩스 | 031-817-9432
http://cafe.naver.com/yewonromance
E-mail | yewonbooks@naver.com

ISBN 979-11-5845-016-8 03810

※ 이 도서의 국립중앙도서관 출판시도서목록(CIP)은 서지정보유통지원시스템 홈페이지(http://seoji.nl.go.kr)와 국가자료공동목록시스템(http://www.nl.go.kr/kolisnet)에서 이용하실 수 있습니다.

독을 품다

YEWONBOOKS ROMANCE STORY

적영 장편 소설

예원북스

독을 품다

C · O · N · T · E · N · T · S

프롤로그

"웬만하면 내 눈에 띄지 마. 나도 네 눈에 안 띌 테니까."

그런 차가운 말을 던지고 돌아섰다. 매정하게, 조금의 망설임도 없다는 듯이.

우빈은 머리를 뒤로 기대며 아직도 손에 잡힐 듯이 선명한 열여덟의 그날을 떠올렸다. 그 뒤로 어땠더라? 어떻게 살았더라…….

꽤 긴 시간이 부평초처럼 흘렀다. 아무것도 생각하기 싫어서 공부에 전념했고, 미국에 있는 대학교에 진학했고, 군 입대를 위해 한국으로 돌아왔을 때도 그 녀석을 의도적으로 피했다. 그리고 제대하자마자 다시 미국으로 날아갔다.

그사이, 녀석은 틈만 나면 그를 만나러 와서는 매번 상처받은 얼굴로 돌아갔다.

그사이, 그는 여러 여자들을 거치며 그날을 잊기 위해 발버둥쳤다.

그리고 거짓말처럼 아버지와 녀석의 어머니가 이혼했다.

아버지가 전화로 그 소식을 알렸을 때 우빈은 마침내 자신에게 평화가 찾아왔다고 생각했다. 아니, 그럴 거라 여겼다. 이제 녀석은 그를 찾아올 명분을 잃었고, 더는 한 지붕 아래서 어색하게 마주칠 일 따윈 없을 테니까.

우빈은 도리질하며 미간을 찌푸렸다. 그 좋다는 교육을 다 받고도 그토록 멍청했던 자신이 얼마나 한심한지……. 근 13년간 계속된 악몽이 고작 부모들의 이혼으로 하루아침에 사라지겠는가?

"손님, 괜찮으십니까?"

객실에서 대기하던 승무원이 우빈에게 다가와 조심스레 물었다. 안색이 어두워진 그가 행여 불편한 곳이라도 있는지 신경 쓴 모양이었다.

"괜찮아요. 물 한 잔만 가져다주세요."

우빈은 입 끝을 희미하게 올리며 대답했다. 한국에 가까워질수록 목이 타는 건 사실이었다. 아니, 그 녀석과 가까워질수록 목이 탄다고 해야 할까? 그는 승무원이 가져다준 물을 단숨에 들이켰다.

하지만 이제 피하는 것도 지쳤다. 단지 외면하는 방법으로는 이 악몽을 끝낼 수 없다는 사실을 깨닫기까지 10년이 넘게 걸렸다.

'그러니까 전력을 다해 부딪쳐 보는 수밖에.'

설사 그래서 파멸한다 할지라도 최소한 지금보다는 나을 것이다. 혹시 아는가? 자꾸 부딪치고 맞닥뜨리다 보면 공포심이 사라지는 트라우마 치료처럼 녀석을 보는 게 아무렇지도 않아질지.

우빈은 몸을 뒤로 기대며 좌석의 등받이를 한껏 젖혔다. 한국까지는 앞으로 다섯 시간 남짓. 그 땅에서 벌어질 전쟁 같은 일들을 떠올리면 이 다섯 시간이 그에게 남은 유일한 평화일지도 모른다.

그는 억지로라도 잠을 청하기로 했다. 분명 또 악몽을 꾸겠지만 상관없었다. 곧 그 악몽이 전부 현실이 될 테니까.

1. 악몽에 젖다

꿈의 내용은 항상 똑같다.

그는 등을 보인 채 걸어간다. 뒤돌아보는 법 없이, 멈춰 서지도 않고 계속. 재인은 그의 이름을 부르며 소리치고 울부짖고 애원한다. 하지만 소용없다. 마치 그날처럼, 꿈속의 재인은 서럽게 눈물을 흘린다. 어린아이처럼 꼼짝도 안 하고 울기만 하다 알람도 없이 잠에서 깨어난다.

꿈에서 깨고 나면 늘 두 가지 기분이 동시에 들었다. 첫째로 그 녀석이 여전히 죽도록 밉고, 둘째로 아직도 이러는 자신이 끔찍하게 싫다.

"정말 발전이라곤 없어, 신재인."

날씨도 좋은 새 아침이 밝았건만, 재인은 눈을 뜨자마자 한숨을 푹 내쉬었다. 한동안 잊고 있었는데 왜 또 시작인가? 이놈의 무의식은 지치지도 않는 거야?

"이게 다 노민혁 때문이야!"

괜히 회사 앞으로 찾아와 밥을 사겠노라며 깐족거릴 때 따라가는 게 아니었다. 밥만 사고 냉큼 사라질 일이지, 쓸데없이 옛날 얘기는 왜 꺼내가지고 악몽까지 꾸게 만들어?

재인은 덮고 있던 이불을 휙 걷어치우며 다리를 침대 밖으로 내밀었다. 차라리 어서 샤워하고 정신이나 차려야겠다. 평소보다 한 시간은 일찍 출근하게 생겼지만, 괜히 마음 뒤숭숭하게 침대에 누워 뒹구는 것보다 그편이 나을 성싶었다.

느릿하게 몸을 일으킨 재인은 어깨 밑으로 길어버린 머리카락을 매만지며 욕실로 터덜터덜 향했다. 그때, 난데없이 문자 알림음이 경쾌하게 울렸다.

"이 시간에 누구야?"

재인은 걸음을 멈추고 책상 위에 놓인 핸드폰을 집어 들었다. 내 주변에 아침 6시부터 연락할 사람이 있었던가? 그녀는 문자 내용을 확인하자마자 인상을 절로 찌푸렸다.

「굿모닝, 레이디? 퇴근하자마자 데리러 갈 테니까 도망칠 생각 마라.」

"이 자식이 진짜 보자 보자 하니까!"

밉다 밉다 하니 아주 미운 짓을 골라서 하는구나, 노민혁!

재인은 핸드폰을 책상에 던지듯 내려놓으며 신경질적으로 머리카락을 마구 흩트렸다. 저 때문에 잊고 있던 악몽이 되살아난 것만으로도 사형감인데 매를 사정없이 번다. 분명 재인이 그 자리에 가는 걸 얼마나 싫어하는지 알면서 일부러 이러는 걸 테다.

인상을 팍팍 쓰던 재인은 내려놨던 핸드폰을 다시 집어 간단히 두 글자를 친 후 전송 버튼을 눌렀다.

「꺼져.」

그리고 개미 눈물만큼 후련해진 기분으로 다시 욕실로 향했다.

"네가 이러는 이유를 모르겠다."

재인은 눈을 치뜨며 앞을 가로막고 선 장신의 남자를 쏘아봤다. 185센티미터가 넘는 키로 깔끔한 블랙 슈트를 차려입은 그는 지나가는 여자들이 한번쯤 힐끔거릴 만큼 근사한 수컷이었지만, 재인에게는 단지 오늘 제일 마주치기 싫은 인간이었다.

"오빠가 동창회 파트너 좀 해달라는데 뭘 그리 튕기냐? 친절하게 두 번이나 얘기해 줬구만."

민혁이 빙글거리며 천연덕스럽게 대꾸했다. 재인이 도망갈까봐 일부러 일찍 퇴근해 회사 입구에서 진을 친 터였다.

"너 같은 오빠 둔 적 없고, 네가 뭐래도 난 안 가."

재인은 단호하게 쏘아붙인 후 방향을 오른쪽으로 틀었다. 그러자 민혁도 잽싸게 발을 왼쪽으로 놀려 다시 그녀 앞을 막아섰다.

"에헤이! 이 오빠가 꼭두새벽부터 모닝콜하고 여기까지 찾아온 보람이 없잖냐? 같이 가자 좀."

굴하지도 않고 꿋꿋하다. 재인의 목청이 한층 더 높아졌다.

"안 간다고! 그리고 너 한 번만 더 그 시간에 문자질 하면 번호 차단할 줄 알아!"

이렇게까지 독이 오른 모습은 꽤 오랜만이다. 정말 어지간히 가기 싫은 모양이다. 민혁은 한숨을 내쉬며 한 발 뒤로 물러서서 말했다.

"좋아. 그런데 오늘 안 가면 너 후회해."

"후회 안 해. 거기 가면 후회하겠지."

재인이 지지 않고 맞받아쳤다. 남들은 들어가지 못해서 안달하는 특권층을 위한 모임이건만, 재인은 그곳에만 다녀오면 속이 얹혀 부글거렸다. 가장 괴로웠던 시절을 지켜본 이들이 모두 거기 있으니까. 그리고 노민혁도 그중 한 사람이었다.

"아니, 후회해. 네가 모르면 안 될 정보가 있거든, 거기에."

민혁이 입매를 비뚜름하게 올리며 단언했다. 원래 끈질긴 성격이지만 이렇게까지 하는 걸 보니 의심이 든다. 재인은 미심쩍다는 목소리로 추궁했다.

"왜, 검찰에서 우리 회사 조사라도 나온대?"

"그 회사에 털어갈 게 뭐가 있다고 검찰이 뜨냐?"

은근히 무시하는 투로 들린다. 재인은 이마에 핏대를 세우며 소리쳤다.

"그럼 됐네!"

"에헤이!"

그대로 앞을 향해 돌진하려는 재인을 민혁이 온몸으로 막아서며 어깨를 붙잡았다. 꼭 좋아하는 여학생을 괴롭히는 초등학생 같다.

더 이상은 못 참겠다. 재인은 미간을 한껏 찌푸리며 짜증을 팍 부렸다.

“이거 안 놔? 경찰에 신고라도 해줘? 너 대체 왜 이래?”

“네가 거기 가야 하니까.”

민혁이 장난기를 전부 지우고 낮은 음성으로 대답했다. 갑작스러운 태도 변화에 재인은 말없이 그를 쏘아봤다.

“오늘만이야.”

민혁이 잡고 있던 어깨를 놓으며 말했다.

“같이 가면 원하는 걸 한 가지 들어주지. 그러니까 오늘만 가.”

“……네가 왜 이러는지 모르겠지만.”

잠시간 민혁을 노려보던 재인이 마지못해 입을 열었다.

“좋아, 가. 대신 그 약속 지켜.”

민혁은 대답 대신 빙긋 웃으며 뒤로 물러나더니 옆에 세워둔 차로 가서 조수석 문을 열었다. 재인은 머리를 좌우로 흔들고는 투덜거리며 차에 올라탔다.

“내가 운전을 못하는 게 천추의 한이다. 차를 가져왔으면 너랑 마주칠 일도 없었는데.”

“그러면 다른 방법을 썼겠지. 오빤 항상 네 위에 있다.”

민혁이 조수석 문을 닫고는 운전석에 올라타며 대꾸했다. 언제 진지했냐는 듯이 얄미운 어투다. 재인은 손바닥으로 그의 허벅지를 짝 소리 나게 때렸다.

“아파! 넌 계집애가 손도 매워!”

민혁이 비명을 지르며 몸서리쳤다. 엄살이 아니라, 재인은 여자치고 손바닥 힘이 꽤 세서 한 대 맞으면 붉게 자국이 남았다. 재인은 그걸 알면서도 봐주지 않고 민혁을 타박했다.

"알면 매 좀 그만 벌어! 빨리 출발해. 후딱 갔다 오게."

"네네, 마님."

이 계집애 성격상 또 긁었다가는 차에서 내릴 게다. 민혁은 져주자는 마음으로 고개를 주억거리며 차를 출발시켰다. 어쨌든 같이 가는 건 성공했지 않은가? 거기서 무슨 일이 벌어질지는 모르겠다만.

'그래도 확인해 보고 싶단 말이지.'

마치 안 된다는 걸 알면서도 열고 싶어 미치겠는 판도라의 상자처럼.

민혁은 입매를 비뚜름히 올렸다.

소공동 호텔 헤라 본관 2층 연회장. 실랑이가 길어져서 그런지, 모임 시간이 빨라서 그런지는 모르겠지만, 재인이 민혁과 도착했을 때는 이미 졸업생들 대부분이 동창회에 참석해 삼삼오오 모여서 담소를 나누고 있었다.

재인은 숨을 크게 한번 들이마셨다 내쉬고는 민혁의 안내를 받으며 연회장 안으로 들어갔다. 이 자리에 얼굴을 내비쳤던 적이라고는 한 번뿐인 재인을 본 동창들이 수군거리는 게 눈에 빤했다.

"이래서 더 싫었어. 너네 호텔에서 한다는 말은 왜 안 했어?"

재인이 옆에 있던 민혁에게 소곤소곤 따졌다. 민혁은 그게 뭐 대수냐는 투로 반문했다.

"말하면 뭐가 달라져? 그리고 나도 인맥 관리는 해야지."

"그래, 너 잘났다."

대한민국 정재계의 주요 상속자들이 거의 다 모인 거나 마찬가지니 딱히 반박할 말은 없었다. 태어났을 때부터 부모가 손에 금숟가락을 들려준 사람들. 굳이 따지자면 재인도 그와 같은 부류지만, 그녀는 여기 모인 이들이 자신의 집안을 낮잡아본다는 걸 알고 있었다. 엄마가 두 번째 이혼을 한 후로는 더더욱. 그래서 오히려 인맥 관리를 해야 할 사람은 자신일 테지만, 배알이 뒤틀려 못하겠는 건 자존심 때문일까? 아니면 엄마 말대로 아직 하수라 그런 걸까?

"인상 펴라. 저녁이라도 먹든가."

민혁이 미간에 주름을 잔뜩 드리우곤 꼼짝도 안 하고 서 있는 재인에게 핀잔을 줬다. 그래도 왔으니 당당하게 누벼야지.

"지금 먹으면 체해."

재인은 웨이터가 쟁반에 받쳐 들고 가던 샴페인 한 잔을 집어 들며 대꾸했다. 그리고 벌컥벌컥 단숨에 들이켰다.

"아무리 약한 술이라도 그렇게 마시면 취한다."

갑자기 주당이라도 된 듯한 재인의 행동에 민혁이 나무라듯 말했다. 그러든 말든, 재인은 태연하게 빈 잔을 내려놓고는 또 다른 잔을 집어 들었다.

"제정신으로 집에 갈 테니까 걱정 말고 다른 데로 가보셔. 인맥 관리한다며."

그러고는 또 홀짝홀짝 샴페인을 들이켜는 것이었다.

아무래도 안 되겠다. 민혁은 재인이 든 샴페인 잔으로 손을 뻗었다.

"그거 이리 내고……."

"어머, 이게 누구니?"

유독 또각거리는 하이힐 소리와 함께 때맞춰 들린 새된 음성에 재인과 민혁의 시선이 동시에 돌아갔다. 몸에 착 들러붙는 화려한 은색 드레스를 차려입고서 긴 머리칼을 돌돌 말아 아래로 내려뜨린 여자가 한 걸음 한 걸음 다가오더니 두 사람 앞에 섰다.

안 그래도 왜 안 오나 했다. 재인은 눈을 가늘게 뜨며 인사를 건넸다.

"오랜만이다, 박미주."

"그래, 신재인! 너무 오랜만이지? 나는 네가 하도 안 보여서 어디 동굴에라도 들어간 줄 알았지."

계속 동굴 속에나 박혀 있지, 뭐 하러 나타난 거냐는 뜻이 역력하다. 재인은 피식거리며 다시 샴페인을 홀짝였다.

"그나저나 오랜만에 왔으면서 옷차림이 그게 뭐니? 어디 상갓집에라도 다녀왔나봐?"

재인이 별다른 반응이 없자, 미주가 한쪽 눈썹을 위로 올리며 다시 입을 열었다. 모처럼 동창회에 등장했으면서 어둡고 평범하기 짝이 없는 검은 정장을 입고 온 재인을 비꼰 것이다.

이쯤 되면 대답은 해주는 게 예의. 재인은 입매를 부드럽게 휘며 화답했다.

"퇴근길에 갑자기 노민혁에게 잡혀왔거든. 미처 시상식용 드레스를 입을 시간이 없었네?"

예상대로 미주의 미간에 주름이 잡혔다. 여전히 박미주에겐 노민혁이 취약인 모양이었다.

"그래, 민혁이가 이번 모임 주최자라 은둔하던 너까지 챙겼나 보네."

미주는 애써 주름을 펴며 태연을 가장했다. 그러곤 입 끝을 비틀어 올리며 곧바로 공격에 들어갔다.

"그런데 너, 오늘 괜히 온 게 아닐까? 아마 보기 싫은 사람을 보게 될 텐데. 아니, 널 보기 싫어하는 사람이려나?"

"어머, 그런 사람이 또 있어?"

재인은 일부러 '또'를 강조하며 샴페인을 한 모금 마셨다.

더 이상은 안 되겠다. 민혁이 두 사람의 대화를 자르고 나섰다.

"그만 식사나 하지? 쉐프한테 특별히 신경 써서 준비하라고 일렀는데 맛은 봐야지."

"이미 맛봤어, 민혁아. 아주 훌륭하더라. 그런데 이왕 왔으니까 신재인도 알아야 하지 않겠어? 그래야 피하든 만나든 하지."

"그 자식이 진짜 왔어?"

미주의 말뜻을 알아챈 민혁이 낮게 물었다. 미주는 들으라는 듯이 높은 음성으로 대꾸했다.

"응, 왔더라. 너희 오기 전에 인사도 했어. 더 근사해졌던걸?"

"누가 왔는데?"

대화 내용이 심상치 않음을 느낀 재인이 건조한 어조로 껴들었다. 그러자 민혁은 차갑게 눈을 빛내며 영문 모를 질문을 던졌다.

"너, 나 원망할 거냐?"

"알아듣게 말해!"

"벌써 여기로 왔네."

재인은 민혁에게서 시선을 돌려 다시 미주 쪽을 봤다. 민혁만큼이나 키가 큰 한 남자가 미주 옆으로 다가와 섰다. 그의 얼굴을 확인한 순간, 재인은 그대로 굳어버렸다.

"잘 지냈어?"

남자가 어렵사리 입술을 떼어 먼저 인사를 건넸다. 그의 눈은 오직 재인만을 향해 있었다.

하지만 재인은 커다래진 눈매로 그를 쳐다보기만 할 뿐 아무 대꾸도 할 수 없었다. 꼭 전기에 감전된 사람처럼 두뇌 활동이 멈춰버렸다.

남자는 잠시 기다리더니 결심한 듯이 다시 입을 열었다.

"여기 오면 널 만날 수 있을 거라 생각했어. 나랑……."

"난 오늘 여기 안 왔어."

재인은 고개를 홱 돌리며 다급히 말을 토해냈다. 자기도 모르게 큰 소리를 낸지라 일순간 주변에 모인 사람들의 눈이 전부 그들에게로 향했다.

"아무도 안 봤어."

마지막 말은 웅얼거림에 가까웠다. 재인은 그대로 연회장을 뛰쳐나왔다.

"저의가 뭐야?"

재인이 날카롭게 물었다. 수화기 너머로 낮게 가라앉은 음성이 울렸다.

[소문으로 듣는 거보다 네 눈으로 직접 보는 게 나으니까. 근데 나도 그 자식이 진짜 올 줄은 몰랐어.]

“최소한 이우빈이 올지도 모른단 얘기는 했어야지!”

재인의 목소리는 비명에 가까웠다. 한 시간이 넘도록 침대 위에 무릎을 세우고 앉아서 격해진 가슴을 다스리려 해봤자 소용없었다. 아직도 이런 존재다, 이우빈은. 신재인을 단숨에 나락으로 떨어뜨릴 수 있는……. 고맙게도 오늘 노민혁이 그 사실을 다시금 철저히 일깨워 줬다.

[그러다 안 왔으면? 네 머릿속만 어지럽고 말았겠지. 동창회 끝날 때까지 이우빈 생각이나 했을 테고. 아냐?]

민혁이 내뱉은 차디찬 음성이 폐부를 찔렀다. 그 또한 죽도록 미웠다. 결국 재인은 또르륵 눈물을 흘리고 말았다.

“뭐든 들어준다고 했지? 너 꼴도 보기 싫어! 내 눈앞에 나타나지 마!”

재인은 소리치고는 핸드폰을 던져 버렸다. 무릎에 얼굴을 파묻고 서럽게 울음을 터트렸다. 아니, 분해서 울었다. 왜 돌아왔어? 한국으로 왔으면 왔지, 왜 나타났어? 왜 내가 보게 만들었어!

“나쁜 자식…… 나쁜 자식!”

재인은 누구에게 던지는 건지 모를 욕을 하며 엉엉 흐느꼈다.

영영 마주치지 않았으면 했다. 최소한 오랜 시간이 지난 후에, 그가 아무런 영향도 끼치지 않게 됐을 때 만나야 했다. 이제 억지로 잘 지낼 필요 없다고, 혼자서 애달프게 따라다니는 등신짓 따위 안 해도 된다고 자조하면서, 그렇게 빛바랜 기억으로 흘려보내려 했다.

하지만 말 한마디로 불현듯 떠오른 악몽처럼, 그 얼굴을 눈으로 확인한 순간 그녀의 모든 노력은 부서지고 말았다.

"왜…… 왜!"

나만 이 모양일까. 그 자식은 아무렇지 않게 잘 지냈냐고 묻는데.

재인의 몸이 스르륵 옆으로 기울었다. 수분이란 수분은 다 내보낼 것처럼 울었더니 앉아 있을 기운조차 없었다. 재인은 아득해져 가는 정신으로 그를 떠올리며 힘없이 중얼거렸다.

"남이야……."

다시는 보지 않아도 좋을 남. 그리되고 말았다. 그리고 이우빈은 내내 그것을 가장 원했을 터였다.

❖

나이만으로 눈부셨던 그 열여덟의 여름날, 이우빈은 신재인에게서 등을 돌렸다.

자신이 뭘 잘못했는지 몰랐기에 재인은 우빈이 그러는 이유를 알 수 없었다. 갑자기 일어난 교통사고처럼 그날부터 우빈이 재인을 피하기만 했으니까. 그 전날까지만 해도 둘은 피를 나누진 않았지만 남들의 질투를 살 만큼 사이좋은 남매지간이었고, 재인은 우빈이 소울메이트라 믿어 의심치 않았다.

처음에는 어쨌든 자신이 큰 실수를 저지른 거라 여겼다. 그래서 그 어린 날의 재인은 우빈을 졸졸 따라다니며 미안하다, 화 풀어라 했다. 자신이 잘못한 게 없다는 사실보다 우빈과 서먹한 사이라는 게 더 못 견딜 만큼 싫었으니까. 어리광을 섞어 투정을 부리면 우빈은 금세 재인의 긴 머리칼을 흩트리며 어쩔 수 없다는 표정으로 사과를 받아줄 테니까. 그럼 또 둘은 언제 그랬냐는 듯이 웃으며 단짝친구처럼 붙어 다닐 터였다. 그러리라 믿어 의심치 않았다.

한 달이 지나서야 재인은 사태가 심각하다는 걸 깨달았다. 우빈은 한 달이 넘도록 재인을 피하기만 했고, 여전히 자신이 태도를 달리하는 이유를 말하지 않았다.

그쯤 되자 재인은 화가 났다. 그래서 우빈의 앞을 막아서며 무시하지 말고 이러는 이유를 말해달라고, 대체 내가 뭘 잘못한 거냐고 외쳤다. 우빈이 아무런 대답 없이 재인을 슥 보고는 지나치기를 반복하자, 약이 오른 재인은 때와 장소를 가리지 않고 우빈을 붙들기 시작했다. 학교든 집이든 사람이 많든 적든 할 것 없이 우빈과 마주치기만 하면 이유를 묻고, 소리치고, 울며 따졌다. 그 시절에는 둘만 있으면 어디든 전쟁터가 됐다. 쫓고 쫓기는 재인과 우빈의 행동은 전교생이 다 알 만큼 유명해졌고, 집에선 집대로 소란이었다. 그 지경이 돼서야 우빈은 겨우 입을 열어 짧게 내뱉었다. '웬만하면 내 눈에 띄지 마. 나도 네 눈에 안 띌 테니까' 라고.

재인은 그 말이 무슨 뜻인지 이해할 수 없었다. 그래서 멍하니 서서 우빈을 쳐다보기만 했다. 우빈은 그런 재인을 잠시 바라보더니 그대로 지나쳐 홀로 살아갔다. 마치 신재인 따윈 처음부터 만나지도 않은 것처럼.

"그건 이유가 아니야……."

재인은 우두커니 서서 중얼거렸다. 하지만 더 이상 우빈에게 따질 수는 없었다. 적어도 단 하나, 이우빈이 신재인을 보기 싫어한다는 사실만은 확실히 전해줬으니까. 그들이 함께 쌓아온 11년의 시간을 우빈은 박살 내고 싶어했다.

"우린 남이 아니잖아……."

재인은 며칠 밤을 흐느꼈다. 그렇게 또 시간은 흘러 두 사람은 열아홉이 됐고, 우빈은 미국의 대학교에 진학할 준비를 시작했다. 그리고 1년 동안 독하게 공부하더니 단번에 미국 컬럼비아 대학교에 입학했다. 재인은 풀 죽은 사람처럼 힘없이 1년을 보내다가 서울에 있는 상위권 대학교에 그럭저럭 합격했다.

우빈이 미국으로 떠나기 전날 밤, 재인은 머뭇머뭇하다 용기를 내어 그의 방문을 두드렸다. 왠지 우빈이 가면 안 올 것 같아서, 영영 그를 볼 수 없을 것 같아서 마음이 불안했다. 웃으면서 놀러 가겠다고, 건강히 지내라고 말하고 싶었다. 그러나 방문을 살짝 연 우빈은 재인을 안으로 들이지도 않은 채 짤막하게 '건강히 잘 지내'라는 말만 던지고는 굳게 문을 닫아버렸고, 절망에 빠진 재인은 그날 밤 내내 울다가 몸살이 심하게 들려 공항에도 나가지 못했다.

그 후로도 계속 그런 식이었다. 재인이 방학 때, 미국으로 1년간 어학연수를 갔을 때, 혼자서 훌쩍 여행을 떠났을 때 시간을 내어 찾아가도 우빈은 그녀를 보지 않으려 했다. 어떻게든 끈을 놓지 않으려는 쪽은 늘 재인이었고, 우빈은 그걸 잘라내지 못해 안달인 사람처럼 굴었다. 그리고 엄마가 우빈의 아버지와 이혼함으로써 마침내 그 끈이 잘렸을 때, 우빈은 연락 한 통 하지 않았다. 그렇게 그들은 완전히 남이 됐다.

재인은 침대 위에 누워 멍하니 천장을 바라보다 겨우 일어나 커다란 창문에 드리워진 커튼을 젖혔다. 오전 11시. 울다 지쳐 잠들었음에도 내내 꿈만 꾸며 뒤척인지라 골이 지끈지끈 울렸다. 재인은 힘없이 침대 밖으로 나와 서랍 속에서 두통약 한 알을 꺼내 삼켰다.

'주말인 게 다행이지…….'

아니면 황금 같은 금요일 저녁을 망치고 토요일 오전을 병든 닭처럼 보냈으니 불행일까?

그래도 이 얼굴로 출근하는 것보다는 낫다. 재인은 느릿하게 방을 나서 주방으로 향했다. 엄마가 장기간 유럽 여행을 떠난 뒤로 살림을 맡은 파주댁 아주머니에게 주말마다 쉬시라 했기에 이 넓은 집에 재인 혼자뿐이었다. 아주머니는 늘 그랬듯 냉장고에 재인이 먹을 음식을 가득 챙겨놨지만 식욕도 없고 뭘 할 의욕도 없었다. 재인은 냉수만 벌컥벌컥 들이켜고는 좀비처럼 걸어 응접실 소파 위에 널브러졌다. 이럴 때 적막이 가득한 집에 혼자 있는 건 다행일까, 불행일까?

"아무 생각도 하기 싫다."

그리고 아무도 만나고 싶지 않았다. 그게 누구든, 누구라도 지금은.

재인은 무기력하게 다시 눈을 감았다.

결국 집 안에 혼자 틀어박혀 있다 주말이 다 갔다. 재인은 기력 없는 몸짓으로 출근 준비를 마치고는 주상복합 아파트 건물을 나섰다. 회사에서 집까지는 택시를 타면 10분 거리인지라 평소에는 곧잘 걸어 다녔지만 이틀 동안 제대로 먹지도 않고 누워 지냈더니 걷기도 싫었다.

재인은 힘없이 택시를 잡아타고는 선릉역 근처에 위치한 재호그룹 본사에서 내렸다. 재인이 근무하는 곳은 건물의 15층, 현재 중국과 동남아시아, 미국 뉴욕까지 지점을 확장한 커피전문점 프랜차이즈 '3pm'의 기획홍보실이었다.

재인은 주로 미국이나 유럽에서 석사나 박사 과정을 마치는 다른 고등학교 동창들과 달리, 한국에서 경영학 석사 학위를 받은 후 바로 재호그룹의 계열사 3pm에 입사해 근무를 시작했다. 물론 그룹 회장인 외할아버지의 입김으로 입사하자마자 기획홍보실 대리로 발령받는 특혜를 누리긴 했지만, 그렇다고 날로 그 자리를 지키는 건 아니었다. 재작년에 재인이 기획안을 제출해 추진한 뮤지컬 '카페 프린스로 오세요' 팀과의 공동 홍보는 공연 티켓이 연일 매진됨에 따라 여름 성수기 매출액 200퍼센트 달성이라는 성과를 올렸고, 작년에 본사에서 직접 운영하는 뉴욕 지점을 열 때도 재인의 '뉴욕 고객층 분석에 따른 3pm 홍보 방안'이 톡톡히

빛을 발했다. 재인은 그 두 건으로 기획홍보실에서 인정받게 됐고, 오만할 거라는 예상을 깨고 털털하고 활달한 성격으로 다른 직원들의 호감을 샀다. 동료들은 무엇보다 해결하기 복잡한 사고가 터져도 활기차게 풀어나가려는 재인의 행동력을 높이 샀다.

그런 재인이 힘 하나 없는 표정으로 사무실에 들어오더니, 마찬가지로 힘이라곤 한 올도 없는 목소리로 인사하고는 자리에 풀썩 주저앉았다. 보통 때라면 다른 직원들이 시들시들한 월요일에도 원두커피를 내리며 이번 주도 잘 버텨보자고 기운을 다독여 주는 그녀였거늘, 오늘은 안색마저 좋지 않았다. 올해 초에 입사해 반년을 재인의 옆자리에서 보낸 신입 직원 홍미선이 걱정스럽다는 투로 재인에게 말했다.

"신 대리님, 몸이 안 좋으신 거 아니에요?"

"응? 신 대리, 어디가 아픈가?"

미선의 작은 목소리를 용케 들은 최지운 부장도 걱정스러운 기색으로 물었다. 아무리 다른 직원들과 섞여 일한다 해도 재인이 회장님의 하나뿐인 외손녀라는 점에는 변함이 없었다. 재인은 상사의 과한 관심을 털어내려는 듯 고개를 휘휘 저으며 애써 밝게 말했다.

"괜찮아요, 부장님. 정말 아팠으면 출근도 못했죠. 일하겠습니다."

"흠, 그래. 힘들면 참지 말고 얘기해요."

"예, 알겠습니다."

재인은 어색한 미소를 지으며 정중히 대답했다. 그리고 업무 시작을 위해 컴퓨터 전원을 켬과 동시에 주말 동안 꺼뒀던 핸드폰을 되살렸다. 이번에는 찾는 사람이 뭐 그리 많았는지, 5분이 넘도록 진동 소리가 쉴 새 없이 울려댔다. 재인은 귀찮다는 듯이 핸드폰을 외면하다가 잠잠해지고 나서야 겨우 집어 들어 부재중 전화와 문자를 하나하나 확인했다.

「나 진짜 안 볼 거냐?」

「잠수야?」

「괜찮냐?」

「전화는 좀 켜지?」

「집으로 쳐들어가랴?」

「왜 전화를 껐니? 할머니 걱정하신다.」

외할아버지가 보내신 마지막 문자 하나를 제외하고는 전부 민혁이 보낸 거였다. 그리고 민혁이 건 다섯 통의 전화와 외할머니가 하신 전화 두 통, 해외에서 걸려온 전화 한 통. 여행하는 중에는 딸의 존재를 잊고 지내는 엄마마저 웬일로 연락했나 보다.

"다들 청개구리가 따로 없어."

재인은 한숨 섞인 음성으로 조용히 중얼거렸다. 외할머니야 엄마가 출국한 후로 그 넓은 집에 혼자 남은 외손녀가 걱정돼 종종 전화하시고 음식도 해먹이려 신경 쓰는 분이지만, 폭탄을 안겨주고 염려하는 척하는 노민혁과 뜬금없이 딸이 생각난 엄마는 뭘까?

"일이나 해야지."

머릿속에 잡념이 극성일 때는 차라리 일에 집중하는 게 낫다.

재인은 또 혼잣말하며 월요일 오전 회의를 위한 자료를 정리해 나갔다.

정신없이 일하다 보니 어찌어찌 하루가 갔다. 재인은 작성하던 기획서를 저장하고 대충 책상을 정리한 후 자리에서 일어났다. 아직 퇴근하지 않은 직원들에게 인사를 건네고 사무실에서 나와 건물 밖으로 향했다. 종일 의도적으로 두뇌 활동을 과하게 했더니 정신이 멍했다.

이대로 집에 돌아가서 씻고 잠들면 된다. 아니면 운동이라도 할까? 재인은 별거 아닌 생각들을 하며 천천히 걸었다. 회사에서 아파트로 가는 길에 있는 공원이라도 가로질러야겠다. 커피 한 잔을 사서 산책해야지. 이렇게 하루하루 보내다 보면 일주일이 금방 갈 것이다.

재인은 느릿느릿 걷다가 공원 근처에 있는 작은 단골 카페로 가서 진한 카페모카를 주문했다. 안면을 익히다 제법 친해진 젊은 카페 주인과 소소한 대화 몇 마디를 주고받다가 커피를 받아 들고는 공원 안으로 들어섰다. 막 여름이 찾아와 아직 어둠이 내리지 않은 공원은 푸른 잎사귀들로 가득했고, 저녁 산책을 즐기는 사람들이 만들어내는 소음이 잔잔히 깔렸다. 그 일상적이고 평온한 풍경을 바라보며 재인은 주문을 외듯 눈을 감았다. 이 공간을 매일 걷다 보면 어떤 기억도 묻히리라. 그렇게 또 시간은 고요히 흐를 것이다.

그리고 조용히 눈을 떴을 때, 눈앞에 그가 있었다.

재인은 순간 자신이 서 있는 이곳이 꿈속처럼 느껴졌다. 그녀는 현실이 아닌 듯한 그의 모습을 가만히 응시했다. 초여름 저녁 바람에 살랑이며 나부끼는 짙은 갈색 머리칼을, 그녀를 은은한 눈빛으로 바라보는 같은 빛깔의 깊은 눈동자를, 아름다운 선을 그리며 떨어지는 콧날과 많이 넓어진 그 어깨를. 저물어가는 태양을 등진 그의 모습은 이 여름날의 공원과 함께 재인의 눈 속에 영원히 박힐 듯했고, 그와 동시에 재인은 이것이 현실임을 자각했다. 재인은 금방이라도 울 것 같은 표정으로 목소리를 짜냈다.

"왜 왔어……?"

한마디 말에 모든 감정이 뒤섞였다. 우빈은 물기 가득한 그녀의 눈을 들여다보며 간신히 입술을 달싹였다.

"내가……."

순간, 재인의 눈가에 그렁그렁 맺혀 있던 물방울이 툭 떨어졌다. 그를 본 우빈은 해야 할 말들을 전부 잊고 말았다.

그는 어쩔 수 없다는 듯이 재인을 와락 끌어안았다. 정말 어쩔 도리가 없었다.

재인은 우빈의 품에 안겨 숨죽인 채 울기만 했다. 미안해. 미안해……. 우빈은 재인을 꼭 안고는 계속 이 말만을 속삭였다. 시간이 얼마나 지났는지도 모르게 공원에 짙은 어둠이 내려앉았고, 눈물이 마를 만큼 흐느끼던 재인은 우빈을 뿌리치고 곧장 집으로 달려왔다. 뒤도 안 돌아보고 뛰어서 집 안으로 들어오자마자 문을 걸어 잠그고 방으로 숨어버렸다.

그는 사과를 하러 온 것일까. 왜……?

재인은 침대에 누워 초점 없는 눈동자로 천장을 보며 의문을 던졌다. 그와 남이 된 지는 벌써 1년이 지났고, 연락을 안 한 지는 2년이 돼갔다. 그런데 새삼 뭐가 미안하다고 불쑥불쑥 나타나 사람을 들쑤시는 걸까. 근 11년간 한 번도 미안해한 적 없으면서.

재인은 옆으로 돌아누워 이불을 뒤집어썼다. 많은 것들을 묻고 싶었지만 대답을 듣고 싶지 않았고, 이유를 알고 싶었으나 이제는 영원히 모르길 바랐다. 그걸 들어야 할 때는 아주 예전에 지나 버렸다. 이우빈은 신재인에게 아무것도 할 필요가 없었다.

'그러니까 나타나지 마, 제발.'

우빈에게 바라는 건 그뿐이었다. 그렇게 그를 잊은 채 일상을 반복하며 지난 기억들을 그저 흘려보내는 것. 지금까지 죽 해온 익숙하고 간단한 일이었다.

그러나 우빈은 재인이 평온하길 원치 않는 모양이었다.

다음날 야근을 자청해 밤 10시가 넘어서야 퇴근한 재인이 회사 건물을 나서서 아파트에 다다라 갈 때, 우빈은 또 기다렸다는 듯이 불쑥 모습을 드러냈다.

재인은 자신이 품은 작은 바람을 하루도 안 지나 박살 낸 그의 얼굴을 잠자코 바라보다 미간을 찌푸렸다. 처음에는 놀랐고, 어제는 감정이 북받쳤다면, 이제는 화가 치밀었다. 그녀는 격앙된 음성으로 따지듯 물었다.

"왜 자꾸 찾아와? 나한테 무슨 볼일이 있다고!"

"보고 싶으니까."

우빈은 더없이 차분한 목소리로 대답했다. 재인은 순간 말문이 막혀 그의 얼굴을 쳐다봤다. 잘못 들은 게 아닌가 귀를 의심하면서.

하지만 우빈은 뭔가를 결심한 듯 차분히 같은 뜻을 전했다.

"너 보러 한국으로 들어왔어. 보고 싶어서."

"남이야, 우리!"

생각을 하기 전에 말이 먼저 튀어나갔다. 재인은 표정을 일그러뜨리며 소리쳤다.

"남이 아닐 땐 날 벌레 취급했잖아. 보면 무시하고, 다가가면 피하고! 그런데 보고 싶었다고? 그게 말이 돼?"

"내가 너한테 한 짓, 다 알아. 내 기억력도 나쁘진 않아."

우빈이 낮게 깔린 음성으로 분명하게 말했다. 그게 더 화가 났다. 남의 가슴에는 불을 질러놓고 자기 혼자만 가라앉아 있는 게 꼴도 보기 싫었다. 재인은 더 큰 소리로 매몰차게 외쳤다.

"그럼 미친 소리 집어치우고 꺼져! 애정에 굶주린 병신 취급, 그 정도로 당해줬음 됐잖아? 가서 계속 모른 척 살아! 이제 그러는 게 더 나은 상황이니까."

"……진심이야? 정말 그러고 싶어?"

재인이 던진 말들을 묵묵히 듣던 우빈이 낮게 물었다. 재인은 단숨에 쏘아붙였다.

"당연하지, 남이니까! 너도 그걸 원한 거 아니었어?"

"남 아니야!"

우빈은 말이 끝나기가 무섭게 미간을 찌푸리며 부정했다. 재인을 찾아온 후 처음으로 그의 어조에 격한 감정이 실렸다. 우빈은 재인의 두 눈을 직시하며 토하듯이 말을 쏟았다.

"내가 어떤 행동을 할 때도 너와 남인 적은 없었어. 지금도 마찬가지고."

"웃기지 좀 마!"

비웃음과 고통으로 얼룩진 재인의 목소리가 기묘하게 울렸다. 그럼 그 행동들은 다 뭐였는데? 사람을 그렇게나 비참하게 몰아갔던 이우빈의 그 차디찬 행동들은!

더 이상은 입 밖으로 끄집어내고 싶지도 않았다. 지금 와서 이런 대화를 하고 있다는 게 전부 웃기지도 않는 쇼 같다. 재인은 최후통첩처럼 한마디를 내뱉었다.

"가! 다신 오지 마."

그리고 그대로 우빈을 지나쳤다.

"싫어."

우빈이 도망치듯 떠나려는 재인의 팔을 강하게 낚아챈 건 그 순간이었다. 우빈은 팔을 잡은 손에 힘을 주며 고개를 옆으로 돌려 재인을 응시했다. 코앞으로 다가온 그녀의 정수리에 대고 음산하리만치 낮은 소리로 읊조렸다.

"난 이제 그러기 싫어졌어."

"싫으면? 이 상황에 남매놀이라도 할래?"

재인이 턱을 들고서 우빈을 쏘아보며 물었다. 10센티미터도 채 떨어지지 않은 거리에서 소용돌이치는 두 사람의 눈빛이 강하게 얽혔다. 우빈은 피하지 않고 당당히 눈을 부딪치는 재인을 잠시

보다가 입술을 달싹였다.

"아니."

그러곤 팔을 끌어당겨 그대로 재인의 입술을 덮쳐 버렸다.

2. 토해내다

재인은 거울 앞에 서서 나직이 한숨을 내쉬었다. 실로 오랜만에 우아하고 하얀 드레스를 차려입고 전문가에게 메이크업과 머리 손질을 받아 화려해진 외양으로 서 있었지만, 정말이지 그런 불편한 자리에는 가고 싶지 않았다. 인맥 관리도 사회생활의 일환이라는 외할아버지의 무게 실린 말씀만 아니었다면. 아픈 척이라도 할걸, 실컷 꾸미고서 뒤늦은 후회를 해봤자 소용없었다.

"손님, 준비됐으면 나오시랍니다."

드레스 숍의 직원이 정중하게 다가와 말했다. 재인은 고개를 끄덕이며 힘없이 그녀를 따라나섰다. 이미 밖에는 외할아버지와 외할머니를 태운 검은 세단이 대기하고 있을 터. 예상대로 외할아버지를 15년이 넘도록 모신 운전기사가 드레스 숍 현관문 앞에서 재인을 기다리고 있었다. 재인은 그를 보며 애써 밝게 인사했다.

"오랜만에 뵙네요, 아저씨. 건강히 지내셨죠?"

"덕분에 무탈합니다, 아가씨. 가시지요. 두 분께서 기다리고 계십니다."

오 기사는 현관문을 열며 재인을 깍듯이 안내해 차의 조수석에 태웠다. 재인은 차에 오르며 뒷좌석에 앉아 계신 외할아버지와 외할머니께 인사를 드렸다.

"저 왔습니다. 오래 기다리셨어요?"

"아니다, 막 왔어. 주말에 좀 찾아오고 그러지, 뭐가 그리 바빠서 이리 얼굴 보기가 힘들어?"

외할머니 정 여사가 재인을 보자마자 걱정 어린 핀잔을 던졌다. 어미도 없는 집에서 혼자 지내는 재인이 못내 안쓰러운 기색이었다. 재인은 일부러 더 밝게 대답했다.

"죄송해요, 할머니. 다음 주말에 꼭 갈게요."

"그래. 외갓집에 와야 제대로 된 음식을 먹지. 회사에 일이 너무 많은 건 아니지?"

정 여사가 옆에 앉은 남편 최재호 회장을 은근슬쩍 보며 물었다. 외손녀가 곱게 공부하다 좋은 집안과 연을 맺길 바랐던 정 여사는 최 회장이 재인을 일개 직원으로 회사에 들인 게 아직도 못마땅한 눈치였다. 반면 나중에 계열사 하나라도 떡하니 떼어주려면 회사에서 일을 배워야 한다는 최 회장은 흠흠 헛기침을 하며 슬그머니 정 여사의 눈길을 피했다.

재인은 쿡쿡 웃으며 외할머니께 고했다.

"몸 챙겨가며 일하고 있으니까 걱정 마세요, 할머니."

"볼 때마다 마르는 거 같으니 그러지."

"아, 다 큰 애가 어련히 알아서 할까? 애 챙기라고 파주댁까지 보냈잖어? 오 기사, 그만 출발하지!"

결국 외할아버지 최 회장이 이대로 이어지면 잔소리가 될 게 자명한 대화를 큰 목소리로 끝냈다. 재인은 연세가 지긋함에도 사이좋게 티격태격하시는 두 분을 룸미러로 지켜보며 입가에 엷은 미소를 지었다. 비록 원치 않는 장소에 간다 해도 두 분의 정감 섞인 모습을 보는 건 즐거웠다.

세단은 미끄러지듯 도로 위를 달려 30분이 채 지나기 전에 만찬이 열릴 삼성동 호텔 헤라 클래식의 정문 앞에 도착했다. 최 회장이 친손자들을 두고서 일부러 재인을 불러들여 참석한 이 자리는 전 기획재정위원회장의 안사람이 주최한 자선모금회로, 내로라하는 인사들이 두루 얼굴을 비칠 예정이었다. 최 회장은 이 저녁에 은근히 재인의 신랑감을 점찍어볼 요량이었다. 명분을 내세워 회사에 출근시키고는 있으나 최 회장 자신도 아내의 잔소리가 줄곧 마음에 걸린 터였다.

최 회장 내외와 재인이 연회장 입구에 들어서자, 호텔 지배인이 정중히 허리를 숙이고는 만찬의 주최자에게 안내했다. 위원회장직에서 물러났다고는 하나 여전히 현 정권의 핵심 인물인 장 의원을 남편으로 둔 황 여사는 활짝 웃으며 세 사람을 맞이했다. 격식 차린 안부와 모금에 대한 이야기 몇 마디를 주고받은 황 여사는 또 다른 손님이 연회장으로 들어오자 양해를 구하며 물러났고, 그

때부터 최 회장 내외는 재인을 이끌고 두루두루 인사를 나눴다.

재인은 외할아버지 옆에 서서 내내 미스코리아에 출전한 아가씨 같은 미소를 흩뿌렸다. 바보가 아닌 이상, 최 회장이 주로 장성한 아들을 데리고 온 정재계 인사들과 대화를 길게 나누고 있다는 사실을 눈치채지 못할 리 없다. 외할아버지의 속내를 진즉 간파했다면 드레스 숍에서 쓰러지는 연기라도 펼쳤을 텐데, 평소 선 자리 하나도 내미신 적 없었던 분이 이러실 줄 어찌 예상했을까?

자선모금회를 가장한 이 인맥 관리 단합회가 끝나려면 족히 두 시간은 더 걸릴 것 같고, 아직 온 지는 한 시간이 채 안 됐고. 재인은 지금이라도 한 손으로 머리를 부여잡고 쓰러져야 하나 진지하게 갈등했다.

"오랜만에 뵙습니다, 회장님, 사모님."

재인이 겉으로는 웃으면서 속으로 치열하게 고민하는 사이, 멀끔한 흰색 정장을 빼입은 노민혁이 곁으로 다가왔다. 드디어 올 것이 왔구나! 재인은 표정을 흩트리지 않으려고 애쓰며 민혁을 마주 봤다. 그는 언제 무슨 일이 있었냐는 듯이 싱긋 웃었다.

"오, 민혁아! 내, 아버지 밑에서 착실히 일 배우고 있단 얘기는 들었다."

최 회장이 반색을 하며 민혁의 인사를 받았다. 외할머니 정 여사도 민혁을 보자 사뭇 얼굴이 밝아졌다. 이 만찬이 열린 연회장을 제공한 호텔 헤라&리조트 그룹의 둘째 아들이란 점을 빼고도, 외할아버지와 외할머니는 남성적인 인상과 큰 키를 가진 민혁을 어렸을 때부터 유달리 맘에 들어 하셨다.

"하하! 아직 걸음마 단계입니다. 회장님께서 많이 가르쳐 주십시오."

민혁이 호방한 웃음을 터트리며 정중히 대답했다. 최 회장은 민혁의 어깨를 친근하게 치며 말했다.

"내가 가르칠 게 뭐 있나? 그보다 어색하게 회장님 소리 하지 말고 할아버지라고 부르라니까 그러네. 우리 재인이 친구 아니냐."

"하하하! 그래도 되겠습니까?"

재인은 외할아버지와 천연덕스럽게 대화를 이어가는 민혁을 향해 속으로 이를 갈았다. 이럴 때 보면 이 자식은 사업가가 천직이다. 어쩜 이리 본색을 감쪽같이 숨기고 어른들을 홀라당 제 편으로 만들 수가 있나? 이번에는 등짝을 한 대 갈겨주고 싶은데 눈이 많아 그럴 수도 없고!

재인의 그 바람을 들어주기라도 하려는 걸까? 민혁이 최 회장에게 자연스레 양해를 구했다.

"그런데 두 분께서 허락해 주신다면 재인이와 잠시 이야기하고 싶습니다. 우리도 오랜만에 만나서요."

"아이구, 이런! 내, 눈치가 둔해졌구나. 어서 둘이 가보거라."

"호호, 그러게요. 젊은 사람들끼리 정답게 얘기도 나눠야지. 재인아, 가서 민혁이랑 좋은 시간 보내다 와라."

최 회장과 정 여사는 실례는커녕 진정으로 기껍다는 투로 재인을 떠밀었다. 민혁과 함께 간다면 더 이상 인사를 빙자해 손녀를 선보이지 않아도 된다는 듯한 두 분의 태도에 재인은 진심으로 머리를 부여잡고 싶었다. 하지만 이곳에서 벗어날 수 있다는 긍정적 인 마음가짐으로 자신을 꾹꾹 누르며 환히 웃어 보였다.

"그럼 다녀올게요."

"그래, 천천히 놀다 와라."

재인은 너무나도 속이 보이시는 외할머니께 밝은 미소로 화답한 후 민혁과 함께 연회장 밖으로 향했다. 민혁은 연회장을 벗어나자마자 큭큭거리며 배를 움켜잡았다.

"너무 무리하는 거 아니냐? 안면 근육에 마비 오는 줄 알았다."

"미안하다. 내가 아직 너처럼 철판을 못 깔았어."

재인은 이를 갈며 대꾸하고는 걸음을 빨리했다. 이 호텔에도 어김없이 그가 전용으로 쓰는 객실이 있을 터. 어서 가서 노민혁에게 한바탕 퍼붓든가, 이 굽이 높다 못해 부러질 것 같은 하이힐을 벗고서 소파에 주저앉아 쉬고 싶었다.

그런데 민혁이 단 한 마디로 재인을 붙들어 세웠다.

"그 자식 온 건 봤어?"

"뭐?"

재인은 영화 속의 정지화면처럼 그 자리에서 멈췄다. 민혁이 누구를 지칭하는지 모를 리가 없었다. 하지만 그가 언제 여기로 왔단 말인가.

"왔더라, 이우빈. 후계자답게 쫙 빼입고 버젓이 제 아버지 옆에 붙어 있더라고. 목 세우고 당당히 다니던데, 못 봤어?"

재인의 눈빛이 순식간에 혼란으로 물들었다. 외할아버지가 인사시키시는 어른들을 대면하기에 바빠 다른 데로 시선을 돌릴 틈조차 없었던 게 다행이었을까?

재인은 멈췄던 발을 다시 재게 놀려 이전보다 더 빠른 속도로 연회장에서 멀어졌다. 또각또각 하는 굽 소리가 요란하게 울려댔다.

"왜, 또 피하게?"

민혁이 급하게 재인을 따라잡으며 물었다. 재인은 그를 쳐다보지도 않고 계속 걸으면서 요구했다.

"나, 빈 객실 내줘. 할아버지한테는 너랑 같이 있었다고 말해주고. 혼자 있고 싶어졌어."

"야, 신재인!"

"그렇게 해줘!"

재인은 소리치며 멈춰 서서 민혁을 직시했다. 그런 재인의 두 눈동자에는 어딘지 모를 절박함이 서려 있었다. 민혁은 재인의 고집스러운 얼굴을 응시하다 한숨을 내쉬며 고개를 끄덕였다.

"좋아. 대신 저번 빚은 갚은 거다."

"이미 내 앞에 나타났잖아."

재인이 퉁명스럽게 내뱉었다. 그러자 민혁이 빽 소리 질렀다.

"이제 전화도 받고! 문자도 씹지 마!"

"알았으니까 키나 가져와."

아예 대놓고 명령이다.

민혁은 짜증난다는 듯이 얼굴을 잔뜩 찡그리고는 툴툴거리며 호텔 로비로 걸음을 옮겼다. 이딴 계집애 어디가 좋아서! 당장 저 연회장 안에도 노민혁을 사위 삼고 싶어서 몸이 단 어르신들과 콧

소리 나는 애교로 추파를 던지는 계집애들이 몇 줄로 섰는데!

그래도 어쩌겠나. 반해 버린 자신을 탓할 수밖에. 민혁은 투덜거리며 어금니를 짓씹었다.

재인은 하이힐을 벗고서 소파에 눕듯이 몸을 기댔다. 또다시 밀려오는 두통. 평소에도 스트레스가 심할 때면 가끔씩 머리가 아팠지만, 우빈이 나타난 후로 유독 잦아졌다.

그녀는 미간을 찌푸리며 눈을 감았다. 머릿속 사고 회로가 또 원치 않게 그날의 일을 재생하며 돌아갔다. 우빈이 느닷없이 입술을 덮쳤던 그 배덕한 순간으로.

그 저녁, 그 공원에서, 재인은 몇 초간 사고가 정지된 채 코앞까지 다가온 그를 보기만 했다. 뭘 어찌해야 된다는 생각조차 못하고 동그래진 눈으로 우빈의 키스를 멍하니 받고만 있었다. 하지만 피부에 닿은 그의 뜨거운 숨결과 축축한 혀의 감촉이 일순간 정신을 확 깨웠고, 그제야 상황을 인지한 재인은 있는 힘껏 우빈을 밀쳐 냈다.

"무, 무슨 짓이야? 미쳤어?"

재인이 부들부들 떨리는 목소리로 외쳤다. 정신을 차리고 나니 머리 꼭대기까지 분노가 치밀었다. 이우빈이, 이유도 말하지 않은 채 10년이 넘도록 일방적으로 그녀를 무시했던 그가, 뜬금없이 나타나 괴롭히더니 급기야 이런 짓까지 저질렀다. 어떻게…… 어떻게……!

"이거야, 널 피했던 이유."

우빈은 미간을 찌푸리며 슬프게 웃었다. 예전에도, 그녀의 입술을 훔치기 직전에도 속내를 드러내면 이리될 줄 알았다. 재인에게 다시없는 경멸을 받을지도 모른다 생각했다.

하지만 그리될지언정 더는 눌러 삼키지 않을 것이다. 그러기 위해 돌아왔으니까. 우빈은 재인을 바라보며 아프게 말했다.

"나는 너랑 계속 이러고 싶었어. 그래서 죽을힘을 다해 피했어. 이제 이해가 돼?"

"말도 안 돼……."

재인이 신음처럼 내뱉었다. 그녀가 우빈과 처음 만난 건 일곱 살 때였다. 함께 뛰놀 수 있는 상대라면 성별을 가리지 않고 친구 삼았던 그 어린 나이에 두 사람은 남매가 됐고, 그때부터 죽 함께였다. 그런데 그게 어떻게 말이 되나? 이 자식이 대체 무슨 소릴 하는 거야?

재인은 덜덜 떨리는 음성으로 우빈에게 따져 물었다.

"너한테는 나랑 가족으로 살았던 시간이 아무것도 아니었어? 그게 다 어린애 장난이었어? 그래서 머리 크니 곧장 여자로 보였어?"

마지막 말은 비명에 가까웠다. 어느새 재인의 두 뺨은 눈물로 흠뻑 젖어들었다. 어떻게 날 이렇게까지 배신할 수가 있어…… 어떻게! 재인은 주저앉아 엉엉 울고 싶었다.

"나도…… 노력했어. 정말 죽도록, 죽을 만큼 참아봤어. 근데 안 되더라. 몇 년을 노력해도…… 안 되더라. 그래서 떠난 거야. 나 하나만 사라지면 아무한테도 피해 안 줄 테니까. 넌…… 모르면 되니까. 아마 부모님이 이혼하지 않았다면 영원히 널 피했을 거야."

고해하듯 쏟아내는 우빈의 두 눈도 붉게 물들었다. 그의 매끄러운 살결을 타고 눈물 한 방울이 툭 떨어졌다.

재인은 어렸을 때 이후로 우빈이 우는 걸 본 적이 없었다. 늘 어리광을 부리는 쪽은 재인이었고, 우빈은 그런 그녀를 조용히 받아줬으니까.

그러니까 그는…… 진심인 거다. 무엇보다 그 사실이 재인을 고통스럽게 만들었다.

재인은 소리 없이 울고 있는 그를 향해 힘겹게 입술을 달싹였다.

"계속 모르는 게 나았어……. 넌 진짜 나쁜 자식이야."

그리고 도망치듯 그 자리에서 벗어났다.

그 후 일주일이 더 지나 이 자선모금회가 열렸다. 그동안 우빈은 재인이 말한 대로 모습을 드러내지 않았다.

재인은 나직이 한숨을 내쉬며 가늘게 눈을 떴다. 서로 만나지 말자며 의식적으로 피한다 해도 공식적인 모임에서 부딪치는 일만큼은 어쩔 수 없을 것이다. 재인의 외할아버지 최 회장과 우빈의 친할아버지 이 회장은 자식의 이혼 문제로 척을 질 만큼 미숙한 사업가들이 아니었고, 이 저녁에도 얼마든지 아무렇지도 않게 안부 인사를 주고받을 분들이니까. 설사 속으론 불유쾌한 감정이 여전하다 해도.

'어쩌면 좋을까…….'

한국으로 돌아온 이상 우빈은 필연적으로 CTS의 차세대 후계자가 되기 위한 절차를 밟을 거고, 정재계 사교 모임에 얼마든지 참석할 테다. 국내 이동통신업계에서 일이 위를 다투는 CTS의 실질적인 총수이자 재인의 의붓아버지였던 이상윤 부회장의 친자식은 오직 우빈 하나뿐이니 그게 당연한 수순이다. 그리고 재인 또한 해외로 나가지 않는 이상 결혼을 하든 안 하든 이런 자리에 끊임없이 끌려 나올 것이다. 속에선 파란이 일어도 겉으론 화사하게 웃으며 그와 마주할 테지. 우빈은 그걸 뻔히 알면서도 재인을 다시 한 번 지옥 속으로 끌어들였다.

"나쁜 새끼……."

재인은 이마를 찡그리며 욕을 퍼부었다.

우빈은 꼭꼭 숨겨왔던 속내를 후련히 털어내고 나면 편해질 거다 생각했을까? 그래서 끝까지 몰라도 좋았을 그 마음을 이제 와서 굳이 재인에게 쏟아내고야 만 것일까? 이유가 뭐였든 그건 해선 안 될 짓이었다. 그는 계속 침묵해야 했다.

딩동—

재인이 다시 울컥 차오르려는 감정을 다스리기 위해 안간힘을 쓰고 있는데, 객실 초인종이 크게 울렸다. 재인은 갑자기 들린 소리에 몸을 움찔했다. 민혁이 이 객실을 내준 건 한 시간 전. 조금 이르긴 하지만 그와 함께 다시 연회장으로 돌아갈 준비를 할 때가 되긴 했다.

재인은 심호흡을 크게 했다. 이런 상태를 민혁에게 들킬 순 없었다. 가까스로 마음을 가라앉힌 그녀는 길게 숨을 한번 내쉬고는 소파에서 일어나 하이힐을 신었다. 그리고 문 쪽으로 걸어가 문고리를 잡아당기며 과장된 음성으로 말했다.

"뭐야? 벌써……."

열린 문틈으로 보이는 남자는 노민혁이 아니었다. 재인은 스르륵 입을 다물었다. 왜 묻지도 않고 당연히 민혁이라고 여겼을까.

"들어갈게."

우빈이 차분한 눈빛으로 재인을 바라보며 말했다. 재인은 미안하다는 사과도, 들어가도 되냐는 양해도 없이 당연하게 요구하는 그를 잠시 쳐다봤다. 그러곤 그에게서 눈을 떼지 않으며 문을 열어놓은 채 뒤로 물러섰다.

"내가 여기 있는 줄 어떻게 알았어? 설마 노민혁이 가르쳐 줬어?"

우빈이 객실 안으로 들어와 문을 닫자, 재인이 팔짱을 끼며 불쾌하다는 기색으로 물었다. 문 앞에서 박대하거나 소리치며 요란을 떨지 않았다고 해서 그를 용인하는 건 아니었다. 다만 그의 얼굴을 다시 본 순간 물어야만 할 게 떠올랐을 뿐이다.

"그 아버지한테 부탁했어. 동창들끼리 사이가 좋아서 나쁠 건 없을 테니까."

우빈은 재인의 공격적인 시선을 받아내며 침착하게 대답했다. 재인은 이마를 일그러뜨리며 비꼬듯이 내뱉었다.

"너도 수완이 좋구나? 너나 노민혁이나 밖에서 하는 거 보면 사업가 핏줄들이 분명해."

"……차라리 화를 내. 날 때리든가."

우빈은 여전히 차분했다.

그래, 너는 대개 이런 식이지. 재인은 피식 웃었다. 우빈이 감정을 격하게 드러내는 일은 거의 없었다. 만약 그런다면 저번처럼…….

재인은 긴 머리칼을 거칠게 뒤로 넘기며 신경질적으로 말했다.

"용건이나 얘기해. 뻔뻔하게 여기까지 들이닥친 이유가 뭐야? 그 정도 괴롭힌 걸로는 모자라니?"

"10년."

"뭐?"

재인이 미간을 찌푸리며 반문했다. 우빈은 천천히, 그러나 분명한 어조로 뜻을 전했다.

"10년간 날 무시해도 좋아. 내가 찾아갈 테니까."

"뭐라고?"

어처구니가 없어 절로 음성이 높아졌다. 재인은 입을 벌리고서 황당하다는 눈으로 그를 쳐다봤다. 우빈은 그런 재인을 미동 없는 표정으로 응시할 뿐이었다.

몇 초간 정적이 흐른 후, 재인은 도무지 묻지 않고는 넘어갈 수 없는 그 질문을 우빈에게 던졌다.

"이우빈, 대체 원하는 게 뭐야?"

"알잖아."

우빈이 짧게 대답했다. 재인의 크고 검은 두 눈에 시선을 못 박은 채로. 그의 짙은 갈색 눈동자 속에 혼란으로 얼룩진 재인의 얼굴이 고스란히 맺혔다.

재인은 한참 만에 입술을 떼어 비웃듯이 뱉어냈다.

"미쳤구나!"

"그럼 내가 제정신이었겠어?"

우빈의 말투는 지극히 가라앉다 못해 차갑게 느껴지기까지 했다. 결국 재인은 또 화를 내듯 소리치고 말았다.

"그만해 좀! 불순하기 그지없는 네 심사, 나한테 다 털어낸 걸로 끝내자고. 이래 봤자 지금 와서 뭐가 달라질 거 같아? 뭘 어쩔 수 있을 거 같냐고! 너랑 난 이제 뭣도 아니고, 뭣도 안 돼!"

그래, 안 된다. 무엇보다 재인 스스로가 그걸 용납할 수 없었다. 피 한 방울 안 섞였다 해도, 성씨 한번 같은 적 없다 해도, 이우빈은 신재인에게 가족이었으니까. 누가 뭐래도 소중한 가족, 그 이상이었으니까.

하지만 지나간 10년 동안 그랬던 것처럼 우빈은 재인의 그런 마음을 박살 내지 못해서 안달일 뿐이었다. 우빈은 재인에게 한 걸음 한 걸음 다가가며 강한 어조로 물었다.

"왜 안 돼? 부모님은 이혼했고, 네 말대로 우린 남이 됐고, 내가 널 이렇게 원하는데."

한번 털어놓은 마음은 거침이 없었다. 우빈은 억눌렀던 말들을 토해내며 재인의 지척까지 다가갔다.

"다른 여자를 만나도 소용없고, 계속 네 꿈만 꾸고, 지금도 널 안고 싶어 미치겠는데, 왜 안 돼?"

"안 돼."

재인은 고개를 돌려 그의 끓어오르는 시선을 피하며 단호히 대꾸했다. 우빈은 재인의 양 어깨를 붙들며 타는 듯한 목소리로 그녀를 불렀다.

"재인아……."

"안 되는 이유, 너도 잘 알잖아. 알면서 이러는 거잖아, 지금."

재인은 다시 시선을 돌려 우빈의 두 눈을 올려다봤다. 아무 말도 않은 채 그녀를 내려다보는 우빈의 눈동자에서 날것 그대로의 고통이 묻어났다. 그 감정이 눈을 통해 고스란히 내비쳐, 재인은 일순간 가슴이 따끔거렸다.

"상관없어. 이 독을 빼낼 수만 있다면……."

우빈이 작게 속삭였다. 그는 고개를 숙여 재인의 어깨에 얼굴을 묻으며 고백하듯 읊조렸다.

"이제 참는 것도 지쳤어."

우빈의 목소리에는 오랜 세월 동안 품어온 빈 껍질 같은 외로움이 스며 있었다. 그를 느낀 순간, 재인은 안 된다는 걸 알면서도 자기도 모르게 손을 들어 올렸다. 그 어렸던 날들처럼 그의 등을 두 팔로 감싸 안고 말았다.

딩동—

두 사람 사이를 감돌며 융화될 것 같았던 공기는 불현듯 울린 초인종 소리로 깨져 버렸다. 재인은 두 팔을 스르륵 아래로 내리며 낮게 말했다.

"노민혁일 거야. 가봐야 해."

일부러 밀어내지는 않았지만 그만 물러나라는 그 말뜻에, 우빈은 천천히 고개를 들었다. 다시 똑바로 서서 재인의 얼굴을, 검은 두 눈을 들여다봤다. 재인은 그를 잠시 보고는 곧 몸을 돌려 문으로 향했다. 문고리를 서서히 돌려 민혁일 게 분명한 그에게 문을 열어줬다.

"이건 또 무슨 상황이야?"

객실 안에 버젓이 서 있는 우빈을 본 민혁이 입매를 비웃듯이 올리며 물었다. 재인은 시선을 우빈에게 고정시킨 채 문 앞을 가로막고 선 민혁에게 건조한 말투로 답했다.

"네 아버지가 여기 있다고 가르쳐 주셨대. 내가 너랑 여기서 동창회라도 연 줄 아셨나봐."

"나더러 그 말을 믿으라고?"

민혁이 천천히 시선을 돌려 앞에 선 재인의 두 눈을 직시하며 물었다. 재인은 흔들림 없는 눈빛으로 그에게 응수했다.

"같이 가서 확인해 보면 되잖아? 나도 가기 전에 네 부모님께 인사는 드려야 되니까."

민혁은 재인의 얼굴을 탐색하듯 보다가 옆으로 비켜섰다. 재인은 곧은 자세로 문을 통과해 뒤 한번 돌아보지 않고 또각또각 엘리베이터로 걸어갔다. 민혁은 그런 재인을 힐끗 보고는 다시 입가에 비웃음을 달고서 우빈을 봤다. 우빈 또한 피하지 않고 민혁을 미주 봤다.

그러기를 잠시, 민혁은 우빈을 방 안에 남겨둔 채 문을 쾅 닫아버렸다.

❖

우빈의 아버지 이상윤 부회장은 판교에 150평이 넘는 저택을 사들여 새 보금자리를 꾸몄다. 명예회장으로 물러나신 우빈 할아버지의 뜻에 따라 살림을 합친 것이라 했다. 그 집은 CTS 본사가 위치한 공덕동과는 차로 이동하면 멀지 않은 거리에 있었지만, 우빈은 조부모님과 아버지께 양해를 구하고서 합정동에 사놓은 오피스텔로 들어갔다. 그 대신 하나뿐인 친손자를 챙기지 못해 안달이신 할머니께 적어도 일주일에 한 번은 판교 저택에서 자겠다고 약속드렸다. 겉으로 내색은 안 해도 할아버지와 아버지 역시 내내 미국에서 생활하다 돌아온 우빈과 되도록 함께 지내고 싶어하는 눈치였으니까.

우빈은 한숨을 내쉬며 정장 재킷을 벗어 의자에 아무렇게나 걸쳐 놓고는 침대에 드러누웠다. 길었던 만찬이 끝난 후 아버지와 함께 판교로 갈 수도 있었지만, 이 밤은 혼자 보내고 싶었다. 그래서 아버지께 봐야 될 자료가 남았다고 말씀드리고는 천천히 오피스텔로 돌아왔다. 오는 내내 재인이 보였던 반응들을 떠올리면서.

'받아들이기 힘들겠지……. 미친놈으로밖에 안 보일 테고.'

우빈은 미간을 찌푸리며 쿡 하고 웃었다. 어디 재인뿐이랴? 그가 재인에게 저지른, 그리고 앞으로 저지를 행동들을 알고 나면 그를 둘러싼 모두가 미쳤다고 손가락질할 것이다. 누구보다 가족이, 그와 가장 가까운 조부모님과 아버지가 격분하며 노하실 것이다. 이제 연세가 지긋하게 드신 할아버지는 충격을 받고 뒤로 넘어가실지도 모를 일이다. 그런데도 하고야 말겠다면, 그러기 위해 미국에서 건너온 거라면, 자신은 정말 미친 걸지도.

'그런데 난 미치기 싫어서 이러는 거야. 그대로 있다간 진짜 미쳤을 테니까…….'

우빈은 상체를 일으켜 셔츠 단추를 하나하나 풀어나갔다. 이미 주사위는 던져졌고, 그들의 관계는 새로운 국면을 맞이했다. 그리고 자신은 평생을 목말라 하느니 차라리 모두의 경멸을 사는 쪽을 택했다. 재인은 지독히 이기적인 놈이라 욕하고 있겠지만.

그래도…….

'네가 날 선택하면 난 전부를 던질 거다.'

그럴 각오로 돌아왔다. 설사 모든 걸 잃고 파멸한다 할지라도.

우빈은 침대에서 일어나 욕실로 향했다. 이제 막 전투가 시작된 참이었다.

3. But I can' t…….

"이우빈이 이제 와서 우리랑 어울리려 들겠냐?"

"어울리진 않아도 무시는 못하지. 이 바닥 뻔한데."

"맞아. 한국으로 들어온 이상 걔도 아버지 회사 물려받으려면 여기저기 얼굴 디밀어야 될 거 아니야? 아니, 아직 할아버지 회사였던가?"

"그래 봤자 표면적이지. 그 자식, 미국으로 나가기 전에도 딱히 어울리는 놈들 없었잖아? 도서관에 처박혀 있거나 신재인하고만 딱 붙어 다녔지. 그 둘도 얼굴 보기 참 껄끄럽겠어. 안 그러냐, 민혁아?"

민혁은 입매를 비뚜름히 올리며 들고 있던 술잔을 빙글빙글 돌렸다. 국내 상위 3퍼센트 안에 드는 재력가들만이 드나들 수 있다는 청담동의 어느 살롱, 동창 놈들이 오랜만에 뭉치자고 불러내어 설렁설렁 들른 차였다. 그 자선모금회 이후로 계속 거슬렸던 문제에 대해 잠시 잊고 싶기도 했고. 그런데 어딜 가나 이 주제에서 벗어날 수가 없으니, 원.

"사내놈들이 뭘 그리 수다스럽냐?"

민혁은 한자리에 앉은 세 명 모두에게 핀잔을 던지며 독한 위스키 한 잔을 단숨에 비웠다. 그러곤 술잔을 내려놓고 자리에서 일어섰다.

"뭐야, 왜 일어나?"

민혁에게 전화해 무조건 나오라고 어깃장을 놨던 상훈이 눈을 동그랗게 뜨고 그를 올려다봤다. 민혁은 소파 밖으로 나가며 툭 내뱉었다.

"먼저 간다. 잘들 놀아."

"야! 너 온 지 한 시간도 안 됐어!"

민혁의 맞은편에 앉았던 태현이 소리쳤다. 그러든 말든, 민혁은 왼손을 가볍게 흔들며 빙글거렸다.

"금쪽같은 토요일에 시커먼 놈들이랑 한 시간이나 같이 있었음 됐지. 다음에 골프라도 치러 가든가."

"야!"

마지막에 그를 부른 용준까지, 세 사람 모두가 불러 세웠지만 민혁은 아랑곳하지 않고 룸 밖으로 나가 버렸다. 상훈은 앞에 앉은 태현과 용준에게 어처구니없다는 투로 물었다.

"저 자식 왜 저래? 우리가 뭐 실수했냐?"

"뭐, 이우빈 얘길 해서 그럴지도. 근데 안 할 수가 없잖아? 죽었는지 살았는지 보이지도 않던 놈이 갑자기 떡하니 나타나서 돌아다니는데."

용준이 위스키 병을 들어 자신의 빈 술잔을 채우며 대꾸했다. 태현은 용준에게서 병을 받아 들어 상훈과 자신의 잔에 술을 따르며 되물었다.

"재가 이우빈하고 사이가 안 좋았나? 둘이 싸운 적 없잖아? 사업상 딱히 부딪칠 일도 없고."

"얌마, 꼭 치고받고 해야 싸움이냐? 미묘했어, 좀. 이우빈이랑 신재인 사이도 그랬잖아?"

용준이 핀잔을 주듯 말했다. 두 사람의 대화를 곰곰이 듣던 상훈도 덧붙였다.

"하긴, 게네가 좀 웃기긴 했어. 아니, 신재인이 웃겼나? 솔직히 의붓 남매지간에 사이가 좋은 게 더 희한하구만, 자길 대놓고 피하는 놈을 죽자사자 따라다닐 건 또 뭐야?"

"야야, 그만 됐고, 술이나 마시자. 어차피 10년도 더 지난 일인데 설마 걔들이 고딩 때처럼 얼굴 붉히겠냐? 피차 껄끄럽긴 하겠지만 서로 안면 철판 깔면 그만이고. 이 바닥 생활 하루 이틀이야?"

용준이 술잔을 들며 대화를 끊었다. 민혁이 말한 대로 금쪽같은 토요일에 그나마 마음이 맞는 동창들끼리 모였는데 남들 얘기나 하면서 시간을 허비하고 싶지 않았다.

"그래, 맞다. 술이나 마시자."

태현도 동의하며 잔을 들었다. 이어 상훈 또한 고개를 끄덕이며 술잔을 들어 두 사람 것과 부딪쳤다. 뭐, 걸리는 게 있다면 나중에 민혁에게 연락해 풀어 버리면 그만이니까. 노민혁은 결코 꽁하는 성격이 아니었다.

불야성이 꺼지지 않는 토요일 밤, 세 사람은 그렇게 밤늦도록 술잔을 기울였다.

밤 11시. 민혁은 침대에 오른팔을 베고 누워 왼손으로 핸드폰을 만지작거렸다. 늦긴 했지만 아직 잘 시간은 아니다. 이 상념으로 가득한 토요일 밤이라면 더더욱. 결국 민혁은 핸드폰 버튼을 눌러 전화를 걸고 말았다.

[왜?]

참 퉁명스럽게도 받는다. 그래도 받긴 하는군. 민혁은 빙글거리며 재인에게 말했다.

"뭐 하고 있냐?"

[외가야. 왜 전화했어?]

"심심해서. 내일도 종일 거기 있냐?"

[그렇겠지? 할 일 없으면 빨리 자라.]

그러고서 바로 전화를 끊으려 했다.

이대로 물러나면 노민혁이 아니지. 그는 웃음기를 물고서 재인에게 물었다.

"나도 내일 거기로 갈까?"

[뭐? 네가 왜?]

"말했잖아, 심심하다고. 내일도 아주 심심할 예정이거든."
사실 하고자 하면 할 일은 태산이다. 하지만 그 무엇보다 신재인을 놀리는 게 재밌다. 민혁은 속으로 큭큭거리며 즐겁게 재인의 반응을 기다렸다.
[너 오기만 해봐! 또 문자 전화 다 씹을 줄 알아!]
예상대로다. 민혁은 입매를 빙긋 올리며 마지막 한 수를 뒀다.
"그럼 월요일 저녁에 보자. 거절하면 내일 진짜 가고."
[야!]
"왜, 선택권을 줬는데. 아마 내가 가면 회장님이랑 사모님이 매우 좋아하시겠지?"
민혁은 혀를 살짝 내밀며 강력한 무기를 내던졌다. 이런 때를 대비해 노인 양반들한테 잘 보이는 거 아니겠어?
역시나, 수화기 너머로 씩씩거리던 재인은 이를 북북 갈며 백기를 들었다.
[그래, 보자, 봐! 넌 진짜 전생에 내 원수였을 거야.]
"전생이란 게 있다면 말이다. 그럼 월요일에 보자고. 잘 자라."
재인은 인사도 안 하고 전화를 탁 끊어버렸다. 이 밤중에 약이 올라 베개를 팡팡 치며 쌕쌕거릴 재인의 모습이 눈에 선해, 민혁은 소리 내어 키득거렸다.
'하여튼 나도 문제야. 왜 이렇게 놀리고 싶나 몰라.'
다른 계집애들에게는 제법 매너 있는 신사처럼 구는데 말이다. 하지만 재인 또한 다른 계집애들처럼 그를 고분고분하게 대한 적이 없으니 피차일반인 셈이다.

'하긴, 얘가 다른 여자들 같았으면 애초에 관심이 안 갔겠지.'

자기가 무슨 귀족 가문의 여식이라도 되는 양 대개 오만하고 사치스러운 이 바닥 여자들과는 다르게 늘 감정에 솔직하고 꾸밈없는 신재인. 그런 그녀를 무시하는 시선도 꽤 있었지만, 재인은 개의치 않고 자신에게 당당했다. 오히려 남에게 보이는 모습을 유독 신경 쓰는 그 애들이 안됐다 여기면서. 민혁은 함께 고등학교에 다녔던 그 시절부터 그렇게 유별났던 재인에게 문득문득 눈길이 갔다.

'그래도 한번쯤은 고분고분해도 좋잖아? 어차피 저도 시집은 가야 될 거 아냐?'

그리고 그 상대는 십중팔구 그가 될 텐데 말이다.

민혁은 '에잉!' 소리를 내며 고개를 절레절레 흔들었다.

❖

겉으로는 외할아버지와 외할머니께 '아하하하!" 하고 웃어 보였지만, 사실은 주말 내내 미약한 편두통에 시달렸다. 그래서 재인은 외가에서 자고 월요일에 외할아버지와 같이 출근하라는 외할머니의 말씀을 예의 바르게 사양하고 일요일 오후에 부득불 집으로 돌아왔다. 그래도 아직은 일개 직원인데 그룹 회장님과 나란히 출근하면 모양새가 좋지 않다는 그럴듯한 이유를 대고서. 대신 외할머니는 재인이 타고 갈 차에 반찬을 바리바리 실려 보내셨고, 그 덕분에 파주댁 아주머니가 준비해 놓은 음식과 더불어 냉장고가 꽉 차버렸다.

"혼자서 얼마나 먹는다고요……. 에휴!"

재인은 구시렁거리며 반찬을 하나하나 꺼내 냉장고에 넣었다. 집에서 먹는 밥이라고 해봤자 하루에 한 끼나 될까? 아침 식사야 버릇이 들어 꼬박꼬박 먹고 출근한다만, 저녁에는 약속이 있거나 과일만 먹고 자기 일쑤였다. 그걸 아는 파주댁 아주머니는 재인이 주문하는 음식들을 위주로 과하지 않을 만큼만 쟁여놓는데, 외할머니 마음은 또 그게 아닌지라 어떻게든 재인을 먹이지 못해 안달이셨다. 이러다 양이 안 줄면 또 상하기 전에 여기저기 나눠 줘야 할 텐데 말이다.

"하아…… 피곤하네."

반찬을 전부 정리해 넣은 재인은 주방에서 터덜터덜 걸어나와 응접실 소파 위에 널브러지듯 앉았다. 저녁 6시. 먹을 건 넘칠 듯이 많다만 어제부터 성북동에 있는 외갓집을 떠나기 전까지 외할머니의 쉴 새 없는 공략에 시달렸더니 배 속에 소화되지 않은 요리들이 가득 든 느낌이었다. 먹는 동안이야 아무 생각도 안 들어 좋았다만, 그 때문에 지금 저녁 식사는커녕 헬스장으로 내려가 뛰어야 할 판이었다. 재인은 이대로 쉴까, 운동하러 갈까 멍하니 고민하다 상체를 벌떡 일으켰다.

"가자, 가! 살 처질라."

그리고 아무것도 안 하고 있어봤자 잡념만 더 꼬인다.

재인은 드레스 룸으로 훌쩍 걸음을 옮겨 입고 있던 원피스를 벗고서 몸매의 굴곡이 그대로 드러나는 외출용 트레이닝복을 찾아입었다. 그러곤 핸드백에서 지갑만 꺼내 챙겨 들고 현관을 나서, 지하 1층에 위치한 헬스장으로 향했다.

일요일 저녁이라 그런지 거주민 전용 헬스장 안에는 사람이 별로 많지 않았다. 재인은 개인 사물함 안에 넣어뒀던 운동복을 꺼내 갈아입고서 가볍게 몸을 푼 후 곧바로 러닝머신 위에 올랐다. 평소에는 강사에게 일대일 지도를 받으며 근력 운동 위주로 하고 내키면 요가와 수영도 하지만, 휴일이라 강사들도 없고 귀찮아서 조금 뛰다가 스트레칭이나 할 생각이었다. 50분간 달리기와 경보를 반복한 재인은 러닝머신 위에서 내려와 요가의 마무리 동작으로 근육을 이완시켰다. 그리고 바로 샤워실로 향했다.

그래도 두 시간에 걸쳐 운동으로 땀을 흘린 후 개운하게 씻고 났더니 피로가 제법 풀렸다. 재인은 상쾌해진 기분으로 헬스장에서 나와 주민 전용 엘리베이터의 버튼을 눌렀다. 그대로 침대와 이불 사이로 파고들면 되겠다. 아니면 과일 주스나 한잔 마시고 들어갈까? 분명 냉장고 안에 파주댁 아주머니가 만들어놓은 과일 주스가 남아 있을 테지만 왠지 야외 테라스가 예쁜 1층 카페로 가서 마시고 싶다는 충동이 일었다.

몇 초간 망설이던 재인은 결국 카페로 발길을 돌렸다. 화장을 다 지우긴 했지만 이미 날은 어두워졌고, 그 카페의 야외 조명이 주황색이라 별로 개의치 않았다.

카페 바리스타는 정중히 재인을 맞이해 자리로 안내했다. 야외 테라스를 바깥쪽으로 내어 지나가는 행인들과 얼굴을 마주치는 일이 다반사인 다른 카페들과 달리, 이곳은 야외 테라스를 내실의 정원처럼 꾸며놓았다. 게다가 내부가 넓어서 평일 점심이나 저녁 때는 손님이 상당했다. 그런데 오늘은 여름 저녁치고 바람이 차가워서 그런지 야외에 앉은 사람이 재인 혼자뿐이었다. 재인은 키위 파인애플 주스를 주문하고는 의미 없이 콧노래를 흥얼거리며 그 고즈넉함을 즐겼다.

"주문하신 음료 나왔습니다."

한 손으로 턱을 받치고 앉아 멍하니 옆을 바라보고 있는데 바리스타가 주스를 가져왔다. 재인은 시선을 돌려 눈앞에 놓인 예쁜 빛깔의 주스를 보며 입가에 옅은 미소를 드리웠다.

"고마워요."

"별말씀을."

"어……?"

무언가 이상하다는 걸 느낀 재인이 황급히 고개를 들어 바리스타의 얼굴을 쳐다봤다. 그는 의자를 빼서 주저 없이 재인의 맞은편에 앉더니 보일 듯 말 듯 희미하게 웃었다. 재인은 눈을 동그랗게 뜨며 미간을 찌푸리더니 이윽고 타박하듯 말했다.

"정말 지치지도 않는구나."

"말했잖아. 10년간 무시해도 좋다고."

우빈이 온화한 목소리로 대답했다. 그런 태도가 더 뻔뻔하게 느껴져, 재인은 골을 내며 쏘아붙였다.

"그렇다고 이런 식으로 찾아오는 건 사생활 침해지! 내가 여기 있는 줄은 또 어떻게 알았어?"

"알고 온 게 아니라 기다리려고 왔어. 네가 전화를 계속 안 받으니까. 구석 자리에 앉아 있어서 들어올 때 날 못 봤던 거고. 난 네가 여기 들어온 순간에 봤지만."

그러고 보니 집에서 나올 때 핸드폰을 핸드백 안에 그대로 두고 왔다. 물론 재인의 습관상 핸드폰을 가지고 내려왔어도 운동하는 동안에는 꺼뒀겠지만. 하지만 설령 핸드폰을 켜놓았다 해도 그의 전화를 받진 않았을 것이다.

재인은 고개를 흔들며 푸념처럼 내뱉었다.

"이러지 좀 마. 그냥 아무 생각 없이 있다 자고 싶었단 말이야!"

"그렇게 해. 그 주스 다 마시면 나도 일어설 테니까."

"네가 앞에 있는데 어떻게 그래?"

"다행이네. 내가 아직은 신경 쓰인단 뜻이니까."

"야, 이우빈!"

자신은 그의 얼굴을 본 순간 이미 감정적이 돼버렸는데 우빈은 동요도 없이 따박따박 대꾸도 잘했다. 그 특유의 차분하고 낮게 가라앉은 음성으로. 재인은 또 버럭 소리치고 말았다.

우빈은 한숨을 길게 한번 내쉬고는 타이르듯이 말했다.

"내 전화 받기 싫으면 안 받아도 돼. 보기 싫으면 안 보면 되고, 무시하고 싶으면 무시해. 난 그냥 네가 보고 싶을 때마다 보러 올 테니까."

"……내가 투명인간 취급해도 상관없단 뜻이야?"

"그게 편하다면 그렇게 해. 내가 했던 행동들도 다를 거 없었으니까."

"내가 언제 복수라도 하고 싶댔어?"

이젠 정말이지 화가 치밀었다. 재인은 자리에서 벌떡 일어나 울분을 토하듯 빠르게 쏟아부었다.

"내가 몇 번이나 말했잖아, 오지 말라고! 네가 원하는 건 안 된다고! 네가 이러면 날 또 다른 방식으로 괴롭히는 것밖에 안 돼. 겨우 평온해진 내 삶에 돌 던져서 진흙탕 만드는 것밖에 안 된다고! 그러니까 제발 부탁이야. 나 좀 그만 괴롭혀……."

마지막 말은 거의 애원에 가까웠다. 그를 만나면 늘 끝내는 이렇게 되고 만다. 감정이 폭발하고, 화를 내고, 눈물을 흘린다. 재인은 고개를 돌린 채 그 앞에서 벗어나고 싶어졌다.

"그럼 넌 왜 나만 봤어?"

재인이 몸을 틀어 막 자리를 떠나려는 순간, 우빈이 격한 목소리로 소리쳐 물었다. 재인은 전기에 감전된 듯 멈칫했다. 우빈은 의자에서 일어서며 다그치듯 질문을 계속했다.

"왜 그 긴 시간 동안 누구 하나 만나지도 않으면서 나만 봤냐고. 가족이라서? 내가 친오빠라도 그렇게 했을까?"

"무슨 소리야? 넌 그럼 내가……!"

"맞아. 넌 인정 못하겠지만."

우빈은 단호히 선언했다.

재인은 얼굴을 돌려 말도 안 된다는 눈빛으로 그를 쳐다봤다. 우빈은 흔들림 없는 눈동자로 재인을 가만히 마주 보다가 목소리를 낮춰 침착하게 말을 이었다.

"만약에 우리가 지금도 가족 관계였다면 넌 계속 나랑 잘 지내보려고 최선을 다했겠지. 난 피했겠지만 어쨌든 넌 노력했을 거고, 그러다 나중에 한 남자를 만나서 그럭저럭 결혼했을 거야. 그게 자연스러운 수순이니까. 그런데 알아? 난 그 꼴을 보기 싫어서라도 한국으로 오고 싶지 않았어. 부모님이 뭐래도, 네가 애원해도! 그리고 넌 이유도 모르면서 도망치는 나만 쫓아다녔어. 다른 남자를 만나기는커녕 쳐다보지도 않고서. 아냐?"

"그건……!"

밤에 생각나는 사람이 하나도 없었으니까. 널 제외하고는…….

재인은 급히 대답하려다 스르륵 입을 다물었다. 부정할 순 없지만 인정할 수도 없다. 그녀는 우빈의 눈을 피하며 볼멘소리로 둘러댔다.

"그럼 내 연애사를 너한테 일일이 보고했어야 돼? 그날 이후로 서로 얘기한 적도 별로 없었잖아. 착각하지 말고 그만……."

"내가 모를 거라 생각하지 마."

우빈이 미간을 찌푸리며 피식 웃었다. 빤히 알고 있으니 속일 생각일랑 꿈에도 말라는 듯이.

재인은 더 이상은 그를 상대할 자신이 없어졌다. 뭐가 진실이든 아니든 간에 더는……. 그녀는 머리가 지끈지끈 울리는 것을 느끼며 힘없이 중얼거렸다.

"그만해. 갈래."

"……그래. 그만하자."

우빈 또한 한숨을 내쉬며 물러났다. 이렇게 선부르게 토해낼 생각은 아니었는데 자신도 어지간히 급했나 보다고 자책하면서.

결국 재인은 주스를 한 모금도 마시지 않은 채 나가 버렸다.

우빈은 뒤돌아 나가는 재인의 뒷모습이 사라질 때까지 그 자리에 붙박인 듯 서서 그녀를 바라봤다. 다시 그녀의 손을 잡아채고 싶은 충동을 그 짧은 사이 수백 번은 더 짓누르면서.

❖

억지로 했더라도 약속은 약속. 힘겨운 월요일 퇴근 후 시큰둥한 얼굴로 민혁을 만난 재인은 마지못한 태도로 그와 함께 식사를 하러 와서는 내내 파스타를 포크로 깨작거렸다. 입에 넣는 둥 마는 둥, 이러는 걸 보고 있으면 배가 엄청 고픈 사람이라도 식욕이 다 떨어지겠다.

"왜 이렇게 파스타에 대한 예의가 없냐?"

민혁이 포크를 내려놓고 휴지로 입을 닦으며 툭 내뱉었다. 서울에서 맛으로 다섯 손가락 안에 들어간다는 이탈리안 레스토랑에 데려왔거늘, 이 계집앤 또 뭐가 불만일까.

그러든가 말든가, 재인은 접시에 시선을 붙박인 채 파스타 면발을 휘적거리다가 전혀 예상치도 못한 질문을 던졌다.

"나는 왜 연애를 못해봤을까? 스물아홉이면 적은 나이도 아닌데……."

"뭐어? 갑자기 그게 무슨 뜬금포야?"

민혁이 어이없다는 투로 반문했다. 저녁 내내 뚱한 표정으로 앉아서 같이 있는 사람 식욕까지 다 떨어뜨려 놓고 그만 어처구니없는 생각을 하고 있었단 말인가?

민혁의 반응이 어떻든 말든, 재인은 여전히 접시 위의 파스타 면발을 포크로 괴롭히며 투덜거렸다.

"그렇잖아. 너도 그렇고 다른 애들도 그렇고 잘만 연애하고 돌아다녔잖아. 동창 중에는 벌써 결혼해서 아기 낳거나 임신한 애들도 있고. 근데 나는 연애는커녕 데이트도 몇 번 못해봤으니……. 관심 가는 남자가 없긴 했지만."

"하하."

민혁은 어색한 웃음소리를 내며 앞에 앉은 이 여자가 과연 신재인이 맞나 의심했다. 신재인이 이렇게 지극히 평범하고 일상적인 고민을 한다고? 뭘 잘못 먹어서?

결국 민혁이 몇 초간 생각하다 내린 결론은 이것이었다.

"너, 어디에서 뭔 소리를 듣고 왔냐? 아니, 이우빈한테 뭔 소리를 들었어?"

"거기서 이우빈이 왜 나와? 그냥 생각해 보니 그렇단 거지."

재인이 손을 멈칫하며 팩 신경질을 부렸다.

이러면서 아니라고? 민혁은 입매를 비뚜름히 올리며 단언하듯 말했다.

"네가 이럴 때는 대개 원인 제공자가 이우빈이니까. 아냐?"

"내가 뭘 어떤데? 그럼 내년이면 서른인데 이런 생각도 못해?"

"그 자식이 오기 전에는 내년이면 서른 아니었냐, 그럼? 그런데 이런 적 있어?"

"그러니까 내가 뭘 어떤데 그러냐고!"

"풀 죽어 있잖아, 너답지 않게!"

한마디씩 주고받다 보니 어느새 말투가 격해졌다. 민혁은 감정을 가라앉히려는 듯 시선을 피해 고개를 옆으로 돌렸다. 그리고 무릎 위에 올려놨던 냅킨을 거칠게 식탁 위로 내려놓으며 단도직입적으로 말했다.

"너, 되도록 그 자식하고 엮이지 마."

"내가 그러려는 거 못 봤어?"

재인이 휴지로 입을 닦으며 날카롭게 응했다. 그러자 민혁이 다시 한 번 강하게 충고했다.

"흘려듣지 마. 너한테 좋지 않아."

재인은 이마를 찌푸리며 비웃듯이 받아쳤다.

"뭐야, 너야말로 과민반응이잖아? 설마 오늘 하려던 말이 이거야?"

"……이우빈은 예전부터 널 여자로 봤어. 지금도 마찬가지고."

민혁은 그답지 않게 망설이다 어렵사리 털어놓았다.

재인은 순간 말문이 막혀 민혁의 얼굴만 응시했다. 민혁은 어떻게 안 것일까? 그렇게나 우빈을 쫓아다니던 자신도 그가 직접 말해주기 전까지는 몰랐던 걸 어떻게……?

"네가 그걸 어떻게 알아? 아니면, 다들 아는데 내가 둔해서 몰랐던 거야?"

재인이 한참 만에 조심스럽게 물었다. 그러자 민혁은 머리를 살짝 흔들며 단번에 부정했다.

"아니, 아마 당사자랑 나만 알았을 거야. 웬만해선 속을 안 들키는 놈이니까. 난 어쩌다 보니 알게 됐지만."

민혁은 목이 탄다는 듯이 앞에 놓인 냉수를 벌컥벌컥 들이켰다. 그리고 천천히 일어서며 말했다.

"그만 가자. 데려다줄게."

그러나 재인은 그가 내려놓은 물 잔을 응시하며 건조하게 대답했다.

"너 먼저 가. 난 커피 마시고 생각 좀 하다 들어갈래."

"넌 진짜……! 됐다. 마음대로 해라."

민혁은 성을 내려다 말고 고개를 흔들었다. 어쨌든 홧김에 폭탄을 터트린 셈이 됐으니 심란할 터. 넘어가 줄 수밖에. 그는 테이블에 놓인 계산서를 낚아채 뚜벅뚜벅 카운터로 걸어갔다.

"하아……."

민혁이 떠나고 나자, 홀로 남은 재인은 무의식적으로 한숨을 길게 내쉬었다. 고교 시절, 전형적인 반항아였던 민혁은 툭하면 우빈에게 시비를 걸었다. 물론 서로의 상황상 대놓고 괴롭히거나 폭력을 휘두르진 않았지만, 마주칠 때마다 거슬린다는 눈빛으로 우빈을 쏘아보며 공격적으로 말을 내뱉곤 했다. 그땐 그저 사춘기 혈기를 주체하지 못하는 민혁이 그와 정반대 성격인 우빈을 괜스레 건드리며 치기 어린 행동을 하는 걸로만 보였는데…….

"결국 내가 바보였던 거네."

재인은 힘없이 머리를 흔들며 자리에서 일어났다.

아무도 눈치 못 챘던 걸 민혁이 알고 있었다는 사실은 놀랍지만, 그렇다고 그걸 크게 신경 쓸 여유는 없었다. 지금은 민혁이 보태주지 않아도 '원인 제공자' 때문에 머리가 터질 거 같으니까.

재인은 다시 한숨을 푹 내쉬며 느릿느릿 걸음을 옮겼다.

❖

우빈은 재무관리실이나 인력관리실로 가서 현 CTS의 운영 상황을 파악하길 바란다는 아버지의 말씀에 따라 선선히 인력관리실의 과장으로 부임했다. 물론 CTS의 후계자가 되려는 준비를 본격적으로 한다면 그곳에만 머무르지 않겠지만, 지금으로선 사내 직원들을 파악하기 용이하고 야근이 드문 인력관리실이 여러모로 최선의 선택이었다.

인력관리실의 부장이야 윗선에서 하달받은 명령이 있기에 우빈의 정체를 처음부터 알았지만, 아래 직원들에게 밝히지는 않은 터. 그렇다고 갑자기 부임한 젊은 과장의 정체를 의심하지 않을 이는 없었다.

자연스레 몸에 밴 매너와 웬만한 남자는 가질 수 없는 뽀얀 살결, 수려한 이목구비로 앉아만 있어도 귀태가 나는 우빈이 들어온 순간 사무실은 술렁였고, 소문은 특히 여직원들의 입을 통해 삽시간에 퍼졌다. 여기저기서 우빈이 최소한 어느 윗분의 친척쯤은 될 거란 이야기가 공공연히 돌았고, 갈수록 그를 보러 인력관리실 앞을 기웃거리는 여직원들 수가 늘어났다.

이 소문은 돌고 돌아 부회장인 아버지의 귀에까지 들어갔지만, 우빈은 딱히 신경 쓰지 않고 사람들을 예의 바르게 대하며 진지하게 업무에 집중했다. 그래서 우빈의 사내 인기는 날이 다르게 치솟는 중이었다.

물론 일에 집중했다고 해서 재인에게 소홀한 건 아니었다. 재인은 우빈이 바빠서라도 자신을 잊어주길 바랄지도 모르겠다만, 우빈은 그럴 마음이 전혀 없었다. 그래서 수요일에는 붉은 장미 한 다발을 들고서 찾아갔고, 금요일에는 그녀가 좋아하는 제과점의 초콜릿 케이크를 집으로 보냈다. 재인은 지난 일요일 저녁의 만남 이후로 독하게 작정을 했는지, 수요일에는 꽃다발을 든 우빈을 보자마자 인상을 쓰더니 휙 지나쳐 버렸고, 금요일에 보낸 케이크는 배송료를 지불하면서까지 반품시켰다. 우빈은 고개를 설레설레 저으며 피식 웃고 말았다. 한번 고집을 부리면 쉬이 꺾을 수 없었던 재인의 어린 시절 모습이 떠오른 까닭이다.

그래서 이번에는 세계적인 명품으로 유명한 보석전문점으로 가서 값비싼 선물을 골랐다. 백금으로 만든 초승달 위에 3부가 넘는 푸른 다이아몬드를 박아 세공한 펜던트가 달린 신비로운 분위기의 목걸이였다. 우빈은 그것을 화요일 낮 3시쯤에 재인의 집으로 보내달라고 주문한 후 가만히 기다렸다.

그러자 예상대로, 재인이 그날 저녁에 씩씩거리는 목소리로 전화를 했다.

[이우빈, 이게 뭐야?]

“잘 받았구나. 마음에 들어?”

우빈은 전화를 받자마자 다짜고짜 소리치는 재인에게 부드러운 어조로 물었다. 역시 예상했던 대로, 재인은 우빈의 이런 반응에 더 골을 냈다.

[대체 몇 번을 말해야 알아들어? 그만하라고 좀! 내가 이걸 네 본가로 돌려보내야 정신을 차리겠어? 아니면, 회사로 보내줘?]

"원한다면 그렇게 해. 아니면 버리든가. 다른 물건을 골라보지."

우빈의 목소리는 차분하다 못해 태연했다. 재인이 어떻게 나올 줄 전부 짐작하고서 대답을 준비한 듯이.

그러자 수화기 속 재인의 음성이 애원조로 바뀌었다.

[이러는 거 스토커나 하는 짓이야…….]

"그렇다면 스토커답게 널 납치라도 해야겠네. 사실은 그러고 싶거든."

우빈이 웃으면서 장난스럽게 말했다. 꼭 이렇게라도 재인과 얘기할 수 있어서 즐겁다는 투였다. 재인은 수화기 너머로 한숨을 내쉬더니 다시 다그치듯 말을 꺼냈다.

[너 이런 식으로……!]

"미안해, 이래서. 그래서 싫으면 무시하라고 했잖아. 내가 뭘 선물로 보내든 마찬가지야."

우빈이 선수를 쳤다. 재인이 무슨 소리를 하든 그만둘 맘은 전혀 없었다. 이러니 재인이 화를 내는 것도 당연했다.

[말로는 무시하라면서 행동으론 전혀 아니잖아! 이런 걸 보내면 내가 전화할 거라고 생각한 거잖아!]

"그 역시 네 선택이야. 그 목걸이를 쓰레기통으로 던져 버리고 나한테 아무 연락 안 하면 그만이니까. 물론 난 네 연락을 기다렸지만."

이런 종류의 이야기를 우빈은 너무나도 차분히 말했다. 그 특유의 낮은 목소리로. 재인은 더욱 화를 내며 빽 소리 질렀다.

[그럼 버릴 거야! 끊어!]

재인은 핸드폰의 종료 버튼을 누르고는 분이 가라앉지 않아 씩씩거렸다. 정말 화가 나는 점은 우빈이 재인의 취향을 너무나도 잘 기억하고 있다는 거였다. 저 목걸이는 존재를 드러내는 순간 재인의 시선을 빼앗아 버릴 정도였고, 일전에 그가 보내줬던 초콜릿 케이크는 재인이 지금도 간간이 즐겨 먹는 간식이었다. 그러니까 우빈은, 자신이 내뱉은 말들을 증명하기 위해 지금 물건들로 시위를 하는 것과 다름없었다.

그런데 진짜 화가 나는 일은 금요일에 벌어졌다.

그날은 퇴근해서 집으로 와보니 큰 상자가 응접실 탁자 위에 놓여 있었다. 파주댁 아주머니에게 물어보니 낮에 재인에게 온 것이란다. 재인은 심장박동이 빨라지는 것을 느끼며 일단 파주댁 아주머니를 집으로 보내 드렸다. 그리고 집 안에 혼자 남자마자 바로 상자를 열어 내용물을 확인했다. 그 속에는 보라색과 핑크색이 마치 유화처럼 섞인 고운 빛깔의 여름 원피스 한 벌과 흰색의 스트랩 슈즈 한 켤레, 그리고 작은 카드 하나가 들어 있었다. 재인은 설마 하는 마음으로 카드를 열어 메시지를 읽어봤다.

—그냥 그동안 내가 못했던 생일 선물을 주고 싶었어. 스무 살에는 장미 한 다발과 초콜릿 케이크를, 스물한 살에는 다이아몬드 목걸

이를, 스물두 살에는 네가 좋아하는 색의 원피스와 슈즈를. 마음에 안 들면 버려도 돼. 또 보낼 테니까.

"이 미친 자식!"

재인은 성을 내며 카드를 집어 던졌다. 아직은 사이가 틀어지지 않았던 시절에도 우빈은 이렇게 재인의 취향을 일일이 기억해 가며 선물을 준 적이 없었다. 다만 함께 어딘가를 가다가 재인이 가지고 싶어하는 물건이 생기거나 생일날 무언가를 받고 싶다고 말하면 사다 주거나 같이 쇼핑했을 뿐. 그런데 뭐가 어쨌다고?

재인은 얼굴을 찌푸리며 우빈이 보낸 스트랩 슈즈를 들어 올렸다. 245. 정확히 재인의 현재 구두 치수였다. 재인은 '하!' 소리를 내며 핸드폰을 꺼내 곧장 우빈에게 전화를 걸었다.

"너 진짜 스토커라도 될 셈이야?"

[……말했잖아. 버려도 된다고.]

우빈의 목소리는 평소보다 더 가라앉아 어쩐지 차갑게 느껴졌다.

뭘 잘했다고 이런 태도야? 재인은 인상을 확 구기며 짜증냈다.

"아니, 네가 다 가져가! 그리고 다시는 이런 거 보내지 마! 네가 뭘 해도 과거는 바꿀 수 없고, 나한테 무슨 맘을 품었든 안 되니까, 이 정도로 말했으면 알아들으라고, 제발!"

그래, 그랬다. 우빈이 어떻든, 재인이 어떻든 안 되는 일은 안 되는 거였다. 몇십 몇백 번을 생각해 봐도 그건 변할 수 없는 답이었다. 우빈이 그걸 인정하지 않는지, 무시하는 건지는 모르겠지만, 적어도 재인에게는 그 답이 변하지 않았다. 그래서 우빈이 하는 모든 행동은 그저 과거의 고통스러운 잔재이자 괴로움일 뿐이었다.

[그럼 네가 와서 돌려줘. 합정동 스타팰리스 32층 2호야.]

"뭐?"

우빈이 아무런 반박도 안 하다가 내던진 말은 당황스럽기 그지없는 것이었다. 재인이 황당하다는 듯이 반문하자, 우빈은 다시 짧게 말했다.

[와서 던지고 가든 버리든 마음대로 해. 끊을게.]

그러곤 전화를 정말 툭 끊어버렸다.

재인은 몇 초간 입을 벌린 채 핸드폰을 손에 든 자세 그대로 굳어 있었다. 갑자기 차가워진 우빈의 태도도 태도지만, 주소를 내뱉으며 돌려주러 오라는 것도 어처구니가 없었다. 이럴 거면서 10년간 무시해도 좋단 말을 했단 말인가? 고작 이 정도밖에 못 참을 거면서?

"아니, 아니야. 죄다 던져 주고 다시는 안 엮이면 돼. 다시는!"

재인은 고개를 흔들며 스스로를 빠르게 납득시켰다. 그리고 서둘러 쇼핑백 하나를 찾아오더니, 그 안에 우빈이 보낸 원피스와 슈즈, 카드와 차마 버리지 못했던 목걸이가 담긴 상자까지 전부 쑤셔 넣었다. 쇼핑백과 핸드백을 챙겨 들고 몸을 재게 움직여 현관으로 가는 재인의 모습은 어딘지 불안해 보였다.

"전부 끝내면 돼. 전부……."

재인은 다짐하듯 중얼거렸다.

우빈은 재인을 건물 입구부터 보안 시스템이 철저히 가동되는 고급 오피스텔의 현관문 앞까지 불러들였다. 마침내 문 하나를 사이에 두고 선 재인이 초인종을 누르자, 우빈은 천천히 그 문을 열고는 들어오라는 듯이 뒤로 물러나 그녀를 응시했다. 재인은 쇼핑백을 문 안으로 던져 놓고 떠나 버릴까 잠시 고민했으나, 그러고 가면 같은 일이 반복될 수도 있다는 생각에 일단 들어가기로 했다. 이제는 우빈과 제대로 이야기를 나눌 필요가 있었다.

"앉아. 커피 줄게."

우빈이 주방에 놓인 식탁으로 향하며 조용히 말했다. 재인은 아무 말 없이 집 안으로 들어와 천천히 내부를 둘러봤다. 침실과 드레스 룸이 개별적으로 마련된 탁 트인 구조의 오피스텔이었다. 아마 우빈이 회사와 가깝다는 이유로 혼자서 나와 사는 듯했다.

"방금 내렸어. 맛이 괜찮을 거야."

재인이 쇼핑백과 핸드백을 바닥에 내려놓고는 불편한 자세로 거실 소파에 앉자, 우빈이 머그컵에 커피를 담아 가져다주곤 그녀 옆에 앉았다. 재인은 별말 없이 커피 잔을 받아 들어 향을 음미하더니 쓴웃음을 지으며 물었다.

"이디오피아 예가체프. 이거 좋아하는 줄은 또 어떻게 알았어?"

"그냥 맞힌 거야. 네 취향일 거 같아서."

우빈 또한 옅게 웃으며 커피를 한 모금 마셨다. 홍차로는 아쌈을, 허브차로는 라벤더를. 주로 진한 향미를 품은 차를 즐기는 재인이라면 이 커피를 좋아할 거라고 추측했을 뿐.

그윽한 향을 풍기는 커피의 안정 효과는 뛰어나다. 재인은 우빈이 깊은 농도로 내려준 그 검은 액체를 마시며 쇼핑백을 들고서 이곳에 막 도착했을 때보다 기분이 한결 가라앉는 것을 느꼈다.

하지만 그녀가 해야 할 말은 이 좋은 커피를 함께 나누며 뱉어내기에는 지나치게 쓰디쓴 것들. 재인은 우빈이 준 커피 잔을 소파 앞에 있던 작은 탁자 위에 내려놓으며 낮은 음성으로 그의 이름을 불렀다.

"우빈아."

우빈은 커피를 마시다 조용히 재인의 옆얼굴을 바라봤다. 심란하고, 착잡하고, 슬퍼 보이는 그런 표정. 그는 머그컵을 탁자 위에 내려놓고는 들을 준비가 됐다는 듯이 재인을 응시했다.

재인은 천천히 고개를 돌려 우빈의 눈을 보면서 입을 열었다.

"이제 정말 그만해. 나…… 힘들어."

재인은 짜증을 내지도, 화를 내지도 않고, 그저 작게 읊조렸다. 그래서 더 진심이 담긴 듯한 목소리로.

우빈은 아무 말도 않고 가만히 그녀의 얼굴을 들여다봤다. 그러다 손을 들어 열여덟의 그날 이후 처음으로 조심스레 재인의 머리를 쓰다듬었다.

"내가 또 힘들게 만들었구나."

"응."

재인은 그의 손길을 피하지 않았다. 재인 또한 그 어렸던 날들로 돌아가 우빈이 머리를 쓰다듬어 주는 걸 자연스레 받아들였다. 우빈은 재인의 머리칼을 부드럽게 어루만지며 예전처럼 다정스레 그녀에게 물었다.

"그럼 내가 어떻게 해줄까? 다시 미국으로 갈까? 아니면 최대한 널 피해 다닐까?"

"모르겠어……. 그냥 널 보는 게 너무 힘들어."

재인은 끝내 눈물을 흘리고 말았다. 왜 눈물이 나는지, 왜 또 아이처럼 우는 건지는 그녀 자신도 알 수가 없었다. 다만 어쩐지 슬프고 서러워서 참을 수가 없었다.

우빈은 재인의 머리를 살짝 끌어당겨 꼭 안아줬다. 재인의 등을 손으로 조심조심 쓸어내리며 그녀의 머리에 입술을 대고 작게 속삭였다.

"울지 마. 다 내가 잘못한 거니까. 예전에도 지금도 다 내 잘못이야."

이상하게 그 말을 들으니 더 울음이 났다. 재인은 우빈의 옷자락을 잡아당기며 아이처럼 구슬프게 흐느꼈다.

우빈은 재인을 더 꽉 끌어안고서 천천히 등을 토닥였다. 한참 동안 우는 그녀를 안고서 그저 달래듯이 어루만졌다. 그러다 참지 못하겠다는 듯이 진심을 토해냈다.

"그런데 재인아, 나도 너무 힘들었어. 정말…… 정말 참는 것도 이제 지쳤거든. 그래서 널 놓기가 싫어……."

우빈의 두 눈에서도 차가운 눈물이 흘러내렸다. 지난 10년, 이유도 모르는 재인을 내내 울리기만 했던 그 10년이 머릿속에서 영사기에 걸린 필름처럼 재생됐다. 긴 터널 속에 갇혀 지치고 외로운 몸을 이끌고 혼자서 절뚝거리며 걷는 것 같았던 그 나날들이. 가끔씩 찾아오는 재인을 밀어낼 때마다, 그녀가 눈물을 흘리며 돌아갈 때마다 그의 심장에선 피눈물이 흘렀다는 걸 어떻게 설명할 수 있을까.

"그럼 어떡하자구…… 나보고 어떡하라구! 같이 막장 드라마라도 찍자구? 안 되는 거 알잖아! 다들 손가락질할 게 뻔하잖아……."

재인이 울면서 우빈의 등을 거세게 때렸다. 감정이 북받쳐 저 밑바닥 끄트머리에 도사리고 있던 속내를 서럽게 드러내고야 말았다. 이게 아닌데, 이런 얘기를 하려는 게 아니었는데! 차갑게 돌아서서 영영 보지 않으려 했는데…….

우빈은 재인을 양팔로 꽉 껴안은 채 그대로 매를 맞았다. 재인의 주먹에 힘이 들어가도 그녀를 놓기는커녕 더 세게 끌어안았다. 올가미처럼 그녀를 얽매고서 물기 어린 음성으로 결연히 말했다.

"어차피 피 한 방울 안 섞였어. 욕할 거면 욕하라고 해! 너랑 같이 미국으로 가버리면 그만이니까."

결국 본심은 이것이었다. 재인과 함께 누구의 구애도 받지 않으며 둘이서 살아가는 것. 미국에 있는 내내 그것을 꿈꿔왔다. 이기적이라 해도 좋고, 불효자라 욕해도 좋고, 유산을 안 물려줘도 좋으니 제발…….

하지만 재인도 그걸 원할까. 우빈은 재인과 함께하는 삶을 상상할 때마다 그것이 두려웠다. 재인이 자신과 함께하는 걸 바라기는커녕 몸서리치며 거절할까봐. 재인 또한 이우빈을 원하게 될지 자신이 없었으니까.

"그런 생각까지 했어?"

재인이 팔을 스르륵 내리며 작게 물었다.

우빈은 고개를 들고 천천히 재인을 끌어안았던 팔을 풀었다. 그러곤 재인의 얼굴에 묻은 물기를 엄지로 조심스레 닦으며 희미하게 웃었다.

"늘 너와 같이 지내는 상상을 했어. 언제든 상상은 자유였으니까. 그래서 미국에서 나올 때 몇 가지 준비를 해놨어. 너랑 같이 들어가 살 수 있도록."

"후후…… 너 정말 미친 거 같아."

재인은 눈물을 흘리며 웃었다. 하지만 그게 싫어서가 아니라는 걸 우빈은 알고 있었다. 그는 두 팔을 벌려 재인을 다시 끌어안으면서 강하게 말했다.

"알았으니까, 미친놈 취급해도 좋으니까, 밀어내지만 마."

"하아……."

재인은 힘 빠진 소리를 내며 우빈에게 안긴 채 가만히 있었다.

생각하기조차 싫었던 것, 영영 마주치기 싫다며 신경질적으로 그를 거부했던 것, 그리고 그를 매몰차게 밀어내지 못하는 것, 모두 이유는 한 가지였다. 그걸 모르는 게 아니었다. 다만 인정할 수도 없고, 두려웠을 뿐.

지금도 재인은 그에 대한 자신의 감정을 완전히 인정할 수도, 이해할 수도 없었지만, 최소한 하나는 확실했다. 예전에도, 지금 이 순간에도 신재인은 이우빈을 도저히 떨쳐 낼 수가 없다는 것…….

"하나만 약속해줘."

인형처럼 얌전히 안겨 있던 재인이 한참 만에 입을 열었다. 우빈은 다시 팔을 풀어 그녀의 두 눈을 직시했다.

"얘기해."

"어떤 상황이 와도 날 먼저 버리진 마. 설사 내가 그런다 해도 넌 그러지 않겠다고 약속해줘."

"그럴게."

우빈이 고개를 살짝 끄덕이며 대답했다. 그의 짙은 갈색 눈동자 속에서 진실성을 읽은 재인도 고개를 끄덕이며 말했다.

"대신 난 널 속이거나 이유를 말하지 않은 채 외면하진 않을 거야."

"그래."

우빈은 옅게 웃으며 다시 부드럽게 재인을 품에 안았다. 재인은 거부하지 않고 그의 어깨에 얼굴을 기댔다.

모르겠다, 끝이 어떻게 될지는. 정말 그가 원하는 대로 미국으로 가는 극단적인 선택을 할지, 이대로 우빈과 만나다 헤어지고 말지는. 이 오피스텔로 오기 전에 결심했던 바와 정반대로 결론이 난 지금 그걸 어찌 예상할 수 있을까?

하지만 한 가지, 이우빈은 신재인을 원하고, 신재인이 그를 받아들였다는 건 분명했다. 앞으로 닥칠 파란들이 눈에 선하지만, 그럼에도 두 사람은 서로를 붙잡고 말았다. 서로를 품 안으로 들이고야 말았다.

적어도 지금 이 순간 재인은 오직 그것만 생각하기로 했다.

4. 열대야

"방콕 지점에요?"

"그래요. 방콕 시암스퀘어 지점의 계약 만료일이 다가오고 있다는 건 신 대리도 알지?"

최지운 부장이 뭔가 속뜻이 깔린 억양으로 물었다. 재인은 짧게 고개를 끄덕였다.

"네, 알죠."

"사실 윗분들은 방콕 지점에 대한 고민이 많아요. 위치가 좋은 대신 계약금이 비싼 곳인데 매출이 영 부진하니까. 그래서 방콕 지점에 대한 여러 가지 의견들이 오가고 있는데, 그 과정에서 해외영업부의 분석만으로는 정확한 판단을 내리기가 어렵다고 느낀 거지. 그러다 기획홍보실의 누군가가 대표로 가서 시찰해 보고 회생 방안을 내놨으면 한다는 말이 나온 거야. 물론 비공식적으로."

재인만 따로 불러내 이런 이야기를 한다는 건 결국 그녀가 그 일을 맡았으면 한다는 뜻이다. 재인은 당황스럽다는 어조로 말했다.

"그런 일을 혼자서 감당할 수 있을까요? 말씀을 들어보니 체류 기간이 길 것 같지도 않은데요."

"현지 체류 기간은 일주일. 그전에 사전 준비 기간 일주일을 줄 거고, 돌아온 후에 보고서 작성 기간을 일주일에서 열흘 줄 거야. 윗선에서는 어디까지나 기획홍보자의 입장에서 분석한 의견을 보고 싶다는 거지, 큰 기대를 걸고 보내는 게 아니니까 부담 가질 필요 없어요."

"음……."

재인은 커피 잔을 탁자 위에 내려놓고서 잠시 생각에 빠졌다. 상사가 지시를 내렸으니 따르는 것은 당연할 터. 요는 이 일이 누구의 뜻이냐다. 최 부장이 혼자서 보낼 사람을 결정했을 거 같지는 않은데…….

"저보다는 유 과장님이나 오 대리가 가는 게 어떨까요? 경력도 저보다 많은 분들인데."

고심하던 재인이 우회적으로 최 부장에게 물었다. 사실 그룹 회장이신 외할아버지나 겸임 사장이신 외삼촌의 뜻이 아니라면 경력이 더 많은 직원을 보내는 게 맞았다. 위험 부담이 따르는 일이긴 하지만 잘해낸다면 윗선에 확실히 점수를 딸 테니까.

그러나 최 부장은 고개를 저으며 대답했다.

"유 과장은 재작년에 뉴욕에 다녀왔고, 오 대리는 내년에 대만에 가게 될 가능성이 커요. 이번에는 신 대리가 적임자야."

이렇게까지 확실한 지시를 내리는데 더는 토를 달아 뭐 할까. 재인은 깔끔하게 수긍했다.

"알겠습니다. 그럼 준비하겠습니다."

"그래요. 세부 사항은 사무실로 돌아가서 공론화한 다음에 전달해 주지. 그럼 일어날까?"

"네, 부장님."

최 부장이 먼저 자리에서 일어나자 재인도 바로 따라 일어났다. 두 사람은 제3회의실을 나와 곧장 기획홍보실로 향했고, 최 부장은 다른 직원들이 전부 모인 자리에서 재인이 방콕 출장을 가게 됐다고만 알렸다. 재인은 그러는 와중에도 외할아버지나 외삼촌께 이 출장의 전말을 여쭐까 말까 고민했지만, 일단은 하지 않기로 했다. 선선히 말씀해 주신다는 보장도 없을뿐더러, 그 또한 월권일 테니.

'에휴…… 한동안 고생 좀 하겠네. 우빈이가 싫어하겠지?'

재인은 안 보이게 한숨을 내쉬며 핸드폰으로 우빈에게 메시지를 보냈다. 우빈에게 바로 저녁에 만나자는 연락이 온 건 두말할 필요도 없다.

"꼭 네가 가야 해?"

"꼭 집어서 나보고 가라는데?"

반포 한강 고수부지 안. 생선초밥으로 간단히 저녁 식사를 마친 두 사람은 우빈이 끌고 온 차 안에 앉아 반짝이는 야경을 바라보며 커피를 마셨다. 이제 막 새로운 관계를 시작해 보려는 찰나에 재인이 일주일이나 출장을 가는 게 반가울 리 없다. 하지만 우빈은 더는 뭐라 말하는 대신 그저 오른손을 옆으로 뻗어 재인의 손을 꼭 잡았다. 재인은 그 손의 온기를 느끼며 희미하게 미소 지었다.

"회사 일은 재밌어?"

우빈이 시선을 살짝 돌려 재인의 옆얼굴을 보면서 물었다. 재인은 우빈을 향해 고개를 끄덕였다.

"난 커피 좋아하잖아. 문화 콘텐츠 관련된 일도 좋아하고. 그 둘이 접합된 부분이 크니까 재밌지. 물론 3pm을 통째로 가지려면 언젠가는 경영관리실로 옮겨야겠지만."

"흠……. 그럼 내가 따라가야겠네."

"무슨 소리야?"

"방콕 말이야."

우빈이 눈초리를 부드럽게 휘며 대답했다. 재인은 눈을 동그랗게 뜨며 그게 말이 되냐는 뜻으로 반문했다.

"너 회사는 어쩌고? 출근한 지도 얼마 안 됐는데 휴가 쓰게?"

"일주일은 못 쓰겠지. 그래도 금요일 하루 정도는 괜찮아. 목요일 저녁에 퇴근하자마자 비행기 타면 3일은 같이 지낼 수 있으니까."

우빈은 빈말을 하는 사람이 아니다. 최소한 재인에게는 그랬고, 재인이 관찰한 바로는 다른 사람에게도 그랬다. 재인은 또랑또랑

한 눈으로 우빈의 얼굴을 보다가 궁금하다는 듯이 물었다.

"내가 회사 일이 재미없다고 했으면 뭐라고 말하려 했어?"

"당장 그만두고 나랑 놀자고."

"뭐야?"

재인이 빽 소리 질렀다. 그러자 우빈은 풋 웃으며 제대로 된 답변을 들려줬다.

"싫어하는 일 억지로 하지 말고, 나랑 놀면서 어떻게 살고 싶은지 천천히 생각해 보라고 말하려 했어. 아니면 같이 미국으로 들어가도 되고."

우빈의 눈빛은 진심을 전하고 있었다. 재인은 우빈을 가만히 쳐다보다가 가라앉은 목소리로 물었다.

"우빈아, 넌 CTS에 욕심 없어?"

"욕심이 전혀 없는 건 아니지만 너와 내 인생을 희생해서까지 얻고 싶지는 않아. 돈은 충분하니까."

그리고 능력 또한 충분했다. 컬럼비아 대학 경영대학원에서 석사 과정을 마친 후 곧바로 미국 내 유명 투자 회사와 금융 회사에서 동시에 입사 제의를 받았을 만큼.

"어른들이 들으면 뒷목 잡으시겠네."

재인은 시선을 앞으로 돌리며 푸념처럼 내뱉었다. 자신도 이 바닥 인간들에게 별종 소리를 듣고 있다지만, 우빈은 더했다. 이미 차고 넘칠 만큼 가졌으면서도 끝없이 가지고 싶다고 안달복달하는 게 당연한 줄 아는 집단에 소속돼 있거늘. 아마 우빈과 자신은 서로 다른 종류의 이단아들이라 더 끌렸는지도 모르겠다.

"그래도 네가 원하면 방법을 찾을 테니까 걱정하진 마."

우빈이 안심시키려는 듯이 잡고 있던 재인의 손을 톡 쳤다. 재인은 다시 우빈을 보며 고개를 갸웃거렸다.

"그건 또 무슨 뜻이야?"

"들어보니 넌 3pm을 원하는 거 같아서. 그럼 네가 그걸 가질 수 있게 방법을 찾을 테니까 걱정하지 말라고."

그러고 보니 우빈은 조용하고 속 깊은 성격만큼 전략에 비상한 재능이 있었다. 재인은 순진한 눈망울로 그를 올려다보며 재차 물었다.

"그럼 CTS는?"

"언제 이렇게 욕심이 많아졌어?"

"아야야!"

우빈이 나무라듯이 장난스럽게 코를 잡아당기자, 재인이 어린 애처럼 엄살을 피워댔다. 이러고 있으니 꼭 열여덟 살 이전으로 돌아간 것 같아, 우빈의 입가에 자연스레 미소가 피어났다.

"너랑 이렇게 지내는 거보다 욕심나는 일은 없어."

우빈이 웃음기를 지우고 낮은 어조로 말했다. 재인은 그의 두 눈을 바라보다가 조심스레 입을 열었다.

"내가 다른 걸 더 욕심낸다 해도?"

"어쩔 수 없지. 그래도 난 널 못 놓으니까."

우빈은 대답하면서 잡고 있던 재인의 손을 들어 올려 손등에 입을 맞췄다. 재인은 미간을 찌푸리며 피식 웃었다.

"언제 이렇게 느끼해진 거야?"

"지금도 많이 참는 거야."

우빈은 말을 마치기가 무섭게 재인의 손을 끌어당겨 그대로 그녀를 품에 안았다. 재인은 가만히 그가 하는 대로 따라갔다. 우빈의 온기와 심장 소리를 느끼며 아기처럼 얌전히 품에 안겼다.

밤은 깊어갔고, 길을 환히 밝히던 조명마저 하나둘 꺼져 밖에는 은은한 불빛만이 깔렸다. 내일 또 태양이 떠오르면 각자의 회사로 출근해야 할 테지만, 두 사람은 잠들지 않고서라도 이대로 있을 것처럼 서로를 껴안은 채 시간을 흘려보냈다. 차라리 함께 잠들어 버리기를 바라는 듯이.

❖

일주일이 눈 깜짝할 사이에 지나갔다. 재인은 그동안 방콕행 비행기 표와 호텔을 예약하고, 공식 · 비공식적으로 수집할 수 있는 모든 자료를 모았다. 원래 기획홍보실 직원이 단독으로, 그것도 비밀리에 지점 조사를 하러 가는 건 이례적인 일인지라 별도의 지시가 있었을 거라는 눈치는 챘는데, 준비 과정 중에 그 이유를 대강 짐작할 수 있었다. 재인이 판단하기로, 이 일은 공식적인 자료에만 접근할 수 있는 직원이 감당해 낼 수준의 것이 아니었다.

어쨌든 업무에 파묻힌 채로 시간은 흘러 드디어 출국 날. 월요일 오후 4시 비행기인지라 혼자서 택시를 타고 공항으로 가려 했던 재인은 소식을 접하고 달려오신 외할머니의 세단 위에 올라타 과한 배웅을 받으며 반찬 한 트렁크까지 덤으로 얻었다.

해외여행과 출장이 이토록 활발해진 시대이건만 외할머니는 하나뿐인 외손녀를 더운 나라로 일하러 보내는 게 영 못마땅하고 안타까우신지 내내 조심 또 조심하라고 당부하시다, 손녀딸이 출국 게이트를 통과하는 모습을 보고서야 돌아가셨다. 재인은 머리를 휘휘 저으며 피식 웃었다. 외할머니의 과한 염려를 보니 외할아버지가 얼마나 잔소리를 들으셨을지 눈에 선했기 때문이다.

그렇게 비행기에 올라 방콕 수완나폼 국제공항에 도착한 재인은 택시를 잡아타고서 예약해 둔 호텔로 직행했다. 이미 방콕 시간으로 밤 9시가 지난데다 내일부터 바로 3pm으로 가서 손님인 척 커피를 마시며 여러 가지 조사를 해야 했기에 이 밤엔 그저 푹 자고 싶을 뿐이었다.

호텔 프런트에서 체크인을 한 재인은 직원의 안내에 따라 방으로 들어가 혼자 남자마자 트렁크며 가방을 대충 팽개쳐 놓고는 푹신한 침대 위에 털썩 드러누웠다. 멋진 호텔 수영장으로 가서 야간 수영을 즐길 수도, 루프 탑 바에서 근사한 방콕의 야경을 내려다보며 칵테일을 한잔 마실 수도 있었지만 그저 만사가 귀찮을 따름이었다.

그때, 핸드백 안에서 요란하게 음악이 울려댔다. 재인은 그제야 방콕으로 온 후 아무에게도 연락을 안 했다는 사실이 떠올랐다. 그녀는 어기적거리며 일어나 핸드백을 집어 들고는 손으로 안을 대충 뒤적거려 핸드폰을 꺼냈다. 외할머니 아니면 우빈일 거라는 예상을 깨고, 민혁이 끈질기게 전화를 걸고 있었다.

"무슨 일이야?"

재인이 민혁을 대하는 태도는 한결같았다. 핸드폰 너머의 민혁 또한 아랑곳하지 않고 대뜸 물었다.

[너 방콕으로 출장 갔다며?]

"그래, 또 잘도 들었구나. 알면 나중에 통화해. 피곤해."

[호텔은 어디야?]

"너네 호텔은 아니다."

재인이 다시 침대 위로 널브러지며 말했다. 이번에는 누가 말해 준 걸까? 설마 외할머니?

[우리 호텔로 가지 그랬냐? 잘해주라고 지시했을 텐데.]

민혁 딴에는 나름대로 호의를 갖고서 얘기하는 거였다. 재인은 몸을 뒹굴며 하품을 섞어 대꾸했다.

"거긴 3pm하고 너무 멀어. 여하튼 그만 통화해. 씻고 잘래."

[그래, 잘 다녀와라.]

민혁은 웬일로 순순히 전화를 끊었다. 아마 수화기 속 재인의 목소리가 진정으로 피곤하게 들렸나 보다.

민혁과 통화를 마친 재인은 다시 하품을 하며 외할머니께 전화를 드리기로 했다. 걱정을 그리하셨으니 안심시켜 드리는 게 도리. 그런데 단축 버튼을 누르기도 전에 이번에는 우빈에게서 전화가 왔다.

[잘 도착했어?]

"응, 이제 막 호텔 방 안으로 들어왔어."

재인이 기운 빠진 목소리로 대답했다. 우빈은 후후 웃으며 다정한 음성으로 말했다.

[전화를 안 해서 걱정했어.]

"안 그래도 지금 외할머니께 전화드리고 너한테도 하려고 했어."

[방금 한 거 아니었어? 통화 중이던데.]

"그건 노민혁이 한 거야. 내가 방콕으로 온 걸 잘도 알아냈더라."

[흠…….]

우빈은 짧게 신음을 낸 후 별다른 말이 없었다. 재인은 그가 얘기하길 기다리다가 그냥 직접적으로 물었다.

"왜? 내가 노민혁하고 연락하는 게 신경 쓰여?"

[신경은 쓰이지. 그래도 네가 솔직하게 말해주니까 괜찮아.]

우빈은 평소처럼 부드러운 어조로 대답했지만, 재인은 그가 상당히 마음에 걸려 한다는 걸 알 수 있었다. 그렇다고 갑자기 민혁을 피하거나 무시할 수도 없는 노릇이고…….

[정말 괜찮으니까 어서 자. 지금도 졸리잖아.]

우빈이 안심시키려는 듯이 재차 말했다. 재인은 몇 초간 고민하다가 그냥 순순히 응하기로 했다.

"그럼 씻고 잘게."

[그래, 잘 때 에어컨 온도 조절 잘하고. 내일 전화할게.]

"응. 너도 잘 자."

우빈은 다정하게 밤 인사를 건네고 전화를 끊었지만, 재인은 핸드폰을 들고서 골똘히 생각에 잠겼다.

민혁이 재인을 대하는 태도는 고등학생 때와 크게 다를 것이 없었다. 민혁은 늘 재인을 만나면 놀리거나 틱틱거리며 건드렸고, 대학생이 된 후에는 잘나가는 연예인들을 비롯해 여러 여자를 사귀고 다녔다. 그리고 누가 됐든 실컷 놀고 나면 미련 없이 헤어졌다. 그래서 재인도 사심 없이 민혁을 대했고, 딱히 그에게 남자로서 관심을 가진 적은 없었다. 물론 공식 석상에서 어른들과 함께 대면할 때는 친근하게 웃으면서 철판을 깔고 행동했지만.

어쨌든 그래서 우빈이 민혁과의 관계를 신경 쓰거나 걱정할 건 없다고 생각했는데. 아니면 우빈은 그녀의 주위에 있는 모든 남자가 거슬리는 걸까?

'그래 봤자 우빈이 외에는 노민혁뿐이지만. 그렇다고 하루아침에 태도를 바꾸면 그 눈치 빠른 자식이 이상하게 생각할 거 아냐?'

우빈은 당장이라도 폭로하고 싶을는지 몰라도, 재인 자신은 시간이 필요한데 말이다.

재인은 한숨을 내쉬다 몸을 일으켰다. 어차피 혼자서 고민해 봤자 아무 결론도 안 난다. 차라리 우빈이 방콕으로 오면 같이 상의라도 하는 게 낫지.

그녀는 머리카락을 손으로 쓸어 넘기며 외할머니께 간단히 전화를 드리고는 터덜터덜 욕실로 향했다.

방콕에서 지내는 사흘간 재인의 일과는 규칙적이었다. 아침에 일어나 호텔에서 간단히 조식을 먹고서 시암스퀘어로 향한다. 그리고 3pm에서 커피를 사, 손님인 척 매장에 앉아 있다가 한 시간

후 자리를 뜬다. 건물의 같은 층에 위치한 다른 커피 전문점들과 디저트 카페를 살펴보다, 피크 타임인 12시에서 3시 사이에 다시 3pm으로 가서 손님 수와 직원들의 태도를 관찰한다. 마지막으로 직장인이 퇴근 후 가장 많이 카페를 찾을 시간인 저녁 7시에서 9시 사이에 3pm과 시암스퀘어 건물 안팎의 커피 전문점들을 두루 돌아다니며 조사한다. 그리고 호텔로 돌아와 본사에서 가져온 자료들과 그날 작성한 기록을 읽어보면서 하루를 정리한다.

이렇다 보니 재인에게 개인적인 여유란 없었다. 식사도 맛있는 요리를 먹기보단 비는 시간에 적당히 때우기 일쑤였고, 그 흔한 마사지 숍조차 들르지 못했다. 이럴 줄 예상은 했다만 막상 현실로 닥치니 더 지치는 기분이 들었다.

"그래도 이제 우빈이가 오니까."

드디어 목요일 밤 10시. 호텔 방으로 돌아온 재인은 핸드백을 던져 놓고 소파에 털썩 주저앉으며 스스로를 위로하듯 혼잣말했다. 한국 시간으로 밤 9시에 비행기를 탄다고 했으니 호텔에는 새벽이 돼야 도착할 테지만, 그래도 내일부터 우빈과 함께 돌아다닐 생각을 하니 즐거웠다. 그가 미국에서 지낼 때 잠깐씩 얼굴을 본 적은 있지만, 타국에서 며칠 동안 함께 붙어 있는 건 열일곱 살에 갔던 여름휴가 이후로 처음이니까. 일은 여전히 해야 할 테고 오히려 주말이라 더 바쁘겠지만, 이 더위로 가득한 태국에서 혼자 업무에 치여 있는 것보단 백배 나았다.

"그럼 정리해 볼까?"

재인은 팔을 위로 쭉 뻗으면서 일어나 샤워를 하기 위해 외출복을 벗었다. 땀으로 젖은 몸을 깔끔히 씻고서 가운을 입은 채 머리칼을 말린 후 화장품들을 꼼꼼히 챙겨 바르고는 노트북을 켜서 오늘 기록한 자료들을 정리했다. 그리고 잠옷으로 갈아입은 후 조도가 아주 약한 스탠드만 켜놓고서 눈을 비비며 이불 속으로 파고들었다. 우빈이 알아서 잘 찾아오겠지 생각하면서.

그렇게 까무룩 잠이 들어 몇 시간이 지났을까? 핸드폰이 알람소리처럼 요란하게 울려댔다. 화들짝 잠에서 깨어난 재인은 손으로 침대 옆에 놓인 탁자 위를 더듬어 핸드폰을 집어 들었다. 우빈이 계속 전화를 걸어오고 있었다.

"도착했어?"

재인이 잠이 가득한 음성으로 물었다. 우빈이 낮게 속삭였다.

[지금 네 방 문 앞이야.]

"알았어. 열어줄게."

재인은 핸드폰을 아무렇게나 내려놓고는 간신히 상체를 일으켜 어기적어기적 현관문으로 향했다. 꿈인지 생시인지 정신은 비몽사몽이고 육체는 무겁고. 잠에 잔뜩 취해 성인이 된 후 처음으로 우빈을 잠옷 바람으로 맞이하고 있다는 인식조차 들지 않았다. 재인은 반쯤 뜨다 만 눈으로 겨우 그에게 문을 열어줬다.

"왔어? 많이 피곤하지?"

긴 원피스 형태의 잠옷을 입고서 부스스한 머리로 그를 맞이하는 재인은 어린 소녀처럼 귀여웠다. 우빈은 풋 웃으면서 그녀의 머리 위로 손을 올려 헝클어트리듯 쓰다듬었다.

"네가 더 피곤해 보여. 인사는 아침에 하고 가서 자."

"응…… 알았어. 너도 빨리 자."

재인은 말을 마치자마자 휘적휘적 침대로 걸어가더니 그대로 폭 쓰러져 이불 속으로 들어가 버렸다. 그 모습을 본 우빈은 엷게 미소를 지으며 어깨에 메고 있던 가방을 조용히 내려놓았다. 잠에 취하면 정신을 못 차리는 재인의 버릇 또한 예전과 달라진 게 없었다.

그렇게 또 몇 시간이 갔을까? 재인은 눈꺼풀을 간질이는 햇빛 때문에 저절로 눈이 떠졌다. 그녀는 일어나기 싫다는 듯이 이불 속에서 몸을 뒤틀며 꼼지락거리다, 새벽에 우빈이 찾아왔다는 걸 불현듯 떠올리고는 상체를 벌떡 일으켰다. 그러곤 자신이 쓰는 침대 옆에 놓인 싱글 침대로 시선을 돌렸다. 우빈은 옷도 갈아입지 않은 채 똑바로 누워서 얌전히 자고 있었다. 아마 불을 켜고 씻으면 재인이 깰지도 모른단 생각에 그대로 잔 듯했다.

재인은 입 끝을 살짝 올리며 우빈이 누워 있는 침대로 가까이 다가가 소리 없이 그의 잠든 얼굴을 내려다봤다. 조각같이 날카로운 콧날과 남자치고 불그스름한 입술, 길고 가지런한 속눈썹. 모든 것이 조화를 이룬 우빈의 아름다운 얼굴과 탄탄한 몸은 여학생들에겐 연모를, 남학생들에겐 질투와 선망을 불러일으키곤 했다. 재인은 그런 우빈이 내내 자랑스러웠고, 그로 인해 우월감을 느꼈다. 모두가 부러워하는 이우빈의 얼굴과 피부를 어느 때고 만질 수 있는 건 오직 신재인뿐이었으니까. 재인은 그 즐거웠던 시절을 떠올리며 우빈의 매끄러운 뺨에 조심스레 손등을 댔다.

"잘 잤어?"

피부를 간질이는 느낌에 깼는지, 우빈이 스르륵 눈을 뜨더니 가라앉은 목소리로 물었다. 재인은 손등으로 그의 볼을 부드럽게 쓸어내리면서 배시시 웃었다.

"깨워서 미안해."

"괜찮아. 나도 일어나야지."

우빈은 말하고는 힘주어 상체를 일으켰다. 그러곤 침대에 걸터앉으며 한 손으로 미간을 지그시 눌렀다.

"그러지 말고 더 자. 몇 시간 자지도 못했잖아."

재인이 피곤해 보이는 우빈을 내려다보며 걱정스럽다는 투로 얘기했다. 그러나 우빈은 앞에 선 재인의 오른손을 왼손으로 잡으며 그녀를 올려다보면서 웃었다.

"시간 아까워. 먼저 씻고 나와, 같이 나가게."

"알았어."

재인은 어쩔 수 없다는 듯이 맑게 웃으며 우빈에게 조금 더 가까이 다가가 그의 머리를 살짝 끌어안았다. 우빈도 입가에 미소를 띠며 재인의 배에 이마를 기댔다. 몇 초간 그러고 있다가 재인이 욕실로 씻으러 들어가자, 우빈은 입고 있던 셔츠를 벗고는 가방에서 갈아입을 옷들을 챙겼다.

샤워를 마치고 밖으로 나오니 우빈이 탄탄한 상체를 고스란히 드러낸 채 침대 위에 반쯤 누워 있었다. 재인은 근육이 매끈하게 잡힌 그의 다비드상 같은 가슴과 복근을 눈으로 훑으며 눈초리를 초승달처럼 휘었다. 여전히 감탄을 자아낼 만큼 근사한 몸이었다. 아니, 더 섹시해진 건가? 배에 거뭇거뭇하게 돋아난 체모가 은근히 색기마저 일으키니.

"지금도 운동 열심히 하는구나?"

재인이 머리칼의 물기를 수건으로 털어내며 찬사를 담아 물었다. 우빈은 단숨에 몸을 일으켜 재인의 앞으로 다가갔다.

"합기도는 해. 가끔 수영이랑 헬스도 하고."

우빈은 대답하면서 손을 들어 재인의 젖은 머리칼을 만졌다. 원래 검은 비단처럼 윤기가 흘렀지만 물에 젖으니 더 촉촉하게 빛나 탐스러웠다. 그는 재인의 머리카락 몇 올을 들어 입술에 가져다 대며 낮은 음성으로 물었다.

"너는? 지금도 발레나 무용해?"

"아니, 회사에 입사한 후로는 전혀. 지금은 틈틈이 헬스랑 수영, 요가 같은 걸 해."

재인이 머리를 살짝 흔들면서 웃었다. 그러고 보니 예전에는 리듬에 맞춰 몸을 움직이는 것에 흠뻑 빠져 지냈다. 그리고 우빈은 재인을 보러 종종 무용 연습실에 들르곤 했다. 꽤 예쁜 추억이라 떠올리기만 해도 절로 미소가 지어지는 그런 때였다.

"너 춤추는 모습 보기 좋았는데."

우빈도 같은 생각을 했는지 보일 듯 말 듯한 미소를 지으며 천천히 얼굴을 내려 재인의 이마에 입술을 가져다 댔다. 솜사탕처럼 부드럽고 말랑한 감촉이 피부에 내려앉자, 재인은 자기도 모르게 살포시 눈을 감았다. 우빈은 양손으로 재인의 머리를 살짝 감싸 안았다.

"그만 씻어야겠다. 더 이러고 있다간 나가기 싫겠어."

우빈이 재인에게서 손을 떼며 탄식하듯 말했다. 재인은 후후 웃으며 고개를 끄덕였다.

"사실은 지금도 늦었어."

"금방 나올게."

우빈은 곧바로 수건 한 장과 옷가지를 챙겨 들고서 욕실로 향했다.

우빈이 문을 닫고 들어가 물 트는 소리가 들리자, 재인은 숨을 길게 내쉬며 소파에 털썩 주저앉았다. 심장이 쿵쾅쿵쾅 울리는 걸 아무렇지도 않은 척하며 참아냈더니 다리에 힘이 탁 풀려 버렸다.

'나만 이러는 건가?'

재인은 머리를 뒤로 기대며 숨을 크게 들이켰다. 우빈은 한국에서와 마찬가지로 자연스레 행동하며 그녀에게 손을 댔는데, 자신은 여느 때와 다르게 유독 그의 손길을 의식해 버리고 말았다. 이마에 가볍게 키스한 것 외에는 어렸을 때와 별다를 게 없었는데…….

'너무 오랜만에 한방에 같이 있어서 그런가? 아니면 우빈이가 참고 있다고 해서…….'

생각이 거기까지 미치자 갑자기 얼굴이 확 달아올랐다. 재인은 뜨거워진 두 뺨을 양손으로 감싸며 머리를 휘휘 흔들었다. 지금은 이런 망상이나 하고 앉아 있을 때가 아니다. 내 입으로 늦었다고 말해놓고 무슨……!

재인은 소파에서 용수철처럼 튀듯이 일어나 부산스럽게 나갈 준비를 시작했다.

애초에 출장 계획을 짤 때부터 금요일 밤에는 카오산 로드에 가 볼 생각이었다. 그 거리의 특성상 오가려면 택시 전쟁을 치러야 할 테지만, 만약 방콕 내 다른 장소에 3pm의 지점을 낸다면 재인이 제1후보지로 올릴 곳이 카오산 로드였기에 둘러보지 않을 수가 없었다. 그리고 내심 그 밤이 화려한 거리에서 출장으로 쌓인 스트레스를 풀어버리고 싶은 욕심도 있었다.

"괜찮아? 많이 피곤하진 않아?"

카오산 로드로 향하는 택시 안에서 우빈이 재인의 손을 깍지 껴 잡으며 다정한 음성으로 물었다. 재인은 고개를 저으며 활기찬 목소리로 화답했다.

"아직까지는 괜찮아. 그리고 금요일 밤인데 벌써 힘들면 안 되지."

"풋! 카페들 돈다며?"

"그럴 거야. 놀기도 할 거고."

재인의 표정은 꼭 놀이동산에 가는 어린아이처럼 설레 보였다. 돌이켜 보면 재인은 중학생이 되고 난 후에도, 정확히는 우빈이 등을 돌리며 밀어내기 전까지, 그와 함께 어디를 갈 때면 늘 이런 얼굴이었다. 마치 세상에서 가장 즐거운 일을 단둘이서 하러 간다는 표정. 그런 생각을 하고 나니 다시금 재인에게 미안해지고 말았다. 우빈은 잡고 있던 재인의 손을 들어 손등에 입을 맞추며 말했다.

"다음에는 진짜 여행 가자. 네가 가고 싶은 곳으로."

"정말? 안 그래도 조금 있으면 여름휴가 일정 잡는데. 그런데 너, 입사한 지도 얼마 안 됐는데 여름휴가 낼 수 있을까?"

재인이 진심으로 걱정스럽다는 듯이 물었다. 놀러 가는 건 좋지만 우빈의 상황이 심히 염려된다는 투였다. 우빈은 피식 웃으며 재인의 머리를 장난스럽게 쓰다듬었다.

"괜찮아. 부회장 아들로서 월권 행사 좀 하지, 뭐."

"뭐어?"

"하하! 진짜 괜찮아. 내 선에서 처리할 수 있으니까."

사실 CTS는, 특히 우빈이 속한 부서는 휴가 문제로 직원들에게 그리 박하지 않았다. 재호그룹은 기업 문화가 그렇지 않은데다 재인이 속한 부서가 기획홍보실이다 보니 유달리 휴가에 신경 쓰는 것 같지만.

'그렇다고 이렇게나 열심일 건 없는데.'

우빈은 미간을 살짝 찌푸리며 어쩔 수 없다는 듯이 재인의 머리를 쓰다듬었다. 재인은 정말로 3pm이 욕심나는 모양이었다.

우빈과 이런저런 이야기를 하다 보니 혼잡한 도로를 느릿하게 달려왔음에도 금세 목적지에 도착한 듯한 기분이 들었다. 카오산 로드의 초입에서 택시를 세운 재인은 우빈을 끌고서 먼저 스타벅스로 향했다. 이 거리에 처음 왔을 때도 자리를 두 군데나 차지한 스타벅스를 보고는 이 중 한곳이 3pm이었으면 좋았겠다고 아쉬워했는데, 여전히 두 곳 다 손님들로 가득해 탐이 났다. 재인은 입맛을 쩝쩝 다시며 가장 주문이 많은 커피 세 종류를 시키고는 매장 내 요소들을 스무 가지 항목으로 나눠 분석했다.

그러고서 향한 곳은 카오산 로드의 메인 스트리트에 위치한 로컬 커피숍들. 이 카페들의 장점은 스타벅스보다 값이 싸고 양이 많으며 맛 또한 뒤처지지 않는다는 거다. 시암스퀘어에서 나와 카오산 로드로 3pm을 옮긴다 해도 경쟁에서 살아남을 만한 특별한 뭔가를 잡아줘야 할 텐데……. 재인은 앞에 놓인 커피 잔을 뚫어져라 보며 그게 무엇일지 이리저리 떠올렸다.

"말로는 논다면서 너무 일만 하는 거 아니야?"

표정이 심각하다 못해 인상마저 쓰고 있는 재인에게 우빈이 놀리듯이 말을 걸었다. 이 거리에 도착한 시각은 저녁 8시쯤이었는데 어느덧 시곗바늘이 밤 11시를 향해 달려가고 있었다. 세계 각지에서 모인 사람들로 거리 전체가 클럽이 되는 곳으로 와놓고 거의 세 시간 동안 카페 투어만 한 셈이다.

골똘히 생각에 잠겨 있던 재인은 퍼뜩 놀란 얼굴로 우빈을 쳐다보더니, 혀를 쏙 내밀며 웃었다.

"미안. 따라다니느라 힘들었지?"

"아니, 앉아 있기만 하는데 힘들 게 뭐가 있어."

우빈은 싱긋 미소를 지으며 고개를 저었지만 금요일 밤에 이 번쩍거리는 거리에 와서 일만 하는 게 아쉽지 않을 리가 없다. 재인은 의자에서 벌떡 일어나 선언하듯 말했다.

"일은 끝! 이제 정말 나가 놀자!"

"뭐 하고 싶은데?"

우빈이 쿡쿡 웃으며 물었다. 그러자 재인의 입에서 기다렸다는 듯이 대답이 좔좔 쏟아져 나왔다.

"일단 나가서 군것질부터 할 거야. 팟타이랑 꼬치구이! 계속 돌아다니면서 달달한 커피만 마셨더니 배고프고 짠 게 땡겨. 그리고 다리 마사지 받자. 여기 있는 마사지사들이 아주 훌륭하진 않지만 그냥저냥 받을 만은 하거든. 그다음에는 칵테일 마시면서 외국인들하고 춤추기. 스트레스 좀 풀어야지!"

"……전에 여기 와서 그러고 놀았어?"

재인이 생각만 해도 즐겁다는 듯이 눈을 반짝반짝 빛내자, 우빈이 낮은 목소리로 물었다. 재인은 어린아이처럼 해맑게 답했다.

"응!"

"누구랑 왔는데?"

우빈이 자리에서 천천히 일어나 재인의 앞에 서며 다시 물었다. 재인은 고개를 갸웃거리며 반문했다.

"혼자 왔는데?"

"……위험한 아가씨일세."

우빈은 양손으로 재인의 머리를 배구공처럼 끌어안으며 중얼거렸다. 재인은 평소에 하는 행동이나 취향으로는 전혀 그런 티를 안 내는데 이럴 때 보면 영락없이 곱게 자란 부잣집 아가씨였다. 언제든 누가 자신을 지켜줄 거라는 무방비함. 이 온갖 종류의 남자들이 득시글한 곳에 혼자 와서 밤늦게까지 술을 마시며 놀다니, 그러다 험한 짓이라도 당하면 어쩌려고 그랬을까?

"앞으로는 이런 데 혼자 오지 마. 아무 일도 없었던 게 다행이지."

우빈이 양팔을 버둥거리는 재인에게 나무라듯 단언했다. 재인은 우빈의 셔츠 자락을 당기며 투덜거렸다.

"그러면 내가 이 여행지에 보디가드라도 달고 왔어야 돼? 그런 거 딱 질색인 거 알잖아!"

"알아. 그러니까 더 조심해야지. 너는 왜 어디든 안전할 거라고 생각해?"

"그게 아니라…… 너랑 다니면 아무 일도 없었으니까."

재인이 뜸을 들이다 마지못해 내뱉은 대답에 우빈은 한숨을 내쉬었다. 결국 그와 어디든 붙어 다녔던 게 익숙해져 버려 혼자 남은 후에도 누군가 지켜줄 거라는 믿음이 막연히 무의식에 남아 있었단 얘기다. 아주 오랫동안 그가 곁에 없었음에도.

"그래, 다 내 잘못이야."

우빈은 양팔을 밑으로 내려 재인을 제대로 꼭 끌어안았다. 재인은 그런 마음이 아니라고 부정하고 도망치려 했지만, 분명 그녀에게는 우빈이 필요했다. 이제 그걸 깨닫는 건 시간문제일 테다.

"알았으니까 빨리 나가자. 시간이 가고 있어."

재인이 우빈의 어깨에 얼굴을 비비며 투정 부렸다. 이러는 걸 보니 영락없이 어린 시절의 신재인이다. 우빈은 쿡쿡 웃으며 재인을 그만 풀어줬다. 그러곤 그녀의 손을 따스하게 잡으며 환한 미소와 함께 말했다.

"그럼 가볼까?"

"응!"

재인이 활짝 웃으며 경쾌한 목소리로 답했다. 두 사람은 서로를 마주 보고 깔깔거리며 음악과 불빛이 현란한 거리로 즐겁게 뛰어

들었다.

예쁜 빛깔의 칵테일을 몇 잔이나 들이켜며 외국인들과 섞여 신나게 춤을 춘 우빈과 재인은 그 여운을 고스란히 안고서 택시에 올라탔다. 둘은 이렇게 웃으며 떠든 게 언제인지 기억도 안 날 만큼 즐겁게 시간을 보냈고, 그러다 새벽 3시가 다 돼서야 호텔 건물 앞에 도착했지만 피곤한 줄도 몰랐다. 다만 이 밤을 떠나보내고 아침을 맞이해야 하는 게 아쉬울 뿐.

"하아아, 재밌었다!"

"그러게."

호텔 방 안으로 들어온 두 사람은 누가 먼저랄 것도 없이 소파로 가서 털썩 주저앉았다. 그러곤 또 얼굴을 마주 보며 킬킬거렸다. 꼭 어른들 몰래 나쁜 장난을 실컷 치다 들어온 어린아이들처럼 전신에 아드레날린이 번져 나갔다. 이대로 또 놀러 나가 버린대도 아무도 뭐라 할 사람이 없다는 자유! 함께 이러고 있다는 게 얼마나 흥분되는지!

"먼저 씻어. 아침에 나가야 되잖아."

재인과 함께 한참을 쿡쿡거리던 우빈이 손을 들어 그녀의 얼굴을 부드럽게 쓰다듬으면서 말했다. 재인은 우빈의 손등 위에 손을 얹으면서 어린애처럼 투정을 부렸다.

"하아…… 나가기 싫어! 그냥 너랑 같이 늦잠 자다 수영이나 하러 갈까봐. 아무리 출장이라지만 토요일까지 일하는 건 너무하잖아?"

"나야 환영이지."

우빈은 말을 마침과 동시에 재인에게 가까이 다가가더니 붉게 달아오른 그녀의 입술에 가볍게 쪽 입을 맞췄다. 재인은 새침하게 눈을 흘기며 우빈의 허벅지를 찰싹 때렸다.

"엉큼해졌어! 씻고 나올게."

재인은 말하면서 소파에서 일어나 욕실로 가려고 발을 움직였다. 그 순간 우빈이 '잠깐만' 이라며 그녀의 허리를 감싸 안아 뒤로 확 잡아당겼고, 재인은 졸지에 우빈의 다리 위로 주저앉고 말았다. 우빈의 뜨거운 체온과 숨결이 등 전체를 훅 하니 덮쳐 왔다.

"우, 우빈아, 많이 늦었잖아."

재인은 어색하게 그를 부르며 상체를 살짝 뒤틀었다. 그러나 우빈은 양팔로 재인을 꽉 옭아매더니, 그녀의 귀 바로 뒤에 입술을 대고 속삭였다.

"잠깐만 이러고 있을게."

말이 아니라 숨을 토해내는 듯했다. 뜨거운 숨결에 소름이 돋은 재인이 순간적으로 몸을 움찔했다. 그 바람에 시선이 옆으로 돌아가 1센티미터도 안 되는 거리에서 그녀를 가만히 바라보던 우빈과 눈이 마주쳤다. 그의 깊은 갈색 눈동자 안에서 타오를 듯한 욕망을 읽은 재인은 무심결에 상체를 뒤로 뺐다. 우빈은 한 번도 본 적 없는 야수의 눈빛을 하고 있었다.

"네가 싫어하면 아무 짓도 안 해."

우빈이 재인을 안은 양팔에 단단히 힘을 주며 읊조렸다. 인지도 못한 사이에 피가 휘몰아치듯 돌면서 심장이 쿵쿵 울려댔다. 재인은 고막까지 차오른 심장 소리를 온몸으로 느끼며 간신히 입술을 떼었다.

"정말?"

"응."

우빈이 눈을 지그시 감았다 뜨면서 대답했다. 재인은 무의식적으로 머릿속에 있던 말을 내뱉었다.

"참고 있다면서?"

"맞아. 그래도 네가 싫어하면 안 해."

우빈은 피식 웃으면서 다시 한 번 재인의 보드라운 입술에 쪽하고 입을 맞췄다. 1초도 안 될 만큼 찰나였는데도 아까와는 다르게 입술이 데인 것처럼 화끈거렸다. 재인은 순식간에 얼굴이 벌게졌다.

"이제 그만 씻어. 더 이러고 있다간 나도 못 참을 거 같으니까."

우빈이 장난스럽게 말하며 재인을 끌어안은 팔을 스르륵 풀었다. 재인은 엉거주춤한 자세로 우빈의 다리 위에서 일어나 어색하게 말했다.

"그럼 얼른 씻고 나올게."

그러고는 갈아입을 속옷과 잠옷을 주섬주섬 챙기더니 서둘러 욕실 안으로 들어가 버렸다.

혼자 남은 우빈은 머리를 뒤로 젖히며 한숨을 길게 내쉬었다.

재인은 그 앞에선 유독 어린아이처럼 구는 경향이 있었다. 그녀가 가시와 방패를 버리고 예전처럼 해맑게 어리광을 부리는 건 물론 반가운 일이었지만, 스물아홉 살의 성인 남녀가 돼가지고 한방에서 지내는데도 친남매와 다름없이 대한다는 건 재인이 상상도 못할 만큼의 인내심을 요했다. 재인은 이대로도 충분히 즐거운 것 같지만.

"하아…… 어쩌겠어."

이 상황만으로도 감사하며 기다릴 수밖에. 그 동창회에서 재인과 만난 후 여기까지 온 데에 그리 긴 시간이 걸린 건 아니지 않은가?

우빈은 머리를 흔들며 소파에서 일어나 땀에 젖은 셔츠를 벗었다. 땀으로 번들거리는 상체를 대충 옷으로 닦아낸 그는 재인이 욕실에서 나오자마자 씻으러 들어갈 준비를 했다. 찬물을 확 끼얹어 열이 한껏 오른 육체를 차갑게 식혀야겠다고 생각하면서.

"우으으음!"

재인은 정오가 돼서야 온몸을 뒤틀며 눈을 떴다. 새벽 4시가 조금 넘어 잠들었으니 대충 여덟 시간은 잤는데도 사지가 무겁고 삭신이 쑤셨다. 아무래도 한국으로 돌아가기 전에 필히 전문 마사지숍에 가서 뭉친 근육을 풀어줘야겠다.

"잘 잤어?"

재인이 엉망이 된 머리와 퉁퉁 부은 얼굴로 부스스 상체를 일으키자, 옆 침대 위에 다리를 길게 뻗고서 기대앉아 있던 우빈이 웃음 섞인 목소리로 인사를 건넸다. 재인은 스르륵 고개를 돌려 그를 바라봤다. 결코 괜찮다고 말할 수 없는 재인의 상태와는 사뭇 다르게 우빈은 옷까지 갈아입고서 말끔한 얼굴로 앉아 있었다.

"언제 깼어?"

재인이 잠이 덜 가신 음성으로 물었다. 우빈은 부드러운 미소를 지으며 침대에서 일어나 재인의 곁으로 다가왔다.

"한 시간쯤 전에. 더 잘 줄 알았는데 생각보단 일찍 일어났네."

우빈이 침대 옆에 선 채로 재인의 머리를 끌어안으며 말했다. 재인은 우빈의 셔츠 위로 얼굴을 파묻으며 볼멘소리로 물었다.

"나 추하지?"

"예전에도 많이 봤는데 뭘."

"빈말이라도 아니라곤 안 하는구나?"

"쿡쿡. 귀엽긴 해."

"칫!"

재인은 씻지도 않은 얼굴을 셔츠에 마구마구 부비며 서운하다는 티를 냈다. 그러곤 고개를 들어 신음과 함께 기지개를 한껏 켜더니, 침대 밖으로 발을 빼내어 일어섰다.

"그럼 한 시간 동안 뭐 했어?"

재인이 몸을 좌우로 움직여 근육을 풀면서 물었다. 우빈은 자연스럽게 손을 올려 재인의 양어깨를 자근자근 주무르면서 대답했다.

"씻고 옷 갈아입었지. 네가 언제 깰까 고민하면서."

"배고플 텐데 뭐라도 먹고 오지 그랬어."

"됐어, 혼자 먹는 건."

우빈은 대답하면서 스르륵 손을 내려 재인을 등 뒤에서 껴안았다. 그가 양팔로 상체를 포근히 감싸오자, 재인은 편하게 몸을 뒤로 기댔다. 우빈은 턱을 재인의 어깨 위에 얹으며 시선을 옆으로 돌려 물었다.

“그래서 오늘은 어떻게 하고 싶어?”

“음…… 일단 시암스퀘어로 가서 뭘 좀 먹고, 3pm에서 커피 마시면서 주말 낮 시간대 상황을 지켜본 다음에, 호텔로 와서 수영하다가 저녁 먹을래.”

결국 아주 놀기만 하지는 않겠다는 얘기다. 우빈은 피식 웃으면서 고개를 끄덕였다.

“그러자, 그럼.”

“나도 씻고 나올게.”

재인은 말과 동시에 우빈의 팔을 풀고서 곧장 욕실로 향했다. 우빈은 도리질을 하고는 제대로 외출 준비를 시작했다. 이맘때의 동남아시아는 우기라 대개 하늘이 구름으로 가득하거나 종종 스콜이 쏟아졌으나, 오늘은 드물게도 태양 빛이 강렬히 내리쬐었다. 다행히 이 호텔에서 시암스퀘어는 걸어서 15분이면 닿을 거리인데다 날씨가 맑아 수영을 즐기기에 좋겠으나, 선크림과 선글라스가 없이는 외출이 힘든 상태였다.

재인이 샤워를 하고 나와 밖으로 나갈 준비를 마치자, 두 사람은 지체 없이 그날의 일정을 감행했다. 우선 시암스퀘어 내의 유명한 해산물 음식점으로 가서 천천히 식사를 하고, 3pm에서 주말에 쇼핑을 나온 연인처럼 자연스럽게 커피를 마시며 대화를 나눴다. 물론 재인은 그러는 와중에도 매장 내 이모저모를 살피다 일어나선 주변 카페들의 상황까지 전부 돌아봤지만.

그러고서 호텔로 돌아오니 오후 5시. 나가서 한 일이라곤 시원한 건물 안에서 먹고 마신 것뿐인데도 몸이 노곤하니 졸음이 몰려왔다. 재인은 객실 문을 열고 방 안으로 들어오자마자 침대 위에 철퍼덕 엎드려 눕고 말았다.

"졸려? 한숨 잘래?"

우빈이 재인의 옆에 걸터앉으며 다정스레 물었다. 재인은 잠이 가득한 목소리로 종알거렸다.

"그러다 밤 되면 어떡해? 시간 아깝잖아. 내일이면 돌아가는데."

특히 우빈이 온 후로는 시간이 확확 가버린 느낌이었다. 우빈은 한 손으로 재인의 목 뒤에 뭉친 근육을 부드럽게 주물러 주며 말했다.

"알람 맞춰놓고 한 시간 정도만 자자. 사실 나도 좀 피곤하거든."

"그래? 그럼 진작 말을 하지."

재인은 몸을 데굴데굴 굴려 우빈에게 옆에 누우라는 듯이 자리를 비켜줬다. 그녀는 무의식중에 한 행동이었지만 한 침대를 쓰자는 말과 다름없었던지라 우빈은 살짝 놀란 표정을 지었다. 그러다 곧 눈매를 온화하게 풀고는 탁자 위에 놓은 핸드폰으로 알람 시간을 맞추고 재인의 옆에 편히 드러누웠다.

"이리 와."

우빈이 왼팔을 옆으로 뻗으며 재인을 불렀다. 침대가 커서 둘이 사지를 아무렇게나 펼치고 자도 전혀 좁지 않았으나, 재인은 냉큼 우빈에게로 가까이 갔다. 마치 습관처럼 그의 넓은 어깨에 자연스레 머리를 기대며 왼손을 판판한 가슴 위에 올려놓았다. 그 지나칠 정도로 스스럼없는 행동에 우빈은 피식 웃음이 났다.

"근데 너 이러는 거 싫어하지 않았어?"

재인이 문득 떠올랐다는 듯이 물었다. 예전에도 재인은 우빈이 침대나 소파에 누워서 쉬고 있으면 장난스럽게 옆으로 가서 그의 팔이나 배를 베고는 찰싹 들러붙었다. 우빈은 한숨을 내쉬며 그런 재인을 받아주더니 어느 때부터인가 무겁다며 1초도 견디지 않고 피해 버렸다. 재인은 그런 우빈이 내심 서운해 입술을 삐죽거리고는 했다.

"그거야 자꾸 딴생각이 드니까 그랬지."

우빈이 몸을 옆으로 돌려 재인의 얼굴을 마주 보면서 말했다. 그녀의 보드라운 분홍빛 입술이 10센티미터도 떨어지지 않은 거리에서 오물오물 귀엽게 움직였다. 우빈은 재인의 얼굴을 지그시 바라보면서 오른손 엄지로 그 여린 피부를 살짝 쓸었다.

"지금은 딴생각이 안 들고?"

재인이 눈을 감은 채 중얼거렸다. 우빈은 보일 듯 말 듯한 미소를 짓더니, 얼굴을 아래로 내려 그녀의 입술 위에 대고 속삭였다.

"참는 거라니까."

그러곤 혀를 조금 내밀어 그녀의 여린 입술 사이로 살짝 집어넣었다. 재인은 눈을 감은 채로 새쭉 웃으며 핀잔을 던졌다.

"응큼해."

"누가 아니래?"

우빈이 능청스럽게 대꾸했다. 재인은 쿡쿡거리며 그의 품 안으로 더 깊숙이 파고들었다.

"나 진짜 잘래. 미안……."

"그래, 자. 나도 잘 테니까."

우빈도 재인을 곰 인형처럼 꼭 껴안으며 눈을 감았다. 그녀를 당장이라도 안고 싶은 만큼 졸린 것도 사실이었다. 그는 재인의 숨소리와 체온을 느끼며 의식할 새도 없이 깊이 잠들어 버렸다.

알람은 깊은 잠에 빠진 사람이라면 듣지도 못할 만큼 소리가 작았다. 다행히 재인은 그 규칙적으로 울리는 미약한 소음에 눈이 떠졌다. 반쯤 뜬 눈으로 부스스 고개를 들어보니 우빈이 아직 옆에서 새근새근 자고 있었다. 말로는 괜찮다 해도 그 역시 많이 피곤했던 모양이다.

재인은 우빈이 깨지 않도록 살금살금 침대 밖으로 빠져나와 일단 알람을 껐다. 그리고 세면대로 가서 눈가를 물로 닦아 잠을 몰아내고 얼룩진 화장을 고쳤다. 저녁 6시가 됐건만 태양이 여전히 활활 타오르며 존재를 과시하고 있었기에, 재인은 옷을 다 벗고는 속옷만 걸친 채 선크림을 피부 구석구석에 발랐다. 이리저리 수영장에 갈 준비를 마쳤는데도 우빈이 눈을 뜨지 않아, 재인은 할 수 없이 그를 깨우기로 했다.

"우빈아, 그만 일어나."

재인은 우빈의 바로 옆으로 가서 나긋하게 말하며 그를 살짝 흔들었다. 우빈은 눈이 떠지지 않는지 힘겹게 몸을 몇 번 뒤척이더니, 신음과 함께 단번에 상체를 일으켜 침대에 걸터앉았다.

"몇 시야?"

우빈이 떠지지 않는 눈꺼풀을 손으로 비비며 잠긴 목소리로 물었다. 재인이 경쾌한 어조로 답했다.

"6시 반. 가서 두어 시간 수영하다 맛있는 거 먹자. 수영복은 가져왔지?"

"응. 알았……."

대답하면서 마침내 눈을 떠 재인을 본 우빈은 말을 끝내지 못하고 입을 다물었다. 재인이 속옷보다 더 아슬아슬한 천 조각으로 이루어진 비키니만 걸친 채 늘씬한 육체를 다 드러내고서 눈앞에서 있었기 때문이다. 군살 하나 없이 매끈하게 빠진 긴 다리와 양손에 잡힐 것처럼 가늘고 잘록한 허리, 그 위로 봉긋하게 솟아오른 탐스러운 가슴. 뭇 남성들을 단숨에 사로잡을 만큼 두드러진 가슴골과 쇄골에까지 시선이 간 우빈은 감전된 것처럼 가만히 재인을 올려다보기만 했다.

"뭐 해? 얼른 수영복으로 갈아입어."

재인이 고개를 갸웃하면서 말했다. 입술에는 미소가 담뿍 물렸다. 우빈은 어쩔 수 없다는 듯이 한숨을 푹 내쉬더니 천천히 일어서며 물었다.

"설마 수영장까지 그러고 갈 거야?"

"아니, 가운 입고 가야지. 내가 무슨 노출증 환자도 아니고."

재인이 아무 문제 없다는 듯이 화답했다. 그러자 우빈은 그녀를 코앞에서 내려다보며 음산하리만큼 낮은 목소리로 다시 물었다.

"그럼 지금 일부러 이러는 거야?"

"뭘? 유럽 여행 갔을 때도 이러고서 몇 번이나 같이 수영했잖아?"

재인이 눈초리를 여우처럼 휘며 반문했다.

그래, 틀린 말은 아니다. 그때도 이 아슬아슬한 비키니를 보면서 미칠 뻔하긴 했지만. 우빈은 시선을 옆으로 돌리며 말을 툭 내뱉었다.

"넌 그때 내가 무슨 생각을 했는지 몰라서 이래. 알았어. 갈아입고 올게."

그는 그대로 몸을 돌리더니 가방에서 반바지 형태의 수영복을 꺼내 욕실로 들어갔다. 그러곤 수영복만 입은 채로 나와 재인이 쓰는 긴 목욕 가운을 옷걸이에서 빼내더니, 그녀의 몸을 미라처럼 칭칭 동여매 버렸다.

"됐어. 물에 들어가기 직전에 벗어."

"알았으니까 너도 가운 입어."

재인이 눈을 반달 모양으로 뜨고선 툴툴거렸다. 186센티미터에 달하는 우빈의 모델 같은 키와 탄탄한 몸매 또한 나라와 계통을 초월해 뭇 여인들의 시선을 훔치고 다니긴 마찬가지였다. 게다가 이제는 섹시하기까지 하니!

"알았어."

우빈은 피식 웃으면서 가운을 걸쳤다. 그리고 재인의 손을 잡고는 함께 야외 수영장으로 내려갔다.

날은 여전히 무더웠고, 수영장의 물은 뜨거운 태양열로 하루 종일 데워져 미지근했다. 하늘은 어느새 저물어가는 태양이 마지막 혼신을 다해 발하는 빛으로 붉게 물들어갔다. 재인은 가운을 벗고서 우빈에게 물을 뿌리며 까르르 장난을 쳐댔다. 우빈도 지금만큼은 재인의 어린아이 같은 놀이에 맞춰주기로 했는지, 가운을 벗어 던지고는 그녀를 번쩍 안아 들고서 물속으로 풍덩 들어갔다. 머리끝까지 홀딱 젖은 재인이 입속으로 들어온 수영장 물을 푸 하고 뿜어내며 우빈을 투닥투닥 때리자, 우빈은 장난스럽게 그녀의 얼굴에 물을 몇 번 더 튀긴 후 헤엄을 쳐서 멀리 도망쳐 버렸다. 바싹 약이 오른 재인이 소리를 지르며 쫓아오자, 우빈은 큰 소리로 웃으며 재인을 요리조리 피해 다녔다. 그러다 힘이 빠진 재인이 학학거리며 수영장 계단으로 가서 걸터앉으니 어느새 스윽 다가와 그녀를 와락 끌어안았다. 재인은 눈을 흘기며 우빈의 얼굴에 물을 튀겼다.

그렇게 시간 가는 줄도 모르고 물장난을 치다 보니 어느덧 하늘이 새카매졌고, 호텔 직원들이 수영장에 오색 등불을 밝혔다. 재인과 우빈은 물 위에 둥둥 떠서 배영을 즐기며 캄캄한 밤하늘을 올려다보다가, 수영장 내에 위치한 미니 바에서 칵테일과 간단한 음식 두어 가지를 주문했다. 따로 레스토랑에 가서 저녁 식사를 할까 생각했으나, 이 수영장에서 즐기는 밤 풍경이 제법 근사해 그냥 이곳에서 둘만의 작은 파티를 열기로 한 것이다.

"네 덕분에 즐겁게 보냈어. 고마워."

재인이 우빈의 칵테일 잔에 자신의 잔을 챙 하고 부딪치며 인사했다. 우빈은 입매를 부드럽게 올리며 말했다.

"나야말로 고맙지. 같이 있는 걸 허락해 줘서."

"아! 마음 같아선 너랑 여기서 일주일만 더 놀고 싶다!"

재인이 소리 지르며 탄식하자, 우빈은 재인의 이마에 자신의 이마를 가볍게 콩 부딪치며 미소로 화답했다.

"언제든 말만 해. 하자는 대로 해줄 테니까."

그러고는 그녀의 두 눈을 지그시 응시했다. 눈빛으로 우빈이 원하는 바를 읽어낸 재인은 그의 갈색 눈동자를 가만히 바라보다가 천천히 눈을 감았다. 우빈은 서서히 눈을 감으며 그녀의 붉게 달아오른 입술에 부드럽게 입술을 포갰다. 알싸한 칵테일 향과 함께 그의 혀가 닿을 듯 말 듯 입술 사이를 핥자, 재인은 입술을 살짝 벌려 그 감미로운 감촉을 받아들였다. 쿵쿵 울려대는 심장 소리와 함께 그제야 처음으로 남자 이우빈의 키스를 온전히 받아들였다.

온몸이 젖은 채 호텔 방 안으로 돌아온 우빈과 재인 사이에선 기묘한 기류가 흘렀다. 우빈은 객실 문을 조용히 닫으며 먼저 들어가 수건으로 머리칼의 물기를 털고 있는 재인을 지그시 바라봤다. 등까지 내려오는 긴 머리칼은 촉촉이 젖어 그녀의 매끄러운 피부를 타고 흘러내렸고, 천 조각과 다름없는 비키니는 물기를 머금은 채 수축되어 봉긋한 가슴과 탄력적인 잉덩이에 착 달라붙어 있었다. 우빈은 자기도 모르게 숨을 삼키며 주먹을 그러쥐었다. 의식하지도 못한 새 하체에 힘이 들어갔다.

그 태워 버릴 것처럼 강렬한 시선을 느끼지 못할 리 없다. 재인은 천천히 손을 멈추며 우빈과 눈을 부딪쳤다. 아니, 문을 닫고 방

안으로 들어온 순간부터 호르몬을 진하게 풍기며 자신의 존재를 강하게 어필하는 이우빈이란 남자를 찬찬히 살펴봤다. 목선을 타고 흐르는 그의 넓은 어깨와 근육으로 빚어진 탄탄한 가슴, 도드라진 윤곽을 따라서 손가락을 미끄러뜨리고 싶을 만큼 섹시한 복근과 그 아래 수영복 속에 감춰진 남성적인 하반신을. 시선이 거기로 미친 순간 재인은 두 뺨이 확 달아올랐다. 그녀는 당황스러운 표정으로 눈을 피하며 입을 열었다.

"우빈아, 그만……."

"미안. 더는 안 되겠어."

우빈은 어금니를 짓씹으며 중얼거리더니 순식간에 재인의 몸을 덮치듯 끌어안았다. 그러곤 서둘러 재인의 입술을 찾아 혀를 입안 깊숙이 집어넣었다.

"흐읍…… 읍!"

재인은 뭐라 반응할 새도 없이 우빈에게 사지를 얽매인 채 그의 혀를 받아들이고 말았다. 상체는 운동으로 다져진 그의 단단한 왼팔에 휘감겼고, 하체는 어느새 양다리 사이로 들어온 우빈의 탄탄하고 굵은 오른쪽 허벅지에 받쳐져 힘이 풀려 버렸다. 우빈은 자유로운 오른손으로 재인의 머리를 받쳐 꺾으며 타액으로 젖은 그녀의 입속을 부드럽게 탐닉하더니, 손을 슬슬 아래로 내려 그녀의 등과 허리선을 애무하듯이 어루만졌다.

"우빈아……."

우빈이 붉게 달아오른 입술을 핥으며 가까스로 키스를 멈추자, 재인은 그의 양어깨를 두 손으로 붙들며 신음하듯 이름을 불렀다.

우빈의 굵은 허벅지와 맞닿은 다리 사이가 점점 홧홧하게 달아올라 혈맥이 움찔움찔 뛰었다. 재인은 자기도 모르게 허리를 살짝살짝 놀려 다리 사이의 예민한 부위를 그의 허벅지에 슬슬 비벼댔다. 오로지 감각에만 충실해 본능적으로 한 행동이었다.

우빈은 대답 대신 재인의 오른쪽 귓불을 입술로 깨물며 양손으로 그녀의 엉덩이를 단단히 붙들더니 허벅지 위쪽으로 끌어당겼다. '흡!' 하는 신음과 함께 수영복 위로 불룩하게 두드러진 그의 남성과 재인의 여리고 은밀한 부위가 천 두 장 사이로 밀착됐다. 재인은 아무런 반항도 하지 못한 채 사나워진 우빈의 남성과 노골적으로 맞닥뜨렸다. 그 둔탁하고 생경한 느낌에 심장이 요동치듯 뛰기 시작했다.

"미칠 것 같아!"

우빈이 숨을 몰아쉬며 거칠게 내뱉었다. 그 뜨거운 숨결에 귀가 타들어갈 듯했다. 재인은 아무런 대꾸도 못하고 우빈의 어깨를 꽉 붙들었다. 오직 그가 주는 감각뿐, 머릿속이 새하얘져 아무 생각도 나지 않았다. 그러자 우빈이 재인의 몸을 가리고 있던 위아래 천 조각들을 단숨에 풀어 벗겨 내렸다. 그 또한 여유를 부릴 인내심이 조금도 남지 않은 상태였다.

"우, 우빈아!"

막상 그 앞에서 나체가 되고 나니 더럭 겁이 났나 보다. 재인이 우빈의 목을 와락 끌어안으며 서둘러 그를 불렀다. 그 바람에 당장이라도 손아귀에 넣고서 움켜쥐고 싶을 만큼 말캉하고 탄력적인 젖가슴이 우빈의 판판한 가슴에 밀착되고 말았다. 우빈은 폭발할 것 같은 욕망을 가까스로 다스리며 왼팔로는 재인의 등을 감싸고 오른손으로는 그녀의 엉덩이를 받치듯 잡아 다리 사이에 넣은 허벅지를 슬쩍슬쩍 움직였다.

"아아, 우빈아!"

재인이 목에 매달려 신음하듯 그를 불렀다. 지금껏 그녀가 아무에게도 내보인 적이 없었던 검은 수풀 속 가장 내밀한 부위에서 끈적하고 맑은 꽃물이 흘러나와 허벅지를 타고 흐르는 게 느껴졌다.

우빈은 재인의 엉덩이 밑으로 중지와 약지 손가락을 조심스레 집어넣어 그 붉고 여린 살점을 부드럽게 문질렀다. 그러자 재인이 자지러지며 등을 활처럼 꺾었다.

"아아아!"

맞닿았던 가슴과 가슴 사이에 틈이 생기면서 탐스러운 봉우리 위로 톡 튀어 올라온 분홍빛 젖꼭지가 우빈의 시야에 고스란히 노출됐다. 우빈은 뭐라 할 틈도 없이 그중 하나를 입으로 덥석 물었다. 이러기를 얼마나 열망했던가! 그녀의 살 내음은 아카시아 꿀처럼 향긋하고 삼키면 삼킬수록 갈증이 났다. 우빈은 그 분홍빛 돌기를 이로 살짝살짝 건드리면서 배고픈 아기처럼 탐욕스럽게 빨아댔다.

"아학! 아아아!"

재인은 신음밖에 못 내는 사람처럼 우빈에게 온몸을 내맡긴 채 교성을 질러댔다. 어떤 남자에게도 내준 적 없었던 그녀의 뽀얗고 탐스러운 가슴은 우빈에게 먹혀 타액으로 더럽혀졌고, 아직 순결을 품은 처녀의 꽃술은 그의 긴 손가락 두 개에 농락당해 점차 붉게 부풀어 올랐다. 재인의 육체는 더욱더 깊은 자극을 갈망하며 점점 쾌락의 늪으로 치달아갔다. 급기야 재인은 갈급한 목소리로 우빈에게 애원했다.

"우빈아, 나…… 나! 으흑!"

암컷을 간절히 원하는 수컷이 그 음성에 담긴 뜻을 못 알아챌 리가 없다. 우빈은 재인의 가슴에서 입술을 떼고는 그녀를 번쩍 들어 올려 침대에 눕혔다. 그리고 1초도 안 될 만큼 찰나에 수영복 바지를 벗어 내렸다. 아직은 차마 그를 볼 용기가 없었을까? 재인은 눈을 질끈 감고서 고개를 옆으로 돌렸다.

"눈 떠, 신재인. 날 봐줘."

우빈이 재인의 몸 위로 올라와 나지막하게 속삭이며 입을 맞췄다. 실오라기 하나 걸치지 않은 싱싱한 젊은 남녀의 육체가 체온을 나누며 밀착됐다. 그 따뜻하고 기분 좋은 감촉에 재인은 스르르 눈을 떴다. 우빈이 얼굴 여기저기에 입을 맞추며 따스한 눈길로 그녀를 내려다보고 있었다.

"흐응……."

재인은 숨을 깊게 내쉬며 우빈의 목을 두 팔로 감싸 안았다. 그러자 우빈이 다시 한 번 깊은 키스를 해왔다. 그의 혀가 부드럽게 입속으로 침투해 그녀의 혀와 얽히더니 교감을 나누듯 물결치며 휘돌았다. 그것만으로도 다시 피가 빠르게 돌며 다리 사이가 움찔거린다. 그 기분 좋은 저릿함이 아랫배까지 전달된다. 재인은 자기도 모르게 허리를 살짝 튕기며 굵게 솟구친 우빈의 남성을 허벅지 사이로 끼웠다. 그새를 놓칠까, 우빈이 아까부터 그를 받아들이기 위해 쉼 없이 액체를 흘려내는 수풀 속 여성의 입구에 뜨거운 막대로 변한 그것을 슬슬 문질렀다.

"아아! 아하악!"

재인이 누운 채로 머리를 뒤로 젖히며 그에게 매달렸다. 다리 사이로 바짝 붙은 그 야릇한 무법자는 쉴 줄도 모르고 그녀를 괴롭혀 댔다. 영상이나 글을 통해 이런 행위를 본 적도 있고 혼자서 야릇한 감각을 느끼며 몸 여기저기를 어루만져 본 적도 있지만, 이렇게 적나라하게 노출된 자신을 한 남자에게 오롯이 내맡긴 건 처음인데도 육체는 꾸밈없이 솔직하게 반응했다. 그 상대가 우빈이라 다행인 걸까? 모르겠다, 지금은. 지금은 단지 그에게 안겨 더 열정적인 쾌락을 원할 뿐이다.

"많이 아플지도 몰라. 아픈 만큼 내 어깨를 물어."

우빈이 동작을 멈추더니 귓가에 대고 속삭였다. 미끈거리고 뜨거운 남성의 끝 부분이 그녀의 몸속으로 파고들기 위해 여성의 입구에 닿아 있는 게 느껴졌다. 재인은 대답 없이 입술을 그의 어깨에 댔다. 그것을 허락이라 받아들인 우빈은 팽창할 대로 팽창한 자신의 중심을 천천히 그녀의 붉고 여린 살갗 속으로 밀어 넣었다.

"으흡!"

재인이 미간을 찌푸리며 우빈의 뽀얀 살결에 이를 박았다. 마치 열에 잔뜩 달군 꼬챙이 하나가 그녀를 통째로 꿰뚫고서 난입해 들어오는 것 같았다. 우빈은 허리에 힘을 준 채 욕구를 한계까지 억누르며 최대한 조심스럽게 재인의 안으로 들어갔다. 아직 반밖에 넣지 못했는데도 남성을 꽉 조이는 그녀의 좁고 내밀한 동굴에 우빈 또한 어금니를 꽉 깨물었다.

"다 들어갔어. 많이 아파?"

우빈이 숨을 헐떡이며 작게 물었다. 재인은 그제야 우빈의 어깨에서 이빨을 떼었다. 붉은 자국이 선명히 새겨진 어깨를 본 재인은 다시 우빈의 목을 꽉 끌어안았다. 다리 사이에 새겨진 아프고 불편한 이물감에 어쩔 줄을 몰랐지만 그를 밀어내고 싶진 않았다.

"최대한 조심히 할게. 견디기 힘들면 얘기해."

우빈이 재인의 이마에 키스하며 말했다. 그녀가 고개를 끄덕이자, 우빈은 멈췄던 허리를 아주 천천히 위아래로 움직이며 재인의 반응을 살폈다. 재인은 여전히 아픔을 참은 채 미간을 찌푸리고 있었지만, 길고 늘씬한 다리를 들어 우빈의 허리를 나긋이 감쌌다.

"재인아, 재인아!"

그 하나의 동작이 미칠 듯한 소유욕을 불러일으켰다. 우빈은 애타는 음성으로 재인을 부르며 허리를 턱턱 부딪쳤다. 재인은 힘겹다는 듯이 우빈의 등을 꽉 껴안으며 신음을 토해냈다.

"아아! 아흑!"

"미안해, 재인아. 미안. 아픈 거 아는데 놔줄 수가 없어."

"괜찮아, 하읏! 놓지 마, 싫어!"

재인이 양팔과 양다리로 우빈의 몸 전체를 얽어매며 소리 질렀다. 여전히 아랫도리가 찢어질 듯 아팠지만 점차 묘한 감각이 함께 밀려들었다. 아랫배가 간질간질하고 당장이라도 화장실로 달려가고 싶으면서도 그가 주는 이 고통을 놓기가 싫은 이중적인 욕심! 아프고 뜨겁게 다리 사이를 꿰뚫은 그 불기둥을 빼내고 싶으면서도 그에게 계속 달라고 매달리고 싶은 그 이율배반적인 마음!

재인은 그 새빨간 쾌락에 자신을 내맡긴 채 우빈에게 달라붙어 울부짖었다. 몸 안에서 무언가가 폭발하며 펑펑 터지는 것 같았다.

"우빈아, 우빈아! 나, 나, 아아아!"

"허억!"

우빈이 커다란 신음과 함께 재인의 몸 안에서 순식간에 빠져나와 뿌연 액체를 흘려보냈다. 재인은 화끈거리면서도 허전한 느낌에 두 다리를 우빈의 몸에 비벼대며 몽롱한 상태에서 그를 지켜봤다. 마지막까지 남김없이 밖으로 흘려보낸 우빈은 힘없이 재인의 몸 위로 무너졌다. 재인은 그런 우빈을 꽉 끌어안았다.

"나 이제 너 못 놔. 계속 이러고 싶을 테니까."

우빈이 재인의 가슴에 머리를 기댄 채 거친 숨을 몰아쉬며 중얼거렸다. 재인은 우빈의 머리칼을 쓰다듬으며 작은 목소리로 말했다.

"그래, 놓지 마. 두 번 다시……."

우빈은 상체를 위로 들어 올려 재인의 두 눈을 조용히 내려다봤다. 재인 또한 아무 말 없이 그를 올려다봤다. 재인의 투명하고 검은 눈동자에 비친 자신의 얼굴을 본 우빈은 천천히 입술을 내리며 낮은 음성으로 읊조렸다.

"절대로 안 놓을 거야."

그러곤 그대로 재인의 입술에 입을 맞췄다.

5. 아카시아 꿀처럼 달콤한

재인은 눈꺼풀 속으로 자꾸만 스며드는 햇살에 얼굴을 찡그리며 슬며시 눈을 떴다. 창문을 통해 들어오는 햇빛이 이토록 강한 걸 보니 이미 해가 중천에 떴나 보다. 그녀는 설깬 정신으로 그만 일어나야겠다고 마음먹었다. 방콕에서 돌아온 후 우빈의 집에서 처음으로 함께 맞는 토요일을 아깝게 잠으로 몽땅 날릴 수는 없다.

의식이 돌아오니 그녀의 나신을 뒤에서 끌어안은 채 팔다리로 칭칭 얽어매고서 곤히 잠든 우빈이 느껴졌다. 이렇게 계속 팔베개를 해주면 팔 저리지 않나? 그보다 언제부터 이런 자세로 잔 거야? 어쩐지 무겁고 답답하다 했다. 재인은 낑낑거리며 상체를 일으켜 우빈에게서 빠져나가려 했다.

"가지 마."

그 바람에 깼는지, 우빈이 재인을 힘주어 끌어안으며 중얼거렸다. 겨우 들어 올렸던 상체가 다시 아래로 풀썩 내려앉았다. 재인은 볼멘소리로 투덜거렸다.

"무겁단 말이야. 그만 일어나."

"조금만 더 있다가."

우빈이 그녀의 몸 위에 올려놓았던 왼쪽 다리를 치우며 말했다. 대신 양팔로 재인을 더욱 꼭 끌어안았다. 재인은 포기했다는 목소리로 종알거렸다.

"팔 안 저려?"

"감각도 없어."

"그럼 빼야지."

"조금만."

우빈은 킥킥 웃으며 재인의 목 뒤에 얼굴을 묻었다. 기습적으로 다가온 촉촉한 입술 감촉이 간지러운지, 재인이 부르르 떨면서 외마디 비명을 질렀다. 그러자 우빈은 심술궂은 아이처럼 더더욱 입술로 재인을 괴롭혀 댔다.

"하하! 그만! 그만해!"

재인이 몸서리를 치며 상체를 뒤틀었다. 그녀는 특히 귀와 목 뒷부분이 민감해 우빈이 이럴 때마다 자지러지곤 했다. 우빈은 재인이 그럴수록 더 간지럽히고 싶다는 충동에 시달렸다.

"그만하라니까!"

재인이 빽 소리 지르며 버둥거렸다. 우빈은 쿡쿡거리면서 입술을 목 뒤에서 떼더니, 이번에는 그녀의 목선을 혀로 부드럽게 핥아 내리며 왼손을 뱀처럼 움직여 봉긋한 젖가슴을 슬며시 움켜쥐었다. 긴 손가락 안으로 다 들어오지 않는 그 유혹적인 살덩이를 살살 어루만지던 우빈의 숨소리가 점차 거칠어졌다. 재인도 우빈이 이러는 건 싫지 않은지, 작게 신음을 토하며 머리를 살짝 뒤로 젖혔다.

"흐응…… 더 가까이 와."

재인이 엉덩이를 뒤로 빼 자신의 보드라운 피부를 우빈의 무성한 수풀에 비벼대며 속삭였다. 그 말뜻이 뭔지 알아챈 우빈은 재인에게 하체를 바싹 밀착했다. 그리고 이미 두껍게 부풀어 오른 남성을 그녀의 다리 사이에 끼워 천천히 문지르기 시작했다.

"아흑! 좋아!"

투명한 액체가 방울방울 흘러나온 남성의 끝 부분과 붉게 달아오른 꽃술이 질척한 소리를 내며 마찰했다. 우빈은 재인의 귓불을 간질이듯 빨면서 검지와 중지 사이로 톡 튀어나온 젖꼭지를 끼워 자극적으로 꼬집었다. 재인이 발끝을 꼿꼿하게 세우며 교성을 내질렀다.

"아학! 지금…… 지금 해줘!"

재인은 자신의 가슴을 탐욕적으로 움켜쥔 우빈의 손을 붙들며 애원했다. 그녀의 엉덩이 골은 이미 젖을 대로 젖어 액체로 번들거렸다. 우빈은 지체할 새 없이 재인을 등 뒤에서 끌어안은 자세 그대로 꼿꼿이 일어선 남성을 쑥 박아 넣었다.

"아흣!"

빳빳해진 남성을 단번에 받아들인 재인의 두 다리가 움찔움찔 떨렸다. 모로 누운 채 그를 뒤에서 맞이했더니 남성이 더 굵고 두껍게 느껴졌다. 재인은 자신의 목을 휘감은 우빈의 오른팔을 양손으로 붙들고는 신음을 흘리며 질척한 엉덩방아질을 시작했다. 방콕에서 돌아온 지 일주일밖에 안 됐건만, 그와 만날 때마다 불꽃이 튀어 몇 번이고 정사를 나눴더니 그사이 이토록 음란해지고 말았다.

"잠깐만. 이렇게 빨리하면 내가 못 참아."

우빈이 왼손으로 재인의 허리를 단단히 붙잡으며 제동을 걸었다. 재인은 흥분으로 학학거리면서도 일순간 허리 놀림을 멈췄다. 그러자 우빈이 재인의 귀와 뺨에 자잘한 입맞춤을 하면서 다시 부드럽게 하체를 좌우로 움직여 재인의 엉덩이에 부딪쳤다.

"으흑! 좋아……."

재인은 미끈거리며 빠져나갔다 들어오길 반복하는 굵은 남성의 움직임을 열정적으로 받아들였다. 우빈이 선사하는 극렬한 쾌락에 피부가 뜨겁게 달아오르고 심장이 팔딱팔딱 뛰어댔다. 그녀는 못 견디겠다는 듯이 신음을 토해냈다. 깊고 내밀한 곳에서 남성을 꽉 물은 그녀의 끈끈한 동굴이 자꾸만 이걸 더 달라고, 더 깊숙이 찔러 넣어달라고 보채며 재인을 몸부림치게 만들었다. 재인은 교성을 섞어 우빈을 졸라댔다.

"아아, 우빈아! 더 세게 해줘. 응? 제발!"

우빈은 재인의 엉덩이에 하체를 턱턱 부딪치는 것으로 대답을 대신했다. 느리고 유연하던 움직임이 그녀의 요구에 따라 거칠고 격렬해졌다. 재인은 비명을 지르며 양손으로 베갯잇을 움켜잡았다. 위아래 층에 소리가 들릴지도 몰랐지만 아플 정도로 그녀를 습격하는 우빈 때문에 머릿속이 빙글빙글 돌았다.

"아학! 아아아!"

"허억!"

마침내 우빈이 비명과 함께 재인에게서 빠져나가 자신을 분출했다. 재인은 그가 뒤처리를 마칠 때까지 가쁜 숨을 고르며 격한 정사 뒤에 오는 나른한 여운을 음미했다. 우빈이 다시 재인의 옆자리에 드러누워 그녀를 뒤에서 껴안고는 어깨에 얼굴을 묻었다. 그의 손이 자연스레 다가와서 가슴을 주무르자, 재인이 못 말리겠다는 듯이 킥킥거렸다.

"또 하고 싶어?"

"10년 넘게 쌓였으니까. 다 풀려면 아직 멀었어."

우빈이 장난 섞인 어조로 대꾸했다. 그러자 재인이 입술을 삐죽거리면서 톡 쏘았다.

"다른 여자 안 만난 것도 아니면서!"

"널 어떻게든 포기해야 했으니까. 갈증만 더 심해졌지만."

대답하는 우빈의 음성에서 씁쓸함이 묻어났다. 재인은 몸을 돌려 우빈의 얼굴을 지그시 응시했다. 그는 입가에 옅은 미소를 띠며 재인의 상기된 뺨을 어루만졌다. 재인은 그의 깊은 갈색 눈동자를 들여다보며 작게 물었다.

"그래서 지금 만족해?"

"멀었다니까. 죽을 때까지 해도 모자라."

우빈이 재인의 입술에 쪽 입을 맞추면서 빙긋 웃었다. 재인의 입가에도 잔잔한 미소가 번져 나갔다. 재인은 우빈의 가슴팍에 얼굴을 폭 파묻고는 그를 꼭 끌어안았다.

우빈은 집에만 있겠다는 재인을 다독여서 차에 태우고는 일산의 한 프랑스 레스토랑으로 데려갔다. 특별 예약을 한 손님에게 완벽한 밀실을 제공해 풀코스 요리를 대접하는 곳이었다. 주로 유명 호텔에서 이와 같은 방식으로 만찬을 했던 재인이 고개를 갸웃하며 우빈에게 물었다.

"이 동네에 이런 데가 있었네? 어떻게 알았어?"

"지난주에 알아봤어. 네가 한적한 장소를 좋아할 거 같아서."

우빈이 재인에게 의자를 빼주며 대답했다. 아는 사람들과 마주치는 게 불편할 그녀를 위해 일부러 이런 곳을 찾아냈단 뜻이다. 재인은 옅게 미소 지으며 인사했다.

"고마워. 미안하고. 아직은 자신이 없네."

"미안해하지 않아도 돼. 지금은 네 옆에 있는 것만으로도 좋으니까."

우빈이 빙긋 웃으며 식탁 위에 올려진 재인의 손을 잡았다. 재인도 입가에 옅은 미소를 띠며 자신의 손을 덮은 우빈의 손을 맞잡았다.

우빈이 미리 주문해 놓은 대로 애피타이저부터 차례대로 요리가 나오자, 두 사람은 와인을 가볍게 곁들여 저녁 식사를 즐겼다. 예상보다 맛이 훌륭해 재인은 자기도 모르게 와구와구 음식을 먹었다. 특히 육질이 연한 양고기 스테이크가 일품이었다. 우빈은 피식 웃으며 자기 접시에 놓인 스테이크 한 덩이를 재인에게 양보했다. 그러자 재인이 배시시 웃으며 혀를 내밀었다.

"내가 너무 많이 먹지?"

"데려온 보람이 있어서 좋은데, 뭘."

우빈이 와인 한 모금을 마시며 말했다. 재인은 스테이크 한 조각을 잘라 냠냠 씹으면서 대꾸했다.

"그런데 이렇게 먹고 나면 두 배로 운동해야 돼. 내일은 또 주스만 마시고 뛰게 생겼네."

"아까 운동했으니까 괜찮아. 오늘 밤에도 할 거고."

우빈이 와인 잔을 내려놓으며 빙글거렸다. 그 말뜻을 단박에 알아들은 재인이 포크와 나이프를 움켜잡은 채 빽 소리 질렀다.

"뭐야, 너무 응큼하잖아!"

"부정한 적 없어."

우빈이 짓궂게 받아쳤다. 재인은 그에게 눈을 한번 흘기고는 다시 스테이크를 자르며 종알거렸다.

"이럴 때 보면 예전이랑 많이 달라진 거 같아."

"10년이 더 지났는데 안 달라져도 문제지. 아이스크림은 바닐라가 좋지?"

"응."

"포도 젤리 먼저 가져오라고 할게."

우빈은 레스토랑 직원을 불러 재인이 가장 좋아하는 디저트를 순서대로 내오라고 주문했다. 차가운 수제 포도 젤리와 갓 구워내

진한 바닐라 아이스크림을 얹은 타르트 타탄, 레스토랑의 일급 바리스타가 정성스레 내린 원두커피. 어디서 뭘 얼마나 먹든 마지막에 꼭 커피를 마시는 재인의 습관을 그는 당연하다는 듯이 알고 있었다. 우빈의 행동을 가만히 지켜보던 재인이 미간을 살짝 찌푸리며 말했다.

"정말 달라졌어. 전에는 이렇게까지 챙겨주진 않았잖아."

"그때는 그게 최선이었어. 어렸잖아. 동생이었고."

우빈은 와인 잔을 빙빙 돌리며 자조적인 웃음을 지었다. 그러다 잔에 담긴 와인을 끝까지 비우고는 탁 내려놓으며 재인의 두 눈을 응시했다.

"하지만 지금은 성인이고, 넌 뭘 해줘도 아깝지 않은 내 연인이지. 그러니 이러는 게 당연해."

"너무 그러지 마. 버릇 나빠져."

재인이 못 말리겠다는 듯이 웃으며 고개를 숙였다. 말로는 핀잔을 줬지만 이런 이야기를 듣고서 가슴이 설레지 않을 여자는 없다. 재인의 두 뺨은 어느새 복숭앗빛으로 물들었다.

"괜찮아, 너니까."

우빈은 팔을 앞으로 뻗어 다시 재인의 손을 잡고는 입가에 은은한 미소를 드리웠다. 재인은 그의 따스한 손길을 느끼며 우빈에게 꽃처럼 활짝 핀 웃음을 보여줬다.

재인은 우빈과 함께 괜히 이곳저곳을 돌아다니고 싶었다. 일산은 청담이나 압구정처럼 화려하지는 않지만 쾌적하고 번화한 도

시였고, 무엇보다 지인들과 마주칠 확률이 현저히 낮은 동네였다. 그래서 재인은 우빈과 거리낌 없이 거리를 활보하며 티셔츠와 작은 귀걸이 같은 물건들을 샀다. 그러다 보니 꼭 10대 때로 돌아간 듯한 기분이 들어 왠지 더 신이 났다. 우빈은 소풍 나온 어린아이처럼 즐거워하는 재인의 어깨에 팔을 두르며 싱긋 웃었다.

"이럴 때 보면 넌 예전하고 똑같아. 재밌어?"

"응! 같이 다니니까 너무 재밌어."

재인이 해맑은 목소리로 대답했다. 사실 우빈과 사이가 틀어지고 나서 누군가와 이렇게 어울려 다닌 적이 없었다. 중학교나 고등학교에서 만난 아이들은 대개 질투와 오만으로 가득 찬 속물들뿐이었고, 재인을 이상한 별종으로 취급했다. 재인도 지나치게 이득만 차리는 그 애들의 이기심이 싫어 딱히 친구를 만들려고 노력하지 않았다. 그 바람에 우빈이 없는 동안 뭐든지 혼자 하는 게 익숙해졌다.

우빈 또한 그를 모르는 바가 아니었다. 그 역시 재인 말고는 친구라 부를 이도, 관심을 가진 이도 없었으니까. 설사 상대가 원한다 해도 우빈이 별 반응을 보이지 않았다. 재인을 외면하고서 혼자 친구 따윌 만드는 건 반칙일 테니.

"또 뭐 하고 싶어? 영화라도 볼까?"

우빈이 재인의 뺨에 가볍게 키스하며 물었다. 재인은 기다렸다는 듯이 고개를 주억거리며 눈을 빛냈다.

"볼래! 액션 영화로!"

"그러자, 그럼. 이 근처에 영화관이 있으니까."

우빈은 재인을 데리고서 곧장 가까운 영화관으로 향했다. 초여름이라 그런지 재인이 원하는 액션 영화와 공포 영화가 한창 흥행 중이었고, 때마침 30분 뒤에 상영하는 액션 영화가 한 편 있었다. 우빈은 바로 영화표를 끊고는 콜라와 팝콘, 오징어까지 사서 재인에게 안겨줬다. 역시나 재인은 어린애처럼 꺄르르 웃으며 좋아했다.

"나 이런 영화관 처음 와봐."

재인이 팝콘 하나를 아작아작 씹으며 종알거렸다. 우빈은 어쩔 수 없다는 표정을 지으며 재인의 머리를 슥슥 쓰다듬었다.

"남자랑 영화관 데이트 안 해봤어?"

"걔네들은 주로 로열관에 데려갔거든. 상영관 통째로 다 비우고서."

재인이 아무렇지도 않게 대답했다. 우빈은 순간 말문이 막혀서 침묵하다가 곧 낮게 가라앉은 음성으로 물었다.

"누구랑 갔는데. 내가 아는 사람이야?"

"설마 지금 화내는 거야?"

"궁금해서 묻는 거야."

"농담이야, 농담! 노민혁한테 끌려서 딱 한 번 가봤어."

재인이 고개를 설레설레 저으며 깔깔거렸다. 이리 정색하는 걸 보니 우빈도 어쩔 수 없는 남자이긴 한가 보다.

'또 노민혁이군.'

우빈은 재인의 긴 머리칼을 어루만지며 속으로 중얼거렸다. 그날 호텔에서 그를 비웃듯이 노려본 민혁의 눈빛은 분명 심상치 않았고, 그때부터 우빈은 민혁이 계속 거슬렸다. 재인이 불편해할까 봐 내색은 안 했지만.

'하지만 이제 확실해졌군.'

그게 언제가 됐든, 민혁과 자신은 한바탕 전쟁을 치를 것이다.

"그만 들어가야 되지 않아?"

우빈이 무슨 생각을 하는지 아는지 모르는지, 재인이 말똥말똥한 눈으로 고개를 갸웃하며 물었다. 우빈은 귀여운 강아지를 바라보는 눈빛으로 재인을 보며 부드럽게 대답했다.

"들어가야지. 이건 내가 들게."

우빈이 재인에게서 팝콘 통을 받아 들며 자연스레 그녀의 어깨 위에 팔을 둘렀다. 재인은 한 손에는 콜라를, 다른 손에는 오징어를 들고서 우빈에게 반쯤 안긴 채 재잘재잘 떠들며 상영관 입구로 향했다. 우빈은 재인의 말에 응하며 그녀의 정수리와 얼굴에 자잘한 입맞춤을 했고, 상영관 안에 자리를 잡고 나서는 칸막이를 치워 재인을 안은 자세로 영화를 관람했다. 영화가 끝나고서 오피스텔로 돌아가기 위해 차에 오를 때까지, 두 사람은 한시도 떨어지기 싫다는 듯이 서로의 몸을 만지며 붙들고 있었다.

"들어오자마자 왜 이래?"

재인이 자신을 뒤에서 덮치듯 껴안고서 목선에 입술을 묻는 우빈에게 앙탈했다. 여름이라 얇은 원피스 하나와 속옷만 걸친 재인은 우빈에게 너무나도 쉬운 먹잇감이었고, 이제 그의 긴 손가락들은 재인의 보드라운 맨살 위를 자유롭게 노닐며 실컷 욕심을 채우고 있었다. 급기야 브래지어 안으로 쑥 들어온 우빈의 손이 민감해진 젖꼭지를 살짝 꼬집자, 재인은 몸을 배배 꼬며 꿈틀거렸다.

"이러지…… 읍!"

우빈이 재인의 고개를 옆으로 돌려 깊은 키스로 입을 틀어막았다. 뜨겁고 미끈한 혀로 그녀의 입속을 침략하듯 활보하다 말랑한 재인의 혀를 부드럽게 흡입한다. 재인은 어느새 우빈의 열정적인 키스에 정신을 빼앗겨 눈을 감아버렸다.

"으음……."

긴 입맞춤이 끝나고서 우빈이 천천히 입술을 떼자, 재인이 숨을 색색 몰아쉬며 신음을 흘렸다. 원피스 속으로 들어온 그의 오른손은 언제부터인가 재인의 얇은 팬티 위를 간질이며 돌아다녔고, 왼손은 그녀의 봉긋한 젖가슴을 살살 어루만졌다. 어느덧 익숙해져버린 그의 손길에 못 이겨 팬티 속이 미끈거리는 액체로 젖어드는 게 느껴지자, 재인은 몽롱한 눈빛으로 우빈을 응시했다. 그녀는 입술을 떼어 속삭이듯 말했다.

"우빈아, 나……."

우빈은 말이 끝나기도 전에 재인의 몸을 앞으로 돌리더니 벽 쪽으로 확 밀어붙였다. 그리고 급하게 재인의 원피스 속으로 손을 집어넣어 그녀의 작은 팬티를 다리 아래로 미끄러뜨렸다. 그가 성급하게 허리 벨트를 풀어 바지와 팬티를 동시에 내리는 것을 본 재인이 의아하다는 표정으로 입을 열었다.

"왜 그렇게…… 으흑!"

우빈은 재인에게 말할 틈도 주지 않겠다는 듯이 순식간에 밀어

닥쳤다. 그의 남성이 아래에서부터 꼬챙이처럼 꿰뚫고 들어오자 재인은 턱을 치켜들며 숨을 삼켰다. 재인은 양손으로 우빈의 어깨를 꽉 붙들고서 고통에 찬 신음을 내질렀다. 우빈은 재인의 왼쪽 다리를 잡아들어 자신의 허리를 감게 하더니, 그녀의 몸을 벽 위로 밀듯이 하반신을 턱턱 부딪쳤다.

"아흑! 우빈아, 너무 세!"

재인은 발끝을 꼿꼿이 세우고 선 채로 울부짖었다. 몸을 지탱하고 있는 오른쪽 다리에 힘을 너무 줘서 종아리에 경련이 날 지경이었다. 그러자 우빈은 아예 그녀의 몸 전체를 들어 올려 양다리로 자신의 허리를 감싸게 하더니 격한 피스톤 운동을 시작했다.

"아흑! 아아아!"

마치 작살에 꽂힌 연어처럼 다리 사이를 꿰뚫으며 난입하는 우빈을 거부하지 못한 채 재인은 그에게 매달려서 소리만 질러댔다. 그가 왜 이렇게 자신을 거칠게 다루는지, 왜 이리 급하게 구는지 알 수 없었지만, 며칠 새 그에게 익숙해진 육체는 또다시 솔직하게 반응하며 축축이 젖어들었고, 그가 주는 쾌락을 갈망하며 파들파들 떨었다. 분명 뜨거운 꼬챙이로 난도질당하는 듯한 아픔을 느끼며 비명을 지르고 있음에도, 한편으론 그가 멈추지 않기를, 더 격하게 헤집고 들어오길 바랐다. 재인은 양팔과 양다리로 우빈을 휘감은 채 교성을 지르며 애원했다.

"우빈아, 아아! 아학! 빼지 마!"

그 말이 불을 지폈을까? 우빈이 재인을 부둥켜안고서 더 강하고 빠르게 허리를 턱턱 튕겼다. 재인의 신음은 이제 넘어갈 지경이 됐다. 머릿속이 하얗다 못해 폭발할 것만 같았다. 그녀는 방 안이 떠나가라 비명을 질러댔다.

"아아아아!"

"흐윽!"

우빈이 격한 신음과 함께 그녀의 몸속에다 액체를 터뜨렸다. 재인은 쾌락에 가득 찬 채 몸 안에 있는 우빈의 분신이 사납게 꿈틀대며 뜨거운 정액을 내뿜는 걸 느꼈다. 우빈은 재인을 끌어안은 채 한참을 가만히 있다가, 거친 호흡을 다 고른 후에야 그녀의 두 다리를 바닥에 내려놓았다. 재인은 우빈에게 기대서 숨을 몰아쉬며 물었다.

"이러면 위험해. 임신이라도 하면 어쩌려 그래?"

"난 그러면 좋지. 네가 싫어하면 안 했겠지만."

사정하기 직전까지 내달린 걸 알면서도 울부짖으며 빼지 말라고 애원하는 재인을 보며 끝까지 갔단 뜻이었다. 그녀도 원했다는 걸 알기에, 내심 간절히 바라는 게 있기에.

재인은 눈을 흘기며 주먹으로 우빈의 어깨를 콩콩 때렸다.

"그래도 이러면 안 돼!"

"그럼 아예 하지 말까?"

우빈이 재인을 끌어안고선 등을 쓰다듬으며 낮게 웃었다. 재인은 그에게 아이처럼 안기면서도 볼멘소리로 투덜거렸다.

"그건 아니지만…… 좀 조심했으면 좋겠어."

날짜 계산상 안전한 날인 걸 알기에 몸이 원하는 대로 갔다만, 사실 돌이켜 보면 지금까지 제대로 된 피임을 한 적이 없다. 우빈은 일부러 그런 건지도 모르겠지만, 여자인 재인 입장에서 내심 불안한 건 어쩔 수 없었다.

"알았어."

우빈이 재인을 토닥이며 대답했다. 적어도 이 문제만큼은 성급하게 억지로 밀어붙이고 싶지 않았다. 필요한 모든 것을 다 해줄 테지만 아이를 낳는 것만큼은 대신 해줄 수 없으니까.

우빈은 재인을 살짝 놓고는 눈초리를 아래로 휘며 부드럽게 말했다.

"이제 씻자. 내가 머리 감겨줄게."

"그럼 난 등에 비누칠해 줄게."

재인이 웃으며 응했다. 우빈은 몸에 걸친 셔츠를 마저 벗고는 재인과 함께 누가 먼저랄 것도 없이 욕실로 향했다. 꺄르르 웃고 장난치면서 서로를 깨끗이 씻겨준 두 사람은, 물에 젖은 머리칼을 서로 말려주면서 다정하게 잘 준비를 마쳤다. 그리고 이내 침실로 함께 들어가 꼭 껴안고서 잠이 들었다.

❖

휴일은 원래 눈 깜짝할 사이에 지나간다지만, 우빈과 같이 보낸 후로는 광속에 가까운 속도로 사라져 버리곤 했다. 재인은 졸린 눈을 비비며 일어나 멍한 상태로 출근 준비를 마치고는 차가운 아메리카노 한 잔을 들이켜며 회사로 향했다. 주말 내내 우빈의 오피스텔에서 지내다 집으로 돌아왔더니 파주댁 아주머니가 해놓은 음식이 냉장고에 고스란히 남아 있어 몽땅 싸가지고 사무실로 가져왔다. 점심시간에 다른 직원들과 함께 나눠 먹을 요량이었다.

월요일은 오전 회의가 있어서 원래 바쁘지만, 오늘은 방콕 출장에 대한 보고서까지 마무리해야 해서 하루 종일 정신이 없었다. 야근을 불사하더라도 부장님의 책상 위에 서류를 올려놓고 퇴근해야 하는 날, 재인은 점심시간과 화장실에 다녀온 시간을 제외하고는 내내 책상 앞에 앉아 전투적으로 업무에 집중했다. 그랬는데도 밤 10시가 넘어서야 회사 건물에서 나올 수 있었다.

“아이고, 어깨야.”

재인은 어깨를 손으로 툭툭 치면서 터덜터덜 거리를 걸었다. 머리가 멍하고 당장이라도 쓰러져 자고 싶을 만큼 피곤했지만 택시를 타지 않고 걸어가기로 했다. 따로 운동할 여력이 없으니 이렇게라도 몸을 움직여 근육을 풀어야지 싶었다. 안 그러면 조만간 이티가 되고 말 거다.

“아, 전화해야지.”

그녀는 그제야 생각났다는 듯이 핸드백에서 핸드폰을 꺼내 들었다. 점심시간에 맞춰서 전화를 걸어온 우빈에게 늦게 퇴근할 거라고 푸념하며 회사를 나오면서 다시 연락하겠다고 했다. 우빈의 번호를 찾아 통화버튼을 누르니 짧게 신호음이 울린 후 바로 그의 목소리가 들렸다.

[이제 끝난 거야?]

우빈이 걱정 어린 어조로 물었다. 재인은 입 끝을 살짝 올리며 그에게 대답했다.

"응. 방콕 보고서 마무리하느라 고생 좀 했어."

[무리하지 마. 그러다 몸 상하면 어쩌려고.]

"매일 야근하는 것도 아닌데 뭐. 내일은 일찍 퇴근해서 운동해야지."

[그래? 내일 저녁에 만나자고 말하려 했는데.]

우빈이 후후 웃으면서 얘기했다. 재인도 풋 웃으면서 우빈에게 앙탈 섞인 핀잔을 던졌다.

"뭐야, 주말 내내 붙어 있었는데 하루 걸러 또 만나자고? 너무하잖아!"

[뭐가 너무해? 매일 같이 있자고 할 걸 참는 중인데.]

우빈이 온화한 음성으로 답했다. 그 목소리가 너무 다정해서 재인의 눈가에 엷은 미소가 깃들었다. 재인은 괜히 투정 부리듯 말했다.

"이러다 살찌는 거 순식간이란 말이야. 내일은 운동해야 돼. 수요일에 만나."

[쿡쿡, 알았어. 집에 들어갈 때까지 통화할까?]

"아니야. 길도 환한데 뭐. 내가 들어가서 씻고 전화할게."

[그래도 조심해. 무슨 일 있으면 바로 연락하고.]

"하하, 알았어. 그럼 쉬고 있어."

재인은 전화를 마치고는 한층 가벼워진 발걸음으로 콧노래를 흥얼거렸다. 이래서 사람들이 연애를 하나 보다. 몸이 파김치가 된 것 같은 날에도 연인과 다정하게 속닥거리고 나면 스트레스가 사르르 녹아내리고, 없던 힘도 불끈 생겨나서. 한 달 전만 하더라도 이런 기분 따위 전혀 모르고 살았는데. 재인은 우빈이 꼭 아카시아 꿀처럼 느껴졌다. 달콤하고 향긋하고 몸에 좋기까지 해서 한 번 맛을 들이면 자꾸만 찾게 되는 신재인만을 위한 꿀.

그런 생각을 하며 기분 좋게 걸었더니 금세 아파트 건물 입구에 도착했다. 주민 전용 엘리베이터에 올라 25층에서 내린 재인은 현관문의 비밀번호를 누르고 집 안으로 들어갔다. 어쩐 일인지 집 전체에 불이 환하게 켜져 있었다. 파주댁 아주머니가 퇴근하면서 불 끄는 걸 잊었을까? 고개를 갸웃하며 응접실로 들어서기 전까지 재인은 그 외에 별다른 의심을 하지 않았다. 소파에 나른한 자세로 앉아서 안으로 걸어 들어오는 재인에게 아무렇지도 않게 시선을 보내는 한 여인을 목격하기 전까지는.

"어, 엄마?"

재인은 커다래진 눈매로 그 자리에 멈춰 섰다. 너무 놀라서 그 밖에 다른 말이 나오지 않았다. 그 여인, 재인의 엄마 최태경 여사는 후후 웃으며 소파에서 일어나더니 하나뿐인 딸에게로 사뿐사뿐 다가갔다.

"우리 딸, 오랜만이야. 잘 지냈지?"

그녀는 자신보다 키가 커진 지 오래인 재인을 양팔 가득 끌어안으며 방긋 미소 지었다. 재인은 그때까지도 멍하게 서서 엄마가 하는 양을 그저 보고만 있었다. 최 여사가 평소에 즐겨 뿌리는 디올 향수 냄새가 코끝에 훅 끼치고 나서야 재인은 가까스로 현실로 돌아왔다. 그녀는 착 가라앉은 음성으로 최 여사에게 물었다.

"언제 돌아왔어?"

"오늘 저녁에 왔지. 뭐야, 엄마 안 반가워?"

최 여사가 딸을 껴안았던 팔을 풀며 서운하다는 눈빛으로 재인을 쳐다봤다. 재인은 같은 연배의 어느 여자보다도 젊고 아름다워 보일 엄마의 얼굴을 곧게 응시하며 높낮이 없는 말투로 짧게 답했다.

"반가워."

젠장, 정말 엄마가 돌아온 것이다. 하필이면 이 시기에, 하필이면 이런 상황에.

재인은 애써 태연한 표정으로 엄마를 바라봤다. 불길한 예감이 들불처럼 번지는 가슴을 지그시 억눌러 감춘 채로.

그런 딸의 속마음을 까마득히 모르는 최 여사는 다시 한 번 과장된 몸짓으로 재인을 다정하게 끌어안았다. 마치 오랜만에 만난 딸을 누구보다도 아낀다는 듯이.

6. 욕망은 얽히고설켜…….

이 부회장은 아들을 서재로 불러들였다. 무슨 이야기를 꺼내실지 짐작한 우빈은 침착한 태도로 아버지의 맞은편에 앉아 묵묵히 입을 여시길 기다렸다. 판교 저택의 안살림을 도맡은 유 씨 아주머니가 따뜻한 목련꽃차 두 잔을 서재로 내오자, 이 부회장은 천천히 차를 음미하며 말문을 열었다.

"그래, 어떻더냐?"

아버지는 성정답게 잔말이 없으셨다. 우빈은 몇 초간 침묵하다가 신중한 음성으로 되물었다.

"신현호 전무를 인터넷사업부로 보낸 이유가 있으세요?"

이 부회장은 별말 없이 찻잔을 앞에 놓인 탁자 위에 내려놓았다. 그리고 찬찬히 아들의 얼굴을 바라보며 반문했다.

"네 보기엔 그 사람 자리가 문제냐?"

"지나치게 맞지 않는 옷을 입히셨어요. 평생을 관리직에서 보낸 분한테 공격적인 인터넷사업부는 버겁죠."

"그래서 나도 생각이 많았다."

하지만 어쩌랴. 관리부에선 더 이상 올려줄 자리가 없고, 그렇다고 쉽사리 내칠 수도 없는 노릇인 것을. 이 부회장은 다시 찻잔을 들어 조용히 차 한 모금을 마셨다.

"신현호 전무가 가진 지분율이 5.6퍼센트죠?"

"그래. 많이 알아봤구나."

대답하는 이 부회장의 목소리에 은근한 웃음기가 섞였다. 우빈의 가족이 보유한 CTS의 지분율이 어느 정도인지는 알려줬어도 그 외 주주 명단과 그 지분율에 대해선 아직 밝히지 않은 상태였다. 그런데도 소리 소문 없이 신 전무가 소유한 주식 보유량까지 알아냈으니 내심 흡족할 수밖에.

그러나 잠시 침묵하던 우빈은 뜻밖의 말을 꺼냈다.

"그분이 제게 힘을 실어준다면 확실히 도움이 되겠지만, 그것도 회사 상태가 우량할 때의 이야기죠. 지금은 대물림보단 생존을 더 생각할 때예요, 아버지."

우빈은 아버지가 신 전무를 회사에 남겨둔 가장 큰 이유가 아들인 자신을 위해서일 거라 확신했다. 예상대로 이 부회장은 별다른 반박 없이 오히려 직접적으로 언급했다.

"넌 내 하나뿐인 아들이다."

"다음 세대의 총책임자는 그에 가장 적합한 사람이 맡아야 한다고 생각합니다. 그게 제가 아니라고 판단되면 불필요한 정치 싸움으로 회사를 망치진 말아야죠."

"해보지도 않고 그런 소릴 하는구나."

"해보지도 않고 포기하겠단 뜻은 아닙니다. 다만, 어느 때든 상황 판단은 냉철히 해야죠. 그게 경영자니까."

오직 대물림을 위해서 회사 내에 염증을 키우지는 말라는 뜻이었다. 부적합한 수장에 대한 직원들의 불만은 끝내 그 부서 전체를 망쳐 놓을 테니.

이 부회장은 찻잔을 다시 내려놓으며 말했다.

"그래, 잘 알았다."

"현명하게 판단하실 거라 믿습니다. 늘 그러셨으니까요."

그 말을 끝으로 우빈은 자리에서 일어나 아버지께 머리 숙여 인사드렸다. 이 부회장이 별말 없이 고개를 짧게 끄덕이자, 우빈은 조용히 물러나 서재 밖으로 나갔다.

올해로 쉰여덟. 사업가로서 완숙함이 무르익은 나이지만 더 이상 젊다고는 할 수 없다. 어느덧 아버지의 눈매와 입가에 스며든 주름이 그 사실을 증명하고 있었다. 예전에는 드러내지 않았던 후계에 대한 욕심까지도. 우빈은 옅게 한숨을 내쉬며 2층의 자기 방으로 올라갔다. 한국으로 돌아온 지 석 달째, 회사에 출근한 지는 고작 두 달이 넘었을 뿐이다. 그런데 벌써부터 저런 뜻을 내비치시니.

우빈은 방 안으로 들어와 잠시 지나간 시절을 떠올렸다. 엄마는 기억도 가물가물한 네 살 때 그와 아버지의 곁을 떠났고, 그 후 지금까지 한 번도 만난 적이 없었다. 엄격하지는 않았지만 입이 무겁고 다정한 성품이 아니었던 아버지는 CTS의 차기 총수 자리에 올라 한창 사업에 신경 쓰느라 바빴고, 우빈은 대개 조부모님과 유모의 손에서 보살핌을 받으며 자랐다. 그러다 일곱 살이 됐을 때 재인과 그녀의 어머니가 나타났고, 어렸던 우빈은 그 예쁘고 활기찬 여자아이에게 마음을 빼앗겨 버렸다.

그렇게 다시 합쳐진 가정은 그래도 꽤 긴 시간 동안 평화를 유지했다. 아버지는 여전히 사업으로 바빴고, 새어머니는 그녀 나름대로의 생활을 즐기느라 분주했으며, 우빈과 재인은 부모에게서 받을 애정을 서로에게서 채우며 성장했으니까. 그러는 동안 아버지와 재인의 어머니는 집안끼리의 정략결혼으로 취한 이득 외에는 서로에게서 원하는 걸 찾지 못했나 보다. 두 번째였음에도 남은 일생을 함께하지 못한 채 끝내고 말았으니.

하지만 두 분이 이혼하지 않았다면 일평생 이 마음을 독처럼 품고서 지옥 길을 걸었을 테지. 우빈은 그런 생각을 하며 자조 섞인 미소를 지었다. 한 번도 바란 적은 없었지만 어쨌든 결과적으로는 두 분의 이혼을 고대한 셈이 돼버렸으니……. 아마 두 분이 재인과 자신의 관계를 알고 나면 그 무엇보다 배신감으로 치를 떠실지도 모르겠다.

'그래도 할 수 있는 일은 해야겠지.'

우빈은 책상 앞에 앉아 손가락으로 원목을 톡톡 두드리다 노트북의 전원을 켰다. 아버지가 이걸 보시고서 어떤 결정을 내릴지는 장담할 수 없으나, CTS의 대주주 중 한 명이자 직원으로서 최소한의 도리는 하는 게 맞다. 그래야 나중에 미국으로 간대도 마음이 불편하지만은 않을 것이다.

우빈은 노트북 바탕화면의 CTS 폴더를 열고서 문서 작성에 집중하기 시작했다.

❖

재인은 갑자기 성북동 외가에서 저녁 식사를 하자고 우기는 엄마의 제안을 간신히 뿌리쳤다. 친구와 약속이 있으니 내일이나 모레로 미루자고 해도 그게 말이 되냐, 어느 집 자식이냐, 걔가 엄마보다 더 중요하냐고 어깃장을 놓는 바람에 일하다가 짜증이 머리끝까지 치밀었고, 결국 화를 내며 전화를 끊고 말았다. 우빈은 퇴근하자마자 기분이 잔뜩 상해서 오피스텔로 찾아온 재인을 의아한 표정으로 맞이하면서도 포근하게 안아주기부터 했다.

"우리 아기, 왜 이렇게 화가 났어?"

우빈이 재인의 등을 천천히 쓸어내리면서 물었다. 예전부터 우빈은 재인이 어떤 이유로 골을 내며 집으로 돌아오면 이렇듯 아기처럼 그녀를 달래주고는 했다. 그러면 재인은 우빈을 끌어안고서 그의 커다란 손이 주는 따뜻한 온기를 느끼며 그날 있었던 속상한 일들에 대해 털어놓았다. 그렇게 우빈에게 이야기하는 사이에 짜증났던 감정들이 사르르 녹아내렸다.

"엄마가 돌아왔어. 1년 만에 뜬금없이, 연락 한 통 인 하고서."

재인은 그 어렸던 시절처럼 우빈에게 안겨 투정 섞인 어투로 말했다.

여행하는 내내 연락한 게 다섯 번이나 될까? 그래 놓고서 오자마자 자기 멋대로 딸을 휘두르려는 엄마가 미웠다. 결혼 생활도 제멋대로, 이혼도 제멋대로. 재인은 엄마가 단 한 번이라도 자신보다 딸을 먼저 생각해 본 적이 있을지 의문이었다. 무슨 때나 돼야 겨우 만나는데다 사이가 데면데면한 아빠조차 오랫동안 따로 살아온 재인의 생일을 한 번도 잊은 적이 없건만, 엄마는 심지어 딸의 생일조차 툭하면 잊어버리면서 자기 내킬 때만 벼락같이 찾아대니…….

"흠……. 너네 회사 근처에 오피스텔 하나 있는데 거기로 들어갈래? 원한다면 너 줄게."

잠자코 있던 우빈이 차분한 어조로 제안했다. 그 또한 재인 어머니의 성정을 익히 아는바, 이제 와서 어머니와 둘이 살게 될 재인이 얼마나 힘들어할지 눈에 선했다.

"그러기엔 지금 사는 집이랑 회사가 너무 가깝잖아. 그리고 나도 작년에 아빠한테 생일 선물로 받은 아파트 있어."

재인이 풋 웃으면서 우빈의 목을 끌어안았다. 가장 바라는 건 따로 있으면서 이런 제안부터 해주는 우빈이 고마웠다. 든든하기도 하고. 어렸을 때부터 그랬지만, 역시 엄마보단 우빈이 자신을 백배는 더 신경 써주는 듯했다.

"그럼 저녁 먹으면서 얘기할까? 크림 스파게티 만들어놨어."

"정말? 그런 것도 만들 줄 알아?"

재인이 눈을 동그랗게 뜨고서 우빈의 목에 매달려 물었다. 우빈은 피식 웃으면서 재인의 머리를 슥슥 쓰다듬었다.

"혼자 산 게 몇 년인데 스파게티 하나 못 만들까?"

"다 사 먹은 줄 알았지. 그리고 가사도우미 쓰지 않았어?"

"잠깐 쓰다가 말았어. 내가 하는 게 더 편해서."

"그랬구나. 우리 우빈이, 못하는 게 없네?"

재인은 언제 골을 냈냐는 듯이 우빈에게 찰싹 안겨 얼굴을 비벼댔다. 우빈은 고양이처럼 몸을 부비며 애교 부리는 재인을 귀엽다는 표정으로 보듬다가 웃음기를 섞어 말했다.

"가서 손 씻고 와."

"알았어."

재인은 우빈에게서 떨어져 랄라거리며 욕실로 향했다. 우빈은 입매를 슬쩍 위로 올리고는 스파게티와 연어 샐러드, 빵을 접시에 담아 보기 좋게 식탁 위에 올려놓았다. 포크와 스푼을 세팅하고 오렌지 주스까지 컵에 따라 갖다놓으니 손을 씻고서 머리칼을 하나로 묶은 재인이 욕실에서 나왔다. 재인은 어린아이처럼 해맑은 얼굴로 감탄사를 쏟아내며 식탁 앞에 앉았다.

"와! 파스타 전문점에 온 것 같은데?"

"마음에 들어?"

"응! 너 같은 남자는 또 없을 거야!"

재인이 포크와 스푼을 집으며 극찬했다. 우빈이 직접 만든 크림스파게티에는 그녀가 좋아하는 베이컨과 새우, 브로콜리가 풍성하게 들어갔고, 향도 제법 근사했다. 재인은 새우 하나를 포크로 집어 냉큼 입으로 가져갔다. 잘 익은 새우 살과 크림소스의 부드럽고 풍부한 질감이 허브 가루와 조화로이 섞여 감칠맛을 자아냈다.

"우와, 맛있어!"

재인이 스파게티 면발을 포크로 돌돌 말면서 소리쳤다. 우빈은 눈초리를 아래로 휘며 재인의 맞은편에 앉았다.

"입맛에 맞아?"

"응, 진짜 맛있어! 넌 요리에도 재능이 있나봐."

재인은 감탄사를 연발하며 면을 한입 가득 물었다. 딱 알맞게 익은 면이 크림소스를 품고서 부드럽게 씹혔다. 재인은 눈을 토끼처럼 뜨고는 샐러드 쪽으로 손을 뻗었다. 상큼한 요거트 소스와 싱싱한 야채를 다양하게 섞어 버무린 연어 샐러드 또한 재인의 입맛에 꼭 맞았다.

"잘 먹으니 만든 보람이 있네. 얘기할 틈은 없지만."

우빈이 못 말리겠다는 듯이 웃으며 말했다. 재인의 장점 중 하나는 웬만해선 음식을 깨작거리지 않는다는 것이었다. 그녀가 좋아하는 걸 골라서 만들어두긴 했지만 이렇게나 잘 먹어주니 흐뭇하긴 했다. 그 덕분에 대화를 전혀 못하고 있다는 게 문제지만.

그러자 재인이 빵을 스파게티 소스에 찍어서 한입 베어 물며 아무 문제 없다는 투로 대꾸했다.

"먹고 나서 얘기해도 돼. 여기서 자고 갈 거니까."

"그래도 되겠어? 어머니가 걱정하실 텐데."

"걱정은 무슨. 지금쯤 성북동에서 신나게 내 흉보고 있을걸? 그리고 아까 친구네서 잘 거라고 말했어."

물론 홧김에 한 얘기였지만, 어쨌든 말한 건 한 거다. 재인은 아무렇지도 않다는 표정으로 잘도 빵을 먹어댔다.

"더 말려야 되는데 그러고 싶지가 않네."

우빈이 미간에 살짝 주름을 드리우며 어쩔 수 없다는 듯이 웃었다. 가족이었을 때 재인의 어머니와 재인이 다투면 늘 가운데서 중재하거나 재인을 살살 달래 어머니의 말씀을 따르게 했던 기억이 떠오른 탓이다. 그런데 지금은 재인을 집으로 보내야 된다는 걸 알면서도 영 그러기가 싫으니…….

"응, 말리지 마. 그러면 다신 이 집에서 안 잘 거야."

재인이 오렌지 주스를 꿀꺽꿀꺽 마시고는 단호하게 말했다. 이런 상황까지 왔으니 이우빈은 무조건 신재인 편이어야 한다. 그가 자신 앞에서 다른 사람의 입장을 더 생각해 주는 것은 결단코 싫었다. 그게 부모님이라 할지라도.

"그럼 후식은 나가서 먹자. 네 옷이랑 화장품 사야지."

우빈이 싱긋 미소 지으며 응했다. 그녀의 말뜻을 단박에 알아들은 것이다. 재인은 여우처럼 눈매를 휘며 물었다.

"옷까지 사라고?"

"이참에 몇 벌 사줄게. 화장품도 필요한 거 전부 사고. 그래야 자고 가도 안 불편하지."

이왕지사 거리끼지 않을 거라면 재인이 언제 와서 자더라도 편하게 만들 참이었다. 재인은 괜히 눈을 흘기며 소리쳤다.

"뭐야, 흑심이 더 큰 거 같아?"

"그래도 되는 거 아니었어?"

우빈이 쿡쿡거리며 자리에서 일어났다. 적당히 치우고서 재인과 근처에 있는 쇼핑몰에 가봐야겠다. 백화점처럼 명품 브랜드로 채워진 곳은 아니었지만 당장 필요한 물건들은 살 수 있을 터였다.

재인도 의자에서 일어나 우빈과 함께 식탁을 정리했다. 실컷 먹었으니 나가서 소화도 시킬 겸 같이 쇼핑하면 즐거울 것이다. 내일 또 출근해야 하고 퇴근 후에는 엄마와 부딪칠 테지만, 우빈과 시간을 같이 보내는 지금만큼은 모든 걸 다 잊고 싶었다. 재인은 일부러 더 분주하게 움직이며 활기찬 어조로 말했다.

"이러고 있으니까 같이 살 때 생각난다. 그치?"

"네가 원하면 지금부터라도 같이 살 수 있어."

우빈이 옅게 웃으며 대답했다.

농담처럼 말했지만 그 속에 진심이 스몄음을 모를 리가 없다. 재인은 싱크대 앞에 있던 우빈을 등 뒤에서 꼭 끌어안았다. 그리고 조그만 목소리로 중얼거렸다.

"나도 너랑 같이 있고 싶어. 그냥…… 아직은 맞설 용기가 없나 봐."

"괜찮아. 준비되면 말해."

우빈이 자신을 꼭 껴안은 재인의 손을 잡으며 다정하게 속삭였다. 그 말을 들은 재인은 우빈을 더욱 꼭 끌어안으며 그의 어깨에 얼굴을 기댔다.

재인 자신 역시 그를 놓고 싶지 않은 건 분명했다. 두 번 다시,

결코 두 번 다시는. 최소한 그 마음만큼은 이제 확실했다.

화를 내며 외박까지 했으니 하루 정도는 말을 들을 수밖에. 재인은 한숨을 푹푹 쉬며 성북동으로 향했다. 여행에서 돌아온 첫날은 밤이 늦었다며 피하고, 어제는 친구와 약속이 있다며 우빈의 집으로 도망쳤으니 지금쯤 잔뜩 성이 났을 터. 외가에서 저녁 식사를 하는 건 괜찮지만, 그런 엄마가 무슨 말을 꺼낼지가 문제였다. 아니, 엄마와 마주하는 게 불편한 자신이 더 문제일까?

외가댁 대문 앞에 당도한 재인은 초인종을 누르고 자신을 밝힌 후 녹음이 한창인 정원을 힘없이 가로질러 저택 안으로 들어섰다. 외할머니는 언제나처럼 환한 얼굴로 재인을 토닥이며 반겨주셨다.

"어서 와라. 일 끝내고 여기까지 오느라 고단하지?"

"고단은 무슨! 아버지 밑에서 편히 있을 텐데."

재인이 외할머니에게 뭐라 인사를 드리기도 전에 응접실 소파에 다리를 꼬고 앉아 딸을 본체만체하던 엄마가 톡 하니 쏴붙였다. 예상대로 뿔이 잔뜩 돋은 목소리다. 재인은 보이지 않는 한숨을 내쉬며 엄마를 무표정하게 응시했다.

"재인인 제 할 일 열심히 하고 있어. 아무렴 너처럼 놀기만 할까?"

오히려 외할머니가 재인을 대신해 최 여사를 나무랐다. 하나뿐인 자식을 1년이 넘도록 내팽개쳐 놓고 외국에 가서 흥청망청 시간만 허비하다 돌아온 딸이 안 그래도 못마땅한 차였다. 그런데도 저 어미답지 못한 말본새라니, 츠츠.

“엄만 왜 나만 가지고 그러우? 얘가 지금 잘한 게 있는 줄 알아?”

최 여사가 빽 소리 질렀다. 자신을 무시하는 듯한 재인의 태도에 화가 머리꼭지까지 뻗쳤는데 친정 엄마마저 손녀 편을 드니 억울해 죽겠다는 투다.

“저, 저! 그럼 넌 뭘 잘했다는 게냐?”

외할머니 정 여사가 드물게도 역정을 냈다. 쉰다섯이 넘은 나이로 제 자식 앞에서 철딱서니 없이 구는 딸이 영 곱지가 않았던 것이다. 한편으로는 최 여사가 아직도 정신을 못 차린 연유가 자식 훈육을 잘못한 자신 때문인 것 같아 늘 마음에 걸렸다.

옆에 있던 재인이 더는 안 되겠다 싶은지 얼른 외할머니를 말렸다.

“할머니, 고정하세요. 곧 할아버지 오시잖아요. 어서 저녁 먹을 준비 해야죠.”

“으, 응. 그래. 할미가 우리 손녀딸 앞에서 실언을 했구나.”

재인의 말에 퍼뜩 정신을 차린 정 여사가 애써 화를 누그러뜨리며 손녀딸의 등을 툭툭 두드렸다. 재인은 외할머니를 살짝 끌어안으며 고개를 저었다.

“아니에요, 할머니. 제가 잘못해서 그래요.”

“네가 무슨 잘못이 있어? 사회생활 하다 보면 약속도 있고 그런 게지. 어서 손 씻고 와라.”

"네, 할머니."

이리도 착한 아이인 것을. 정 여사는 어여쁜 외손녀 재인을 다정한 손길로 쓰다듬고는 분주히 주방으로 향했다. 정 여사의 모습이 보이지 않자, 최 여사가 아니꼽다는 투로 딸에게 퍼부었다.

"엄마한테는 버럭버럭 성질 부려놓고 외할머니한테는 참 살갑게도 구는구나. 왜, 엄마한텐 이제 아쉬운 게 없니? 엄마가 없어도 외할머니 외할아버지가 얼마든지 잘해주니까 엄만 눈에 뵈지도 않아?"

"적어도 엄마보다는 훨씬 잘해주시니까. 엄마처럼 나한테 관심도 없으면서 내가 잘하기만 바라지도 않으시고."

재인이 차갑게 웃으면서 대꾸했다. 이렇게 가시 돋친 태도를 보이지 말자고 수십 번은 더 다짐하며 왔건만 엄마가 하는 말들을 듣고 있으면 왜 이리 참을 수가 없는 건지…….

"내가 언제 너한테 관심도 없었어? 너야말로 오랜만에 만난 엄마한테 계속 버릇없이 굴고 있잖아!"

최 여사가 고개를 팩 돌리며 반문했다. 1년 만에 얼굴을 봤는데도 반기기는커녕 냉랭하기만 한 딸이 얄밉다 못해 야속하게까지 느껴졌다. 정말이지 이럴 때 보면 결혼 생활 내내 회사에 파묻혀 아내인 최 여사에겐 별 신경도 안 썼던 제 애비를 쏙 빼닮았다.

재인은 얼굴을 한껏 구기고서 자신에게 소리치는 엄마를 무심한 눈초리로 바라봤다. 내체 엄마는 언제까지 자기 위주로만 생각할까?

"엄마는 집에 있은 적이 거의 없잖아?"

결국 재인은 또 냉정하게 내뱉으며 자리를 피하고 말았다. 매번 이랬다. 곁에 없어 항상 불만이었음에도 같이 있으면 화가 나고 자기밖에 몰라서 미운 존재. 신재인에게 엄마란 늘 그런 사람이었다.

[그래서 또 기분 상했어?]

우빈이 차분히 가라앉은 목소리로 물었다. 재인은 옷도 갈아입지 않은 채로 침대 위에 드러누워 한숨을 섞어 대답했다.

"응. 안 그러고 싶은데 엄마랑 말하다 보면 자꾸 그렇게 돼."

재인이라고 해서 최 여사와 부딪치고 싸우는 게 좋을 리 없다. 그래서 편히 대하자고, 부딪치지 말고 가만히 있자고 수없이 자신을 다잡는데도 막상 엄마랑 한마디씩 말을 섞다 보면 끝내는 오늘 저녁처럼 되고 말았다. 그렇게 만드는 엄마도 문제였지만, 재인은 매번 실패하는 자신이 더 싫게 느껴졌다. 속은 속대로 엉망진창이고.

[저녁은 먹은 거야?]

가리는 음식은 별로 없지만 심기가 불편하면 진수성찬을 눈앞에 내놔도 거의 입에 대지 않는 재인이 식사를 제대로 했을 리 없다. 우빈의 물음에는 그런 재인에 대한 안쓰러움이 오롯이 배어 있었다.

"외할아버지 오시고 나서 같이 먹었어. 밥 먹는 동안에도 울컥한 게 한두 번이 아니지만."

재인은 미간을 찌푸리며 저녁 식사 때 있었던 일을 잠시 회상했다. 그러고 났으면 조용하고 우아하게 수저나 드실 일이지, 엄마는 작정한 것처럼 쉴 새 없이 재인을 화제 삼았다. 그중에는 재인을 부서장 자리로 올려줘야 되지 않느냐는 둥, 명색이 회장 외손녀인데 평사원과 똑같은 대우가 말이 되냐는 둥의 회사와 관련된 이야기부터 이제 얘도 혼처를 알아봐야 된다는 둥, 스물아홉이나 됐으니 늦어도 한참 늦었다는 둥의 갑작스러운 결혼 이야기까지, 재인은 듣고만 있어도 혈압이 오르는 주제가 고루고루 섞였다. 더 큰 문제는 회사에 대한 건 불편한 기색으로 흠흠 헛기침만 하며 들으시던 외할아버지가 결혼에 대해서는 고개를 끄덕이며 동조하셨다는 것이다.

떠올리고 나니 또다시 울화가 치민다. 재인은 자기도 모르게 인상을 잔뜩 쓰고는 침묵을 지켰다. 그러자 수화기 속의 우빈이 낮게 말했다.

[무슨 일 있으면 혼자서 끙끙 앓지 말고 얘기해. 그래야 내가 도울 수 있으니까.]

"알았어. 아직은 아무 일도 없어, 아직은."

재인이 머리를 흔들며 대답했다. 우빈에게 지금 결혼 이야기를 꺼내는 건 시기상조다. 곧 어떤 식으로든 압력을 받긴 하겠지만, 아직은 선을 보란 말을 들은 것도, 누굴 만나라고 강요받은 것도 아니니까.

우빈은 항상 그랬듯이 더 이상 추궁하지도, 캐묻지도 않았다. 대신 언제나처럼 부드러운 말투로 달콤한 제안을 했다.

[그럼 일단 기분부터 풀어야겠네. 주말에 홍콩이나 갈까?]

"홍콩? 갑자기 웬 홍콩?"

재인이 뜬금없다는 투로 되물었다. 당장 내일이 금요일인데 홍콩이라니. 아무리 외국치고는 가까운 거리래도 그렇지, 너무 급작스럽지 않나?

우빈이 피식 웃으면서 반문했다.

[한국보다 편히 지낼 수 있을 거 아냐?]

"그렇긴 한데……."

우빈이 원래 여행을 이렇게 좋아했나? 집에서 조용히 책 읽는 걸 더 좋아하지 않았나? 우빈에게 주말마다 나가 놀자고 조른 건 늘 재인 자신이었는데 말이다.

[왜, 가기 싫어?]

"아니, 싫은 건 아닌데……."

재인은 어쩐지 혼란스러워 말끝을 흐렸다. 그런데 우빈이 웬일인지 더 고민할 틈을 주지 않고 쐐기를 박았다.

[그럼 내일 출근할 때 간단히 짐 챙겨서 나와. 퇴근하고 회사 앞으로 데리러 갈게.]

"혹시 비행기 표랑 호텔 미리 예약해 놨어?"

재인이 의아하다는 투로 물었다. 아무리 봐도 미리 준비해 두지 않고서는 이리 단호할 수가 없다. 수화기 속에서 우빈이 후후 웃는 소리가 들렸다.

[이런, 들켰어?]

"뭐야! 내가 못 간다고 했으면 어쩌려고?"

재인이 빽 소리쳤다. 우빈은 아무 문제 될 거 없다는 듯이 부드럽게 답했다.

[그럼 취소했겠지. 네가 안 가면 소용없으니까.]

"……혹시 다음 주랑 다다음 주에도 무슨 예약 같은 게 돼 있어?"

[이런, 그것도 들켰네.]

재인은 순간 입을 다물었다. 우빈은 아무렇지도 않게 얘기했지만, 그가 이런 준비를 하는 데에 들인 공과 시간을 생각하지 않을 수가 없었다. 몇 초간 잠잠하던 재인이 조심스레 입을 열어 물었다.

"우빈아, 왜 이렇게까지 해?"

[예전에 못해줬으니까. 네가 그랬잖아. 어느 날 갑자기 충동적으로 확 떠나보고 싶다고. 그러자고 졸라댄 것도 여러 번이었고.]

"그런 걸 기억하고 있었어?"

재인이 미간을 찌푸리며 웃었다. 하루에도 기분이 몇 번이고 오르락내리락했던 사춘기 시절, 늘 옆에 있었던 우빈에게 그저 어리광을 부려본 것뿐이었는데…….

[얼마나 노랠 불렀는데 잊어버리겠어?]

우빈이 놀리는 말투로 장난스럽게 대꾸했다. 재인은 괜스레 앙탈하듯 받아쳐 봤다.

"자꾸 그러면 주말마다 어디로 가자 그런다?"

[그러든가. 어쨌든 괜찮지, 홍콩?]

"알았어."

재인이 못 말리겠다는 듯이 고개를 저으며 대답했다. 우빈과 투닥거리며 전화하는 새 불유쾌했던 감정이 어느덧 가라앉았다. 우빈도 그녀의 상태가 한결 나아졌다고 느꼈는지, 온화한 음성으로 밤 인사를 건넸다.

[그럼 되도록 빨리 자. 내일 퇴근하자마자 공항 가서 비행기 타려면 피곤할 테니까.]

"알았어. 그럼 내일 봐."

[그래, 내일 오전에 연락할게.]

그렇게 우빈과 통화를 마친 재인은 양팔을 쭉 뻗어 기운차게 몸을 뒹굴었다. 기분이 언제 상하기라도 했냐는 듯이 날아갈 것처럼 가벼웠다. 물론 엄마는 여전하고, 주말에 사라졌다 돌아오면 또 한바탕 전투를 치를 게 뻔하지만, 이젠 아무래도 상관 없다는 생각이 들었다. 우빈이 곁에 있으니까.

재인은 침대에서 몇 번을 더 뒹굴다가 벌떡 일어나 옷장으로 향했다. 그러곤 커다란 여행용 크로스백을 꺼내 콧노래를 흥얼거리며 옷 몇 벌과 신발 두어 켤레, 여행 물품을 몇 가지 챙겨 넣었다. 어렸을 때는 꿈도 못 꿨던 우빈과 단둘이 하는 여행이 벌써 두 번째! 짧은 기간이지만 이번에는 출장 때문에 가는 것도 아니니 실컷 즐기다 오리라!

랄라랄라 즐겁게 노래를 부르며 여행 준비를 하는 재인의 마음은 벌써부터 홍콩으로 떠나고 있었다.

사실 엄마에게는 비행기를 타기 직전에 주말여행을 하고 돌아올 테니 일요일 밤에 보자고 간단히 문자를 보낼 참이었다. 어차피 엄마는 아침잠이 많아 재인이 출근하는 시간에 일어난 적이 없으니까. 그러면 돌아와서 밤에 다툴지언정 최소한 여행을 마칠 때까지는 기분 상할 일이 없을 터였다.

여행 가방과 공항으로 가기 전에 갈아입을 편한 옷을 챙겨서 회사로 출근해 오전 업무를 보는 동안에도 재인의 계획은 차질이 없었다. 그쯤 되자 재인은 홍콩의 근사한 야경을 떠올리며 어서 퇴근 시간이 되기를 고대했다. 아마 오전 11시에 엄마에게서 갑작스럽게 문자를 받지 않았다면 계속 홍콩을 생각하며 들뜬 마음으로 즐거워했을 것이다.

[같이 점심 먹자. 삼성동 호텔 헤라 레스토랑 VIP룸으로 와.]

“안 돼…….”

핸드폰을 확인한 재인이 자기도 모르게 인상을 쓰면서 중얼거렸다. 한국으로 온 지 일주일도 안 됐건만, 엄마는 참 다채롭고 다양한 방식으로 재인의 생활을 침해했다. 게다가 매번 기분 내키는 대로 통보한다.

재인은 핸드폰 액정을 뚫어져라 응시하면서 잠시간 대답을 고민했다. 그냥 핑계를 대고 가지 말까? 부서 회식이 있어서 빠질 수가 없다고 해? 아니면 지금 부장님과 없었던 점심 약속이라도 만들까?

하지만 점심에 거절하고서 저녁에 뜬금없이 여행을 가겠다고 하면 최 여사의 성격상 열불이 몇 배로 가중될 거다. 그러면 소규모 접전으로 끝날 일요일 밤의 다툼이 십중팔구 본격적인 전쟁으로 돌변하겠지.

재인은 얼굴을 찌푸리며 생각을 곱씹었다. 엄마가 보자고 한 장소도 문제였다. 하필이면 호텔 헤라라니……. 분명 노민혁까지 불러내겠단 심산이다. 그리고 그 자식은 해외 체류 중이거나 어지간히 중요한 미팅이 잡힌 게 아니라면 그 자리에 나올 거다.

"하아, 진짜!"

재인은 한숨을 내쉬며 책상 앞에서 일어나 사무실을 빠져나갔다. 여자 휴게실로 가서 커피라도 한잔 마시며 어떤 게 가장 현명한 처신일지 고민해 볼 참이었다. 그러는 동안에도 시간은 잘도 흘렀고, 재인은 숙고에 숙고를 거듭한 끝에 엄마에게 알겠다는 답변을 보냈다. 재인이 거절한대도 엄마는 약속 장소로 갈 게 뻔하니.

삼성동으로 출발하기 전, 재인은 화장실로 가서 화장을 수정하고 옷매무새를 가다듬으며 누가 봐도 일에 열중하기 위해 출근한 커리어우먼 같은 자신의 모습을 확인했다. 그래야 애초 계획대로 비행기가 뜨기 전까지 여행 가는 걸 숨길 테니까. 마음을 다잡은 그녀는 그대로 회사 건물을 빠져나와 택시를 잡아타고서 호텔 헤라로 향했다. 그리고 곧장 레스토랑으로 올라가 직원에게 엄마의 이름을 대고서 VIP룸 중 하나로 안내받아 들어갔다.

"예상이 틀리지를 않네."

룸 안으로 들어가자마자 보이는 광경에 재인이 툭 하니 내뱉었다. 먼저 도착한 엄마와 민혁이 사이좋게 마주 앉아 재인을 기다리고 있었다. 뭐가 그리도 즐거운지, 둘 다 입가에 미소가 가득하다. 재인은 민혁을 한번 슥 보고는 일부러 식탁을 빙 돌아 엄마 옆으로 가서 앉았다.

"애는! 세팅을 저기다 해놨는데 왜 여기에 앉아?"

"옮기면 되지. 세팅 이쪽으로 옮겨주세요."

재인은 무심하게 대답하고는 룸 안에서 대기하고 있던 호텔 직원을 향해 말했다. 누구 좋으라고 노민혁 옆에 앉아 엄마와 마주 보며 점심을 먹을까?

직원은 절도 있는 동작으로 움직여 바로 재인의 앞에다 식기를 준비했다. 그를 보던 민혁이 피식 웃으며 입을 열었다.

"너도 여전하다. 어머니가 오셨으면 진작 말을 하지. 그래야 내가 먼저 모실 거 아냐?"

"일가친척도 아닌데 뭐 하러? 그런데 너, 안 바빠? 여름 성수기 프로모션으로 정신없을 때 아닌가?"

재인이 앞에 놓인 잔을 들어 물을 한 모금 마시면서 민혁에게 물었다. 한창 분주할 때인데 쓸데없이 여기까진 왜 왔냐는 뜻이었다. 민혁은 입매를 싱긋 올리며 천연덕스럽게 응수했다.

"아무리 바빠도 어머니는 모셔야지. 미리 연락을 받았더라면 준비를 잘했을 텐데 오늘은 갑자기 한지라 많이 부족할 겁니다, 어머니. 제가 다음에 제대로 대접해 드리겠습니다."

"아유, 뭘! 바쁜 사람 불러냈는데도 두말없이 나와줘서 내가 얼마나 고마운데. 오랜만에 얼굴 보니 너무 반갑구."

"하하! 저야말로 모녀가 식사하는 자리에 불러주셔서 영광이죠. 어머니께서 여행 마치고 건강한 모습으로 돌아오셔서 기쁘고요."

둘이 참 잘도 만났다. 왜, 본래 성격들은 토끼 간처럼 바위틈에 숨겨놓고 왔나 보지?

재인은 콧바람을 내뿜으며 냅킨을 무릎 위에 펼쳤다. 그냥 조용히 침묵을 지키며 식사나 하다 가련다. 정확히 12시 50분에 일어나야지. 이 두 사람의 가식적인 대화를 견뎌내는 시간으론 그것도 길다.

민혁이 손짓하자, 룸 안에서 기다리고 있던 호텔 직원이 머리를 숙이고는 밖으로 나가더니 애피타이저부터 차례대로 음식을 내오기 시작했다. 어쨌든 호텔 헤라 레스토랑의 요리들은 훌륭했고, 재인은 엄마와 민혁이 뭐라고 떠들든 간에 머릿속을 깨끗하게 비우며 맛에 집중하려고 노력했다. 최 여사는 음식이 새로 나올 때마다 감탄사를 과장되게 연발하며 재인의 옆구리를 콕콕 찔러 뭐라고 말 좀 해보라는 눈치를 보냈지만, 재인은 뚱하니 '맛있네' 만 반복할 뿐 입을 꾹 다물었다. 민혁이 그런 재인을 보며 피식거리더니 대뜸 물었다.

"방콕 출장은 어땠어? 더운 데 가서 일하느라 고생했겠어?"

스테이크를 자르던 재인이 순간 손을 멈칫했다. 그러고 보니 방콕에서 통화한 후로 민혁과 딱히 연락을 한 적이 없었다. 가볍게 문자를 주고받은 적은 두어 번 있지만.

재인은 다시 포크와 나이프를 움직이며 무표정하게 대답했다.

"뭐, 쇼핑몰하고 호텔만 왔다 갔다 했는데 별거 있었겠어?"

"그래도 힘들지. 여러모로 불편한 게 많았을 텐데."

"너 방콕으로 출장 갔다 왔니? 언제? 왜?"

최 여사가 몰랐다는 투로 호들갑스럽게 물었다. 재인은 미간을 찌푸리며 퉁명스럽게 대꾸했다.

"일이 있으니 출장을 갔지. 엄마 오기 전이야."

"아니, 그 부서에 너만 있는 것도 아닌데 왜 네가 거기까지 갔다니? 오빤 대체 뭘 하는 거야?"

최 여사는 괜히 아끼는 딸을 부려먹었다는 듯이 애꿎은 외삼촌까지 들먹였다. 하아, 더는 안 되겠다. 재인은 포크와 나이프를 내려놓고는 낮게 가라앉은 목소리로 엄마에게 말했다.

"내가 가야 될 일이었으니까 갔지, 그럼 다른 직원들은 놀고 있는데 나만 일하라고 보냈겠어? 점심시간 끝나가니까 먼저 일어날게."

재인은 지체 없이 의자에서 일어났다. 그러자 최 여사가 딸을 올려다보며 나무라듯이 소리쳤다.

"민혁이도 있는데 예의 없이 무슨 짓이야? 최소한 식사 마칠 때까지는 같이 있어야지!"

"엄마, 우리 회사 점심시간은 12시부터 1시까지고, 난 아직 대리야. 아무리 회장 외손녀라지만 내가 대충 일하면서 월급 받으면 다른 직원들이 열 받아서 우리 회사에 다니고 싶겠어? 그리고 노민혁, '어머니' 앞에서 말을 가려주길 바란다."

"얘, 재인아!"

최 여사가 큰 소리로 불렀음에도 재인은 아랑곳하지 않고 즉시 자리에서 떠나 버렸다. 재인이 VIP룸 밖으로 나가 그곳에서 멀어지자, 최 여사는 한숨을 내쉬며 민혁에게 푸념을 토해냈다.

"재가 저렇게 버릇이 없어. 고집불통이고."

"하하, 아니에요, 어머니. 재인이가 회장님과 사모님께 얼마나 깍듯한데요. 최 사장님께도 그렇고."

민혁은 후후 웃으면서 앞에 놓인 잔에 담긴 와인을 한 모금 마셨다. 재인이 왜 유독 최 여사에게만 이러는지 그도 모르는 바는 아니었다. 그 때문에 최 여사와 갈수록 사이가 나빠지고 있다는 것 또한.

그러나 최 여사는 머리를 흔들며 한풀이를 계속했다.

"그런데 나한테는 이러잖니. 내가 저를 얼마나 생각하는데 툭 하면 관심도 없다 그러질 않나! 내가 아주 재 때문에 속상해 죽겠다니까?"

"재인이도 어머니 마음 알 거예요. 단지 일하느라 피곤한 거겠죠. 요즘 바빴거든요."

민혁은 입가에 옅은 미소를 띠며 다정다감하게 최 여사를 위로했다. 최 여사는 변덕스럽고 제멋대로였지만, 속내를 알기 쉬워 대하기가 편했다. 이렇게 비위를 맞추며 살살 구슬리다 보면 금세 그의 편이 될 터. 그 이점을 놓치는 건 바보짓이다.

그의 속마음을 아는지 모르는지, 최 여사는 민혁에게 동의하며 은근슬쩍 운을 떼었다.

"그러게 회사에는 왜 들어갔는지 모르겠어. 그것도 주 사업체인 제이 플라자&몰도 아니고 고작 커피전문점이라니, 대체 무슨 생각이야? 할 거면 제대로 하든가, 아니면 더 늦기 전에 결혼하든가! 정말이지 속이 터져서 이젠 내가 나서볼 참이야."

"재인이 결혼시키시게요, 어머니?"

민혁이 은근한 목소리로 물었다. 그러자 최 여사가 만면 가득 미소를 지으며 지금까지와는 전혀 다른 어조로 활기차게 자식 자랑을 늘어놓기 시작했다.

"재인이도 그만 결혼해야지. 스물아홉이면 좀 늦긴 했지만 대신 우리 재인이는 날 닮아서 미모가 출중하잖니? 사실 요즘 애들, 다 얼굴에 손대서 그만한 거지, 재인이처럼 타고난 미인은 없잖아. 게다가 우리 재인이는 머리도 좋잖니. 민혁이 너도 재인이랑 고등학교 같이 다녔으니까 잘 알지?"

"그럼요, 어머니. 잘 알죠. 그래서 말인데요……."

최 여사의 이야기를 동의한다는 듯이 듣고만 있던 민혁이 말끝을 흐리며 그녀의 두 눈을 지그시 응시했다. 최 여사는 눈을 빛내며 어서 말해보라는 투로 그를 재촉했다.

"어려워하지 말고 얘기해. 우리 사이에 못할 말이 뭐가 있어?"

"그럼 재인이, 제가 데려가도 될까요?"

"그게 정말이니? 그럴 마음이 있어? 너라면 환영이지!"

최 여사가 진심으로 기쁘다는 듯이 웃음을 터트렸다. 결혼 적령기의 딸을 둔 부모들 중 호텔 헤라&리조트 그룹의 둘째 아들 노민혁을 탐내지 않는 이는 이 바닥에 아무도 없었다. 물론 첫째 아들이 아닌 게 좀 아쉽기는 하지만, 첫째는 이미 결혼한 지 오래일뿐더러 재인의 입장에선 둘째도 감지덕지였다. 재호그룹이라는 배경이 있다지만 그건 외가인데다, 이혼한 재인의 아버지는 딸에게 고작 부동산 몇 푼과 적은 양의 주식을 양도해 줬을 뿐이니까.

최 여사의 반응을 본 민혁은 입매를 슬쩍 위로 올리더니 조심스럽다는 투로 입을 열었다.

“그런데요, 어머니. 이 얘기는 제가 먼저 꺼내게 해주셨으면 합니다.”

“아니, 왜? 양가 어른들끼리 진행하는 게 더 빠를 텐데?”

한참을 좋아라 하던 최 여사가 의아하다는 얼굴로 물었다. 대놓고 재인을 데려가겠다는 걸 보니 푹 빠진 게 분명하거늘, 결혼을 서둘러 하기는 싫다는 겐가?

그러자 민혁이 어쩔 수 없다는 표정으로 다정스레 대답했다.

“하하, 재인이 성격 아시잖아요. 저한테 아무 말도 듣지 않은 상태에서 결혼 얘기부터 오가면 난리 칠 게 분명해요. 그러니 제게 고백할 기회 정도는 주셔야죠.”

“호호호! 그래, 네 말이 맞다. 우리 재인이도 근사한 프러포즈는 한번 받아봐야지. 아유, 민혁이는 속도 깊구나.”

최 여사는 마치 자기가 고백이라도 받은 것처럼 반색을 하며 감탄했다. 민혁이 쑥스럽다는 듯이 웃으며 인사했다.

“하하, 이해해 주셔서 감사합니다, 어머니. 기다려 주시면 제가 적당한 때에 재인이한테 말할게요.”

“홋호호! 그래그래. 우리 딸은 정말 좋겠어? 이렇게 멋진 남자한테 프러포즈도 받고.”

“하하하!”

정작 당사자인 재인은 없는 상황에서, 서로에게서 원하는 것을 얻어낸 최 여사와 민혁은 만족스러운 웃음을 활짝 지으며 조만간 다시 만날 것을 기약했다. 그때는 한 걸음 더 목표에 가까워지자고 욕망 어린 밀약을 굳게 나누면서.

7. 뜻밖의 청혼

창가에 서서 보석처럼 눈부신 홍콩 침사추이의 야경을 내려다보던 재인은 무심결에 한숨을 내쉬었다. 우빈과 함께 하루 종일 홍콩 시내 이곳저곳을 누비다가 밤 11시가 지나서야 호텔로 돌아온 차였다. 우빈은 홍콩의 소문난 레스토랑과 쇼핑 거리, 입소문이 널리 퍼진 음식점으로 데려가 줬고, 재인은 우빈의 손을 잡고서 사춘기 소녀처럼 꺄르륵 웃으며 내내 즐거워했지만, 가슴 한구석에 박힌 불안감이 문득문득 목에 걸린 가시처럼 그녀를 괴롭혔다. 우빈과 하하 호호 떠드는 와중에도 엄마가 했던 말들과 민혁과 같이한 점심이 불현듯 떠오른 탓이다.

집안 어른들이 불러내 참석한 자리에서 민혁과 함께 식사한 게 한두 번도 아니거늘, 이번에는 이상하게도 마음에 걸렸다. 재인은 무의식적으로 미간을 찌푸렸다. 외할아버지와 외할머니, 엄마가 민혁을 퍽 탐낸다는 걸 눈치 못 챈 바는 아니었다. 하지만 재인은 차라리 혼자 살면 살았지, 엄마처럼 정략결혼 따윌 할 생각은 눈곱만큼도 없었다. 그 상대로 거론되는 남자가 노민혁이라면 더더욱. 게다가 우빈과 이런 관계가 된 지금, 다른 남자와 결혼 따윌 논하고 싶을 리가 없잖은가?

'나이가 있으니 결혼해야 된단 얘기를 한 거지, 그 이상 말이 오간 건 아니잖아? 그런데 왜 이렇게 찝찝할까…….'

"무슨 고민 있어?"

샤워를 마치고서 목욕 가운을 몸에 두른 채 욕실에서 나온 우빈이 낮은 목소리로 물었다. 호텔 창문에 비친 재인의 표정이 자못 심각해 보였기 때문이다. 재인은 뒤돌아서 우빈을 바라보며 아무렇지 않은 척 방긋 미소 지었다.

"아니야. 그냥 잡생각 좀 했어."

"그 잡생각이 널 괴롭히는 거 같은데?"

우빈이 재인에게 가까이 다가가며 말했다. 재인의 바로 앞에 선 그는 그녀의 긴 머리칼을 매만지듯 쓸어내리며 달래듯이 속삭였다.

"말해봐. 네가 이러면 나도 계속 신경 쓰이니까."

"후우…… 엄마가 다짜고짜 결혼 얘기를 꺼내서 그래. 스물아홉이면 늦어도 한참 늦었다나 뭐라나. 그렇다고 선 자리를 내민 건 아닌데, 기분이 좀 그러네."

재인이 한숨과 함께 속내를 털어놨다. 우빈은 근심이 깃든 재인의 얼굴을 부드럽게 어루만지며 물었다.

"걸리는 상대가 있구나. 그렇지?"

"아니야. 아직 그런……."

"노민혁이야?"

재인은 도리질을 하며 부정했지만, 우빈은 그녀가 말을 끝내기도 전에 되물었다. 재인이 살짝 커다래진 눈매로 우빈의 두 눈을 응시했다. 우빈은 설핏 웃으며 대답 없는 그녀를 향해 자답했다.

"맞구나."

"……독심술이라도 배웠어?"

"예상 가능한 범주니까. 그리고 나도 노민혁이 계속 걸렸거든."

우빈이 재인의 이마에 살짝 입을 맞추고는 그녀를 다정히 끌어안으면서 말했다. 재인은 그에게 안기면서도 복잡한 표정을 지울 수가 없었다.

"벌써 무슨 일을 벌일 건 아니지?"

재인이 걱정스럽다는 투로 물었다. 폭풍 전야처럼 불안하기는 하지만, 심증만 가득할 뿐 아직 드러난 상황은 없다. 우빈과 자신이 지난 세월 아무 관계도 아니었다면 결혼 얘기가 나온 참에 만나는 남자가 있다며 그를 소개하면 만사형통일 테지만 그럴 수도 없고…….

"그러기엔 이르지. 나야 당장이라도 너와 떠나고 싶지만."

우빈이 재인의 등을 토닥토닥 쓸어내리며 차분히 답했다. 아직은 재인을 비행기에 태울 때가 아니다. 자신이야 한국으로 돌아오면서 모든 준비를 마쳤다지만, 결심이 확고히 서지 않은 재인을 억지로 질질 끌고 갈 수는 없는 노릇이니까.

재인은 아무 말도 못한 채 그저 우빈의 어깨에 머리를 기댔다. 그와 떨어지고 싶지는 않았다. 하지만 엄마는 둘째치고서라도, 외할아버지와 외할머니께 충격을 안겨 드리기가 두려웠다. 늘 제멋대로 생활했던 엄마를 대신해 하나뿐인 외손녀에게 정성과 사랑을 가득 쏟으신 분들인데……. 그렇다고 우빈과의 관계를 언제까지고 숨길 수도 없으니 대체 이 상황을 어쩌면 좋을까.

"걱정하지 마. 화살을 맞아도 내가 맞고, 도망을 쳐도 내가 칠 테니까."

우빈이 재인을 품에 안은 채 조용히 읊조렸다. 그녀의 가슴속에 도사린 치열한 갈등을 전부 알고 있다는 듯이. 재인은 자기도 모르게 얼굴을 찡그리며 물었다.

"나 겁쟁이지?"

"아니야. 네가 이러는 건 당연해. 내가 무리한 걸 원했잖아."

우빈이 희미한 미소를 띠며 말했다. 그녀에게 무슨 잘못이 있을까. 순진한 재인을 꾀어내 같이 독을 품게 만든 건 바로 자신인 것을……. 그러니 그로 인해 감당해야 될 무게가 있다면 모두 자신이 지고 싶었다. 그게 불가능할지라도 자신이 어떻게든 재인의 방패막이가 돼야 했다.

"그래도 내 손 안 놓을 거지?"

우빈이 나지막한 음성으로 물었다. 다른 전부를 견딜 수 있다 해도 단 하나, 재인이 그를 버리는 것만큼은 견디지 못하고 무너질 터였다. 하지만 그녀에게 부담으로 다가가긴 싫어, 우빈은 애써 침착한 어조를 가장했다. 속으로는 재인이 제발 진심을 알아주길 원하면서.

재인은 두 팔로 우빈의 목을 꼭 끌어안았다. 우빈이 아무렇지도 않은 척하는 재인의 상태를 귀신같이 알아맞히듯, 재인 또한 이런 질문을 하는 우빈의 마음을 모르지 않았다. 재인은 그의 어깨에 얼굴을 부비면서 칭얼거리듯이 대꾸했다.

"난 이제 다른 사람은 상상도 못해. 너도 다른 여잔 쳐다보지도 마. 설사 나랑 헤어진다 해도 아무도 안 만났으면 좋겠어."

"그럼 절대로 헤어지면 안 되겠네."

우빈이 눈초리를 부드럽게 휘며 웃었다. 이것으로 충분하다. 그는 재인을 더욱 꼭 껴안았다. 그러곤 팔을 풀어 그녀의 얼굴을 양손으로 붙잡더니 격렬하게 입을 맞췄다.

재인은 입안으로 들어오는 우빈의 뜨거운 혀를 받아들이며 스르륵 눈을 감았다. 깊어가는 홍콩의 밤, 젊은 두 연인은 불안감을 사랑으로 뒤덮으려는 듯 서로의 몸에 열정적인 키스를 퍼부으며 날이 밝아올 때까지 잠들 줄을 몰랐다.

❖

우빈이 데려다준 차에서 내려 아파트 현관을 통과하니 밤 10시가 넘은 시각이었다. 재인은 기운 없는 얼굴로 엘리베이터에 올라 숨을 크게 내쉬었다. 우빈과 홍콩에서 보낸 주말은 한국으로 돌아오고 싶지 않을 만큼 달콤했지만, 어쨌든 왔고, 내일은 출근해야 하고, 집에는 엄마가 있을 터였다. 다투더라도 내일 하고 싶건만, 벌써 잠들지 않고서야 엄마 성격에 그럴 리가 없었다.

"차라리 혼자 있을 때가 나았지."

재인은 무심히 중얼거리며 엘리베이터에서 내렸다. 남들이 들으면 무정한 딸이라고 비난하겠지만, 재인에게 요즘 엄마의 행동은 관심이 아닌 참견이나 침해처럼 느껴질 뿐이었다.

재인은 심란한 마음을 가라앉히며 현관문 앞에 서서 비밀번호를 눌렀다. 엄마가 무슨 말을 하더라도 무난하게 넘기자고 스스로를 타이르면서. 그러고서 문을 열고 터덜터덜 집 안으로 들어가니, 최 여사가 팔짱을 낀 채 응접실 소파에 앉아 있었다. 재인은 작게 한숨을 한번 쉬고는 방으로 걸어가며 엄마를 향해 말했다.

"다녀왔어."

최 여사는 아무 대꾸도 하지 않았다. 차라리 그게 낫다. 재인은 곧장 방으로 직행해 가방을 내려놓고는 입고 있던 반바지와 티셔츠를 벗었다. 그리고 욕실로 들어가려는데, 방문이 벌컥 열리면서 최 여사가 뾰족해진 얼굴로 쳐들어오더니 재인에게 다다다 따져 묻기 시작했다.

"너, 어딜 갔다 이제 온 거야? 주말 내내 어디서 뭘 하다 온 거냐고! 전화 한 통 없이 문자 하나 달랑 보내고선 핸드폰도 계속 꺼 놓고! 이게 엄마한테 할 짓이야?"

재인은 아무런 대답 없이 최 여사를 가만히 내려다봤다. 딸이 잘못했다고 사죄하기는커녕 자신을 무표정하게 보기만 하자, 최 여사는 더더욱 얼굴을 찌푸리며 소리쳤다.

"왜 말이 없어? 대체 누구랑……!"

"엄마는 유럽에서 누구랑 있었어?"

"뭐, 뭐?"

갑작스러운 재인의 질문에 말이 끊긴 최 여사가 순간적으로 더듬거렸다. 엄마가 당황하자, 재인은 차분한 어조로 질문을 계속했다.

"누굴 만나서 뭘 하느라 1년이나 안 들어왔어? 유럽 쪽에는 친척도 전혀 없는데. 그냥 혼자서 여행만 했어? 아니면 내가 모르는 친구들이라도 있어? 그러는 동안 나한테 몇 번이나 연락했지?"

"너 지금 뭐 하는 거야?"

최 여사가 미간에 내 천(川) 자를 그리며 반문했다. 재인은 딸이 던진 질문에 단 하나도 답하지 못하는 엄마에게 무심한 어조로 말을 이었다.

"엄마도 대답하기 싫은 걸 나한테 강요하지 말라는 뜻이야. 난 엄마의 사생활을 존중해서 아무것도 안 물었잖아. 엄마한텐 자기 생활이 딸보다 훨씬 중요하니까. 그런데 엄만 왜 그래?"

최 여사는 말문이 막혀 잠시간 입을 다물었다. 엄마가 있음에도 신경 쓰지 않고 제멋대로 행동하는 딸 때문에 열불이 나 방으로 쫓아 들어왔건만, 막상 딸이 가한 반격에는 뭐 하나 제대로 답변할 수가 없었던 탓이다. 재인은 그런 최 여사를 조용히 응시하다가 몸을 돌려 욕실로 향하면서 말했다.

"더 할 말 있으면 내일 하고 오늘은 그만 자자. 피곤해."

"너 정말……!"

최 여사가 퍼뜩 정신을 차리고선 욕실로 휘적휘적 걸어가는 재인의 등에 대고 소리쳤다. 재인은 욕실 안으로 들어가서 문을 닫으며 느릿하게 대꾸했다.

"안 나가면 오늘 밤에 호텔에서 잘 거야."

"신재인!"

최 여사가 최후의 일격처럼 빽 외쳤으나, 문이 닫힌 욕실에선 샤워기로 물 트는 소리만이 들릴 뿐이었다. 재인의 방 안에 혼자 남은 최 여사는 얼굴을 붉히며 숨을 색색 내쉬었다. 기습적인 질문들에 당황해 정작 딸에게선 아무것도 알아내지 못했고 신경질만 가중됐다. 저것이 뭘 숨기느라 저럴까? 참하디참한 규수처럼 행동해도 모자랄 판에!

"아무래도 안 되겠어!"

혼자서 안 된다면 지원사격을 요청할 수밖에. 다행히 재인의 결혼에 대해선 성북동에 계신 부모님도 같은 편이니, 민혁에게 행동을 빨리하라는 언질을 아주 살짝만 하면 될 터였다.

'내가 이래도 지 생각을 안 해?'

최 여사는 씩씩거리며 재인의 방에서 빠져나왔다. 나중에 시간이 지나 결과가 맺어지고 나면 분명 재인은 엄마에게 감사하다며 큰절이라도 할 게다.

아무리 가까운 거리를 짧은 시간 동안 이동했다 하더라도 여행은 여행. 여독이 겹친 월요일은 한마디로 죽을 맛이었다. 진하게 우려낸 커피를 네 잔이나 들이켜며 간신히 하루를 버텨낸 재인은 저녁 6시가 되자마자 책상을 정리하고 자리에서 일어났다. 곧장 집으로 가서 반신욕으로 피로를 푼 후 침대로 뛰어들고 싶었다.

재인은 손으로 어깨를 툭툭 두드리며 반쯤 감긴 눈으로 회사 건물을 빠져나왔다. 막상 집으로 가려니 엄마와 치를 2차전이 떠올랐다. 차라리 가까운 마사지 숍에 가서 전신 안마를 받을까? 아니면 호텔이나 우빈의 오피스텔로 가? 하지만 너무 피곤하면 만사가 다 귀찮고 오직 집과 방 안에 놓인 침대만 생각나는 법. 재인은 머리를 흔들며 집 쪽으로 방향을 잡았다. 엄마가 또 따져 물으면 참지 않고 짜증을 팩 내고 말리라.

"상태가 몹시 안 좋다, 너?"

재인이 초점 없는 눈으로 멍하니 택시 승강장을 향해 걷는데, 불쑥 시커먼 누군가가 앞으로 튀어나오며 말을 걸었다. 어투와 목소리로 보지 않아도 그게 누군지 알아챈 재인은 인상을 찌푸리며 눈을 치떴다. 안 그래도 피곤한데 이 인간은 왜 또 나타난 거야?

"집에 갈 거야."

"누가 뭐래? 데려다줄게."

민혁은 태연히 대꾸하며 입매를 비뚜름히 올렸다.

누가 그 속을 모를 줄 알고? 재인은 단칼에 거절하며 소리쳤다.

"택시 탈 거야!"

"넌 이 오빠가 친히 호의를 베풀어도 불만이더라?"

"필요 없다."

재인은 민혁을 휙 지나쳐 씩씩거리면서 택시 승강장으로 걸어갔다. 민혁은 그런 재인을 보며 설핏 웃더니, 옆으로 성큼성큼 따라붙었다.

“정말 집에 데려다준다니까?”

“왜, 이번엔 집으로 들이닥치시게? 피곤하다고 했다.”

재인이 딱 잘라서 못 박았다. 그러거나 말거나, 민혁은 그녀에게 얼굴을 가까이 들이밀며 장난스럽게 덧붙였다.

“집 앞에 딱 내려주고 사라질게.”

“됐어!”

“에헤이, 왜 이렇게 오빨 못 믿냐?”

재인이 굳세게 걷기만 하자, 민혁이 튀어나와 다시 앞을 가로막았다. 재인은 그 자리에 멈춰 서서 그를 빤히 올려다봤다. 민혁의 얼굴에는 여전히 빙글거리는 웃음이 가득했다.

“무슨 말이 하고 싶어서 이래?”

재인이 낮게 깔린 목소리로 차갑게 물었다. 장난을 가장했지만 노민혁이 목적도 없이 나타나 이럴 리가 없다. 가끔 이유 없이 와서 놀아달라고 보채거나 바람이나 쐬자며 어디로 끌고 간 적은 있지만, 최소한 지금은 아니었다.

재인이 정색을 하자, 민혁 또한 슬며시 웃음기를 지웠다. 그는 재인의 눈을 곧게 직시하며 가라앉은 음성으로 입을 열었다.

“아무 말도 안 해.”

“그럼 왜 왔어? 쓸데없는 장난이나 치려고? 그렇게 한가하니?”

재인이 인상을 팩 쓰며 따졌다. 이렇게 시간과 감정을 소모하며 불필요한 실랑이를 하기에는 지나치게 체력이 부족한 날이다. 노민혁을 본다는 것 자체가 불편하기도 하고.

민혁은 몇 초간 말없이 재인을 바라보더니, 픽 웃으면서 대꾸했다.

"너 보러. 보고 있으면 재밌거든."

"어처구니가 없다. 가라."

재인은 입을 벌리며 도리질하고는 다시 민혁을 지나쳐 앞으로 훽 나아갔다. 민혁은 그녀를 따라가는 대신 등 뒤에 대고 소리쳤다.

"다음엔 그냥 안 간다."

"뭔 소리야? 제발 딴 데 가서 놀아."

재인은 뒤도 안 돌아보고 응수했다. 때마침 빈 택시가 길가에 와서 섰고, 재인은 그 택시에 올라타 그대로 자리를 떠났다. 재인이 탄 택시를 사라질 때까지 지켜보며 민혁은 작게 중얼거렸다.

"정말이야, 신재인. 그냥 보내는 건 여기까지야."

오늘은 지나치게 상태가 안 좋아 보여 별말 없이 곱게 보내줬다만.

민혁의 얼굴 위로 짙은 미소가 떠올랐다.

❖

"제가 드린 자료는 도움이 됐습니까?"

늦은 오후, 회사의 옥상 정원에서 커피나 한잔하자며 우빈을 불러낸 인력관리실의 은희태 부장이 조심스러운 어조로 물었다. CTS에서 최소한 10년 이상 근무한 차장급 이상의 직원들에게만 접근이 허용된 임원 기록을 빠짐없이 보여준 터, 그를 잘 활용하는 중이냐고 돌려서 말한 것이다.

"아직 말씀드릴 만큼 결과가 난 건 아니지만 많은 도움이 됐습니다. 감사합니다."

우빈이 은은한 미소를 띠며 고개를 살짝 숙였다. 부회장의 아들이라고는 하나 공식적으로는 부하 직원. 은밀한 부탁이었으니 은 부장이 거절했다면 정보를 얻지 못했을 것이다. 그랬다면 인터넷 사업부와 신현호 전무의 상황을 파악하는 데도 애를 먹었을 터다.

"허투루 쓰지 않으실 거라 믿고 보여 드린 겁니다."

은 부장 또한 옅은 미소로 답했다. 그의 나이 올해로 마흔둘. 인력관리실 부장은 최소 마흔다섯을 넘긴 자만이 될 수 있다는 회사의 전례를 깨고 입사한 지 10년째 되던 해에 부장으로 승진해 2년을 성실히 보낸 사람이다. 그만큼 윗선의 신임이 두터웠고, 회사 내 정치 싸움에 상관없이 인정받는 재원이었다.

내부로 들어오자마자 인력관리실에서 근무 중인 직원들부터 파악한 우빈 역시 그 사실을 잘 알고 있었다. 지금 이리 말하는 은 부장의 속뜻이 회사에서 불필요한 고름을 적당히 짜내달라는 부탁이라는 것도. 그만큼 CTS에 오래도록 적을 두고 싶던 바, 은 부장 같은 인재가 회사의 한 축이 돼 버텨준다면 상당한 힘이 될 터였다. 자신에게 허락된 시간은 길지 않을 테지만, 우빈은 은 부장의 호의에 보답하기 위해서라도 그가 준 정보를 헛되이 하지 않을 생각이었다.

"부장님이 만족스러우실 만큼은 아니겠지만, 최대한 사용해 보겠습니다."

우빈이 신중한 투로 말을 받았다. 핏줄의 혜택을 받아 무혈입성한 사람답지 않은 겸손함과 차분함. 이런 점 때문에 은 부장은 우빈에게 도박을 해보기로 결심했다. 지금까지 만나본 임원의 딸과 아들들은 자신이 벌써 뭐라도 된 양 오만방자했으니까. 심지어 일반 모집이라면 결코 입사하지 못할 불성실한 멍청이들까지 섞여 있었다. 하지만 부회장의 아들 이우빈은 그런 자들과 첫인상부터가 달랐고, 비록 짧은 기간이지만 겪은바 기대 이상으로 뛰어났다.

"그런데요, 부장님."

"말씀하세요."

우빈이 부르자, 은 부장이 정중한 태도로 대답했다. 우빈은 웃음기를 약간 섞어 되도록 편안한 말투로 부탁했다.

"절 좀 더 편히 대해주시면 좋겠습니다. 저보다 한참 위신데 이리 정중하시다니요."

"하하하! 그렇습니까? 다른 직원들은 존중해 줘서 좋다는데요."

"그럼 다른 직원들만큼만 대해주십쇼. 그래야 저도 편합니다."

"그래요, 그럼. 그 대신 부회장님께 말씀 잘 드려야 됩니다?"

"하하, 알겠습니다."

은 부장이 너스레로 받아친 터라 대화 분위기가 한결 가벼워졌다. 두 사람은 그 후 일반적인 상사와 부하 직원처럼 간단히 업무 얘기를 주고받으며 옥상에서 내려왔고, 사무실에서 그날 남은 일들을 마무리했다.

재인을 만나기 위해 일부러 저녁 7시가 넘어서야 지하주차장으로 내려간 우빈은 선릉역 근처로 차를 몰았다. 한창 도로가 붐빌 시간이지만 재인이 8시가 지나야 일이 끝날 거 같다고 했으니 늦지 않게 데리러 갈 수 있을 터. 평일이고 퇴근이 늦어 멀리 갈 수는 없으니 서래마을에 위치한 와인 바에 갈 생각이었다. 강남권이라 아주 안전한 장소는 아니지만 그 와인 바도 밀실을 제공하니까.

'난 차라리 들켰으면 좋겠지만.'

우빈은 입가에 씁쓰름한 미소를 물고서 운전을 계속했다. 아직은 그와 함께 도망칠지, 한바탕 폭풍을 일으킬지 결심이 안 서 혼란스러워하는 재인의 심정이야 익히 공감하지만, 내심 이기적인 욕심이 드는 건 어쩔 수 없었다. 언제까지고 첩보 영화를 찍듯이 비밀 연애를 할 수는 없을 테니까. 예상보다 늦든 빠르든 결국 이 관계는 드러날 테고, 이어질 주변 반응이 어떨지는 자명했다. 단지 크게 놀라느냐 작게 놀라느냐의 차이일 뿐. 아마 재인은 벌어질 상황을 너무나 잘 알기에 되도록 미루고 싶을 테지만, 우빈은 그 반대였다. 잘 아는 만큼 다수의 대비를 갖춰놓았으니까.

하지만 우빈이 만 가지 상황을 예측해 준비를 갖췄대도 재인이 동의하지 않으면 그걸로 끝. 단 하나의 변수는 바로 그것이었다. 자신은 다만 그녀를 얻기 위해 최선을 다할 뿐.

'성급하지 말자, 이우빈.'

우빈은 자조 섞인 미소를 띠며 스스로를 다스렸다. 다른 일에는 신중하고 침착하다 평가받건만, 유독 재인이 관련되면 조급하고 격해지는 면이 있었다. 오랜 시간 동안 원한 만큼 갈증이 도무지 해소되지 않아서리라. 아무리 재인을 자주 만나서 그 부드러운 살결을 만지며 입을 맞춰도 목이 마르고, 하루에도 몇 번씩 그녀가 떠올랐다. 아니, 떠올리지 않는 순간을 헤아리는 게 더 빠르리라.

그런 생각을 하는 사이에 어느덧 재호그룹 본사에 다다랐다. 그 건물을 100미터 정도 지나치니 상아색 원피스를 입은 재인이 길가에 서 있는 게 보였다. 우빈은 차를 재인의 바로 앞에 세웠다. 재인은 곧바로 조수석에 올라타 밝게 인사를 건넸다.

"회사 잘 다녀왔어?"

"응."

우빈은 대답을 마치자마자 한 손으로 재인의 머리를 끌어당겨 입술을 덮쳤다. 숨 쉴 틈조차 주지 않는 그의 농밀한 키스에 재인은 눈을 동그랗게 뜨고서 코앞까지 다가온 그를 바라보기만 했다. 그러나 곧 스르르 눈을 감고서 입술을 더 벌려 그의 혀를 적극적으로 빨아들였다. 우빈은 그녀의 입안으로 혀를 깊숙이 밀어 넣으며 봉긋한 가슴 위로 손을 뻗었다.

"으응……!"

재인이 몸을 움찔하면서 신음을 내뱉었다. 하지만 그뿐, 재인 또한 우빈의 손길을 거부하지 않았다. 길가에 차를 세워놓고서 이런 짓을 벌이는 게 불안하긴 했지만, 우빈의 차는 온 창이 검게 선팅돼 밖에서는 안을 들여다볼 수 없었다.

몇 분이나 지났을까? 간신히 재인에게서 입술을 뗀 우빈이 그녀에게 안전벨트를 채웠다. 그러곤 가벼운 입맞춤을 하면서 속삭였다.

"근처 호텔로 가자. 지금 다른 데는 못 가겠어."

"응."

두 뺨이 붉게 달아오른 재인이 조그맣게 대답했다. 그녀도 차 안에서 보낸 뜨겁고 짧은 시간 동안 온몸이 달떠 다른 건 떠오르지도 않았다.

대답을 들은 우빈은 곧장 시동을 걸어 가까운 호텔로 직행했고, 재인을 이끌고 서둘러 객실로 올라갔다.

방 안으로 들어온 두 사람은 아무 말도 하지 않았다. 재인은 우빈이 객실 문을 닫자마자 지퍼를 열어 원피스를 벗어 던졌고, 그를 본 우빈은 눈이 돌았다. 그는 짐승처럼 재인에게 달려들어 침대 위로 쓰러뜨리더니 그녀의 다리 사이로 오른쪽 허벅지를 밀어 넣으며 정신없이 키스해 댔다. 그러면서 브래지어를 풀어 출렁거리며 드러난 뽀얀 젖가슴을 양손에 가득 움켜쥐었다.

"으흣! 우빈아, 잠깐만."

재인이 우빈을 간신히 저지하며 손을 아래로 내려 그의 벨트를 풀었다. 그녀만 알몸이 되다시피 했지, 우빈은 아직 정장 재킷도 벗지 않은 상태였다. 우빈은 몸을 일으켜 재킷을 거칠게 벗어 던지고 넥타이를 풀더니, 1초가 아깝다는 듯이 바지와 팬티를 동시에 벗어버리곤 다시 재인의 위로 올라갔다.

"아앙!"

우빈이 도드라지게 솟은 젖꼭지를 허겁지겁 입으로 빨아대며 재인의 팬티를 양손으로 벗겨 내리자, 재인이 앙탈 섞인 신음을 내질렀다. 그 귀엽게 돌출된 분홍빛 꼭지를 이로 살짝 깨물며 혀로 깔짝깔짝 건드리던 우빈이 갑자기 머리를 아래쪽으로 내려 재인의 다리 사이로 들어갔다. 그러곤 투명한 액체로 흥건히 젖은 수풀 속 붉은 꽃술을 아이스크림처럼 길게 핥아 내렸다. 재인이 소스라치게 놀라며 엉덩이를 뒤로 뺐다.

"하, 하지 마!"

"가만히 있어. 내가 하는데 어때서?"

"그래도…… 아!"

우빈에게 허벅지를 단단히 붙잡혀 혀로 여성의 입구를 희롱당한 재인이 신음을 내뱉었다. 우빈은 혀끝을 뱀처럼 놀려 조개 속의 진주처럼 숨겨진 재인의 예민한 살점을 슬쩍 건드렸다. 재인이 움찔하며 바로 반응하자, 그는 집요하게 그 붉은 돌기를 빨아들였다. 재인이 못 견디겠다는 듯이 등을 휘며 자지러졌다.

"아흐윽! 우빈아, 제발!"

이미 그와 여러 번 살을 섞으며 서로를 탐닉했지만, 이건 처음으로 맛보는 극렬한 자극이었다. 혀는 축축하고 까끌까끌한데다 유연해 더 농밀하게 그녀의 치부를 헤집고 있었다. 한껏 맛을 봤는지, 우빈의 혀가 다시 여성의 입구 쪽으로 미끄러져 내려왔다.

원을 그리듯이 빙글빙글 돌다가 순식간에 동굴 안으로 난입해 들어간다.

"아아아아!"

재인이 높은 교성과 함께 질액을 울컥 뿜어냈다. 우빈은 그제야 혀를 거두고서 고개를 들었다. 극심한 자극으로 몸부림치다 해방된 재인이 숨을 몰아쉬며 색색거렸다. 그러나 우빈은 잠시도 틈을 주지 않겠다는 듯이 곧장 그녀의 다리 사이로 들어가 앉더니, 길고 늘씬한 두 다리를 직각으로 들어 어깨로 받치고는 엉덩이 밑으로 적나라하게 드러난 그녀의 깊고 끈적한 동굴 속으로 굵게 솟은 남성을 쑥 찔러 넣었다.

"아흑!"

재인이 등을 튕기며 비명을 질렀다. 다리를 들어 올린 자세로 엉덩이 밑에서 그를 받아들였더니 남성이 끝까지 꿰뚫고 들어와 아랫배까지 저릿하게 울렸다. 지금까지 침대 위에서 나눴던 그 어떤 체위보다 감각적이고 깊다. 우빈은 일부러 느리고 천천히 성기를 빼냈다 빠르고 강하게 그것을 박아 넣었다.

"하읏! 아아!"

지나치다 못해 아플 정도의 자극으로 바들바들 떨면서도 그를 온몸으로 원하고 있다. 재인은 자기도 모르게 두 손을 아래로 뻗어 그녀의 하체와 밀착한 우빈의 엉덩이를 붙잡았다. 그리고 우빈이 그 단단하고 뜨거운 남성을 몸속으로 쑥 밀어 넣을 때마다 손에 힘을 줘서 그것이 더 깊이 박히도록 했다. 그녀의 손짓에 못 참을 지경이 됐는지, 우빈이 신음과 함께 뱉어냈다.

"헉! 이제 해야겠어."

"응, 응! 하악!"

재인이 대답하며 엉덩이를 붙들었던 손을 놓자, 우빈이 두 배로 격하고 빠르게 허리를 놀려 그녀의 하체에 턱턱 부딪쳤다. 그에 따라 재인의 교성이 방 안 전체에 고장난 스피커처럼 울려 퍼졌다. 그녀는 거의 정신이 마비될 지경이었다. 머릿속이 빙글빙글 돌고 올올히 곤두선 감각이 짜릿한 비명을 질러댄다.

불기둥이 몸속을 마구 유린하고 헤집어놓는 것 같다! 하지만 그가 멈추지 않기를 간절히 바란다. 들어왔다 빠져나가길 반복하는 그의 뜨거운 육체가 이 욕정 어린 공격을 언제까지나 계속해 주길 갈망한다! 재인은 전신을 주체할 수 없어 그저 몸부림쳤다. 아아아!

이윽고 무언가가 펑 터지는 느낌과 함께 빠져나간 남성이 재인의 배 위에다 희뿌연 액체를 내뿜었다. 거친 신음을 내며 정액을 모두 분출해 낸 우빈은 쓰러지듯 재인의 옆에 드러누워 숨을 몰아쉬었다. 그의 피부와 머리칼은 땀으로 흠뻑 젖어 번들거렸다.

재인은 만족에 찬 표정으로 그의 미끄러운 얼굴을 어루만졌다. 우빈이 슬쩍 웃더니 자신의 뺨을 만지던 그녀의 손에 키스했다.

"잠깐만 있어."

가쁜 숨을 진정시킨 우빈이 상체를 벌떡 일으켜 휴지를 뽑더니 재인의 피부에 묻은 액체를 깨끗이 닦아냈다. 재인은 우빈이 하는 양을 가만히 보다가 몸을 일으켜 그를 등 뒤에서 끌어안았다. 그러곤 땀에 젖은 그의 등에 얼굴을 부비며 어리광을 피웠다.

"집에 가기 싫어지네."

"그럼 가지 마."

우빈은 자신을 안은 재인의 손을 풀고는 돌아앉아서 그녀를 똑바로 바라봤다. 재인이 그를 보며 푸념 섞인 목소리로 물었다.

"또 외박하라고? 엄마가 난리 칠걸?"

주말 내내 안 보이다 하루 걸러 외박이라니, 최 여사가 어찌 나올지 안 봐도 동영상이었다. 유럽에서 돌아온 후로 희한하게 유난을 떠니…….

하지만 우빈의 말뜻은 그게 아니었다. 우빈은 재인의 크고 맑은 검은 눈동자를 지그시 응시하다 손등으로 그녀의 볼을 부드럽게 쓸어내렸다. 그리고 더없이 차분한 음성으로 입을 열었다.

"아니, 같이 살자고. 결혼하자, 신재인."

그 순간, 재인의 머릿속 모든 사고가 하얗게 정지돼 버렸다.

❖

눈을 떠도, 눈을 감아도, 재인의 머릿속에선 우빈의 목소리만이 울려 퍼졌다. 어젯밤, 우빈이 결혼하자고 말했던 그 순간만이 자꾸자꾸 고장난 CD처럼 반복 재생됐다.

"내 말이 그렇게 충격적이야?"

우빈은 석상처럼 굳은 재인을 보며 어쩔 수 없다는 듯이 웃었다. 그리고 이런 말을 덧붙였다.

"한 번도 생각 안 해봤어? 계속 같이 있으려면 결혼해야지."

우빈의 얘기인즉 이랬다. 어차피 우리는 둘 다 성인이니 누구를 증인으로 세워 혼인신고를 한대도 아무도 못 막는다. 모두가 알고 난 다음에는 이미 부부일 거다. 그리고 자신은 미국 영주권이 있으니 굳이 한국이 아니라 미국에서 결혼해도 상관없으며, 재인이 허락한다면 언제든 결혼식을 올릴 수 있다.

다 맞는 말이었다. 맞는 말인데…….

"왜 그렇게 급해?"

넋 빠진 얼굴로 우빈의 이야기를 듣고 있던 재인이 한참 만에 입술을 떼어 물었다. 우빈은 미간을 살짝 찌푸리며 대답했다.

"보내기 싫으니까."

재인이 아무 말 없이 쳐다보기만 하자, 그는 또 대답했다.

"헤어지기 싫으니까."

그리고 재인의 두 눈에 시선을 붙박으며 지극히 낮은 저음으로 속삭였다.

"없으면 미칠 거 같으니까."

그러고서 숨 막히게 키스했다.

거기까지 떠올리니 얼굴이 발갛게 달아올랐다. 재인은 몸살이 난 것도 아닌데 온몸이 뜨거웠다. 그 후 머릿속이 혼란스럽고 심장이 쿵쾅거려 제대로 된 대꾸도 못했고, 우빈은 늘 그랬듯 답을 강요하지 않은 채 그녀의 머리를 다정히 쓰다듬고는 집으로 데려다줬지만, 재인은 계속 가슴이 두근거렸다. 그래서 그의 뺨에 어설프게 입 맞추고는 서둘러 차에서 내려 아파트 안으로 쏙 들어가

버렸다.

그러고 난 다음날 출근했으니 일이 손에 잡히겠는가. 이날 재인은 이상하게 안절부절못하며 허둥지둥했다. 앉으나 서나 우빈의 얼굴이 떠오르고, 그의 목소리가 귓가에서 맴돌았다. 자신이야 원래 가족이었을 때도, 사이가 틀어졌을 때도, 심지어 남이 되고 나서 1년 넘게 소식이 끊겼을 때도 우빈 생각을 많이 했다지만, 아무리 그래도 이 정도까지는 아니었다. 이렇게 매 순간 우빈이 곁에 있는 것처럼 생각나면 당최 무슨 일을 하겠나. 재인은 심지어 자신에게 일시적인 착란 증세가 생겼나 하는 의심마저 들었다. 생전 처음으로 남자에게 청혼을 받아서 충격으로 제정신이 아닌 거다.

'다른 여자들도 청혼받으면 이러나?'

재인은 머리를 휘휘 저으며 정신을 차리기 위해 애썼다. 심지어 부모님이 이혼했을 때도 이러지 않았는데, 오늘은 보고서를 썼다 지웠다 하며 오전을 날렸고, 자료 조사를 한답시고 멍하니 우빈을 떠올리다가 오후를 보냈다. 차라리 빨리 퇴근하고서 생각을 차분히 정리하는 게 낫겠다. 그리고 내일마저 이 증세가 계속되면 병가를 내리라. 속히 평정 상태를 되찾아야 업무에 집중할 테니.

핸드백을 챙겨 직원들에게 저녁 인사를 하고서 사무실을 빠져나온 재인은 회사 건물을 벗어나는 동안 이런저런 부분들을 하나씩 짚어봤다.

어쨌든 우빈과 자신은 상속자다. 그러므로 두 사람의 결혼은 우빈의 아버지 이 부회장과 재인의 어머니 최 여사가 결혼했을 때만큼은 아니더라도 재산과 재산, 집안과 집안의 결합일 수밖에 없다. 하지만 우빈은 그런 것들을 전부 치우고서 오직 재인만을 원한다고 했다.

'나도 우빈이 말고는 싫어.'

재인은 심각한 표정으로 재호그룹 본사의 현관을 통과했다. 그 말고 다른 누구에게 이토록 깊이 빠질 수 있을까? 아무리 생각해봐도 그건 불가능했다. 만약 그와 헤어진다면 어찌어찌 살 수는 있대도 그를 영영 잊지 못할 테고, 다른 누군가를 만난대도 그만큼 깊이 품을 수 없을 것이다. 신재인은 순수한 소녀일 때도, 순진한 처녀일 때도 오직 이우빈만 바라봤으니까.

그렇다면 최선책은 역시 우빈과 결혼하는 것. 하지만 어떻게 그를 제외한 다른 모두에게 등 돌릴 수 있을까.

"하아……."

재인은 심란한 표정으로 걷고 또 걷다가 눈앞에 보이는 큰 커피숍으로 들어갔다. 3pm이 아니고선 프랜차이즈 커피전문점은 웬만해선 가지 않지만 지금은 그런 걸 따질 정신이 없었다. 그녀는 주문대에서 아이스 카페모카 한 잔을 시켜 받아 들고는 눈에 보이는 빈자리에 털썩 앉았다.

3pm은 아깝지만 포기할 수 있다. 우빈은 CTS마저 버릴 생각을 하는데 그를 위해 그걸 못할까? 그리고 우빈과 재인에게는 이미 살기에 부족함이 없을 정도의 재산이 있다. 그러나 그건 이차적인 문제고, 제일 큰 난관은 역시 가족이다. 우빈은 외동아들인

데다 하나뿐인 후계자고, 재인도 같이 산 기억이 거의 없는 아빠와 엄마는 제치고서라도 외할아버지와 외할머니가 걸리니…….

'나도 문제지만 우빈이가 더 못할 짓이야. 과거사만 아니면 누구도 우리 사이를 반대하지 않을 텐데……. 그러게 엄마는 왜 하필 그분과……! 아니야. 엄마가 그분과 재혼하지 않았다면 우빈이와 이렇게 되지 못했겠지…….'

재인은 탁자 위에 풀썩 엎드려 쓸데없는 망상까지 하면서 한숨을 푹푹 쉬었다. 우빈의 제안처럼 야반도주하듯 미국으로 가자니 가족들이 걸리고, 그렇다고 가만히 있자니 조만간 결혼에 대한 압력을 본격적으로 받을 듯하고…….

어쩌면 가장 큰 걸림돌은 이토록 고민하는 재인 자신의 마음일지도 모르겠다. 우빈은 그럼에도 불구하고 결혼하자고 말하는데, 자신은 어느 쪽도 결정하지 못한 채 갈팡질팡하고만 있으니…….

"하늘이라도 무너졌냐?"

재인이 이렇다 할 결정을 못 내린 채 초점 없이 커피 잔만 응시하고 있는데, 갑자기 나타난 민혁이 말을 뱉으며 그녀의 맞은편에 자연스레 앉았다. 깜짝 놀란 재인이 몸을 움찔하며 고개를 들었다. 푸른색 정장을 멋들어지게 차려입은 민혁이 그 특유의 삐딱한 미소를 입에 물고서 재인을 내려다보고 있었다.

"너도 참 할 일 없다. 이젠 미행까지 하니?"

재인이 상체를 곧추세우며 핀잔을 던졌다. 회사 앞에서 진을 치고 있다가 그녀를 따라온 게 아니라면 지금 이곳에 있다는 걸 알 도리가 없었다. 민혁은 성격답게 직설적으로 응수했다.

"용건이 있어서 왔어. 더 시간 끄는 건 성미에 안 맞아서."

"뭔데?"

재인이 눈매를 반달 모양으로 만들며 물었다. 가뜩이나 심란한데 이 자식은 또 무슨 일일까.

"너 말이야."

민혁은 말을 꺼내더니 그답지 않게 뜸을 들였다. 그 모습을 보며 재인은 무심결에 미간을 찌푸렸다. 일순간 안 좋은 예감이 들었다. 노민혁은 말을 고를 인간이 아니다. 속내를 숨기면 숨겼지, 하고 싶은 얘기는 거침없이 하고 마는 성격이니까. 설마……!

재인의 미심쩍다는 시선을 받으며 민혁은 결심한 듯이 숨을 크게 들이마셨다 내쉬었다. 그리고 시선을 들어 재인의 눈을 진지하게 응시하더니, 마침내 입을 열어 말했다.

"나랑 만날 생각 없냐?"

"뭐?"

말뜻을 못 알아들은 재인이 순간적으로 반문했다. 민혁이 예상했던 것과는 전혀 다른 내용을 내뱉은 탓이다. 재인의 미간에 드리운 주름이 더욱 깊어지자, 민혁은 작게 한숨을 내쉬더니 단도직입적으로 제안했다.

"나랑 연애할 생각 없냐고. 시간 지나면 결혼도 하고."

"뭐라고?"

재인은 자기도 모르게 소리치며 입을 벌렸다.

이건 꿈일 거다. 그것도 말도 안 되는 악몽. 그게 아니라면 저 노민혁이 일평생 본 적 없는 쑥스럽다는 표정으로 저런 얼토당토 않은 말을 하면서 눈앞에 앉아 있을 리가 없다!

재인은 우빈에게 청혼을 받았을 때보다 몇 배는 더 돌처럼 굳은 얼굴로 눈만 끔벅거렸다. 멍해진 정신 한구석으로 누가 이 꿈에서 나를 좀 깨워달라고 발광하듯 소리치면서.

8. 미치지 않으면 살 수가 없었으니까

민혁을 만난 다음날, 재인은 감기 몸살에 걸렸다는 핑계를 대고서 회사에 병가를 냈다. 그리고 밥을 먹으러 주방으로 갈 때를 제외하고는 한나절 내내 방에 틀어박혀 꼼짝도 안 했다.

다행히 엄마는 무슨 모임이 있다며 아침부터 집을 비웠다. 그래서 파주댁 아주머니에게도 음식 몇 가지만 해놓고선 일찍 귀가하시라 말씀드렸다. 이 혼란한 머릿속이 하루 안에 정리될 리는 없겠지만, 어쨌든 오늘은 되도록 혼자 있으면서 생각 정리를 하고 싶었다.

"농담 아니야."

'미쳤어, 미쳤어!'를 연발하며 자리에서 벌떡 일어난 재인에게 민혁이 웃음기라곤 하나도 없는 투로 말했다. 어안이 벙벙해진 재인이 말도 안 되는 소리 하지 말라고 쏘아붙였을 때야 비로소 그는 평소처럼 비뚜름한 미소를 물고서 반문했다.

"왜 말이 안 돼? 집안 어른들이 좋아하실 텐데."

"나는 아니야! 특히 너랑은 상상해 본 적도 없어! 너 좋아하는 여자들 많잖아? 그중 하나를 골라!"

"내가 그렇게 싫어?"

민혁이 피식 웃으면서 되물었다. 그러곤 시선을 들어 재인의 두 눈을 강하게 응시했다. 그 눈빛을 보고서야 알았다. 노민혁이 지금 진심이라는 것을.

"미치겠네, 진짜!"

재인은 머리칼을 거칠게 쓸어 넘기며 방 안을 이리저리 서성였다. 장담컨대 처음 만난 순간부터 지금까지, 노민혁은 신재인을 한 번도 여자로 대한 적이 없었다. 분명히 그랬다. 그가 몇 번이라도 만났던 여자들에게 어떻게 대하는지 두 눈으로 직접 목격했으니까. 그 신사적인 태도와 자상한 배려를 본 재인은 과연 자신이 아는 노민혁과 저 남자가 동일 인물이 맞나 하는 의심마저 들었다.

그래 놓고 다른 누구도 아닌 재인에게 연애를 하다 결혼하자니! 놀 만큼 놀았으니 이제 적당한 집안의 여자와 결혼하겠냐는 심산이라면 그를 반길 다른 여자가 얼마든지 있을 터였다. 그의 집안과 어깨를 견줄 집안들 중 결혼적령기의 딸이 있는 데가 몇 되니까. 객관적으로 따지자면 재호그룹은 대기업이 아닌데다, 재인은 어느 쪽에도 경영권이 없는 재산 상속녀에 불과해 노민혁보다 배경이 처지는 게 사실이었다. 그래서 외할아버지 외할머니와 엄마가 더 민혁을 탐내는 거겠지만.

재인은 아랫입술을 깨물며 방 안을 빙글빙글 돌았다. 자신이 싫으냐는 민혁의 물음에 다른 여자를 만나라는 말을 반복하고는 자리를 피했지만, 민혁이 제 뜻을 전했다는 건 변함없었다. 그렇다고 이 얘기를 우빈에게 섣불리 털어놓기도 난감하고……. 고뇌를 거듭하던 재인은 얼굴을 두 손으로 감싸며 그 자리에 털썩 주저앉아 버렸다.

'역시 결심하지 못하는 내 탓인 거야?'

이런 일들이 발생하기 전까지는 그래도 자신의 일은 스스로 처리해 왔다고 생각했다. 공부도 일도 자신이 노력한 결과라고 믿으며 살았다. 그런데 이렇게 풀기 어려운 상황이 닥치니 아무것도 못한 채 고민만 하고 있다. 머뭇거리는 새 우빈과 멀어질지도 모르는데, 무슨 일이 어떻게 터질지 모르는데 이러고만 있으니 재인은 스스로가 미치도록 한심했다. 대체 어쩌면 좋을까…….

'결국 난 어느 쪽에서도 미움받기 싫은 거야.'

가장 깊은 곳에 도사린 속내는 그것. 우빈에게서도 가족에게서도 사랑받으며 행복하게 살고 싶었다. 재호그룹을 차지하겠다거나 CTS의 안주인이 되겠다는 욕심을 품은 게 아니라, 그저 신재인이라는 한 사람으로서, 한 여자로서 행복하길 바란다. 그 작은 소망을 왜 이리 이루기가 힘든 걸까…….

"하아, 미로 속에 빠진 기분이네."

재인은 고개를 들고서 천장을 향해 중얼거렸다. 우빈을 얻으면 다른 사람들을 잃을 확률이 높고, 다른 사람들을 지키면 우빈을 영영 잃게 될 것이다. 저울에 얹어놓은 양측이 팽팽하게 맞서서 오락가락하며 멈출 줄을 몰랐다. 거기에 노민혁의 돌발적인 청혼마저 더해졌으니…….

"아주 복 터졌네, 복 터졌어."

재인은 미간을 찌푸리며 발작적으로 킥킥거렸다. 이틀 동안 두 남자에게서 청혼을 받다니. 이 나이를 먹도록 결혼은커녕 연애와도 상관없이 살아왔더니 하느님이 외로운 그녀를 위해 한꺼번에 은총이라도 내려주신 걸까? 그래도 이건 너무 버겁잖아요…….

"아냐! 이러지 말자. 정신 차려야 돼."

재인은 머리를 정신없이 흔들며 스스로를 다그쳤다. 어차피 일은 벌어졌다. 그러니 가장 급한 것부터 해결해야 될 테다. 그리고 이제는 우빈과 제대로 상의를 해야 한다.

재인은 벌떡 일어나 핸드폰을 집어 들었다. 그리고 민혁에게 전화를 걸어 저녁에 만나자고 했다. 어제는 놀라고 당황해서 제대로 된 대화를 못했으니 서로 진지하게 얘기하자고 제안했다. 다행히 민혁은 그녀에게 응했고, 대답을 듣고서 전화를 끊은 재인은 약속을 위한 준비를 시작했다. 민혁을 만난 이래 처음으로 오직 그를 보기 위해서 옷을 차려입고 화장을 했다. 그것이 그녀가 노민혁에게 갖출 수 있는 최대한의 예의였다.

예쁜 빛깔의 보라색 원피스를 입고서 나타난 재인을 본 민혁의 눈매가 살짝 커졌다. 그녀가 공들여 얼굴을 화장하고 머리칼을 매만져 꾸미면서까지 자신을 만나러 올 줄은 몰랐던 까닭이다. 공식 석상이나 어른들이 주최한 모임에서야 당연히 잘 차린 모습으로 나타났지만, 그 외에는 퇴근 후 피곤한 모습이나 파우더를 대충 펴 바른 얼굴만 봤던지라 이리 신경을 쓰고 나온 재인이 생소했다.

하지만 다음 순간, 민혁은 바로 알아챌 수 있었다. 그녀가 무슨 말을 하고 싶은지를.

"오늘은 농어가 괜찮은 게 들어왔다더라. 그걸로 달라고 했어."

재인이 레스토랑 직원의 안내를 받아 맞은편에 와서 앉자, 민혁이 옅게 미소 지으며 말했다. 재인은 직원이 따라준 와인을 한 모금 마시며 고개를 살짝 끄덕였다.

"그래. 그런데 왜 여기서 보자고 했어?"

"가끔은 우리 호텔을 벗어나고 싶으니까. 오늘처럼."

민혁은 대답하면서 화장으로 깊어진 재인의 눈매를 곧게 응시했다. 재인 또한 피하지 않고 그의 두 눈을 바라봤다. 민혁은 이내 빙긋 웃으며 눈초리를 휘고는 그 특유의 말투로 얘기하며 빙글거렸다.

"천천히 하자. 좋은 음식 놔두고 뛰쳐나가면 억울하잖아?"

마치 재인이 어제처럼 중간에 가버릴 게 분명하다고 장담하는 투였다.

그래, 노민혁 성격이 어딜 가지는 않지. 재인은 살짝 인상을 쓰면서 타박하듯 대꾸했다.

"넌 말로 매를 벌어, 하여튼."

"미안하다. 이상하게 너만 보면 반사적으로 이래."

민혁이 와인 잔을 입으로 가져가며 킥킥거렸다. 어제 벌어졌던 상황만 아니라면 달라진 게 없었다. 재인은 가볍게 혀를 차며 어쩔 수 없다는 듯이 고개를 저었고, 직원이 음식을 하나씩 내오자 별말 없이 식사를 시작했다.

민혁의 말대로 농어와 여름 해산물을 주재료로 만든 레스토랑의 코스 요리는 훌륭했다. 민혁은 호텔 재벌가의 아들답게 입맛이 까다로웠고, 그만큼 그가 안내한 곳들의 음식은 예술이라 해도 과언이 아니었다. 향긋한 농어 찜 요리를 맛본 재인은 그를 인정할 수밖에 없었다. 그녀는 옅은 웃음을 섞어 농담조로 말했다.

"너랑 살게 될 여자는 최소한 식탁 앞에선 황홀할 거야."

"왜 식탁 앞에서만 황홀할 거라고 생각해? 다른 곳에서도 그럴걸? 가령 침대 위라든가."

민혁이 입매를 비뚜름히 올리며 태연히 대꾸했다. 재인은 순간 손을 멈칫하고 어이없다는 표정으로 그를 쳐다봤다. 그러다 이내 고개를 흔들며 그를 부정했다.

"그건 모르겠고, 적어도 나는 식탁 앞에서만 황홀하거든. 앞으로도 그럴 거 같고."

"그래서 거절이다? 잔인하네, 신재인. 청혼까지 했는데 최소한 기회는 한번 줘야 되는 거 아냐? 내가 남자로서 어떤지도 겪어봐야 아는 거고."

민혁이 포크와 나이프를 내려놓고서 휴지로 입을 닦으며 직설적으로 말했다. 아무렇지도 않게 행동하지만 훅 치고 들어온 그 말에 본심이 담겨 있다. 그래서 재인도 들고 있던 포크와 나이프를 내려놓고서 민혁을 진지하게 바라봤다. 그러곤 천천히 입을 열어 낮고 정중한 목소리로 그에게 답했다.

"괜찮은 집안의 여자를 찾는 거라면 너도 알고 나도 아는 후보가 몇 명 있어. 다 나보다 더 좋은 집안의 여자들이고, 그중에는 너한테 호감을 가진 사람도 있다고 들었어."

"내가 그걸 몰라서 너한테 이러겠어?"

민혁이 인상을 찌푸리며 약간 격해진 어투로 받아쳤다. 재인은 눈을 살짝 크게 뜨더니 반사적으로 되물었다.

"그럼 네가 날 좋아하기라도 한다는 거야? 그건 말이 안 되잖아."

"왜 말이 안 돼? 그럼 넌 내가 성격이 너무나 좋아서 맘에 들지도 않는 여자한테 불쑥불쑥 찾아가, 밥 사줘, 영화 보자고 졸라, 그러는 줄 알았어? 내 성격이 어떤지 뻔히 알면서? 아니면 내가 그렇게 한가한가?"

민혁은 자기도 모르게 언성을 높였다. 그러다 입을 벌린 채 멍해 있는 재인을 보더니, 속이 탄다는 듯이 앞에 놓인 찬물을 벌컥벌컥 들이켰다. 그러곤 컵을 탁 내려놓으며 재인을 향해 나무라듯 내뱉었다.

"넌 계집애가 왜 이렇게 둔해?"

"둔해? 내가 둔해서 모른 거라고?"

재인이 어처구니가 없다는 투로 반문하며 인상을 찌푸렸다. 이윽고 그녀는 민혁의 이 말도 안 되는 억지에 반박하기 위해 빠르게 이야기를 쏟아냈다.

"넌 내가 보는 앞에서 여자를 몇 명이나 만났으면서 어떻게 그런 말을 하니? 그게 좋아하는 여자한테 할 짓이야? 그리고 네가 그 여자들한테 어떻게 대하는지 나, 뻔히 다 봤어. 나는 만날 때마다 속을 긁어놨으면서 그 여자들한텐 얼마나 신사적이고 친절하게 대하는지 다 봤다고. 근데 이제 와서 날 좋아한다고? 내가 그걸 어떻게 믿어?"

한참 퍼붓고 나니 또 감정이 격해졌다. 재인은 이마에 주름을 드리운 채 민혁을 뚫어져라 응시했다. 민혁은 잡아먹기라도 할 듯한 눈빛으로 그녀를 마주 보더니, 이내 깊은 한숨을 내쉬며 얼굴을 옆으로 돌렸다. 그러곤 큰소리로 탄식했다.

"그래, 내 탓이다. 다 내 잘못이야! 네가 보는 앞에서 다른 계집애들 만나고 다닌 것도, 지금 이러는 것도 다 내 잘못이라고! 정말 내가 등신이지!"

"그러니까 네가 진짜 좋아할 여자를 만나. 아니면 정말 좋은 집안의 여자를 만나든가. 나도 그럴 테니까."

재인은 흥분을 가라앉히고서 겨우 말했다. 이것이 오늘 그에게 전하고 싶었던 진심. 사실 재인은 그동안의 인연을 봐서라도 민혁이 가슴을 따뜻하게 해줄 여자를 찾길 바랐다. 재산과 배경이 좋기보단 그의 마음을 녹여줄 그런 여자를.

그녀는 말을 마친 후 조용히 의자에서 일어났다. 뜻을 확실히 전했으니 자신도 민혁도 더는 함께 자리하기가 불편할 터. 재인은 민혁을 바라보며 최대한 차분한 음성으로 작별 인사를 했다.

"그만 갈게. 오늘 시간 내줘서 고마웠어."

"……난 너로 골랐어."

재인이 막 떠나려는 순간, 민혁이 묘하게 울리는 목소리로 그녀를 붙들었다. 재인이 멈칫하며 서자, 민혁은 천천히 몸을 일으켰다. 그리고 강한 어조로 다시 한 번 말했다.

"그 진짜 좋아할 여자, 너로 정했다고. 못 알아듣는 거야, 알아듣기 싫은 거야?"

재인은 말하면서 바로 앞까지 다가온 민혁을 침묵하며 바라봤다. 그는 일그러진 표정과 전에 본 적 없는 눈빛으로 재인을 압도할 듯이 내려다보고 있었다. 재인은 민혁의 두 눈을 가만히 보다가 결심한 듯 겨우 입을 열었다.

"난 이미 다른 사람을 선택했어. 그 사람이 아니면…… 안 돼."

"뭐?"

민혁의 얼굴 위로 주름이 깊어졌다. 적어도 신재인이 노민혁을 아는 만큼은 노민혁도 신재인을 알았다. 그리고 그가 아는 신재인은 남자를 한 번도 제대로 사귀어본 적이 없는 여자였다. 가슴앓이를 할 만큼 누군가를 심각하게 좋아해 본 적도 없었다. 지금까지 신재인의 인생에 이렇다 할 영향력을 끼친 남자라곤…….

"설마!"

거기까지 생각이 미치자, 민혁이 자기도 모르게 소리쳤다. 재인은 말도 안 된다는 표정으로 뒷말을 잇지 못하는 그를 아무런 대꾸 없이 응시했다. 그러기를 잠시, 그녀는 굳게 결심한 얼굴로 입을 열었다.

"좋은 여자 찾아. 갈게."

그러곤 그대로 민혁에게서 멀어져 레스토랑을 빠져나갔다.

민혁은 그 자리에 선 채 석상이 된 사람처럼 사라지는 재인의 뒷모습을 뚫어져라 바라봤다. 머릿속에서 재인과 나눴던 대화들이 혼란스럽게 엉켜 빙글빙글 돌았다. 하지만 명확한 건, 명확한 것은……!

"이 미친 새끼!"

쾅!

그는 욕설과 함께 주먹으로 식탁을 강하게 내려쳤다. 그 반동으로 와인 잔들이 바닥으로 떨어져 산산이 부서졌다. 일순간 레스토랑 안의 모든 손님과 직원들의 시선이 그에게 쏠렸으나, 분노로 얼룩져 주먹을 부들부들 떨고 있는 민혁에게 그런 모습 따윈 눈에 들어오지도 않았다. 떠오르는 거라고는 오직 한 얼굴, 그 멀끔하고 무표정한 얼굴로 이따위 짓거리를 태연하게 저지른 그 미친놈뿐이었다.

"가만 안 둬, 개자식!"

그런 생각이 들자마자 발이 먼저 움직였다. 민혁은 거침없이 앞으로 나아가다 지갑에서 수표 몇 장을 꺼내 카운터에 던졌다. 그리고 레스토랑의 현관문을 통과하면서 당장에 수행비서에게 전화를 걸었다.

"CTS 부회장 아들 이우빈이 어디 사는지 알아봐. 최대한 빨리!"

이번에는 정말 가만두지 않으리라.

민혁은 핸드폰을 부서질 듯 움켜쥐었다.

늦은 시각, 재인은 먹구름처럼 어두운 얼굴로 우빈을 찾아가 말없이 그의 목에 매달렸다. 우빈은 양팔 벌려 그녀를 따스하게 안아주면서 나지막한 음성으로 말했다.

"무슨 일 있었구나."

"……노민혁이 알게 됐어. 미안해. 내가 처신을 잘못했어."

"천천히 얘기해봐. 아무 걱정 하지 말고."

우빈은 흔들림 없이 차분한 목소리로 달래듯 재인에게 속삭였다. 그에게 안긴 채 잠시간 망설이던 재인은 작게 한숨을 내쉬고는 이틀 동안 일어난 일들을 빠짐없이 털어놓았다.

우빈은 재인의 등을 가만가만 쓸어주며 조용히 이야기를 들었다. 노민혁이 재인에게 청혼했다는 건 전혀 예상치 못한 시나리오는 아니었지만 지나치게 성급했다. 그렇다면…….

"아무래도 네가 모르는 새 무슨 얘기가 오간 모양이야."

재인의 설명이 끝나자, 우빈이 낮은 어조로 말했다. 재인은 우빈을 끌어안았던 팔을 풀면서 다급하게 물었다.

"그게 무슨 뜻이야? 설마 엄마랑 노민혁이 내가 없는 자리에서 결혼 얘기라도 했다는 거야?"

"그럴 가능성이 커. 노민혁이 아무런 대비도 없이 그리 급하게 굴지는 않았을 테니까."

"그럼 이제 어떡하지?"

재인이 미간을 찌푸리며 탄식했다. 안 그래도 민혁을 만난 후 이곳으로 오는 내내 그가 앞으로 어떤 행동을 취할까를 걱정했다. 재인의 의사를 들었으니 이대로 조용히 물러나 주면 좋겠지만, 그녀가 아는 노민혁은 뭐라도 하면 했지 결코 쉽게 물러설 리가 없었다. 하물며 우빈과의 관계까지 눈치채고 말았으니…….

"내 청혼을 받아들일 생각은 아직 없는 거야?"

근심이 가득한 재인의 얼굴을 가만히 바라보던 우빈이 나직이 물었다. 재인은 그를 조용히 올려다보다 울먹이는 아이처럼 입을 열었다.

"나도 너랑 같이 있고 싶어. 진심으로 그래. 하지만 그렇게 도망치듯 떠나 버리면…… 돌아오기가 힘들잖아. 외할아버지 외할머니, 밉지만 그래도 엄마, 아빠…… 얼굴 보기가 어려워지잖아. 나도 널 간절히 원하지만 그게 너무 괴로워."

수십 수백 번을 더 곱씹으며 고민해 봤지만 재인은 이 생각에서 도무지 벗어나질 못했다. 그의 손을 놓고서 서로 모르는 남인 양 살아가는 것은 죽을 만큼 고통스럽겠지만, 그 반대의 경우도 행복할 수 없었다. 이미 자신만을 선택한 우빈에게 미안해서 어떻게든 욕심을, 가족에 대한 감정을 배제하려 해도 그게 너무나 힘들었다.

그녀의 진심을 들은 우빈은 소리 없이 한숨을 내쉬었다. 그리고 몇 초간 침묵하더니 알겠다는 듯이 고개를 끄덕였다.

"그럼 차례로 부딪쳐 보자. 어차피 노민혁은 날 먼저 찾아올 테니까."

"그걸 어떻게 알아?"

재인이 걱정스럽다기보다는 의아하다는 얼굴로 물었다. 우빈은 보일 듯 말 듯한 미소를 지으며 그녀에게 대답했다.

"걔 성격으론 분명히 그래. 걱정하지 마. 알아서 대처할게."

우빈은 별일 아니라는 듯이 가볍게 말했지만 재인은 그 때문에 마음이 더 무거워졌다. 그녀는 눈물이 그렁그렁한 눈으로 그를 꼭 끌어안았다.

"미안해. 나 때문에 힘들게 만들어서……. 나도 다 놓고 널 따라가야 하는데……."

"넌 잘못 없어. 내 욕심으로 널 끌어들인 거니까 내가 감당하는 게 당연해."

"그래도……."

우빈은 따스하게 안아주며 다정한 목소리로 속삭였지만, 재인은 그에게 미안한 마음을 감출 수가 없었다. 앞으로 닥칠 일들이 전부 우빈에게 상처가 될 것을 뻔히 알기에. 그럼에도 그를 전쟁터로 내몰며 이겨달라고 떼쓰는 자신은 얼마나 이기적인가?

"자책하지 마. 난 지금도 너한테 고마우니까. 네가 안 받아줬다면 난 평생 빈껍데기로 살았을 거야."

우빈은 자신에게 매달린 재인의 팔을 풀고서 그녀의 얼굴을 가볍게 붙잡고는 이마에 살며시 키스했다. 재인은 두 눈을 살포시 감았다. 우빈의 손길에 그 어떤 때보다도 애정이 느껴져 그녀는 괜스레 더 눈물이 났다.

"그만 울어, 우리 아기. 퉁퉁 붓겠어."

"알았어."

우빈이 괜히 놀리듯이 말하자, 재인이 엷게 웃으며 고개를 끄덕였다. 재인은 까치발을 하고서 다시 한 번 그의 목을 끌어안았다. 우빈은 재인이 정말 아기라도 되는 양 한참 동안이나 그녀를 쓰다듬으며 보듬었다.

◈

주식회사 유한제강의 신형식 대표는 예상치 못한 손님이 방문했다는 비서의 말에 의아한 표정으로 고개를 갸웃했다. CTS의 실질적인 총수인 이상윤 부회장의 아들 이우빈과는 공식 석상에서 형식적인 인사를 몇 번 나눈 적이 있을 뿐이었다. 물론 딸 재인이 이우빈과 가족으로 지낼 때 그에 대한 언급을 몇 번 한 적이 있었지만, 1년에 두세 번을 만날 뿐인 딸과 자신은 대화가 많은 편이 아닌지라 자세한 이야기는 하지 않았다. 통신사와 제철회사 소속이라 사업적으로 교류할 일도 딱히 없었고.

게다가 지금은 재인 엄마와 이 부회장이 이혼해 더 이상 딸과 가족 관계도 아니었다. 그런데 재인과 한집에서 살았을 때도 찾아오지 않았던 그 젊은 청년이 미리 언질조차 주지 않고서 뜬금없이 자신을 왜 찾아왔단 말인가? 앞으로도 허물없이 지낼 만한 관계가 아닌 차에.

"들어오라고 해."

신 대표는 의아함을 감추지 못한 채 전화기에 대고 비서에게 지시를 내렸다. 자신을 찾아온 이유야 어쨌든 만나보면 알 터. 때마침 일정이 비어 사무실에 있다는 걸 어떻게 알고서 왔는지는 모르겠다만, 정재계 모임 어디서든 마주칠 수 있는 얼굴을 일부러 피하거나 기다리게 하고 싶지는 않았다.

곧 노크 소리와 함께 문이 열리며 훤칠한 귀공자 같은 청년이 들어와 예의 바르게 허리를 숙였다. 사실 이우빈은 몇 번 보지도 않았는데 머릿속에 확실히 각인될 만큼 외모가 출중한 젊은이였다. 예의가 몸에 밴 절제된 태도와 유하지만 무게중심이 잘 잡힌 표정, 큰 키와 탄탄한 체격. 짧은 시간에 우빈을 슥 훑어본 신 대표는 진심 어린 찬사를 던지며 의자에서 일어났다.

"여전히 멋지군그래. 어서 오게."

"오랜만에 인사드립니다. 갑자기 찾아왔는데도 귀한 시간을 내주셔서 감사합니다."

"아니야, 마침 시간이 났거든. 이리 와서 앉지."

신 대표가 사무실 중앙에 놓인 소파에 앉기를 권하자, 우빈은 고개를 살짝 숙여 목례하고는 그의 맞은편에 자리를 잡았다. 곧이어 비서가 차가운 녹차를 두 잔 내오자, 신 대표는 찻잔을 들고서 천천히 차를 마시며 우빈에게 인사치레를 몇 마디 던졌다.

"그래, 부회장님은 무탈하시지?"

"잘 지내십니다. 사실 저도 자주 찾아뵙지는 못합니다."

"저런, 그러면 쓰나. 그 집에는 자손이 자네 하나 아닌가?"

"다 제가 부족한 탓입니다. 그래서인지 저도 든든한 형제가 있는 집안이 부러울 때가 많습니다. 아마 어렸을 때 재인이와 빨리 가까워진 이유도 둘 다 친동기가 없어서였을 겁니다."

인사로 나눈 대화에 뜻밖의 내용이 섞였다. 우빈은 옅은 미소를 지으며 자연스레 말했지만, 그 순간 신 대표는 직감적으로 알아챘다. 이 청년은 오늘 다른 무엇도 아닌 그의 하나뿐인 딸 신재인에 대한 이야기를 하러 왔음을.

"재인이와는 아직도 가깝게 지내나?"

신 대표가 찻잔을 탁자 위에 내려놓으며 신중한 음성으로 물었다. 우빈은 망설이지 않고 정중히 대답했다.

"그렇습니다."

"어른들이 좋게 보지 않으실 텐데?"

"그러실 수도 있겠죠. 하지만 다른 분들은 몰라도 앞에 계신 아버님께선 그러지 않으셨으면 합니다."

"아버님? 지금 날더러 아버님이라 한 건가?"

신 대표가 미간을 찌푸리며 물었다. 단지 부모들이 이혼한 마당에 의붓남매였던 사람들끼리 지나치게 가까이 지내면 오해를 산다는 뜻으로 말한 터였다. 그런데 다짜고짜 아버님이라니, 이건 마치…….

신 대표의 그런 반응에도 우빈은 흔들림이 없었다. 그는 신 대표를 똑바로 응시하며 낮고 예의 바른 음성으로 다시 입을 열었다.

"저는 오늘 아버님께서 모르시는 재인이에 대해 말씀드리려고 왔습니다. 그리고 그런 재인이를 제가 어떻게 생각하는지도 말씀드리려고 합니다. 조금 긴 이야기가 될 테니 제게 점심시간을 내주시길 부탁드립니다, 아버님."

우빈은 말을 마침과 동시에 자리에서 일어나 신 대표에게 깊이 허리를 숙였다. 그가 허락할 때까지 미동도 안 할 자세였다.

인상을 쓰며 몇 초간 우빈을 바라보던 신 대표가 고개를 흔들었다. 아무리 전처와 이혼하고서 같이 산 적이 없는 딸아이라지만, 심상치 않은 기색으로 허리를 굽힌 우빈의 얘기를 들어보지도 않고서 내칠 정도로 딸에게 관심이 없지는 않았다. 결국 신 대표는 마지못한 목소리로 우빈에게 답했다.

"좋아. 들어보지."

"허락해 주셔서 감사합니다."

우빈은 그제야 허리를 펴고서 신 대표에게 인사를 전했다. 그러곤 미리 예약해 둔 한적한 일식집으로 지체 없이 그를 안내했다.

차분한 어조로 재인을 처음 만난 순간부터 지금까지 있었던 일에 대해 이야기한 우빈은, 그녀와 자신의 현재 관계까지도 솔직하게 신 대표에게 털어놓았다. 왜 자신과 재인이 그리됐는지를, 그리될 수밖에 없었는지를.

신 대표는 우빈의 이야기를 듣는 동안 묵묵히 청주를 마셨다. 그리고 우빈이 말을 마치자, 대뜸 이런 얘기를 꺼냈다.

"난 재인이한테 미안했어."

우빈은 조용히 신 대표의 잔에 청주를 따랐다. 신 대표는 그 술을 받으며 고백하듯 말을 이었다.

"남들 눈에야 뭐, 딸자식은 필요 없으니까 제 어미한테 딸려 보낸 걸로 보였겠지. 하지만 아니야. 허구한 날 일 때문에 집을 비우는 나보다야 제 엄마가 더 잘 키울 거라고 생각했어. 나야 한집에 같이 살아도 1년에 얼굴 몇 번 보기가 힘들 만큼 바빴으니까."

"제 아버지도 그러셨습니다. 사업으로 항상 바쁘셔서 뵙기가 힘들었어요. 하지만 아버지들이 노력하셨기에 저희 세대가 이리 편해진 것 아니겠습니까."

그 때문에 정이 부족했든, 아버지와 관계가 서먹해졌든 어쨌든 아버지 세대의 희생으로 자식들이 부족함 없이 지낼 수 있게 된 건 사실이었다.

신 대표는 쓴웃음을 지으며 우빈의 잔에 술을 따라줬다.

"우리들은 일만 할 줄 알았지, 살갑지가 못해. 사업보다 그게 더 어렵지. 그런 사람이 어떻게 딸을 키우겠나? 그냥 집에 두는 거지."

"그래도 생일은 항상 챙겨주셨잖습니까? 재인이가 자랑 많이 했습니다."

오히려 신 대표가 자신보다 딸을 잘 키울 거라고 생각했던 재인의 어머니는 하나뿐인 딸의 생일을 잊어버리기가 일쑤였다. 그때마다 속상해서 토라진 재인을 달래느라 어찌나 진을 뺐는지. 그녀는 늘 아버지가 보낸 커다란 선물 상자와 우빈이 준비한 생일 선물을 보고 나서야 기분이 풀리곤 했다.

"하하, 그랬나? 하긴, 내가 준 팔찌도 잘 차고 다니더군."

신 대표가 멋쩍다는 듯이 웃으며 청주를 비웠다. 그러자 우빈이 다시 신 대표의 잔에 술을 채우며 농담처럼 응했다.

"얼마 전에는 아버님께 아파트를 받았다고 은근히 자랑하더군요. 제가 주겠다는 오피스텔은 거절하면서."

"그래? 녀석, 받을 때는 별말 안 하더니."

"제가 본 재인이는 아버님께 선물을 받을 때마다 항상 진심으로 기뻐했습니다."

"허허……."

신 대표는 딸이 입 밖으로 표현하지 않았던 속내를 대신 말해준 우빈이 싫지만은 않았다. 비록 재인 엄마를 비롯한 가족들 모두가 기함할 일이나, 재인에 대해 얘기하는 우빈의 눈빛은 진솔했고 어느 누구보다도 딸아이에 대한 애정으로 가득해 보였기 때문이다. 남녀 간에 일순간 드는 감정으로 그렇다고 하기에는 두 사람이 보낸 시간과 곡절 또한 만만치가 않고. 게다가 이 청년, 사실 객관적으로 본다면 딸 가진 집안이라면 누구나 탐낼 만한 사윗감이 아닌가?

"반대가 심할 거야."

조용히 생각을 곱씹던 신 대표가 무겁게 말을 꺼냈다. 우빈은 고개를 살짝 끄덕였다.

"알고 있습니다."

"나 역시 아비로서 결코 곱게 보이지 않아. 의붓남매 지간이었던 사람들끼리 결혼이라니, 이 보수적인 집단에서 그게 가당키나 한 말인가? 여기가 미국이나 일본도 아니고 말이야."

"아버님 말씀, 충분히 공감합니다."

"그런데도 굳이 하고 싶단 건가? 자네도 재인이도 걷잡을 수 없는 추문에 휩싸일 거야. 둘 다 살아갈 날이 창창한데 꼭 그래야겠어?"

스물아홉이면 얼마든지 다른 사람을 만날 수 있는 나이였다. 아무리 지금까지 쌓아온 정이 두텁다지만, 얼마든지 비단길을 걸어갈 수 있는 젊은이들이 굳이 그 가시밭길로 들어가야겠느냐는 말이었다.

그러나 우빈은 신 대표를 바로 보며 낮고 단호한 어투로 자신의 의지를 피력했다.

"재인이나 저나 다른 사람을 만날 수 있었다면 벌써 그랬을 겁니다. 둘 다 그런 노력을 안 해본 것도 아닙니다. 해도 해도 안 돼서, 안간힘을 써도 도무지 그러지를 못해서 여기까지 온 겁니다. 아버님의 걱정은 충분히 이해하고, 아버님이 허락하신다 해도 다른 가족들 모두가 반대하겠지만, 저희는 누가 뭐래도 함께하고 싶습니다. 그러니 부디 힘을 실어주십시오, 아버님."

우빈은 말을 마치고선 천천히 자리에서 일어났다. 그리고 신 대표를 곧게 응시하며 곧바로 무릎을 꿇었다.

"아니, 이러진 말아! 내게 이런다고 뭐가 해결되나?"

"부탁드립니다, 아버님."

신 대표가 당황해서 손을 내저었지만 우빈은 굳건한 자세로 머리미저 숙였다. 태어나서 단 한 번도 누군가에게 무릎을 꿇어본 적이 없는 그였지만, 신 대표에게 허락을 받기 위해서라면 몇 번이라도 이럴 수 있었다.

"허허, 참……."

자신의 하나뿐인 독자가 신 대표 앞에서 무릎 꿇은 걸 알면 이 부회장이 어떤 표정을 지을까. 아니, 그전에 아들이 의붓딸이었던 재인과 같이 살겠다며 고집부린다는 걸 안다면 어찌 나올까. 신 대표는 한숨을 깊게 내쉬었다. 그러곤 진중한 음성으로 말했다.

"자네, CTS를 잃을 수도 있어."

"괜찮습니다. 제겐 재인이가 더 중요합니다."

우빈은 일말의 망설임도 없이 대꾸했다. 그러자 신 대표가 못 말리겠다는 듯이 혀를 찼다.

"자넨 독자야! 할아버지 대부터 일궈온 기업을 남의 손에 넘길 참인가?"

"그러진 않을 겁니다. 아버지의 아들은 저 하나지만 능력 있는 사촌들이 몇 있으니까요. 하지만 설사 경영권을 뺏긴다 해도 그들은 절 무시하지 못합니다. 지금도 제가 가진 주식 보유량이 상당하니까요."

"그럼 지금 다 계산하고서 이러는 건가?"

"최소한의 방비책입니다. 솔직히 전 다 빼앗겨도 상관없지만, 재인이를 얻으려면 그 정도 무기는 들고 있어야 하지 않겠습니까."

"허! 허허허허허!"

우빈의 거침없는 답변을 들은 신 대표는 한참을 웃어재꼈다. 온화하고 부드러운 귀공자인 줄로만 알았더니 이제 보니 기백이 제법이다. 시원하게 웃음보를 터트린 신 대표는 우빈의 어깨를 툭툭 두드리며 말했다.

"됐네, 됐어. 그만 일어나게."

“감사합니다, 아버님.”

우빈은 신 대표가 마음의 빗장을 한 겹 풀었다는 걸 느꼈다. 그는 다시 한 번 고개를 숙여 보이고는 서서히 일어나 신 대표의 맞은편에 앉았다. 그러자 신 대표가 우빈의 술잔에 청주를 따라줬다.

“아직 허락한 건 아니야. 다음에 재인이랑 같이 오게. 그 녀석은 어떤지 들어보지.”

“그 말씀만으로도 큰 힘이 됩니다, 아버님. 정말 감사드립니다.”

우빈은 얼굴을 옆으로 돌려 신 대표가 따라준 청주를 단숨에 들이켰다. 그리고 깍듯한 태도로 신 대표의 잔에도 술을 따랐다. 역시 우빈이 영 저어되진 않는지, 신 대표는 술을 받으면서 자연스레 농담을 늘어놓았다.

“내 아들들도 자네처럼 심지가 굳으면 좋겠군. 물론 다른 딸자식 가진 부모한테 가서 이렇게 무릎 꿇었단 얘길 들으면 호통을 칠 테지만.”

“재인이 같은 여자를 얻는다면 몇 번을 무릎 꿇어도 괜찮습니다.”

우빈이 옅은 미소로 대답했다. 신 대표는 청주를 한 모금 마시다 말고 장난처럼 그를 나무랐다.

“아니, 그리 말하면 내가 뭐가 되나?”

“재인이는 제게 그런 사람이니까요, 하하.”

“자네, 팔불출이 좀 심하구만!”

"그렇습니까?"

신 대표는 싫지 않은 기색으로 계속 우빈에게 뭐라 했고, 우빈은 기분 좋게 웃으며 그를 받아들였다. 두 사람은 언제 서로를 어색하고 어려워했냐는 듯이 농을 주고받으며 오후 늦게까지 자리를 함께했다. 특히 신 대표는 업무조차 미루고 우빈과 담소를 나누다 낮 3시가 넘어서야 회사로 돌아갔다. 우빈은 신 대표를 태운 은색 세단이 사라질 때까지 그를 배웅하며 서 있다가 안도의 한숨을 내쉬며 차의 뒷좌석에 올랐다.

겨우 한 고비를 넘겼다. 더 험난한 일들이 해일처럼 닥칠 테지만, 재인의 아버님께 반허락을 받은 것만으로도 마음 한편이 놓이는 기분이었다. 우빈은 엷은 미소를 지으며 스르르 눈을 감았다.

오피스텔의 지하주차장에 차를 세운 대리운전자에게 요금을 지불한 우빈은 그에게 열쇠를 넘겨받고서 건물 엘리베이터로 향했다. 신 대표와 주거니 받거니 하며 청주를 상당히 마셨기에 머리가 약간 어지러웠다. 비틀거리거나 정신을 못 차릴 정도는 아니었지만 취기가 올라오는 게 느껴졌다. 그는 걸음을 빨리했다. 차가운 꿀물을 마시고서 한숨 자고 나면 괜찮을 테다.

"거기 서라, 이우빈."

엘리베이터와의 거리가 30미터쯤 남았을까. 공격적인 목소리가 불시에 우빈을 불러 세웠다. 우빈은 걸음을 멈추고서 얼굴을 옆으로 슬쩍 돌려 그를 확인했다. 찾아올 줄은 알았다만 집 앞까지 쳐들어오길 바란 건 아니었는데. 그것도 모처럼 취해 있을 때라니.

“내가 왜 왔는지 알지?”

민혁이 뚜벅뚜벅 걸어오며 물었다. 우빈은 아무 대답 없이 그 자세 그대로 서 있었다. 그 태도에 더 부아가 치밀었을까? 민혁의 입에서 거친 음성이 튀어나왔다.

“왜 대꾸가 없어? 네 입으로 차마 말 못하겠냐?”

민혁은 성난 황소처럼 우빈에게 돌진해 그를 가격하기 위해 팔꿈치를 뒤로 당겼다. 그 순간, 몸을 날쌔게 움직여 옆으로 피한 우빈이 곧바로 합기도 기술을 걸어 민혁을 땅으로 메다꽂았다. 우당탕 하는 요란한 소리와 함께 졸지에 콘크리트 바닥에 드러누운 민혁이 신음을 내뱉으며 몸을 일으키려 했다. 그러다 허리에 통증이 느껴지자, 그는 분노에 찬 괴성을 내질렀다.

“가만 안 둬, 개자식!”

민혁은 튕기듯 일어나 그대로 우빈을 들이받았다. 그 기세에 밀린 우빈은 민혁과 함께 돌기둥에 등을 부딪쳤다. 우빈 또한 격한 통증을 느끼며 신음했지만 주저할 수는 없는 노릇. 우빈은 본능적으로 다리를 움직여 민혁의 배를 무릎으로 찍고는 다시 바닥으로 밀쳐 냈다.

“그만해. 몸으로 대화할 사이도 아니잖아.”

우빈이 구겨진 정장을 털어내며 차갑게 말했다. 그 태도 하나하나가 민혁의 신경을 자극했다. 다른 사람들 앞에선 얼마든지 철판을 깔고 웃을 수 있다 자부하건만, 이우빈에겐 애초부터 그게 안 됐다. 처음 본 순간부터 저 자식의 모든 게 거슬렸으니까.

민혁은 어금니를 으드득 깨물며 몸을 일으켰다. 이우빈이 남들에게는 온화하기 그지없어 보일 저 면상으로 합기도를 오랫동안 연마했다는 사실을 잠시 잊었다. 검도 유단자인 자신은 맨손으론 그를 이길 수 없다는 것도. 그를 보자마자 열불로 이성이 나가 판단력이 흐려진 것이다.

"재수 없는 새끼! 어디 끝까지 그 표정인가 보자."

민혁이 야수의 눈빛으로 우빈을 쏘아보며 거칠게 내뱉었다. 그 모습을 조용히 지켜보던 우빈이 낮게 말했다.

"너도 포기할 생각이 없구나. 왜지?"

"너 같은 새끼가 차지하는 건 참을 수가 없으니까. 어디 한번 붙어보자고."

"웬만하면 하지 말자. 재인이 상처받아."

"이 새끼가 진짜!"

민혁은 끝내 참지 못하고 양손으로 우빈의 멱살을 움켜잡았다. 그러곤 당장이라도 우빈을 내동댕이칠 듯이 사나운 기세를 풍기며 그를 노려봤지만, 우빈은 피하지도 않고서 그저 가만히 민혁을 응시했다. 그리고 가라앉은 음성으로 민혁에게 경고했다.

"재인이한테 상처 주면 나도 가만 안 있어."

"말은 바로 하자, 이 새끼야! 지금까지 신재인한테 상처 준 건 너 아니야? 그런데 갑자기 튀어나와서 이게 무슨 짓이야! 이게 무슨 미친 짓거리냐고!"

민혁은 우빈이 입은 셔츠를 찢어버릴 것처럼 움켜쥐고서 포효했다. 그만 나타나지 않으면 다 잘될 일이었다. 결국은 순조롭게 풀릴 터였다. 그런데 미꾸라지처럼 들어와선 그 짧은 사이에 분탕질을 쳐놓았다. 원래 교활한 놈인 줄은 알았다만 이리도 쉽게 신재인의 얼어붙은 마음을 녹여놓을 줄은 몰랐다. 10년이 넘는 세월이 무색하게도…….

"네 말이 맞아. 미친 짓이야."

우빈은 피할 생각도 없다는 얼굴로 수긍했다. 그러고서 이어진 말에 민혁은 신경세포 몇 가닥이 끊어지는 기분이 들었다.

"그런데 그 미친 짓, 안 하면 살아도 사는 게 아니었거든. 하지만 넌 그런 짓 안 해도 살 수 있잖아?"

"잇……!"

민혁은 결국 못 참고서 우빈을 바닥으로 던져 버렸다. 우빈은 거부할 생각도 없다는 듯이 민혁에게 고스란히 당해줬다. 그 태도를 보고서 열이 머리끝까지 오른 민혁은 씩씩거리면서 바닥에 누워 있는 우빈에게 악을 썼다.

"네가 어떻게 살든 내 알 바 아냐. 하지만 신재인은 안 돼! 지옥으로 꺼질 거면 혼자서 꺼져!"

그러곤 매몰차게 돌아서더니 그대로 차에 올라 사나운 엔진 소리를 내며 떠나 버렸다.

우빈은 민혁의 차가 주차장을 벗어날 때까지 미동도 없이 그 자리에 누워 있었다. 그리고 차가 완전히 떠나고 나서야 몸을 일으키며 작게 중얼거렸다.

"결국 진심이란 뜻이군."

선제공격을 기다린 건 자신이지만 마음이 편치 않았다. 차라리 노민혁이 속된 계산으로 재인을 원하는 거라면 훨씬 편할 텐데.

하지만 그의 연인은 수백 수천 번의 전투를 치러서라도 지켜내야만 하는 여자. 그녀가 없이는 그가 살 수 없으니 적이 누구더라도 심장을 파낼 수밖에.

우빈은 깊게 가라앉은 눈빛으로 엘리베이터에 올랐다. 이제 전투는 본격적으로 시작됐고, 그는 무슨 수를 쓰든 이겨야 했다. 그러니 동정은 여기까지. 전장의 한가운데에 서 있는 그에게 필요한 건 오직 승리뿐이었다.

9. 욕망의 행보

우빈에게서 아빠를 만났다는 얘기를 들었다. 아빠가 그녀와 함께 우빈을 다시 보고 싶어한다는 것도.

재인은 안도의 한숨을 내쉬며 우빈과 통화를 마쳤다. 그녀가 며칠간 걱정만 하는 새 우빈은 벌써 한 걸음 나아갔다. 게다가 어떤 대화가 오갔는지는 몰라도 아빠가 우빈을 영 반대하지만은 않는 눈치였다.

'아빠도 엄마 못지않게 펄쩍 뛸 거라 생각했는데…….'

가족들 중 가장 객관적인 위치에서 우빈과 재인을 바라볼 수 있는 사람이 아빠였지만, 반대로 제일 쉽게 색안경을 낄 수 있는 사람 또한 아빠였다. 우빈과 재인이 가족으로 지내는 동안 아빠는 재인을 연례행사처럼 만난 것 외에는 철저한 삼자로 지냈으니까.

하지만 이제 우빈의 노력으로 아빠는 가족들 중에서 가장 먼저 두 사람 편에 서줄 확률이 높아졌다.

'나도 가만히 있을 수는 없어.'

우빈은 그녀를 위해 이토록 애쓰고 있는데 그에게 모든 짐을 떠맡긴 채 속으로 고민만 할 수는 없다. 재인도 그를 얻기 위해 할 수 있는 일을 해야 했다.

재인은 아빠 다음으로 우빈과의 관계를 밝히고 도움을 청할 수 있는 가족이 누굴까 신중히 떠올려 봤다. 마음 같아선 큰 어른이신 외할아버지와 외할머니께 먼저 말씀드리고 허락을 구하고 싶었지만 역시 망설여졌다. 엄마보다 더 큰 충격을 받으면 받으셨지, 그 파장이 결코 작지 않을 걸 알기에.

'그분은 어떨까…….'

재인은 침대 위에 무릎을 끌어안고 앉아 한때 한집에서 지냈던 우빈의 아버지 이상윤 부회장에 대해 곱씹었다. 근 20년 동안 새아버지였던 분이지만 늘 사업으로 바빠 재인과 별로 얼굴을 마주칠 일이 없었고, 과묵한 성정이었다. 한 가지 확신할 수 있는 점은 감정적이고 제멋대로인 엄마와 달리 어떤 일이든 차분하고 냉정하게 판단할 줄 아는 분이라는 것. 그분이라면 감정만을 앞세워 두 사람의 관계를 반대하지만은 않으실지도 모른다.

'하지만 그분을 뵈려면 우빈이랑 상의부터 해야겠지.'

우빈은 재인 없이 홀로 아빠를 찾아갔음에도 꽤 괜찮은 결과를 이끌어냈지만 그녀는 선뜻 그럴 용기가 나질 않았다. 이 부회장이 '가족'이었던 사람이기에 더더욱. 어쩐지 재인은 무능한 바보가 된 듯한 기분이 들었다.

'난 뭘 하는 거니…….'

만약 행복은 스스로 쟁취하는 거라는 말이 맞다면, 자신은 전혀 그럴 준비가 안 된 듯했다. 여전히 우빈에게 행복을 가져다 달라 떼쓰는 어린애에 불과할 뿐. 재인은 스스로를 자책하며 무릎 사이로 얼굴을 묻었다.

"너 뭐 하니?"

엄마가 노크도 없이 방문을 벌컥 열고 들어오며 물었다. 상념에 잠겨 있던 재인이 화들짝 놀라며 고개를 들었다. 엄마는 양장을 빼입고서 화장을 곱게 한 채 문 앞에 서서 재인을 못마땅하다는 눈초리로 보고 있었다. 재인은 항의하듯 엄마에게 말했다.

"제발 노크 좀 해. 놀랐잖아."

"성북동에서 점심 먹을 거야. 옷 갈아입고 준비해."

최 여사가 아랑곳하지 않고 할 말을 던졌다. 토요일 오전에 웬일로 외출하지 않고 집에 있나 했더니 또 맘대로 외가에 가기로 했나 보다. 재인은 미간을 살짝 찌푸렸다가 체념했다는 투로 대답했다.

"알았어."

"예쁘게 입어. 그래야 내가 욕을 안 먹지."

엄마는 말하고서 문을 닫지도 않은 채 휙 나가 버렸다.

재인은 고개를 설레설레 저으며 침대에서 일어났다. 혼자서 쉬고 싶었지만 안 간다고 하면 엄마는 재인이 간다고 할 때까지 방문 앞에 서 있을 게 뻔했다. 우빈도 오늘은 판교에 간다고 했고.

재인은 소리 없는 한숨을 내쉬며 옷장으로 가서 하늘색 원피스를 꺼냈다. 굳이 엄마가 그렇게 말하지 않아도 외할머니 외할아버지를 뵈러 가는데 아무렇게나 하고 갈 생각은 없었다. 재인의 안색이나 행색이 좋지 않으면 걱정부터 하시는 분들이니까.

곧 옷을 갈아입은 재인은 과하지 않은 색조로 가볍게 화장을 한 후 마지못한 걸음으로 최 여사를 따라나섰다.

성북동 외가 주방에는 그야말로 상다리가 휘어질 만큼 진수성찬이 차려져 있었다. 늘 재인이 오면 뭐라도 더 해먹이려 분주하신 외할머니셨지만, 이번에는 심하게 과했다. 얼핏 봐도 갈비찜에 굴비에 전복에, 족히 20첩 반상은 돼 보였다. 재인은 식탁 위를 보자마자 당황한 기색으로 외할머니에게 물었다.

"이게 다 뭐예요, 할머니? 우리 말고 또 누가 와요?"

"오늘 귀한 손님이 오기로 했잖니. 오, 마침 왔나 보구나."

대화를 나누던 도중에 초인종이 울려, 외가의 안살림을 도맡은 유 씨 아주머니가 문을 열어주는 소리가 들렸다. 재인은 고개를 갸웃하며 그를 기다렸다. 확률적으로 외삼촌네 가족일 가능성이 제일 높았지만 이상하게 좋지 않은 예감이 들었다. 친척들이 아니라면 대체 누가…….

"안녕하십니까? 제가 좀 늦었습니다. 죄송합니다."

현관문이 열리자 꽃다발과 과일바구니, 선물 상자를 양손 가득 들고서 집 안으로 들어온 사람은 다름 아닌 민혁이었다. 재인은 눈을 동그랗게 뜨고서 그를 쳐다봤다. 재인 말고는 다들 민혁이 온다는 걸 알고 있었는지, 외할머니와 엄마가 반색을 하며 그를 맞이했다.

"어서 와. 우리도 이제 막 왔어."

최 여사는 호호 웃으면서 민혁을 반겼다. 장미꽃을 한 아름 묶은 꽃다발을 드리자, 외할머니도 기꺼워하며 그에게 자애로운 미소를 지으셨다. 그가 집 안으로 들어온 순간 굳은 얼굴로 할 말을 잃은 사람은 오직 재인뿐이었다. 그녀가 아무 말도 않고 서 있기만 하자, 최 여사가 부드러운 목소리로 딸에게 핀잔을 던졌다.

"뭐 하니, 재인아. 민혁이 왔잖아."

"쟤가 여길 왜 온 거야?"

"그게 무슨 소리야, 손님한테? 어서 할아버지 모시고 와. 식사하게."

재인이 미간을 찌푸리며 묻자, 최 여사가 시침을 뚝 뗀 목소리로 딸을 타박했다. 이래서 굳이 예쁘게 입으라는 말까지 했나 보다. 재인은 엄마에게로 시선을 돌렸다. 그러든 말든, 최 여사는 호호거리며 민혁을 식탁으로 안내했다.

속이 부글부글 끓지만 어른들 앞에서 뭘 어쩌겠는가. 재인은 불편한 심사를 억지로 다스리며 외할아버지가 계신 서재로 향했다. 다른 때 같으면 마음을 가다듬고서 구겨진 표정을 어떻게든 풀며 노크했을 테지만, 지금은 도저히 그게 안 됐다. 재인은 문을 두 번 두드리고서 서재 문을 열었다.

"할아버지, 점심 식사하세요."

"그래, 알았다. 그런데 표정이 왜 그러냐?"

최재호 회장은 손녀가 어지간해선 자신 앞에서 싫은 티를 안 낸다는 걸 잘 알았다. 그런데 지금은 좋지 못한 심사를 굳이 감추려 하지 않았다. 아니, 감추지 못하는 겐가?

재인은 입을 꾹 다물고 있다가 낮은 음성으로 조심스레 여쭸다.

"할아버지도 노민혁이 오는 걸 알고 계셨어요?"

"그래. 식사 한번 하러 오고 싶다고 청하기에 내가 이리로 불렀다. 네 엄마도 바라는 것 같고 해서. 그런데 너는 영 불편한 모양이구나."

"네, 많이 불편해요."

재인이 유달리 솔직하게 대답했다. 특히 엄마인 최 여사가 사실을 숨기고서 자신을 외가로 끌고 왔다는 게 불쾌했다. 이쯤 되면 우빈의 말대로 민혁과 엄마가 재인 몰래 어떤 얘기를 주고받은 게 분명하기에.

"흠, 둘이 꽤 친하지 않았나? 어쨌든 안 좋은 얼굴 보이지는 말거라. 할아버지 손님이잖니."

최 회장은 의아한 표정으로 외손녀를 보다가 툭툭 어깨를 두드렸다. 무슨 곡절이 있는 모양이나, 나중에 따로 불러서 사정을 듣더라도 집으로 불러들인 손님에게 이러는 건 큰 결례다. 손주뻘이라고는 하나 민혁 또한 호텔 사업에 뛰어든 어엿한 성인이지 않은가.

재인은 고개를 끄덕이며 조그맣게 알았다고 답하고는 외할아버지를 따라서 주방으로 향했다. 외할머니와 엄마, 민혁이 식탁 앞에 앉아서 화기애애하게 담소를 나누다가 최 회장을 보자 의자에서 일어섰다. 민혁은 허리를 깊이 숙이며 최 회장에게 활달한 웃음으로 인사했다.

"초대해 주셔서 감사합니다, 회장님. 회장님 덕분에 오랜만에 즐거운 주말을 보냅니다."

"하하! 별말을 다 하는구나. 자, 앉자."

최 회장이 상석에 자리하자, 다른 세 사람이 자연스레 원래 앉았던 자리에 앉았다. 외할머니는 외할아버지의 왼쪽 옆자리, 민혁은 오른쪽 옆자리, 엄마는 외할머니 옆자리였다. 재인은 자신의 자리를 당연하다는 듯이 민혁 옆으로 준비해 놓은 걸 보며 어금니를 지그시 깨물었다. 노민혁이 그냥 물러나지 않을 줄은 알았다만, 이런 방식으로 치고 들어올 줄은 상상도 못했다. 엄마와는 이미 말을 맞췄을 테고, 외할아버지와 외할머니도 저를 기꺼워하시니 아주 쉬웠겠지.

'하지만 이러면 나도 가만히 못 있어.'

재인은 속으로 이를 갈며 민혁의 옆으로 갔다. 그리고 겉으로는 어떻게든 태연한 표정을 지으며 의자에 앉아 수저를 들었다.

"민혁이가 당신 드린다고 좋은 술 한 병을 가져왔지 뭐예요?"

외할머니 정 여사가 흐뭇한 미소로 최 회장 앞에 놓인 술병을 가리켰다. 그러자 민혁이 술병을 들고서 최 회장에게 먼저 술을 권했다.

"한잔 올리겠습니다, 회장님."

"향이 그윽하구먼. 자, 너도 받거라."

"하하, 감사합니다."

민혁이 잔을 들고서 깍듯한 자세로 최 회장에게 술을 받아 얼굴을 옆으로 돌리더니 단숨에 들이켰다. 그렇게 서로 주거니 받거니 하며 의례적인 안부 인사 몇 마디가 더 오갔다. 외할머니 정 여사는 민혁에게 이런저런 음식을 권하며 자못 부럽다는 투로 말했다.

"그 댁은 이리 듬직한 아드님이 있어 얼마나 좋을꼬. 이제 혼사만 반듯하게 치르면 댁에서 걱정할 게 없겠네."

"하하, 과찬이십니다, 사모님. 안 그래도 요즘 진지하게 결혼 생각을 하고 있습니다."

민혁이 사람 좋은 미소를 지으며 정중히 답했다. 그 말이 꼭 누군가를 염두에 두고 하는 것 같아 정 여사가 넌지시 물었다.

"마음에 둔 아가씨는 있고? 민혁이라면 누가 마다하겠냐만."

"옆에 있잖습니까, 하하하."

민혁이 기다렸다는 듯이 천연덕스럽게 대꾸했다. 설마 했는데 진짜로 이리 답할 줄이야! 정 여사는 얼굴에 화색을 띠며 반문했다.

"그게 정말이니? 둘이 그렇게 된 게야?"

"아니에요, 할머니. 농담이에요, 농담. 민혁이가 만나는 여자들은 따로 있는걸요? 저랑 얘는 동창, 그 이상 그 이하도 아니에요."

재인이 생글생글 웃으면서 대답을 가로챘다. 그러자 정 여사가 눈에 띄게 실망한 표정을 지으며 떨떠름한 어조로 말했다.

"그래도 혼인하려면 제대로 된 인연을 만나야 할 텐데……."

"아유, 설마 민혁이가 아무나 만나겠어요? 너는 왜 그런 소리를 해가지고선!"

옆에 앉은 최 여사가 안 되겠다 싶었는지 얼른 나서며 재인을 타박했다. 재인은 그게 뭐 어떠냐는 듯이 어깨를 으쓱하며 종알거렸다.

“그게 사실이니까. 민혁이 여자들한테 인기 많아.”

“인기라면 너도 많아. 네가 관심이 없어서 그렇지.”

옆에서 재인이 하는 양을 보며 피식 웃고만 있던 민혁이 자연스럽게 말을 받았다. 재인은 정말 몰랐다는 표정으로 짐짓 놀란 척을 했다.

“그랬어? 그런데 왜 나한테 좋다는 말을 안 했지? 전혀 몰랐네.”

“아마 때를 잘못 잡았겠지.”

은연중에 뼈가 섞인 문장이었다. 재인은 순간 젓가락을 멈칫했다. 여기서 더 나갔다간 자신이 불리해질 거란 직감이 들었다. 그녀는 입을 꾹 다물고서 눈앞에 놓인 나물 무침을 노려봤다. 현재로선 민혁을 더 자극해 봤자 잃는 것만 생길 테다.

“자, 한잔씩 하자.”

때마침 외할아버지가 술을 권하셨다. 어색해진 분위기를 보고는 큰 어른으로서 나선 것이다. 재인은 가족들과 함께 묵묵히 잔을 들었다. 그리고 서로서로 술잔을 채운 후 외할아버지가 몇 마디 말씀과 함께 먼저 술을 드시자, 다른 사람들을 따라 조용히 술을 들이켰다. 다행히 그 후로는 특별할 게 없는 얘기들이 오갔고, 재인은 묵묵히 식사를 하다 별말 없이 일어설 수 있었다.

하지만 민혁이 잠자코 떠날 리가 없었다. 식사 후 재인의 가족들과 차를 함께 마시고서 어른들께 감사 인사를 올린 민혁은 굳이 재인에게 정원을 가로질러 대문 앞까지 함께 걷자고 청했고, 재인은 그를 거절할 명분이 없었다. 결국 어정쩡한 걸음으로 따라나선 재인에게 민혁은 예의 그 비뚜름한 미소를 입가에 걸고서 말했다.

"난 언제든 여기 올 수 있고, 언제든 입을 열 수 있어."

"그래서 네가 얻는 게 뭐야? 이런다고 내가 널 좋아하겠니?"

제자리에 우뚝 선 재인이 인상을 찌푸리며 신경질적으로 물었다. 민혁은 더욱 짙은 미소를 드리우며 바로 대꾸했다.

"아니? 하지만 너희 둘을 갈라놓을 순 있겠지. 그러면 넌 나한테 오게 될 테고. 그 정도면 꽤 해피엔딩 아냐?"

"웃기지 마! 차라리 혼자 살고 말지, 너한테는 안 가!"

재인 또한 일말의 망설임도 없이 받아쳤다. 원래 꼬였다는 건 알았지만 이렇게까지 꼬인 인간일 줄은 몰랐다. 그래 봤자 셋 다 불행해지기밖에 더하겠는가.

"호오, 얘가 도전 정신을 일깨우네? 그럼 어디 한번 보자고. 내가 절대적으로 유리하다는 거, 너도 잘 알지?"

민혁이 휘파람을 불며 빙글거렸다. 겉으로야 뻔뻔하기 그지없는 표정이었지만 재인은 왠지 일순간 고등학생 때의 민혁이 겹쳐 보였다. 거칠고 피가 끓고 반항적이었지만 아직은 순수했던 그 열일곱 시절의 노민혁이. 재인의 입에서 자기도 모르게 애원하는 목소리가 흘러나갔다.

"그러지 마. 너도 행복할 권리는 있잖아."

"행복이라……."

민혁은 작게 중얼거리면서 재인의 얼굴을 지그시 바라봤다. 자조 섞인 미소를 짓는 그의 눈이 어쩐지 아파 보여 재인은 무심결에 그를 마주 봤다. 민혁은 천천히 얼굴을 아래로 내려 재인의 귓가로 입술을 가져가더니 지극히 낮은 음성으로 속삭였다.

"그러니까 네 발로 나한테 와. 나 좀 행복하게."

전혀 예상치 못했던 말에 재인의 눈매가 커다래졌다. 민혁은 재빨리 고개를 들고서 똑바로 서더니 그녀를 향해 빙긋 웃어 보였다.

"사람이 말을 하면 좀 믿어. 간다."

그러고서 뒤돌아 손을 흔들더니 대문 밖으로 빠르게 사라졌다.

재인은 민혁의 모습이 아예 보이지 않게 된 뒤에도 돌처럼 굳어 그 자리에서 움직일 수가 없었다. 갑작스러운 민혁의 습격에 머릿속이 뒤엉켜 혼란스러운 탓이다.

그녀에겐 우빈밖에 없었다. 누굴 만나든 그를 대신할 리 만무했다. 그런데 왜 민혁을 더 모질게 밀쳐 내지 못한 걸까? 왜 새삼스레 그의 눈빛이 그리 아파 보였을까.

"말도 안 돼!"

재인은 인상을 잔뜩 쓰며 외쳤다. 자신의 심장은 우빈으로 가득 차 이미 내어줄 자리가 없었다. 설사 아주 미세한 틈이 있다 해도 그게 노민혁 차지가 될 수는 없다. 결단코!

그녀는 불안한 얼굴로 머리를 흔들었다. 우빈을 지금 당장 보고 싶었다. 그를 만나 몸을 만지고 이성을 잃을 때까지 안기고 나면 이 불유쾌한 기분이 모두 날아갈 것이다.

재인은 서둘러 집 안으로 걸음을 옮겼다. 무슨 핑계를 대서라도 우빈의 오피스텔로 달려갈 생각이었다.

재인은 우빈의 얼굴을 보자마자 한달음에 안겨들어 키스를 퍼부었다. 아무 생각도 안 나도록 안아달라 애원하며 그의 입술과 뺨에, 목에 쉴 새 없이 입을 맞추며 귓불을 빨아댔다. 우빈은 재인에게 또 무슨 일이 일어난 거라 확신했으나 아무 말 없이 그녀를 받아들였고, 거칠게 원피스 속 팬티를 끌어내려 그대로 남성을 박아 넣었다.

"흐윽!"

재인이 흐느끼듯 신음을 흘렸다. 거실 바닥에서 그에게 몸이 깔린 채 고통과 쾌락이 뒤섞인 얼굴로 신음하는 재인을 내려다보며 우빈은 천천히 허리를 놀렸다. 재인이 양팔과 양다리로 그의 전신을 얽어매며 움직임을 맞춰가자 우빈은 고개를 숙여 재인의 입술에 길게 키스했다. 그리고 재인의 두 눈을 직시하며 단언했다.

"불안해하지 마. 내가 있잖아."

무슨 일이 있었는지 굳이 말하지 않아도 다 안다는 듯한 어조였다. 재인은 젖은 눈빛으로 그를 올려다봤다. 양손으로 우빈의 두 뺨을 붙잡고서 애원하듯 그에게 물었다.

"우빈아, 계속 내 옆에 있을 거지?"

"당연하지."

우빈이 단호하게 대답했다. 그러고서 다시 그녀의 입술을 덮쳤다. 더 깊고 농밀하게, 마치 재인을 통째로 삼켜 버릴 듯이. 재인은 그에게 열렬히 매달리며 가슴속에 도사리고 있던 불안함을 녹이기 위해 몸부림쳤다.

"더 해줘. 너 말고는 아무 생각도 안 나게."

"생각하지 마. 나 말고 누가 더 필요해?"

"맞아…… 아흑! 맞아!"

재인은 교성을 내지르며 넝쿨처럼 우빈을 얽어맸다. 다리 사이를 홧홧하게 뚫고 들어와 요동치는 그의 남성이 자신을 철저하게 유린하고 소유하길 원했다. 그에게 먹히고 또 먹혀서 그의 몸에 완전히 흡착돼 버리고 싶었다. 재인은 바르르 떨며 격렬하게 외쳤다.

"아아, 우빈아!"

그것은 육체의 결합 그 이상의 무엇. 제 몫의 수컷임을 확인하려는 암컷의 처절한 애원이었다. 우빈은 재인이 온몸으로 전하는 그 갈급한 메시지를 뜨겁게 받아들였다. 그녀를 부둥켜안고서 격하게 허리를 들썩이며 재인을 쾌락의 늪으로 빠트린다.

"아아아아!"

눈앞에서 유성이 터지는 것 같았다. 절정의 순간, 재인은 본능적으로 우빈을 끌어안았다. 한 번 걸리면 벗어날 수 없는 덫처럼 허벅지로 그를 꽉 감싸 얽었다. 우빈이 그녀에게 갇힌 채 끝내 방출해 내고 말자, 재인은 마지막 한 올까지 받아내려는 듯이 그를 더욱 꼭 안았다. 그녀 안에서 남김없이 사정해 버리고 만 우빈이 숨을 가쁘게 몰아쉬며 물었다.

"이래도 괜찮겠어? 걱정했잖아."

"상관없어. 이제 상관 안 할래."

재인이 여전히 그를 끌어안은 채로 가쁜 숨을 고르며 말했다.

그 말에 담긴 의미를 모를 리 없다. 우빈은 고개를 들어 재인의 두 눈을 지그시 바라보다 그녀의 입술에 가볍게 키스했다.

"말했지? 불안해하지 마. 무슨 일이 생겨도 넌 지켜낼 거니까."

"알았어."

재인은 그제야 옅게 웃었다. 우빈은 그 모습을 보고서 희미한 미소를 짓더니, 붉게 달아오른 재인의 입술에 다시 한 번 쪽 입을 맞추며 다정하게 속삭였다.

"줄 게 있어."

"뭔데?"

우빈은 바로 몸을 일으켜 바지를 벗은 상태 그대로 방으로 향했다. 셔츠 아래로 슬쩍슬쩍 드러나는 우빈의 탄탄한 엉덩이를 보며 재인이 피식 웃음을 터트렸다. 우빈의 저런 모습을 볼 수 있는 사람은 자신뿐일 터. 그의 뒷모습까지도 오직 신재인만의 것이길 바란다면 지나치게 소유욕이 강해진 걸까?

방으로 들어갔던 우빈은 작은 상자를 가지고 나오더니, 부스스 상체를 일으킨 재인 앞에 앉아 뚜껑을 열어 보였다. 투명한 다이아몬드가 박힌 반지 두 개가 오색 광채를 뿜어내며 나란히 꽂혀 있었다. 그걸 본 재인은 활짝 웃으면서도 걱정스러운 기색으로 물었다.

"이런 반지를 끼면 엄마가 추궁할 텐데. 그냥 다 말해 버리자고?"

"이거 청혼 반지 아니야."

우빈이 상자 안에서 반지 하나를 꺼내 재인의 왼손을 잡으면서 답했다. 그리고 그녀의 새끼손가락에 그 빛나는 반지를 살며시 끼웠다.

"약속 반지야. 항상 너랑 같이 있을 거라는 약속."

"어쩐지 반지가 너무 작더라."

재인이 킥킥 소리 내며 종알거렸다. 우빈은 그녀의 머리를 다정하게 쓰다듬으며 부드러운 목소리로 화답했다.

"청혼 반지는 나중에 정식으로 껴줄게. 지금 주면 너무 성의 없지."

"쿡쿡, 알았어. 나도 껴줄게."

재인은 기분 좋게 웃으며 상자에서 반지를 꺼냈다. 우빈이 오른손을 내밀자, 마찬가지로 새끼손가락에 반지를 끼워줬다. 그러다 의아한 표정으로 고개를 갸웃했다.

"나는 왼손에 꼈는데 너는 왜 오른손이야?"

"내가 오른손으로 네 왼손을 잡고 다니니까."

"아아."

재인은 한결 환해진 표정으로 왼손을 들어 반지를 봤다. 손에서 반짝반짝 빛나는 투명한 다이아몬드가 왠지 혼란스럽게 뒤섞였던 마음을 정화해 주는 듯한 기분이 들었다. 재인은 우빈의 오른손에서 빛나는 똑같은 디자인의 반지를 보고선 아이 같은 미소로 우빈의 목을 덥석 끌어안았다.

"고마워. 너무 예뻐."

"청혼 반지는 큰 걸로 해줄게."

우빈이 재인을 두 팔로 안으며 장난스럽게 대꾸했다. 하지만 그 말 또한 진심임을 알았다. 재인은 깔깔거리며 우빈의 뺨에 얼굴을 비벼댔다.

"안 그래도 돼. 반지가 뭐가 중요해? 같이 있다는 게 중요하지."

그 대답이 얼마나 기쁜지. 우빈의 눈가에도 진정 어린 미소가 스몄다. 그렇게 서로에 대한 애정을 또 한 번 확인한 두 사람은 다시 불타올라 온몸으로 서로를 각인시켰다.

❖

성북동에 다녀오고 나서 며칠 동안 재인은 일부러 최 여사를 피해 다녔다. 한집에 살아도 마주치는 걸 최소화하기 위해 아침에 출근하고 나면 야근을 해서 늦게 오거나, 저녁을 사 먹고서 헬스장으로 곧장 가버리거나, 퇴근하자마자 우빈에게 갔다. 이 방법이 능사는 아닐 테지만 적어도 우빈과 함께 아빠를 만날 때까지는 최 여사와 오래 마주하고 싶지 않았다.

그렇게 나흘이 흐른 목요일 저녁, 재인은 드디어 우빈과 같이 아빠를 만났다. 부녀 관계라지만 몇 달 만에 얼굴을 보는데다 누군가와 동석해서, 그것도 연인과 같이 아빠를 만나는 건 처음이라 괜히 긴장되고 초조했다. 우빈이 먼저 이끌어주며 대화를 시작하지 않았다면 아마 재인은 무슨 말을 꺼내야 할지 몰라 한참을 데면데면했을 것이다.

"흠…… 너도 그렇단 말이지?"

신 대표가 술잔을 입가로 가져가며 물었다. 약속대로 이 부회장의 아들과 함께 나타난 딸 또한 이미 결심을 굳혔음을 들은 터다.

재인은 고개를 끄덕이며 나직한 어조로 말했다.

"네, 저희는 결심했어요. 반대가 심할 걸 알지만…… 그래도 무조건 감추기보단 같이 노력해 보고 싶어서 이렇게 찾아뵌 거예요."

"흠."

신 대표는 조용히 술잔을 내려놓으며 생각에 잠겼다. 지금까지 한 번도 자신 앞에서 원하는 바를 얘기한 적이 없는 딸이었다. 뭔가를 갖고 싶다며 사달라고 조른 적도, 용돈이 모자라다며 청한 적도 없었다. 그저 아비 된 도리로 잊지 않고 재인을 먼저 챙겼을 뿐.

그런 재인이 조심스럽지만 분명한 태도로 옆에 앉은 청년과 인생을 함께할 거라고 말했다. 예의 발랐지만 자기 의지를 관철하고야 말겠다는 고집이 역력히 서렸다. 신 대표는 고개를 주억거리다 천천히 입을 열었다.

"네 뜻이 정 그렇다면 나까지 반대하지는 않으마."

"감사합니다, 아빠."

재인이 안도의 한숨을 내쉬며 인사했다. 우빈에게 들어 아빠가 영 저어하지만은 않는다는 걸 알았으나 직접 말씀해 주시니 한결 마음이 놓였다. 비록 기꺼워할 수는 없겠으나, 재인은 아빠가 반대하지 않는다는 것만으로도 정말 고마웠다.

"하지만 드러내 놓고 찬성할 수는 없다. 이유는 굳이 말 안 하마."

재인을 최 여사에게 보내기로 했을 때 양육에 대한 모든 권리 또한 맡긴 터다. 아무리 딸이 성인이 된 지 오래라 해도 이 이상 나서는 건 최 여사를 무시하는 처사였다.

재인도 신 대표의 뜻을 모르는 바가 아니었다. 말은 이렇게 해도 궁지에 몰렸을 때 손을 뻗으면 그가 딸을 위해 동아줄을 내려 주리라는 것도. 재인은 옅게 웃으며 말했다.

"그것만으로도 감사드려요. 진심으로……."

"이 친구가 그렇게 좋으냐?"

"네."

재인이 배시시 미소 지으며 대답했다.

이래서 딸자식은 키워봤자 소용이 없다던가? 신 대표는 괜스레 입맛이 썼다. 금전적 책임만 다했지 한집에 같이 살며 키우지도 못했지만 어쨌든 신 대표에게는 재인이 유일한 딸이었다. 비록 친해지지 못해 서로 가족의 의무만 지켰다만, 이렇게 장성한 청년을 데려와 아비 면전에서 좋다고 하니 내심 서운한 것이다.

"진심으로 감사드립니다, 장인어른. 이 은혜, 재인이한테 전부 돌려주겠습니다."

재인의 옆에 앉아 부녀가 본심을 터놓고 이야기할 수 있도록 유도한 후 가만히 물러나 있던 우빈이 다시 한 번 무릎을 꿇고서 고개를 숙이며 인사했다. 그러자 신 대표가 괜히 툴툴거리며 대꾸했다.

"나 아직 장인 아니야. 내 딸 울리면 다 없던 일로 할 거야."

"명심하겠습니다."

우빈이 진중한 음성으로 고개를 끄덕였다. 골이 난 어조로 농처럼 던진 말이지만 그 속에 아버지로서 딸을 아끼는 마음이 담겼다는 걸 알아챈 터다. 우빈의 진지한 태도를 보던 신 대표가 설핏 웃으며 말했다.

"예전 일만 아니라면 다들 기꺼워했을 거다. 잘 골랐어."

우빈을 그 자체로 인정한단 뜻이었다. 재인은 옅게 웃으며 농담처럼 화답했다.

"저 눈 높아요, 아빠. 그러니까 이 팔찌도 계속 차고 다니죠."

그녀는 오른쪽 팔목을 들어 손목에 찬 팔찌를 신 대표에게 보였다. 그가 재인의 스물네 살 생일에 선물로 줬던 루비 팔찌였다. 백금에 루비를 일렬로 박아 넣어 만든 고가품으로, 은은한 듯 화려해서 신 대표가 한눈에 재인의 생일 선물로 점찍은 물건이었다.

"그거 꽤 비싼 거다."

신 대표가 새삼 생색을 내듯 말했다. 재인은 살짝 웃으며 고개를 끄덕였다.

"알아요. 제가 좋아하는 보석 브랜드 거라고 했잖아요."

"흠, 그랬나?"

"네, 선물 받았을 때 말씀드렸어요."

신 대표는 몇 번 더 헛기침을 하고는 술을 들이켰다. 역시 생전 안 하던 짓을 했더니 영 어색했다. 딸과 이런 식으로 대화를 나누는 건 썩 괜찮았지만.

이후로는 좀 더 소소하고 일상적인 대화가 오갔다. 신 대표는 딸과 함께 살지 않았던 시절의 이야기들을 궁금해했고, 우빈과 재인은 자연스레 같이 자라면서 겪었던 일들을 그에게 풀어놓았다. 그런 얘기들을 하면서 재인은 새삼스레 깨달았다. 신 대표는 다만 분주했을 뿐 딸에게 늘 관심을 갖고 있었단 사실을. 단지 서로 대화를 나누는 게 서툴렀을 뿐, 아빠는 항상 재인에게 문을 열어놓았다는 것을.

재인은 옆에 앉은 우빈의 얼굴을 쳐다봤다. 만약 우빈이 용기 내어 아빠를 찾아가 허락을 구하지 않았다면 자신이 먼저 아빠에게 가거나 우빈에게 함께 가자고 청했을까? 재인은 이내 고개를 저었다. 오늘 이 자리에서 속내를 털어놓기 전까지 아빠는 가장 서먹하고 어려운 가족이기도 했으니까.

어느덧 시간은 흘러 밤이 됐고, 재인과 우빈은 귀가하기 위해 일어난 신 대표를 배웅하기 위해 한식당에서 나왔다. 운전기사가 현관 앞에 대기해 놓은 승용차로 향하는 신 대표를 보며 우빈은 깊이 허리를 숙였다.

"그럼 편하신 시간에 다시 뵙겠습니다, 장인어른."

"조심히 들어가세요, 아빠. 연락드릴게요."

재인도 그 옆에 서서 한층 밝아진 목소리로 인사했다. 신 대표는 그런 두 사람을 보며 고개를 끄덕였다. 둘 다 잘생기고 훤하니 외양까지 무척 잘 어울렸다. 정말 과거만 아니라면 누구나 축복할 아이들인 것을.

"무슨 일 있으면 연락해라."

신 대표가 재인의 어깨를 툭툭 두드리며 말했다. 재인은 생긋 미소 지으며 알았다고 대답했다. 무뚝뚝한 말투이긴 해도 어려운 일이 생기면 도움을 청하라는 아버지의 뜻을 이제는 분명히 알아들었다.

"고마워, 우빈아."

떠나가는 신 대표의 차를 바라보던 재인이 우빈의 손을 잡으며 인사했다. 우빈은 슬며시 웃으며 재인의 머리를 쓰다듬었다.

"난 장인어른께 감사해. 사실 처음부터 반대하지는 않으셨거든. 난 단단히 각오하고 찾아갔는데."

"왜? 아빠한테 맞기라도 할 줄 알았어?"

"맞기만 하면 다행이게. 어쨌든 한시름 놨어."

재인이 장난스럽게 묻자, 우빈이 그녀를 살짝 끌어당겨서 품에 안으며 말했다. 재인도 그의 상체를 양팔로 끌어안으며 말했다.

"그러게. 걱정 많이 했는데 오히려 아빠랑 사이가 더 좋아진 것 같아. 네 덕분이야."

"장인어른 덕분이지. 우리 얘기를 허물없이 들어주셨으니까."

우빈이 재인의 이마 위에 입술을 대며 답했다. 재인은 가만히 그에게 안겨 있다가 어렵사리 입술을 열어 제안했다.

"다음에는 아버님을 뵈러 가는 게 어떨까?"

"아버님? 우리 아버지 말하는 거야?"

"응."

우빈이 끌어안았던 팔을 풀면서 반문하자, 재인이 조심스레 고개를 끄덕였다. 재인은 의문이 가득한 우빈의 두 눈을 바라보며 나지막한 어조로 말을 이었다.

"우리 가족은 좀 감정적이잖아. 하지만 아버님은 그렇지 않으시니까."

펄쩍 뛰면서 반대부터 할 게 명백한 재인의 가족과 달리 최소한 우빈의 아버지 이 부회장은 이성적으로 대해줄 거라는 생각은 여전했다. 만약 그분의 허락을 받는다면 우빈에게 더없이 좋을 테고.

하지만 재인의 판단과는 달리 우빈은 한참 동안 대답이 없었다. 그러다 차분한 어조로 얘기했다.

"우리 아버지는 나조차 속을 가늠할 수가 없는 분이야. 그래서 난 가장 나중에 알려 드리려고 했어. 가능하면 혼인신고를 하고 난 뒤에."

그러고 나면 눈 밖에 난 자식을 후계자 명단에서 제외시킬 수는 있어도 재인과의 관계까지 어찌하지는 못하실 테니까. 가장 예상이 어렵고 그래서 제일 대응책이 미흡한 분이기에 불효막심하지만 어쩔 수 없는 선택이었다.

"후우…… 네 생각이 그렇다면야……."

재인은 어두워진 표정으로 한숨을 내쉬었다. 깊이 고민해 본 끝에 그분을 먼저 뵙는 게 낫겠다고 판단했건만 우빈은 오히려 역효과를 일으킬 가능성이 더 크다고 생각한 모양이다. 우빈은 다시 재인을 품에 안으며 말했다.

"나한테 미안해하지 말라니까. 네가 그러면 난 더 미안해해야 되잖아."

"그래도……."

재인이 그의 옷자락을 잡으며 중얼거렸다. 우빈이 아빠를 찾아가 허락을 구했듯, 자신도 우빈의 가족 중 단 한 명이라도 설득할 수 있다면 얼마나 좋을까. 우빈이 재인 자신의 고집을 따라주고 있듯이 그를 위해 뭐라도 하고 싶은데…….

"그러지 말라니까. 그럴 시간에 차라리 애정을 더 줘."

우빈이 재인을 더 꼭 끌어안으며 장난스럽게 투덜거렸다. 재인은 자신을 위해 일부러 밝게 장난치는 우빈에게 투정처럼 종알거렸다.

"여기서 어떻게 더 줘?"

"아직 멀었어."

우빈이 재인의 상체를 꽉 옭죄며 타박했다. 그 때문에 우빈과 완전히 밀착된 재인은 괜히 앙탈하듯이 버둥거리다가 금세 그의 어깨에 머리를 기댔다. 그리고 한숨을 섞어 물었다.

"그럼 다음은 우리 엄마야?"

"순서상 그게 맞지. 하지만 네 외조부님부터 뵙는 게 나을 거야. 어머니 성정상 당장에 우리 아버지께 가실 수도 있으니까."

우빈이 장난기를 지우고선 대답했다. 재인은 더더욱 깊은 한숨을 내쉬며 한탄조로 중얼댔다.

"하아…… 그냥 미국으로 가버릴까?"

"나야 그걸 바라지."

우빈은 재인의 등을 부드럽게 쓸어내리며 피식 웃었다. 재인은 우빈의 등을 꼭 잡으며 서글픈 목소리로 중얼거렸다.

"엄마한테 말하면 모두 다 알게 될 거고, 외할아버지께 말씀드리면 호통부터 치시겠지. 어렵긴 마찬가지야."

가족 중 누구에게 먼저 알린다 해도 불벼락이 떨어질 게 뻔한 마당에 순서가 무슨 소용이란 말인가. 다만 외할아버지 외할머니라면 다른 사람에게 알리기에 앞서 재인을 타이르고 꾸짖어 맘을 돌리려고 애쓰실 거라는 게 다를 뿐. 그래서 가족과 함께하고 싶고 죄스럽고 괴로운 건 여전하나, 비밀리에 도망치고픈 마음 또한 슬그머니 피어올랐다. 아빠야 천만다행으로 이해해 줬지만 다른 가족들 중 그럴 가능성이 있는 사람은 하나도 없으니…….

"난 네가 결심해 주면 좋겠어. 하지만 무리하진 마. 그러면 미국으로 가서도 마음이 무거울 테니까."

우빈이 위로하듯 속삭였다. 당장이라도 비행기에 오르고 싶은 욕심을 억누르고서 그녀의 의견을 우선시한 것이다. 억지로 떼써서 미국으로 끌고 가봤자 재인은 결코 행복하지 못할 테니까.

재인은 우빈의 품 안에서 조그만 목소리로 대답했다.

"알았어."

"혼자서 고민하지도 말고. 그럼 내가 옆에 있는 의미가 없잖아."

"응."

재인은 안도하듯 눈을 감았다. 따뜻한 가슴으로 자신을 안아주는 우빈이 너른 그늘을 가진 커다란 나무처럼 느껴졌다. 원하는 바를 강요하지도, 억지를 쓰며 밀어붙이지도 않고서 그녀를 늘 따스하게 보듬어주는 든든한 존재. 그래서 그와 함께라면 어디라도 갈 자신이 있고, 언제까지나 손을 잡고 싶었다. 우빈은 예전에도 재인에게 분명 그런 사람이었지만, 지금은 더더욱 깊이 뿌리내려 심장에 박혀 버렸다.

재인은 고개를 들어 우빈을 바라봤다. 그의 짙은 갈색 눈동자에 재인의 모습이 투명하게 맺혔다. 재인은 입 끝을 살짝 올리며 그의 입술에 가볍게 입 맞췄다. 그러곤 배시시 웃자, 우빈이 그녀를 끌어당겨 깊고 뜨거운 키스를 되돌렸다. 그가 애태우듯이 입술을 거두자 재인은 다시 우빈을 와락 끌어안으며 말했다.

"또 둘만 있고 싶어졌어. 아무래도 빨리 너랑 같이 살아야 되나 봐."

"제발 그러자. 솔직히 난 지금도 참기 힘들어."

우빈이 옅은 미소로 너스레를 떨자, 재인이 꺄르르 웃으며 그의 목에 매달렸다. 거리낌 없이 애정 표현을 하는 그가 말도 못할 만큼 좋았다. 그 괴로웠던 11년의 시간이 다 희미해질 만큼.

지금 이우빈은 오직 신재인만의 남자였다.

10. 그래도 아팠다

성북동에 다녀가고 나서 열흘이 더 지난 수요일, 민혁은 다시 한 번 최 회장에게 연락해 뵙기를 청했다. 업무를 마치고서 편하게 소공동 호텔 헤라의 일식 레스토랑에서 저녁 식사를 함께하자는 민혁의 제안을 최 회장은 기꺼운 마음으로 승낙했다. 안사람인 정 여사가 그를 재인의 짝으로 맞춰주길 바라듯 최 회장 또한 민혁을 반기지 않을 까닭이 없었다. 지난번에 민혁을 보고서 불편한 기색을 감추지 못했던 재인의 표정이 자못 걸리긴 했지만.

약속 장소에 도착하자 먼저 와 VIP룸에서 기다리고 있던 민혁이 깍듯이 최 회장을 맞이했다. 그를 정중히 대접하기 위해 미리 쉐프에게 언질을 넣어 눈도 혀도 호강할 최고의 일식 코스를 준비한 터였다. 인사를 나누고서 편히 자리하자 등장하기 시작한 요리들에 최 회장은 칭찬을 아끼지 않았다. 하나하나 예술 작품처럼 완성돼 모습을 드러낸 요리들은 누가 봐도 귀빈 중의 귀빈을 모실 때 내놓는 것들이었다.

"먼저 한잔 올리겠습니다."

"그래."

민혁이 정중한 자세로 가슴을 굽히며 일본 전통주를 권하자, 최 회장이 흡족한 미소로 그를 받았다. 그러곤 민혁의 잔을 채워주자, 두 사람은 선선히 술을 들이켰다. 향이 그윽하고 목 아래로 넘기는 맛이 깔끔한 것이 싱싱한 해산물과 무척이나 잘 어울렸다. 최 회장은 접시 위에 놓인 도미 회를 한 점 먹으며 만족스럽다는 듯이 고개를 끄덕였다.

"음, 좋구나. 네 덕분에 오늘 입이 호강한다."

"하하! 마음에 드신다니 다행입니다."

민혁은 호쾌하게 웃으며 최 회장에게 술을 한 잔 더 권했다. 최 회장은 흔쾌히 그를 받고는 바로 민혁에게 술을 되돌려 줬다. 민혁도 입가에 기분 좋은 미소를 띠며 예의 바른 태도로 다시 술을 받았다.

"나한테 할 얘기가 있지?"

최 회장이 전복 회를 한 점 집으며 은근한 어조로 물었다. 민혁이 어렸을 때부터 알아온 사이라고는 하나, 그가 집으로 직접 찾아온 것도 일대일로 만나 같이 저녁 식사를 하는 것도 처음이었다. 공식적인 모임이나 연회장에서 함께 자리한 적은 여러 번이나, 최 회장과 이리 개인적으로 얼굴을 맞댈 일은 없었던 까닭이다.

민혁은 최 회장의 직접적인 물음에 그답지 않게 쑥스럽다는 표정을 지어 보였다.

"하하, 그렇게 티가 났습니까?"

"예쁜 아가씨도 아니고 다 늙은 할아비를 뭐가 좋다고 자꾸 만나자겠어? 다 이유가 있는 게지."

최 회장이 술잔을 입으로 가져가며 핀잔처럼 농을 던졌다. 민혁은 무척이나 겸연쩍다는 얼굴로 고개를 숙였다.

"송구합니다, 회장님. 제가 그동안 회장님께 너무 격조했나 봅니다."

"허허허! 아냐, 아냐. 천천히 들면서 얘기하자."

최 회장이 친손자에게나 보일 법한 자애로운 미소로 말했다. 민혁도 한결 편해진 웃음으로 최 회장을 대했다. 그렇게 소소한 몇 마디를 더 나눈 후, 민혁은 본론으로 들어가기 위해 눈빛을 달리했다. 그리고 진지한 어조로 최 회장에게 뵙자고 청한 목적을 이야기했다.

"실은 제가 재인이에게 마음이 있습니다."

"알고는 있었다."

최 회장이 놀랍지도 않다는 투로 입매를 올리며 말했다. 이미 안사람과 딸이 외손녀의 짝으로 점찍어놓은 상대였다. 특히 최 여사는 무슨 바람이 불었는지, 유럽에서 돌아온 지 얼마 지나지도 않아 틈만 나면 재인의 결혼에 대해 언급했다. 민혁이 재인을 결혼 상대로 생각하니 어서 준비를 서둘러 두 아이를 결합시키겠다는 말까지 나왔다. 정작 당사자인 재인에게선 아무 얘기도 못 들었는데 말이다.

"혹시 어머니가 말씀드렸습니까?"

민혁도 최 여사의 성격을 아는지라 그가 먼저 말할 때까지 기다려 달라고 부탁했음에도 잠자코 있지 않을 거라는 짐작은 했다. 물론 그것까지 계산한 거였지만.

"그래, 재인이 어미에게 들었지. 하지만 네 태도도 그래 보였다."

최 회장의 눈가에 부드럽게 주름이 스몄다. 사업을 오랫동안 해온 자의 연륜으로 그 정도 눈치야 챌 수 있었다. 지금 민혁에게 문제가 생겼다는 것도.

"이거, 회장님께는 뭐든 감출 수가 없겠습니다. 그런데 재인이는 왜 몰랐을까요?"

우빈이 낯부끄럽다는 듯이 시선을 내리며 뒤통수를 슬쩍 긁었다. 재인에게 직접 고백하기 전까지 당사자도 모를 만큼 내색하지 않았다고 생각했는데 최 회장의 말을 듣고 나니 자신이 애송이가 된 기분이었다. 이제는 이우빈 못지않게 속내를 숨길 수 있다고 자신했고 또 많은 이들에게 그게 통했는데 말이다.

"재인이기 벌씨부디 노인네의 눈을 기지면 곤란하지."

최 회장이 설핏 웃으며 술을 들이켰다. 표현하지도 않고 알아주길 바란다는 건 어불성설이란 얘기였다. 무수한 사람들을 상대하며 세월을 흘려보낸 노인이라면 모를까.

그 말뜻을 단번에 알아챈 민혁이 씁쓸한 미소를 띠며 고개를 주억거렸다.

"회장님 말씀이 옳습니다. 제가 생각이 짧았어요. 하지만 이렇게 단칼에 거절당할 줄은 몰랐습니다. 그래도 재인이, 저를 꽤 오래 봤으니까요."

민혁은 대답과 함께 얼굴을 옆으로 돌려 단숨에 술을 비웠다. 최 회장의 마음을 움직일 심산으로 보인 행동이었지만, 속이 답답하기도 했다. 그 또한 지금 가슴에 불구덩이가 들었으니까.

"재인이가 그랬어? 너라면 괜찮을 거다 생각했는데 의외로구나."

최 회장이 의아하다는 듯이 머리를 살짝 흔들었다. 그래서 그날 성북동에서 민혁을 보고 그리 불편한 표정을 지었나?

재인이 민혁에게 딱히 연정을 품지는 않았다는 건 최 회장 또한 알고 있었다. 그래도 또래의 다른 남자아이들보단 허물없이 지내는 편이라 괜찮겠거니 했는데…….

"그래서 회장님께서 도와주셨으면 합니다."

민혁이 굳게 결심했다는 투로 입을 열었다.

최 회장은 민혁의 잔에 술을 채워주며 그를 지그시 응시했다. 사내의 고집이 단단히 박힌 얼굴. 어떻게든 제 뜻을 관철하고야 말겠다는 의지가 눈빛에 고집스레 서렸다. 최 회장은 잔을 들어 민혁이 올리는 술을 받으며 신중한 음성으로 말을 꺼냈다.

"내, 너를 아끼는 거 알지?"

"네, 알고 있습니다."

민혁이 고개를 끄덕이며 바로 대답했다. 최 회장은 차분한 어조로 뒷말을 이었다.

"나도 재인이와 네가 연분을 맺는다면 더 바랄 게 없겠다. 하지만 그 아이, 할아비가 걱정할까봐 겉으로는 밝게 웃어도 사실은 속 상처가 깊어. 가정이 두 번이나 깨지고 말았으니……. 그래서 재인이에게 억지로 강요하진 못하겠다. 하나 말은 해보마. 아주 좋게 말이다."

그러고는 잔을 들어 술을 한 모금 들이켰다. 그는 언뜻 과거를 회상했다. 자신의 딸이자 재인의 엄마인 태경은 타고나길 허영심이 가득해 애초부터 그것을 채워주지 않을 남자는 거들떠보지도 않았고, 그래서 부모가 내민 상대를 굳이 마다하지 않았다. 문제는 마음이 없으니 요만큼의 단점도 참지를 못한다는 거였다. 수더분한 성격이면 그래도 남편에게 맞춰 참고서라도 결혼 생활을 유지했겠으나 태경은 좀체 그러지를 못했다. 그나마 남편과 별개로 행동하며 살았기에 결혼 생활을 몇 년이나마 유지한 걸지도 모르겠다.

원인이야 어쨌든 최 회장은 딸 태경을 보며 외손녀까지 정략결혼을 시키지는 않겠다고 마음먹었다. 안 그래도 엄마의 반복된 이혼으로 상처받은 아이에게 정략결혼까지 강요하면 너무 가엽고 못할 짓이니까. 그래서 최 회장은 우선 재인의 의사부터 들어보기로 했다. 가족 모두가 흡족해하는 민혁을 진지하게 만나보라 권하는 것과는 별개로 말이다.

민혁은 잠시 침묵했다. 최 회장을 만나기 전까지 이우빈이란 카드를 어떻게 써야 할지 계속 고민했다. 잘만 하면 재인을 옴짝달

싹못하게 얽어맬 수단이 될 테나, 까딱 잘못하다간 자신과 신재인의 관계마저 돌이킬 수 없게 될 것이므로. 그는 시선을 들어 최 회장을 바라봤다. 그리고 희미한 미소를 띠며 낮은 음성으로 말했다.

"지금은 그것만으로도 감사합니다, 회장님. 저도 재인이의 마음을 돌리기 위해 좀 더 애써보겠습니다."

"그래, 응원하마. 우리 가족은 모두 널 환영하니까."

최 회장이 고개를 끄덕끄덕하며 민혁을 격려했다. 재인이 더 늦기 전에 결혼하길 바라지만 억지로 상대를 정해주지는 않겠다는 것이 진심이듯, 재인의 상대가 민혁이길 고대한다는 것 또한 진심이었다. 솔직히 최 회장은 민혁 외에 딱히 다른 사내를 재인의 짝으로 점찍은 적이 없었다.

역시 조커는 마지막 궁지에 몰렸을 때나 쓰는 법. 민혁은 싱긋 미소 지었다. 그러곤 다시 사람 좋은 표정을 지으며 최 회장에게 술을 권했다. 그는 민혁이 따라주는 술을 마다하지 않았고, 밤 10시가 넘어서까지 민혁과 술자리를 함께하다 성북동으로 귀가했다.

"누가 박살 날지 어디 해보자고, 이우빈."

배웅을 받고서 떠나가는 최 회장의 검은 세단을 응시하며 민혁은 비틀린 웃음을 흘렸다.

❖

재인은 침실 안 개인금고 속에 넣어놨던 여권과 미국 비자를 확인했다. 회사에 입사하기 전, 석사를 마치고서 두 달간 미국과 캐나다를 여행하기 위해 발급받은 여행 비자의 유효 기간은 아직 넉넉히 남아 있었다. 그때 단기간 여행을 했음에도 일부러 관광용 비자를 받은 이유도 사실은 우빈이었다. 또 거절당할까 두려워 망설이다 연락조차 하지 않았지만, 혹시라도 우빈과 미국에서 만난다면 더 오래 머물 수도 있지 않을까 해서. 그렇게 발급받은 비자를 여차하면 우빈과 미국으로 몰래 떠나기 위해서 쓸 줄 누가 알았을까.

재인은 여권과 비자 서류들을 핸드백 속에 넣으며 우빈에게 전화했다.

"일단 여권이랑 여행 비자 챙겼어. 그런데 이 비자로는 길어봤자 6개월밖에 못 있어."

[그건 걱정하지 마. 내가 방법을 마련해 뒀으니까.]

우빈이 웃으며 재인을 안심시켰다. 재인은 알았다고 대답하며 고개를 끄덕였다. 그가 자신에게 허튼소리 할 리는 없으니.

"신재인! 너 문 잠그고 뭐 해?"

안 그래도 혹시 몰라 작은 목소리로 조근조근 통화하고 있는데, 갑자기 탕탕 문을 두드리는 소리와 함께 요란한 음성이 울렸다. 재인은 핸드백을 서둘러 치우며 한숨을 섞어 말했다.

"엄마가 난리야. 나중에 전화할게."

[그래. 웬만하면 어머니랑 싸우지 마. 무슨 일 생기면 바로 전화하고.]

"알았어. 나도 싸우기 싫어."

재인은 투덜대며 전화를 끊었다. 그리고 의자에서 일어나 터덜터덜 방문으로 향했다. 잠금 쇠를 풀고서 문을 열자, 최 여사가 뾰족해진 눈초리로 다짜고짜 쏘붙였다.

"뭘 하는데 문까지 잠가놔? 비밀 연애라도 하니?"

역시 엄마도 여자다. 직감이 이토록 무서운 걸 보니. 재인에 미간에 주름을 드리우며 최대한 태연히 대꾸했다.

"엄마가 계속 사생활 침해를 하니까 그렇지. 틈만 나면 노크도 없이 벌컥벌컥. 외국에 있다 온 사람이 왜 그래?"

재인 딴에는 속을 감추기 위해 일부러 더 싫은 티를 낸 건데 그게 비위를 확 긁었나 보다. 최 여사의 얼굴이 순식간에 붉어졌다.

"그러는 넌 배울 만큼 배운 애가 엄마한테 말버릇이 그게 뭐야? 툭하면 나가서 안 들어오질 않나! 말 나온 김에 물어보자. 너 대체 집에 안 들어올 때마다 어디서 자는 거야?"

"……그거 물어보려고 그렇게 문을 세게 두드린 거야? 내가 어디서 잤는지 궁금해서?"

재인이 한 발짝 물러나 목소리를 가라앉히며 되물었다. 흥분은 사람을 실수하게 만드는 법이다. 지금 재인은 무엇보다 말조심이 필요했다.

"다 큰 계집애가, 그것도 곧 결혼할 처녀애가 함부로 나돌면 사람들이 뭐라겠어? 결혼할 때 얼마나 흠이 잡히겠냔 말이야!"

최 여사가 팔짱을 끼며 재인에게 훈계조로 늘어놓았다. 모르는 사람이 들으면 재인이 결혼 날짜라도 받아놓은 줄로 오해할 테다.

재인은 머리를 흔들며 한숨을 내쉬었다.

"도대체 누가 곧 결혼이야? 이상한 소리 하지 말고 내 방에 온 이유를 얘기해."

"그거야, 결혼."

최 여사가 단도직입적으로 말했다. 재인이 순간 표정을 일그러뜨리자, 최 여사는 다시 명령조로 못 박았다.

"민혁이랑 결혼해. 조만간 그 댁 어른들 뵙고 상의할 작정이니 그리 알고."

"나더러 노민혁이랑 정략결혼을 하라는 말이야?"

재인의 입에서 반사적으로 말이 튀어나갔다. 아무리 늘 자기 맘대로 행동하는 엄마라지만 이렇게 대놓고 요구할 줄은 몰랐다. 당신도 정략결혼에 두 번이나 실패해 놓고, 그래서 딸에게 지울 수 없는 상처를 줘놓고, 어떻게 의견 한번 묻지 않고 똑같은 걸 강요할 수 있단 말인가? 어떻게!

"아니, 그게 왜 정략결혼이야? 민혁이가 널 얼마나 좋아하는데. 너도 알잖아?"

재인의 얼굴이 충격과 반감으로 얼룩지는 것을 본 최 여사가 목소리를 한층 누그러뜨리며 말했다. 민혁과 재인의 결혼을 몹시도 원하나, 이왕지사 순조롭게 이뤄내고 싶지 딸과 일부러 싸우고 싶진 않았다. 안 그래도 엄마에겐 매사 사춘기 소녀처럼 반발만 하는 아이니까.

재인은 대꾸도 안 나온다는 눈빛으로 입을 꾹 다물고서 최 여사를 응시했다. 엄마는 무슨 생각으로 이러는 걸까? 딸도 당신처럼 재산이 넉넉한 집안으로 시집가 허영심을 채우고 살면 만족할 거다 여겨서? 민혁의 배경이 딸이 바라는 행복보다 더 탐나서? 늘 이랬다, 엄만. 자기 입장, 자기 욕심이 전부일 뿐, 그 어떤 순간에도 네 생각은 어떠냐고 물어봐 준 적이 없었다. 한 번만이라도 그래 줬다면 이렇게 서러운 마음부터 들지는 않았을 텐데…….

재인은 끝내 붉게 충혈된 눈으로 소리치고 말았다.

"엄만 행복했어? 아빠랑 결혼해서, 우빈이 아버님이랑 결혼해서 행복했어? 마음에도 없는 남자들이랑 배경만 보고 결혼해서 행복했느냔 말이야!"

바락바락 대드는 재인의 두 눈에서 눈물방울이 툭 떨어졌다. 엄마가 정말 미웠지만, 마음에 안 들었지만, 한 번도 이런 식으로 들쑤신 적은 없었다. 그래도 엄마니까. 이런 말이 엄마에게 얼마나 상처가 될지 아니까.

하지만 아무리 그런 엄마라도 최소한 자기 실패를 고스란히 물려주고 싶지 않다는 생각쯤은 할 줄 알았다. 그래서 욕심난다 해도, 민혁과 만나라는 말까진 할 수 있다고 해도, 엄마와 같은 방식으로 결혼하라고는 안 할 줄 알았다.

그러나 그건 다 착각이었다. 언젠가 엄마가 얘기했던 대로 아직 하수인 신재인의 순진해 빠진 착각.

짝!

재인이 지껄인 말을 듣고서 머리끝까지 화가 치밀어 몸을 부들부들 떨던 최 여사가 결국 딸에게 손을 들었다. 재인의 얼굴이 급하게 옆으로 돌아가며 빰이 벌겋게 물들었다. 그래도 지금까지 매한 번 안 들고서 키운 딸이었다. 아무리 못된 말을 해도 꾸짖기만 했을 뿐 손을 댄 적은 없었다. 하지만 최 여사 또한 더는 참을 수가 없었다. 그녀는 분에 가득 차 목소리까지 떨면서 재인에게 소리쳤다.

"어, 어떻게 엄마한테 그런 말을 하니? 아무리 오냐오냐 키웠어도 그렇지, 어디서 그런 되먹지도 못한 말을 배웠어? 내가 나 좋자고 이러는 줄 알아? 나 위하자고 이러는 줄 아냐고! 민혁이랑 결혼하면 누구한테 좋은데! 더 이상 우스운 소리 안 듣는 게 누군데!"

앞에서는 고상한 척, 이해심 많은 척, 온갖 교양을 다 떨어도 뒤에서는 수군대며 흠을 잡지 못해 안달인 인종들만 모인 곳이 바로 정재계 사교장이었다. 최 여사는 거기 모인 사람들이 이혼을 두 번이나 한 자신에 대해 뭐라 떠들든 더는 상관하지 않았다. 어차피 눈앞에선 또 친한 척을 할 테니까.

하지만 재인은 달랐다. 최 여사 자신은 무슨 소릴 듣든 앞날이 창창한 딸에게는 일점의 추문도 없어야 했다. 그리고 민혁은 그 뒷말을 잠식시키기 위한 가장 좋은 방패였다. 그래서 최 여사는 민혁이 먼저 청혼하겠다고 했을 때 딸을 위해 이보다 더 좋은 기회는 없을 거라 여겼다. 누구보다 성대한 결혼식을 치러 아무도 헛소리를 못하게 납작 눌러주겠노라 작심했다.

그런데 엄마의 깊은 속도 모르고 이런 못돼먹은 소리나 입에 올리다니. 저를 위해 엄마가 얼마나 노력하는 줄도 모르고 가슴에 대못을 박다니! 이 철딱서니 없는 것을 대체 어쩌면 좋을까?

"그렇게 노민혁이 좋으면 엄마가 그 집안이랑 결혼해. 난 죽어도 싫으니까."

재인은 눈물로 그렁그렁한 눈을 치뜨며 최 여사에게 독하게 내뱉었다. 그러곤 쿵쿵 걸음을 옮겨 옆쪽으로 치워뒀던 핸드백을 급하게 낚아챘다.

"너 계속 그런 식으로 굴 거야? 정말 쫓겨나 보고 싶어? 얘! 신재인!"

최 여사가 소리치며 팔을 붙잡으려 했지만 재인은 격하게 그를 뿌리쳤다. 그러곤 분기탱천한 기세로 현관을 향해 돌진했다. 최 여사는 쫓아 나가 신발을 신는 재인을 어떻게든 잡으려 했으나 소용없었다. 재인은 바닥에 놓여 있던 슬리퍼를 아무렇게나 신고서 거칠게 문을 열고 나가 버렸다.

"신재인!"

쾅 닫힌 현관문을 향해 최 여사가 발악하듯 외쳤다. 딸은 이미 사라지고 없건만, 화가 머리끝까지 끓어오른 최 여사는 발을 동동 구르며 악을 썼다. 아무도 없는 넓은 집 안에 메아리처럼 비명이 울리자, 최 여사는 서둘러 핸드폰을 찾아 성북동 최 회장에게로 전화를 걸었다. 내일 재인이 회사에 나오면 어디로 도망치지 못하게 단단히 묶어놓으라고 읍소할 참이었다. 하루라도 빨리 민혁의 집안 어른들과 약속을 잡아 혼사를 서두르자는 강짜도 부리고.

자초지종을 들은 최 회장은 왜 그리 성급하게 굴었냐며 꾸짖었지만, 속히 재인과 민혁의 결혼을 추진하자는 말에는 싫은 기색을 비치지 않았다. 재인을 잘 타일러 볼 테니 다시 이런 일이 없게 하라고만 했을 뿐.

아버지와 통화를 마치고 난 최 여사는 눈초리를 올리며 입매를 비틀었다. 재인이 아무리 난리를 치며 반항적으로 굴어봤자 마지막에는 어른들 뜻을 따르게 될 게다. 그리고 어미에게 찾아와 그때 정말 고마웠다고, 자기가 철이 없었다고 사죄할 테지.

최 여사는 무슨 수를 써서라도 그렇게 만들고 말 거라 다짐했다.

재인은 도저히 우빈에게 갈 수가 없었다. 맞아서 붉게 부풀고 눈물로 얼룩진 얼굴을 차마 그에게 보일 수가 없었다. 거리로 뛰쳐나온 그녀는 미친 듯이 뛰어대는 심장이 가라앉을 때까지 걷고 또 걷다가 눈앞에 보이는 벤치에 털썩 주저앉았다. 그러자 또 눈물이 흘러내렸다. 재인은 두 손으로 얼굴을 가리고서 엉엉 소리내어 울었다. 아까부터 핸드폰이 끊임없이 울려댔지만 전화를 받을 수가 없었다. 분명 우빈일 테니까. 재인이 혼자서 우는 걸 알면 그는 곧장 이리로 달려올 테니까.

그렇게 밤이 늦도록 홀로 울던 재인은 눈에 띄는 아무 호텔에나 들어갔고, 우빈에게 내일 연락할 테니 걱정하지 말라는 문자를 보내고서 욕실로 직행해 뜨거운 물을 틀었다. 그리고 눈물과 먼지로 얼룩진 얼굴을 닦아내며 끼멓게 뒤엉킨 마음을 가라앉히려 애썼다.

어쩌면 재인을 위해 그러는 거라는 엄마의 이야기는 진심일 테다. 하지만 방식이 잘못됐다. 재인은 샤워기 아래에 서서 강하게 뿜어져 나오는 물을 맞으며 울 듯이 웃었다. 그건 엄마 생각에나 재인을 위하는 거지, 진정으로 딸이 행복하길 바라는 게 아니다. 자신이 최선이라 여기는 방법이 딸에게도 최선일 거라고 착각하는 것일 뿐.

'우빈이와 만나는 걸 알고 나면 진짜 뒤로 넘어갈 거야.'

재인은 표정을 일그러뜨리며 킥킥거렸다. 엄마에게 순종하지 않는단 이유로 못된 딸 취급을 받는데, 우빈과의 사이가 들통 나면 어찌 될까? 아예 없는 자식이 되지 않을까?

재인의 입술 사이로 고통스러운 한숨이 흘러나왔다. 설사 엄마가 자신을 그렇게 대한다 해도 당연한 건데, 그를 예상하고서 시작했는데, 왜 이렇게 새삼 가슴이 욱신거리는지 알 수가 없었다. 이제 와서 엄마의 애정을 갈망하는 것도 아닌데.

재인은 샤워기를 잠그고서 수건으로 물기를 아무렇게나 닦으며 욕실 밖으로 나왔다. 화장대 위에 올려놓은 핸드폰이 계속 위잉위잉 울어댔다. 재인은 반짝거리며 진동하는 그것을 물끄러미 내려다보다가 결국 마지못해 전화를 받았다.

"응……."

[어딘지 얘기해. 내가 미치기 전에.]

우빈이 지독히도 낮은 음성으로 말했다. 재인은 조용히 한숨을 내쉬고는 잠긴 목소리로 겨우 대답했다.

"집 근처 위너 호텔이야. 걱정하지 마."

[알았어, 기다려.]

"우빈아, 그러지……."

재인이 성급히 말렸지만 우빈은 이미 전화를 끊은 후였다.

재인은 핸드폰을 내려놓고서 소리 없이 탄식했다. 우빈이 이 정도로 화를 내는 건 열일곱 살 때 이후로 처음이었다. 타교의 남학생 두 명이 우빈과 일행인 줄 모르고서 재인에게 지분거렸던 그때. 그날 우빈은 재인이 보는 앞에서 남자애 둘을 무섭도록 때려눕혀 그녀를 기절초풍하게 만들었다.

"후우……."

재인은 침대 위에 털썩 주저앉았다가 힘없이 쓰러졌다. 이래서 지금만큼은 그를 피하려 했던 건데. 하지만 다른 때 같으면 재인이 곤란할까봐 문자 하나에 물러났을 우빈이 이상하게도 고집스레 전화를 계속했고, 더는 그를 거부할 수 없었다. 우빈이 얼마나 속을 태울지 뻔히 알았기에.

어찌나 속력을 냈는지, 우빈은 전화를 끊은 지 30분도 채 안 돼서 몇 호에 있냐는 문자를 보냈다. 재인은 답장을 보낸 후 10분이 채 안 지나서 객실 초인종을 누른 우빈을 퉁퉁 부은 얼굴로 맞이했다. 그는 재인의 그늘진 눈매를 손가락으로 조심스럽게 쓸더니, 방 안으로 들어오자마자 아무것도 묻지도 따지지도 않고서 그녀를 와락 끌어안았다.

우빈의 쿵쿵거리는 심장 소리와 뜨겁게 달아오른 체온이 그녀를 얼마나 걱정했는지 말하고 있었다. 재인은 눈을 감고서 우빈의 어깨에 머리를 기댔다. 엉망으로 뒤엉킨 감정이 조금씩 녹는 기분이 들었다. 굳이 말하지 않아도 그가 이 호텔로 오면서 무슨 생각을 했는지 다 들은 듯했다. 우빈은 재인의 등을 쓸어내리며 그저 나직이 한숨을 토해낼 뿐이었다.

얼마를 더 그러고 있었을까. 재인이 우빈을 놓고서 뒤로 물러나 침대 위에 걸터앉았다. 그러고서 우빈을 조용히 쳐다보자, 우빈도 천천히 안으로 들어오더니 재인의 바로 앞에 섰다. 그리고 무릎을 꿇고는 재인의 두 눈을 직시하며 가라앉은 목소리로 말했다.

"미국으로 가자."

더 이상의 설명도 이유도 없었다. 다만 태도가 달라졌을 뿐. 하지만 재인은 그것만으로도 우빈이 지금 어떤 심정인지 느낄 수 있었다. 우빈은 마치 열일곱의 그날처럼 더는 참지 않겠다고, 어떻게든 너와 같이 떠나고 말 거라고 온몸으로 외치는 듯했다.

재인은 우빈의 짙은 눈동자를 가만히 들여다봤다. 깊고 깊은 그 갈색 호수 같은 눈에는 오직 재인의 모습만이 담겨 있었다. 재인은 손을 들어 그의 얼굴로 가져갔다. 매끄러운 뺨을 조심스레 손가락으로 매만지다 코와 입술을 만져 봤다. 그리고 상체를 앞으로 기울여 핏기가 도는 그 보드라운 입술에 살짝 입을 맞췄다. 그제야 재인은 깨달았다. 답은 처음부터 정해져 있었다는 것을. 일곱 살에 처음 만난 그 순간부터 신재인의 옆자리는 이우빈뿐이었다는 사실을. 그 사슬 같은 운명을 잘라내기 위해 우빈도 자신도 미치도록 발버둥 치며 아파했으나 소용없었다. 그와 재인은 엄마가 아닌 그 누구라도 끊지 못할 인연으로 이미 묶여 버렸기에.

"그래, 가자."

재인은 우빈의 목을 끌어안으며 짧게 대답했다. 그는 길게 숨을 내쉬고는 재인을 와락 안았다. 이번에도 재인이 거절한다면 그녀를 자신만 아는 장소에 숨겨 회사도 못 가게 만들 참이었다. 그렇게라도 하지 않으면 재인에게 또 무슨 일이 생길지 몰라 불안해서 견딜 수가 없을 테니까.

"절대로 후회 안 하게 해줄게."

우빈이 눈을 감고서 재인의 머리를 쓰다듬으며 말했다. 차분한 어조였지만 재인은 그가 드물게도 긴장했다는 걸 알았다. 그녀에게 거절당할까봐 두려워 내내 노심초사했다는 것도. 재인은 우빈을 더욱 꼭 끌어안았다.

마침내 그녀는 결정을 내렸다. 죄스러운 마음은 평생 지울 길이 없겠지만, 한국에 남아 계속 노민혁과의 결혼을 강요받을 바에는 차라리 우빈과 도망치는 걸 택하겠다고. 어차피 엄마와 자신이 바라는 건 자석의 양극처럼 다르고, 신재인은 살아 있는 한 이우빈만을 원할 테니까.

재인은 눈을 감으며 우빈의 볼에 얼굴을 비볐다. 모두가 미쳤다고 손가락질할 테지만 이젠 상관없었다. 지금부터 그녀가 할 행동은 그야말로 미친 짓일 테니까.

◈

재인은 우빈에게 여권과 미국 비자 서류를 맡기고서 새벽에 집으로 돌아갔다. 조용히 일상생활을 이어가다 떠나기로 했으니, 한국에 있는 동안만이라도 회사 생활을 성실히 하겠다는 생각에서였다. 우빈은 알았다며 재인을 집으로 데려다줬고, 그녀가 몰래 집 안으로 들어가 옷을 갈아입고 나오길 기다렸다가 회사까지 차로 바래다줬다.

그랬던 까닭에 다른 직원들보다 1시간은 더 일찍 출근해 작성 중이던 서류들을 정리하고 있는데, 아침 9시가 넘자마자 회장실에서 호출이 떨어졌다. 외할아버지는 다른 직원들의 이목을 고려해 회사에서 재인을 직접적으로 호출하지 않으셨는데, 이날은 부르시는 이유가 너무도 뻔히 짐작이 갔다. 분명 엄마가 어제저녁에 외할아버지께 전화했을 것이다. 그리고 재인이 바락바락 반항하다 나가 버렸다고 하소연했을 테다. 재인은 숨을 깊게 들이마셨다 내쉬며 비서의 안내를 받아 회장실 안으로 들어갔다. 외할아버지의 얼굴을 똑바로 쳐다볼 자신이 없었다.

"거기 앉아라."

외할아버지는 평소와 다름없이 인자한 목소리로 재인에게 소파에 앉으라고 권했다. 재인은 작게 대답하며 그 말씀을 따랐다. 얼굴을 제대로 들지도 못하는 재인에게 최 회장이 다가가 마주 앉으며 입을 열었다.

"많이 속상했을 거라고 생각한다. 하지만 네 어미 속도 많이 상한 모양이다."

최 회장은 손녀딸을 나무라고 꾸짖기보다는 달래주고 싶었다. 어제저녁, 느닷없이 전화해 제 주장만 다다다 펼친 딸의 이야기를 듣고 있자니 어떤 상황이 벌어졌는지 대충 짐작이 갔다. 아마도 딸은 또 밑도 끝도 없이 제가 바라는 것을 요구하며 재인에게 그게 좋다고 했을 것이다. 그리고 안 그래도 엄마가 불편했던 손녀는 끝내 참지 못하고 얼굴을 붉혔을 테다. 어쩌면 재인이 버릇없게 굴어 상황이 악화됐을 수도 있지만, 최 회장은 손녀를 추궁하거나 혼내고 싶지는 않았다. 그저 상처가 넌지시 들여다보이는 재인이 안쓰러울 뿐이었다.

"정말 죄송해요, 할아버지. 면목 없어요."

재인이 고개를 숙이고서 사죄드렸다. 엄마와 싸워서 심려를 끼쳐 드린 것도, 앞으로 저지를 일도 외할아버지와 외할머니께는 하염없이 죄스러웠다. 아마 도망치듯 한국을 떠나면 이분들을 다시는 못 볼 수도 있겠지. 엄마와 아빠는 오랜 시간이 흐른 후 만날 수 있겠지만, 이미 연세가 지긋하신 외할아버지와 외할머니가 언제까지 살아 계실지는 알 수 없으니까. 그런 생각을 하니 심장이 욱신거렸다. 재인은 미간을 찌푸리며 아랫입술을 깨물었다.

"그렇게 풀 죽을 거 없다."

최 회장이 재인을 다독이듯 말했다. 그 다정한 목소리에 말도 못할 만큼 죄책감이 밀려왔다. 재인은 시선을 바닥으로 떨궜다. 이 자리에서 무릎이라도 꿇고 싶은 심정이었다.

"고개 들고 할아비 봐. 그래야 네 얘길 들어볼 게 아니냐."

재인이 단지 결혼 문제로 최 여사와 싸운 게 죄스러워 이러는 줄 아는 최 회장이 다시 입을 열었다. 재인은 천천히 고개를 들었다. 그래도 외할아버지의 눈을 똑바로 쳐다보지는 못했다. 최 회장은 손녀를 측은한 시선으로 바라보며 말을 꺼냈다.

"어떤 게 그리 싫은 거냐? 네 엄마가 강요하는 게 싫은 거냐, 상대가 민혁인 게 싫은 거냐?"

"……저는 제가 좋아하는 사람과 결혼하고 싶어요, 할아버지."

손녀딸은 낮게 가라앉은 음성으로 간신히 입술을 떼어 대답했지만, 그 한마디에 모든 뜻이 담겨 있었다. 정략결혼도 싫고, 민혁에게 조금도 마음이 없는 게다. 최 회장은 입을 굳게 닫고서 생각에 잠겼다. 어쩌면 이 아이, 이미 누군가를 가슴에 품은 것은 아닐까?

"따로 만나는 상대라도 있는 게냐?"

최 회장의 무거운 물음에 재인은 아무런 대꾸도 할 수 없었다. 그렇다고, 일생을 함께하고픈 사람이 있다고, 그건 우빈이라고 말해야 하는데, 솔직히 털어놓아야 하는데, 그러지 않기로 결정했으니까. 폭풍을 일으키지 않고 피해가기로 결심했으니까. 최 회장은 입을 열지 못하는 재인을 물끄러미 보다가 신중한 어조로 말했다.

"그런 사람이 있으면 데려오너라. 난 너한테 정략결혼을 시킬 마음은 없으니까. 하지만 말이다, 민혁이도 생각해봐. 무조건 싫다고만 하는 것도 현명치 못해. 그리고 그 녀석, 사내로서 꽤 괜찮다. 네게 진심이고."

정말 우빈을 외할아버지께 데려올 수만 있다면 얼마나 좋을까. 외할아버지께 소개해도 아무 문제가 없다면 얼마나…….

"네."

재인은 가까스로 거짓을 뱉어냈다. 앞에 계신 외할아버지께도 민혁에게도 그녀는 씻을 수 없는 상처를 줄 터였다. 어쩌면 영원히 용서받지 못하겠지. 만약 그러고서 외할아버지가 돌아가신다면 재인의 가슴에는 지울 수 없는 피멍이 새겨질 것이다.

"그래. 그만 가서 일해라."

최 회장은 길게 한숨을 내쉬며 재인에게 물러가도 좋다는 허락을 내렸다. 오늘 손녀는 다른 때보다 더 힘이 없고 파리해 보였다. 원래도 제 엄마와 싸우고 나면 기운 없고 속상해했지만, 이날은 유독 심했다. 그런 아이를 앉혀놓고 더 얘기해 봤자 잔소리만 될 테지. 그는 손녀딸의 마음이 진정된 연휴에 다시 한 번 좋게 얘기를 꺼내보자 생각했다.

재인은 천천히 소파에서 일어나 최 회장에게 꾸벅 인사했다. 외할아버지가 고개를 끄덕이자, 그녀는 조심스레 뒤로 물러나 회장실 밖으로 나왔다. 그리고 회장 비서실을 통과하자마자 화장실로 달려가 문을 닫고서 변기 위에 주저앉았다. 당장이라도 울음이 터질 것 같았지만 재인은 천장을 바라보며 가까스로 참아냈다. 자신이 무슨 자격으로 울 수 있단 말인가?

'죄송해요, 할아버지. 죄송해요…….'

재인은 숨을 울컥 삼키며 눈물이 고이려는 눈가를 휴지로 찍어냈다. 그녀를 안쓰럽다는 눈길로 보시는 외할아버지의 걱정 어린 음성이 가슴을 더욱 찢었다. 이런 죄스러운 마음을 품고서, 밝히지도 못할 우빈을 안고서 그녀는 결코 행복할 순 없을 것이다. 하지만 그럼에도 그와 함께 가겠다면, 그러고야 말겠다면, 그를 원하는 자신의 마음은 얼마나 독한 것일까.

'죄송해요, 할아버지. 죄송해요……. 부디 저를 용서해 주세

요……. 아니, 용서하지 마세요…….'

재인은 터져 나오려는 울음을 참으려 코와 입을 틀어막았다. 그런 재인의 눈 옆으로 미처 닦아내지 못한 눈물이 한 줄기 또르르 떨어졌다.

11. 배덕한 마음

"꼭 그 아이여야겠니?"

한복을 단아하게 차려입고서 장성한 둘째 아들 민혁과 함께 오랜만에 청담동 갤러리 결(結)로 행차한 우진경 여사가 낮게 소곤거렸다. 누가 봐도 눈이 환해질 만큼 수려한 청년이 된 둘째 아들은 부득불 재호그룹의 외손녀와 결혼하겠다며 드세게 고집을 부렸다.

친부가 유한제강의 신 대표인데다 어렸을 적부터 봐온바 제인이 영리하고 예의를 아는 아이라 반대부터 하지는 않았지만, 아무리 생각해 봐도 그 어머니 자리가 안 내켰다. 이혼 경력 두 번에 제멋대로라고 평판이 자자한 최태경 여사가 아닌가? 두 번째 이혼을 하자마자 유럽으로 떠나 돈을 물 쓰듯 하고 돌아왔다는 소문이

도는 그이의 여식과 사위로 탐내는 가문이 차고 넘치는 둘째 아들을 맺어주는 게 영 탐탁지 않은 것이다.

"어머니도 재인이 예뻐했으면서 뭘 그러십니까?"

민혁이 우 여사 옆에서 양손을 양복바지 주머니에 넣은 채 느릿느릿 걸으며 여유로운 목소리로 대꾸했다. 부모님이 재인의 집안, 특히 최 여사를 곱지 않은 시선으로 보는 건 알고 있었다. 하지만 그렇다고 대놓고 반대할 까닭도 없었다. 그가 무슨 신데렐라 드라마에 나오는 것처럼 호텔 객실 청소부나 가난한 아르바이트생과 결혼하겠다는 것도 아니고, 어머니도 그간 재인이 밝고 예의를 안다며 심심찮게 칭찬했지 않은가?

"그건 그런데…… 그래도 신중히 고려해봐. 결혼이잖니? 더 좋은 집안의 아이도 여럿인데 굳이 그 애일 이유가 뭐야? 너한테 들어오는 혼담도 적지 않은데 말이야. 송 의원 첫째 딸도 너한테 아주 애가 닳았다니까?"

우 여사는 어떻게든 아들의 마음을 돌려놓고 싶어 최근에 자신과 급격히 가까워진 송 의원 댁 맏딸을 추천했다. 그 집안이라면 가문도 괜찮고 안사돈도 품위 있고 단정하기로 유명하니까.

그러나 민혁은 단박에 얼굴을 찡그렸다.

"그 짜리몽땅한 성형 중독자? 그 집에 제 엄마 닮은 딸은 하나도 없는 거 몰라요?"

딸이 셋인 송 의원 댁에는 고전적인 미인인 엄마를 빼닮은 여식이 하나도 없었다. 심지어 하나뿐인 그 집 아들마저 제 아비를 닮아 키가 작고 통통했다. 그 때문인지 그 집안 딸들은 지나칠 정도로 성형에 집착했고, 미인인 엄마를 어떻게든 닮아보려 애쓰는 경향이 짙었다.

"외모만 따져서 어따 쓰려 그래? 타고난 인품이 좋아야지! 비록 재인이가 예쁘고 영리하긴 하다만 제 엄마를 닮은 구석이 분명 있을 거 아니니? 나중에 후회하지 말고 엄마 말 잘 생각해봐."

이번에는 우 여사가 인상을 팍 쓰며 아들에게 충고했다. 아무리 어미와 다르다 한들 피는 못 속이는 법이다. 그래서 재인이 빼어난 걸 알아도 며느리로 들이는 게 도무지 내키질 않았다.

"목소리 낮춰요. 저기들 오시네."

민혁의 시야에 천천히 미술관을 둘러보며 그들 쪽으로 다가오는 정 여사 일행이 들어왔다. 흰 저고리에 은은한 빛깔의 회색 치마를 두르고서 고운 자수정 노리개를 단 정 여사와 화려한 보라색 투피스를 차려입은 최 여사, 그 뒤로 흰색 여름 정장을 갖춰 입은 재인이 따르고 있었다.

민혁은 입매를 빙긋 올렸다. 명분은 지인의 전시회를 방문한다는 거였지만 사실 이쪽과 저쪽의 어른들에게 운을 떼어 이 자리에 모이게끔 한 터였다.

우 여사와 민혁을 마주한 정 여사가 먼저 온화한 미소로 인사를 건넸다.

"오랜만이네, 우 여사. 집안 두루 평안하신가?"

"아유, 그럼요. 여사님도 건강히 지내시죠? 회장님도 안녕하시고요?"

"그만하네. 이리 장성한 아드님과 함께하니 얼마나 든든하신가."

"호호! 제 눈에는 아직도 덩치 큰 아이 같은걸요? 재인이야말로 볼 때마다 예쁘고 근사해지네요."

"후후, 재인이도 이 할미 눈에는 아직 아기 같아. 이제 혼인할 때가 됐는데도 말이야."

안 듣는 데선 무슨 소리를 했든, 우 여사는 환한 미소를 띠며 정 여사 일행과 담소를 나눴다. 그러다 민혁의 제안으로 다 같이 갤러리 옆 건물에 위치한 찻집으로 자리를 옮겼고, 은근슬쩍 재인을 곁눈질하며 이런저런 대화를 했다. 주제는 갤러리에서 본 그림들과 화가로 활동하는 지인에 대한 것이었지만, 그 틈을 비집고 장성한 두 자녀의 결혼 이야기가 언뜻언뜻 오갔다.

"재인이야 연분 맺고 싶어하는 집안이 많았죠. 사실 저는 진즉에 결혼시키고 싶었어요. 애가 공부하고 일하겠다고 고집을 피우는 통에 아직 안 시켰지만요."

최 여사가 커피 잔을 탁자 위에 내려놓으며 말했다. 말투는 자못 속상하다는 기색이나 은근슬쩍 딸 자랑이 섞였다.

재인은 최 여사 옆에 앉아 얌전히 커피만 마셨다. 그녀는 이날따라 유독 조용했다. 우 여사에게 예의 바르게 인사한 것 외에는 지금까지 말 한마디 안 했을 정도다. 원래 자신을 제외한 어른들 앞에서야 조신한 딸이었지만, 최 여사는 이 애가 정말 내 딸이 맞나 하는 의심마저 들었다. 싸우고 뛰쳐나갔던 다음날 집으로 들어와서부터 계속 군말 없이 순종적이고 조용했던 것이다.

"민혁이도 그래요. 이 댁 저 댁에서 사위 삼고 싶단 얘기를 들었는데 애가 딱히 내켜 하지를 않아 고사했어요. 사실 요즘 시대에 남자 나이 스물아홉에 결혼하는 게 이르기도 하고요."

우 여사도 시선을 아래로 내리깔며 태연하게 받아쳤다. 요는, 내 아들은 전혀 급할 것도 아쉬울 것도 없다는 말이었다.

그 뜻을 못 알아챌 최 여사가 아니었다. 최 여사는 일부러 더욱 화사한 미소를 얼굴 가득 띠며 호호 웃었다. 그러곤 오히려 우 여사의 얼굴에 금칠을 했다.

"민혁이야 어느 댁에서든 반길 일등 신랑감이죠. 저도 민혁이를 볼 때마다 이런 아들이 한 명 있으면 얼마나 좋을까 생각하는걸요? 얼마나 듬직하고 멋져요. 이런 아드님을 둘이나 둔 우 여사님은 정말 복 받으신 거예요."

"호호, 그런가요? 하지만 저는 오히려 재인이 같은 딸이 아쉬운걸요?"

우 여사가 입을 손으로 살짝 가리며 웃었다. 고단수의 화법이었지만 네 아들이 잘났다 해주는 게 듣기 싫지는 않은 것이다. 되레 어른들 옆에서 재인과 마찬가지로 침묵하던 민혁이 면구하다는 듯이 입을 열었다.

"하하, 민망합니다, 어머님들. 그쯤 해주십시오."

"아니, 왜? 틀린 말을 한 것도 아닌데."

최 여사가 눈초리를 부드럽게 휘며 답했다. 민혁이 눈에 넣어도 안 아플 만큼 마음에 찬다는 표정이었다. 민혁은 쑥스럽고 멋쩍다는 미소로 최 여사에게 응했고, 제법 화기애애한 분위기 속에서 티타임이 이어졌다. 그러고서 헤어질 무렵, 정 여사는 인자한 미소로 우 여사에게 조만간 바깥 어르신들과 함께 자리를 만들자는 언질을 했다. 이미 서로 알 만큼 아는 사이니 복잡한 절차는 생략하자는 뜻이었다.

우 여사는 그 제안을 단번에 거절할 수도, 그렇다고 허락할 수도 없어 그저 입가에 미소를 띤 채 남편에게 말해보겠다고만 대답했다. 정 여사와 최 회장의 인품이야 익히 안다만, 여전히 무턱대고 혼사를 진행하기에는 꺼림칙했으므로.

오늘 민혁을 대하는 최 여사를 보니 부정적이기만 하던 생각이 살짝 흔들리긴 했지만, 그렇다고 둘째 아들의 혼사를 쉽게 처리할 수는 없잖은가? 민혁만 보면 눈이 하트가 돼가지고선 뚫어져라 바라보는 송 의원 댁 맏딸에 비하면 재인은 너무 덤덤한 듯도 하고.

'아무래도 민혁이 이놈이 더 안달하는 것 같단 말이야. 사내놈이 벌써부터 잡혀가지곤!'

정 여사 일행과 헤어져 운전기사가 몰고 온 승용차 뒷좌석에 올라 귀가하며, 우 여사는 둘째 아들을 향해 혀를 끌끌 찼다. 민혁은 지금도 곧장 회사로 가지 않고서 재인과 저녁 식사를 하겠다며 슬그머니 내뺐다.

정 여사와 최 여사야 반색을 하며 그러라고 둘을 보냈지만, 우 여사는 입으로는 웃으며 그래라 하면서도 내심 마뜩치 않았다. 안 그래도 며칠 전에 회사 일을 너무 우습게 안다며 그룹 회장인

아버지에게 호되게 꾸중을 들었으면서 말이다.

우 여사는 고개를 절레절레 흔들며 입술을 앙다물었다. 민혁이 집으로 돌아오면 제발 신중히 행동하라고 한바탕 연설을 늘어놓을 참이었다. 결혼하는 건 아들 개인이지만, 가문에 새 사람을 들이는 건 집안 전체가 아닌가? 저도 가내 사업에 동참한 지 벌써 두 해고 말이다.

'일단 설득해 봐야지. 남편에게도 단단히 꾸짖어보라 하고.'

한번 고집을 부리기 시작하면 말릴 자가 없었던 둘째 아들의 어린 시절을 떠올리며 우 여사는 한숨을 푹 내쉬었다.

"왜 이렇게 조용하냐? 방법을 바꿨어? 한 귀로 듣고 한 귀로 흘리기, 뭐 그런 거냐?"

민혁은 비뚜름한 미소를 물고서 앞에 앉은 재인을 응시했다. 솔직히 그는 어른들이 가고 나면 재인이 참았던 걸 폭발해 한바탕 퍼붓거나 저녁 식사를 한 셈치고 각자 찢어지자고 말할 줄 알았다. 그런데 예상과 정반대로 민혁을 따라 순순히 미술관 근처의 한정식 집으로 오더니, 어른들과 같이 있을 때처럼 얌전히 식사를 했다. 문제는 아까처럼 지나치게 조용하다 못해 말 한마디 없이 먹기만 한다는 것이었다.

"원하는 대로 밥 먹고 있잖아. 뭐가 문제야?"

재인이 호박전을 오물오물 씹으며 대꾸했다. 무표정한 얼굴로 그에게 시선조차 제대로 주지 않았다. 민혁은 한숨을 길게 내쉬며 젓가락을 탁 내려놓았다. 이런 태도는 싸우고 헤어지느니만

못하다.

"그냥 화를 내라. 너답지 않게 왜 이래? 갑자기 웬 요조숙녀 흉내냐고."

민혁이 미간을 찌푸리며 비웃었다. 차라리 신경질을 팩팩 부리며 따지고 드는 신재인이 낫지, 이러고 있으니 속이 터질 것 같았다. 아무리 그가 하는 짓이 마음에 안 든대도 그렇지, 이건 상대도 하기 싫다는 뜻 아닌가. 이럴 거면 여기까지 왜 따라온 건데?

"더 이상 싸우기 싫어. 그래 봤자 서로 기분만 상하잖아."

재인이 젓가락을 내려놓고서 물을 한 모금 마시며 말했다. 그러고선 민혁을 응시하는데, 눈빛이 기묘했다. 민혁은 온갖 감정이 뒤섞인 재인의 검은 눈을 직시하며 시비를 걸 듯 물었다.

"그래서 아예 말을 안 하겠다? 아니면 이러다 몰래 사고라도 치시게?"

역시 그는 눈치가 빠르다. 재인은 시선을 아래로 내리깔며 희미하게 웃었다. 이렇게 눈치 빠른 녀석이 왜 완전히 남이 돼 돌아온 이우빈이 그녀를 이렇게 만들 거라고는 상상조차 안 했을까?

"노민혁, 하나만 물어보자. 날 언제부터 좋아한 거야?"

재인은 대답 대신 엉뚱한 질문을 던졌다. 그녀를 보는 민혁의 표정이 점점 일그러졌다. 불길한 기운이 스멀스멀 몸으로 파고드는 기분이었다.

"그런데 왜 진작 말하지 않았어? 왜 다른 여자들 만났어?"

다시 묻는 재인의 두 눈은 민혁을 넘어 먼 곳을 향해 있었다. 꼭 오랜 시간 방황하다 혼자서 결론을 내리고 떠나가려는 사람처럼. 민혁은 재인의 이런 눈빛을 언젠가 본 듯한 기억이 어렴풋이 떠올랐다. 그러니까 그건…….

"네가 무슨 일을 꾸미고 있는지는 모르겠는데, 그게 뭐든 어림없어. 지금부터 너한테 감시를 붙일 테니까."

민혁의 입술 사이로 거칠게 말이 튀어나갔다. 재인이 이런 눈을 했던 건 딱 한 번, 우빈과 다시는 못 만날 거라고 말했던 그때뿐이었다. 그러니까 지금 신재인은 노민혁에게 눈으로 영원한 이별을 고하는 거였다.

재인은 미간에 주름을 드리우며 쿡쿡 웃었다.

"차라리 그 시간에 다른 여자를 만나지 그래? 그게 무슨 낭비야?"

"낭비일지 아닐지는 보면 알겠지."

민혁이 차갑게 응했다. 하지만 재인은 또 조용히 미소 지을 뿐, 다시 입을 다물었다.

두 사람은 숨 막힐 듯한 침묵 속에서 식사를 마쳤고, 민혁은 재인에게 집으로 직접 데려다주겠다고 말했다. 그녀가 거절하면 억지로 질질 끌고 갈 듯 협박하는 투로. 재인은 딱히 거절하지는 않았다. 하지만 민혁의 차에 올라 집으로 가는 동안에도 그에게 말 한마디 하지 않았고, 아파트 앞에 도착해 차에서 내려서야 '잘 가'라는 인사만을 남기고는 미련 없이 떠나 버렸다.

언제라도 날아갈 것처럼 보이는 재인의 뒷모습을 보며 민혁은 어금니를 지그시 깨물었다. 당장이라도 이우빈을 찾아가 때려눕히고 싶었다. 죽도로 흠씬 두드려 패서 미국행 비행기 화물칸에 던져 버리고 싶었다. 자신과 재인을 이런 식으로 변하게 만든 이우빈을 정말이지……!

민혁은 거칠게 운전대를 돌려 차의 방향을 틀었다. 이우빈이 무슨 짓을 하든, 재인이 그를 어떻게 대하든 민혁 자신의 마음 또한 돌이킬 수가 없었다. 그렇다면 이기는 것 외에 무슨 방법이 있겠는가. 무슨 수를 쓰든지 이기는 것 외에는.

그는 액셀을 꾹 밟아 승용차의 속도를 올렸다. 이제부터 방해물은 뭐든 치워 버릴 테다!

❖

"언제 이런 걸 준비했냐?"

이 부회장은 우빈이 올린 두 종의 보고서를 훑어보며 자못 심각한 표정을 지었다. CTS 인재 개편안과 향후 5주년 사업계획서. 회사에 입사한 지 고작 석 달이 넘은 아들이 제출하기에는 지나치게 호기로운 내용이었다. 아들의 두뇌가 우수하다고는 하나 사업은 좋은 머리만으로 할 수 있는 게 아니잖은가?

"명확한 가이드라인이 될 거라곤 생각지 않습니다. 다만, 숙고해 주시기를 바랄 뿐입니다."

우빈은 이 부회장이 앉은 책상 앞에 서서 나직이 대답했다. 은부장에게 임원 정보를 넘겨받고서 분석을 끝내자마자 박차를 가해 작성한 보고서들이었다.

그전부터 국내외 시장에서 CTS의 입지를 다각도로 파악해 발전 가능성을 모색하고는 있었지만, 임원들에 대한 조사가 끝났을 때야 비로소 완성할 수 있었다. 그러고서 한 부는 은 부장에게, 다른 한 부는 이 부회장에게 올린 것이다. CTS에 입사하고 나서 그가 부회장실로 올라와 직접 드리는 첫 보고였다.

"제법 예리하게 썼구나. 하나 이런 방법들로 반발을 전부 잠재울 수는 없을 텐데?"

이 부회장이 안경 너머로 우빈의 얼굴을 지그시 바라보며 말했다. 아들이 올린 인재 개편안은 숙청이라고 할 만큼 파격적이었다. 회사 설립 때부터 함께한 임원들 중 현재 자리만 차지하고 있는 사람들을 잘라내고, 정치 싸움으로 윗자리를 꿰찬 이들을 걸러 내는. 문제는 그들 중 몇몇은 이 부회장의 측근이고 또 몇몇은 회사 지분을 상당히 가졌다는 것이다.

물론 우빈은 차후 방안에 대해서도 작성했지만, 밥그릇을 빼앗긴 이들이 그 처우에 만족하고 순순히 물러날지는 모르는 일이다.

"저도 그대로 이뤄지리라고는 생각지 않습니다. 아무리 다수의 경우에 대비해 방책을 세웠다 해도 예외란 언제나 있으니까요. 단지 부회장님께서 그걸 보시고 CTS의 현 상태를 묵과하지 않으시기를 바랄 뿐입니다. 가장 발 빠르게 움직여야 할 통신 회사에서 연세 지긋하신 임원들의 정치 싸움이 지나치면 몰락하는 건 순식간입니다."

우빈은 일말의 표정 변화도 없이 돌려서 말했지만, 실상은 회사 내부에서 벌써부터 벌어지고 있는 후계 싸움을 꼬집은 것이었다. 비록 현 총수인 이 부회장이 자신과 우빈 앞으로 가장 많은 지분을 확보해 놨다지만, 윗대에서 세력 싸움에 밀린 이 부회장의 남동생이 아들 둘과 딸 하나를 회사에 심어놓은 지 몇 해였다. 이 부회장이 그것까지 막지는 않자, 그는 전임 회장의 수족이었던 임원들에게 차츰 접근해 자기편을 늘리고 있었다.

문제는 CTS가 지금 내부 분열이나 일으킬 상황이 아니라는 거였다. 재작년 매출액으로 따졌을 때 이미 통신 업계 1위 자리를 경쟁사에 내줬고, 인터넷사업도 간신히 1위 자리를 지키고 있으나 순이익이 신통치 않았다.

다행히 중국으로 브랜드 진출을 하는 데는 성공했으나, 그것도 완전히 자리를 잡으려면 최소한 5년은 물심양면으로 움직여야 했다. 그래서 우빈은 CTS의 향후 5주년 사업계획서를 작성함과 동시에, 그를 이룰 수 있는 최선의 인재 재배치를 제안한 것이다.

"일단 좀 더 깊이 살펴보마. 실행에 대해선 천천히 생각해 보자."

잠시간 침묵하던 이 부회장이 무거운 음성으로 입을 열었다. 혁신으로 가득 찬 아들의 보고서들은 냉철하고 실용적일지는 모르나, 오랜 기간에 걸쳐 축척된 회사 내 권력 구도를 지나치게 배재한 것이었다. 하나 그렇다고 무시할 수만은 없었다. 보고서들의 내용 중 몇몇은 이 부회장 또한 반발을 사더라도 그리해야겠다고 결심한 것들이고, 그 역시 현 상태의 CTS를 아들에게 물려줄 수는 없다고 계속 곱씹고 있었으므로. 그렇다면 아들이 총수가 되고 나서 개혁에 따른 위험을 감수하게 하기보다는 원성을 사더라도 그가 먼저 시작하는 게 낫다.

"신중한 고려 부탁드립니다. 그럼 물러가겠습니다."

우빈은 아버지가 아닌 그룹 부회장을 대하는 태도로 깍듯이 허리를 굽혔다. 이 부회장이 알았다는 듯이 고개를 끄덕이자, 그는 정중한 자세로 부회장실에서 물러나왔다. 사실 과장의 직함으로 부회장에게 직접 보고를 올리는 행위도 절차에 어긋났으나, 이번만큼은 어쩔 수가 없었다. 이것이 CTS의 직원으로서 회사와 이 부회장을 위해 할 수 있는 마지막 일이 될지도 모르므로.

인력관리실로 돌아온 우빈은 자리에 앉기 전 은 부장과 눈을 마주쳤다. 은 부장이 눈빛으로 신호를 보내자, 우빈은 고개를 살짝 끄덕였다. 우빈이 이 부회장에게 올라가기 전에 설렘과 우려를 동시에 표했던 그였다. 보고서들에 담긴 내용대로만 된다면 CTS는 업계 정상을 탈환하겠으나, 부회장님이 이를 가납하시겠냐는 말이었다. 우빈이 저격한 대상에는 이 부회장을 지지했던 임원들 또한 포함돼 있으니까.

하지만 우빈을 보니 부회장님이 단칼에 거절하지는 않으신 듯했고, 그것으로 일차 목표는 달성했다. 나머지는 이 부회장의 마음과 그와 뜻을 같이할 수족들의 역량에 달렸다. 은 부장은 부회장님이 행동하시겠다면 자신의 능력과 인맥을 총동원해 돕겠다고 약속했다.

아마 우빈은 CTS에 남아 그 전쟁에 끼어드는 게 맞을 터다. 지금 우빈의 행동은 전략서만 던져 주고서 뒤로 물러나는 것과 다름없으니까. 그는 모니터를 초점 없이 바라보며 자조 섞인 미소를 지었다. 재인과 미국으로 떠나고 나면 남아 있는 사람들은 배신감에 치를 떨겠지. 그리고 회사 내 반대 세력들은 감히 아버지에게 반기를 들지는 못해도, 작은아버지의 자식들 중 하나를 다음 후계자로 내세워 세력을 확보하기 위해 혈안이 될 테다. 그것까지 염두에 두고서 보고서들을 작성했지만, 사람의 감정까지 어찌할 수는 없을 것이다. 특히 아버지의 마음을.

'죄송해요, 아버지. 저는 결국 이거밖에 안 되는 놈입니다. 저 혼자밖에 생각할 줄 모르는 인간이죠. 죄송합니다……. 하지만 후회하진 않습니다. 제가 줄곧 염원해 온 일이니까요. 아주 오래전부터 재인이가 아니면 상상조차 할 수 없게 돼버렸으니까요…….'

우빈은 어둡게 한숨을 내쉬었다.

❖

며칠 동안은 쥐 죽은 듯이 아무 일도 없었다. 재인과 우빈은 얼굴을 보지 않은 채 전화 통화만을 반복했고, 민혁도 그날 저녁 이후로 딱히 일을 꾸미지 않았다. 재인은 그저 회사 일에 몰두하며 시간을 흘려보냈다. 어차피 작성 중이던 기획서들을 마무리하고 인수인계 항목들을 몰래 만드느라 야근하기가 일쑤였고, 밤늦게 돌아오는 통에 누구도 만날 틈이 없었다. 한집에 사는 최 여사하고도 마주치기가 힘들 정도였다. 다시 찾아온 주말에도 재인은 회사로 출근해 오직 컴퓨터 화면만 들여다봤다.

최 여사가 딸의 그런 모습을 곱게 볼 리 없었다. 흔쾌히 상견례 자리를 마련하자고 연락이 와야 할 우 여사에게선 아직 소식이 없었고, 민혁도 바쁜지 조만간 가족들과 다 같이 뵙자는 안부 전화만 한번 했을 뿐이었다. 청담동 갤러리에서 만난 지 고작 일주일이 지났건만 최 여사는 이상하게도 조바심을 냈다. 원래 급하고 다혈질인 성정이지만 이번에는 자꾸 마음이 불안했다. 무슨 일이 터지기 전에 민혁과 재인의 혼사를 마무리해야 된다는 생각이 머릿속에서 빙빙 맴도는 까닭이다. 그래서 최 여사는 일요일인데도 굳이 회사에 출근한 재인이 올 때까지 기다리다가 딸이 집 안으로 들어오자마자 앉아보라며 호출했다.

"또 무슨 일인데."

재인이 소파에 널브러지듯 앉으며 물었다. 주말까지 상납하고 일에 매달렸다니 온몸이 파김치가 된 것 같았다. 이런 생활도 며칠 후면 끝일 테지……. 재인은 그러는 동안만이라도 엄마와 싸우지 않기로 다짐했다. 엄마에게 그렇게라도 해주자고 스스로를 다스렸다.

"너, 돌아오는 토요일에 선물 들고서 민혁이네 다녀와. 내가 모레쯤 우 여사한테 전화 넣을 테니까."

"왜? 그분 생일이었어?"

팔짱을 끼며 작심했다는 투로 말하는 최 여사에게 재인이 나른

한 음성으로 물었다. 그러자 최 여사가 답답하다는 투로 딸을 나무랐다.

"이것아! 그 댁 어른들하고 안면을 더 익혀야 될 거 아니야? 안 그래도 연락이 없어 속 터져 죽겠는데! 넌 어떻게 된 애가 이런 쪽에는 도통 눈치가 없니?"

최 여사는 지난번에 재인이 했던 말들도, 그날 반박하는 딸에게 손찌검을 했단 사실도 벌써 잊은 모양이었다.

재인은 미간을 찌푸리며 쓴웃음을 지었다. 그리고 처음이자 마지막으로 최 여사를 향해 진지하게 질문을 던졌다.

"엄마는 왜 그렇게 나를 노민혁이랑 결혼시키려고 해? 내가 싫다는데. 왜 억지로 등을 떠밀어?"

"걔만 한 애가 없으니까. 막말로 민혁이랑 결혼 안 하면 너, 걔보다 더 나은 애랑 결혼할 수 있겠어? 걔보다 더 나은 신랑감 찾아올 수 있겠냐고. 게다가 민혁인 네가 좋다잖아. 걔한테 들어오는 혼처가 어디 한두 군데인 줄 알아? 그런데도 네가 좋다고 어른들한테 먼저 말 넣고 다니잖아. 그런 애가 어디 있니?"

"내가 아니라잖아. 엄마 딸이 아니라고! 엄만 어떻게 자기 자식이 하는 말보다 노민혁이 하는 말을 더 들어? 어떻게 나한테 한번 묻지도 않고서 무조건 노민혁이랑 결혼하라고 하냐고. 난 그렇게 연애 따로, 결혼 따로인 애 싫어. 그냥 처음부터 날 좋아해 주는 남자가 좋단 말이야! 엄마는 두 번이나 결혼해 봤으면서 왜 자꾸 나한테 같은 걸 강요하는 거야?"

재인이 답답하다는 듯이 목소리를 높였다. 몇 번을 얘기해도 도

돌이표를 찍는 기분이었다. 엄마는 변함없이 민혁을 찬양하며, 그러므로 민혁과 결혼해야 된다는 결론에서 요지부동이었다. 딸 개인의 의사는 여전히 안중에도 없다.

속이 터지기는 최 여사도 마찬가지. 그녀는 제발 말귀 좀 알아들으라는 듯이 소리쳤다.

"이것아, 두 번이나 결혼을 해봤으니 이러는 거야! 두 번이나 결혼한 엄마 눈에 민혁이가 제일 괜찮으니까 이러는 거라고! 내가 네 엄마야. 엄마가 설마 안 좋은 걸 하라고 시키겠니? 딸내미가 망하길 바라겠냐고! 그렇게 말 안 듣고 빠득빠득 우기다가 나중에 피눈물 흘리지 말고 엄마가 하라는 대로 해!"

"하아…… 엄만 정말 똑같아. 내가 어렸을 때부터 지금까지 항상 이래, 항상! 관둡시다."

재인은 한숨을 쉬며 소파에서 일어났다. 더 대화해 봤자 소용없다. 엄마는 계속 자기 말에 무조건 따르라고만 할 테고, 그런 엄마의 마음을 돌려보고자 이 얘기 저 얘기 하면서 애써봤자 끝내 거리는 좁혀지지 않을 것이다.

최 여사는 터덜터덜 방으로 향하는 딸의 등짝을 휙 노려봤다. 지금 똥고집을 부리는 게 누군데! 그녀는 쌍심지를 켜며 재인을 향해 외쳤다.

"토요일에 민혁이네 가는 거 잊지 마! 너 자꾸 엄마 말 안 들으면 할아버지한테 얘기해서 회사도 못 다니게 할 거야!"

'안 그래도 며칠 있으면 못 다니게 될 거야.'

재인은 표정을 일그러뜨리며 방문을 열었다. 어떻게든 마음을 열어볼까 했지만, 엄마는 오직 민혁과의 결혼을 바랄 뿐이었다. 재인이 누굴 좋아하든 말든 엄마에게는 노민혁을 이길 자가 없었다. 민혁이 안 좋은 상대라는 건 아니지만, 재인은 끝까지 딸의 말을 한 번도 들어주지 않으려는 엄마가 속상했다.

'하지만 곧 엄마가 더 속상해지겠지. 미안해, 엄마. 난 엄마한테 도무지 맞춰줄 수가 없네. 하지만 엄마도 나한테 그런 적 없으니까 너무 뭐라 하지는 마. 이제 내가 꼴도 보기 싫어지겠지만…….'

재인은 인상을 쓰며 핸드백을 바닥에 툭 떨어뜨렸다. 고개 숙인 재인의 얼굴 아래로 어두운 한숨이 흘러내렸다.

❖

감시를 붙인 지 열흘. 그 기간 동안 신재인은 지나칠 정도로 회사에 처박혀 살았다. 사무실에 혼자 남아서 어떤 일을 꾸미는지, 과로사 하기로 작정을 했는지는 모르겠다만, 아침에 출근하고 나면 밤 10시가 넘어서야 퇴근하기 일쑤였고, 곧바로 집으로 들어가 아침 출근 시간에 다시 나왔다. 단 한 번, 강남 대로변에 있는 카페에서 이우빈을 만난 것을 제외하고는 말이다.

"대체 뭐냐?"

민혁은 한쪽 입 끝을 비틀어 올리며 책상 위를 왼손 검지로 톡톡 두드렸다. 근래 신재인의 일상은 비밀 연애를 하는 사람답지 않게 무미건조하기 그지없었다. 이우빈을 한 번 만났다고는 하나,

호텔도 그 자식이 사는 오피스텔도 아닌 북적이는 카페에서 두 시간 동안 같이 있다 헤어졌을 뿐이란다. 경호원의 보고에 따르면 도청하지는 못해 정확히 무슨 이야기를 나눴는지는 알 수 없으나, 두 사람의 표정이 내내 어두웠던데다 신재인이 먼저 일어나서 뛰쳐나가듯이 카페를 떠났다고 했다.

"위장이야, 아니면……."

민혁은 이마에 주름을 드리우며 생각에 잠겼다. 그 둘이 벌써 헤어졌을 리는 없다. 인정하기는 싫지만 두 사람은 이 정도 압력에 헤어질 만큼 얕은 인연이 아니다. 오히려 아무렇지도 않은 척 일상생활을 하다가 둘이 도망칠 확률이 더 높을 것이다.

거기까지 생각이 미친 민혁은 곧장 보고를 올린 경호원에게 전화를 걸어 감시자를 두 배로 늘리라고 지시했다. 밤낮으로 신재인에게 따라붙어 물 샐 틈 없이 주시하고, 회사와 집, 성북동이 아닌 장소로 갈 기미가 보이면 즉시 연락하라고 말했다. 특히 그녀가 인천공항이나 김포공항으로 갈 기미가 보이면 무슨 수를 써서라도 외국으로 못 나가게 막으라고 명령했다.

'이 정도면 급한 불은 끄겠지.'

민혁은 의자에 앉은 채로 몸을 뒤로 젖혔다. 그 계집애가 뭐기에 지신답지 않게 감시까지 해가며 붙잡아놓으려는 걸까. 이미 그 재수 없는 이우빈 새끼한테 코가 꿰었는데. 이우빈한테 지껄인 대로 내가 못 가진 걸 그 새끼가 갖는 게 꼴도 보기 싫어서? 고이고이 놔두느라 제대로 데리고 놀아보지도 못해서?

아니, 신재인이 자신에게 고작 그 정도였다면 굳이 결혼까지 들먹이지도 않았을 것이다. 민혁은 미간을 찌푸리며 아프게 웃었다.

'난 네가 생각하는 것보다 훨씬 더 진심이라고, 이 멍청아!'

민혁은 고통스러운 표정으로 쿡쿡거리며 책상 위를 쾅 내려쳤다. 이럴 줄 알았으면 놀리지만 말고 진작 고백할걸. 내가 자꾸 네 앞에 나타나서 이거 하자 저거 하자 졸라댄 이유는 다 너한테 마음이 있어서라고 말해 버릴걸. 뭐 그리 자존심이 상한다고 다른 계집애들이랑 놀아났을까. 다른 여자들한테는 마음에도 없는 사탕발림을 잘도 지껄였으면서 왜 그 계집애만 보면 속을 긁어놓지 못해 안달했을까.

'그래도 그렇지, 하고 많은 남자들 중에 어떻게 이우빈 새끼를 만나? 어떻게 이우빈 새끼가 널 손댈 수 있어!'

민혁은 자리를 박차고 일어나 뒤를 향해 몸을 돌렸다. 한 면이 전부 유리인 벽 아래로 빌딩이 가득한 도심 풍경이 한눈에 들어왔다. 민혁은 창밖을 무심한 눈길로 쳐다보며 두 손을 펼치듯 유리 벽을 짚었다. 그러곤 고등학생 때의 이우빈을 떠올렸다.

그 새끼가 피 한 방울 안 섞인 의붓누이를 너무나 아낀 나머지, 신재인에게 다가가려는 남자애가 있으면 조용히 불러내 쥐도 새도 모르게 처리한단 얘기는 얼핏 들었다. 남자애들 사이에서 쉬쉬하며 퍼진 소문이라 신재인은 모른다는 말도. 그때는 그저 피식 웃었다. 그는 이미 이우빈이 품은 그 금단의 감정을 눈치채고 있었으므로. 그래서 우빈이 온화한 얼굴 뒤로 벌이는 그 치졸한 행위를 실컷 비웃어줬을 뿐이었다. 어차피 그 새끼는 언젠가 신재인을 다른 남자에게 빼앗길 테니까.

결국 못 견디겠는지 이우빈은 미국으로 도망치듯 떠났고, 신재인은 울며불며 난리를 쳤지만 소용없었다.

그 후로 몇 해가 흘렀고, 민혁은 자신의 마음속에 도사린 신재인에 대한 감정이 진심임을 깨달았다. 어렸을 때부터 늘 티격태격했지만 애당초 마음이 없었다면 신재인을 계속 보고 싶어하지 않았을 거란 사실도. 그래서 그때부터 만나던 여자들을 슬슬 정리하고서 신재인에게 다가갔다. 굳이 좋아한다는 말은 하지 않았지만 신재인 또한 민혁을 편하게 대했기에 일단 그 정도로 만족했다. 어차피 그 댁 어른들이 자신을 꽤 흡족해한다는 건 알았고, 이 바닥 결혼이란 집안과 집안의 협약 같은 것이므로.

민혁은 자신만만했다. 어른들은 이미 그의 편이었고, 신재인도 진심을 다해 잘해주면 다른 계집애들처럼 분명 자신을 좋아할 거라 믿어 의심치 않았으므로. 그런데 이우빈이 돌아왔다.

처음에 민혁은 별로 놀라지 않았다. 후계자이자 상속자인 이상 언젠가는 돌아왔을 테니까. 어차피 신재인과 이우빈은 더 이상 가족도 아니고, 이제 그 무엇도 될 수 없었다. 그래서 민혁은 신재인을 이우빈 앞에 데려다 놓기까지 했다. 그녀의 속을 박박 긁으면서 이제 이우빈과 너는 어떤 연결고리도 없으며 너희들은 완전히 끝났다고 되새겨 주고 싶었다. 예상대로 신재인은 이우빈을 뼛속까지 미워했고, 딱 한 번 둘 사이에서 이상한 기류가 흐르는 걸 봤지만 그 외엔 마주치기도 싫어했다. 그렇게 생각하고 있었다.

그런 민혁을 비웃기라도 했을까. 두 사람은 재회한 지 얼마 지나지 않아 금기를 저질러 버렸다. 비록 피 한 방울 안 섞였으나 둘이 이 한국 땅에서 맺어질 리가 없는데, 그걸 양쪽 집안에서 가만히 놔둘 리가 없는데, 뻔히 알면서도 붙어버렸다. 그리고 그 사실을 아는 사람은 아직도 민혁뿐이었다. 그 두 사람을 오랫동안 알고 지내지 않았다면, 좋아하는 사람이 생겼다는 신재인의 한마디에 바로 이우빈을 떠올릴 만큼 그녀를 지척에서 관찰하지 않았다면 그 또한 영영 모른 채로 지냈을 텐데 말이다.

민혁은 유리벽 밖에 펼쳐진 빌딩 숲을 노려보며 손에 쥔 이우빈이란 카드를 언제까지 재인의 숨통을 조이는 데만 사용할지 고심했다. 두 사람이 알아서 헤어져 주면 좋겠지만, 그러지 않는다면 언젠가는 그를 칼로 사용해야 하니까. 그것도 민혁의 부모님이 절대로 모르게. 그분들이 아시는 순간 그와 재인의 결혼 또한 물거품처럼 흩어질 테니 말이다.

"이런데도 내가 이우빈보다 못해? 이런데도 내가 널 안 좋아하냐고!"

민혁은 이를 짓씹으며 오른 손바닥으로 유리벽을 쳤다. 신재인은 이미 한집에서 가족으로 살았던 제 오빠와 놀아났다. 그게 어떤 짓인 줄 알면서도 뻔뻔하게 그가 아니면 안 된다고 제 입으로 말했다. 그런데도 자신은, 자신은……!

민혁은 성을 내며 뒤돌아 책상 위에 있던 물건들을 와장창 쓸어버렸다. 재인이 버티면 버틸수록 그녀를 괴롭혀 줄 작정이었다. 제 발로 내게 오라는 말까지 했는데도 우빈과 끝까지 함께하겠다 고집부린다면 말려 죽여서라도 옆에 둘 심산이었다. 결국 민혁 자신이 이길 테니까. 이 한국 땅에서 신재인은 노민혁 외에 발붙일 곳이 없게 될 테니까!

하지만 정녕 그러고 싶었다면 그는 더 빨리 움직여야 했다. 아니면 재인을 더욱 가혹하게 감시하거나. 그날 밤에 집으로 들어가는 걸 봤다는 경호원의 보고를 기점으로 신재인은 한국에서 영영 자취를 감춰 버렸다. 그 망할 이우빈 자식과 함께.

12. 누구에게는 밀월이지만…….

경호팀장이 안절부절못하는 목소리로 민혁에게 전화한 건 재인을 감시한 지 딱 열하루째 되는 날 아침이었다. 어젯밤 재인이 아파트로 들어가는 걸 목격한 후 밤새도록 지켰으나 아무 이상 없었는데, 아침에 아무리 기다려도 그녀가 출근하러 나오지 않았다. 뭔가 석연찮은 느낌이 든 경호팀장이 재인의 집과 회사로 직원들을 보내 지인인 척 동향을 알아보니 회사에선 휴가를 냈다 하고, 집에서는 아침에 출근했다는 것이다.

즉 신재인은 밤사이 감쪽같이 사라져 버렸다!

"그래서 내가 밤낮으로 감시하라고 했잖아! 화장실도 가지 말라고 했잖아!"

상황 설명을 들은 민혁이 핸드폰을 들고서 고래고래 소리 질렀다. 문 밖으로 새어나간 그의 고함을 듣고서 비서들이 놀라 몸을 움찔할 정도였다.

핸드폰 너머의 경호팀장이 억울하다는 투로 말했다.

[말씀대로 했습니다. 세 명씩 교대로 돌아가면서 아파트 입구란 입구는 전부 감시했다고요! 거주자용 비상구가 내부에 따로 있지 않고서는 놓칠 리가 없는데…….]

"아아악!"

민혁은 경호팀장의 말을 끝까지 듣지도 않고서 핸드폰을 던져 버렸다. 산산이 박살 내고도 모자라 발광하듯 괴성을 지르며 책상을 쾅쾅 두드렸다. 망할 계집애! 망할 계집애!

멍이 들 만큼 주먹을 학대하던 민혁은 시뻘게진 눈으로 전화기를 노려봤다. 그러다 급하게 수화기를 들어 수행비서에게 연결했다.

"CTS에 연락해서 이우빈이 출근했는지 알아봐. 당장!"

[알겠습니다.]

상관의 목소리가 분노로 부글부글 끓고 있다는 걸 알아챈 수행비서는 명령이 떨어진 지 10분이 채 안 돼 보고를 올렸다. 그러나 안타깝게도 그 내용은 민혁이 원했던 것과 정반대였다.

[휴무라고 합니다.]

"휴무? 휴무라고?"

민혁은 신경질적으로 반문했다. 그게 휴무일 리가 있겠나! 그러곤 전화기마저 바닥으로 집어 던져 부숴 버렸다.

"이 미친 새끼! 쳐 죽일 새끼! 아아아악!"

거친 비명과 요란하게 깨지는 소리가 찢어질 듯 울렸다. 문 밖에서 대기하고 있던 수행비서와 여 비서들은 상무실 안에서 들리는 험악한 소리에 움찔움찔 떨며 수군대면서도 차마 안으로 들어갈 생각을 하지 못했다. 평소에는 젠틀맨으로 위장한 그들의 상관은 한번 눈이 뒤집히면 그야말로 거친 야수로 돌변했기에. 두 해가 지나도록 그런 모습을 본 건 딱 한 번뿐이었기에 내심 안심하고 있었는데 무슨 일이 터져도 단단히 터진 모양이었다. 그리고 이럴 때 노민혁 상무는 눈에 띄는 사람이 누구든 가차 없이 찢어발기는 인종이었다.

"크크…… 크크크…… 하하하하하!"

사무실 내에 비치된 집기란 집기를 다 때려 부순 민혁의 입에서 허탈한 웃음소리가 흘러나왔다. 그는 힘없이 소파에 주저앉아 담배를 한 개비 꺼내 물었다. 천장을 향해 연기를 내뿜는 그의 얼굴은 마치 형언할 수 없이 기묘하게 일그러진 가면 같았다.

결국 그 이중적인 새끼한테 져버렸다. 손도 못 대보고서…….

예전에도 그랬다. 온화한 우등생인 척 사람들을 감쪽같이 속이며 음험하기 짝이 없는 감정을 품은 그 독사 같은 새끼를 볼 때마다 족쳐 주고 싶었지만 시도조차 해보질 못했다. 한 바퀴 돌면 뻔히 마주칠 집안들 사이에서 문제를 일으켜 봤자 그만 손해였으므로. 매사 반항적인 혈기를 온몸으로 내뿜고 다니던 노민혁이 만인의 귀공자였던 이우빈을 건드려 봤자 표적은 그가 될 것이므로.

그래서 죽어도 지고 싶지 않았는데……. 무슨 수를 써서라도 신재인만큼은 빼앗기고 싶지 않았는데…….

"널 어떻게 씹어 먹어야 속이 시원할까."

민혁은 이마에 주름을 드리우며 쿡쿡거렸다. 네놈은 신재인만 얻으면 된다고 도망쳤지만 문제는 고스란히 남아 있지. 네놈의 가족은 그대로 노출됐어. 이제부터 그걸 어떻게 밟아줄까? 자식 새끼를 잘못 둔 너희들의 부모를 어찌해 줄까?

"나를 지옥에 빠뜨렸으면 너희들도 지옥을 맛봐야지. 그래야 공평하지 않아?"

그래야 이 불길 같은 마음을 조금은 다스릴 수 있지 않겠나.

민혁은 소파에서 일어나 헝클어진 옷매무새를 가다듬었다. 첫 번째 타깃은 역시 재인의 어머니인 최태경 여사. 그 다혈질이고 제멋대로인 성격이라면 오만 곳에 태풍을 몰아치며 흥분할 거다.

그는 미간을 찌푸리며 씨익 웃었다. 진탕이 되는 건 결코 그만이 아닐 터였다.

❖

우빈은 뉴욕이 아닌 LA로 재인을 데려갔다. 여행용 크로스백만 메고서 도망치듯이 빠져나온 재인을 우선 밝고 편안한 집에서 쉬게 해주고 싶었기 때문이다. 그래서 그의 명의로 된 2층집을 빌려서 살고 있는 친구 부부에게 연락해 손님용 침실을 비워달라고 부탁했고, 그들은 흔쾌히 2층을 통째로 쓰라고 말했다. 그 바다가 내려다보이는 따사로운 집에서 며칠 푹 쉬고 나면 매 순간 긴장했던 마음이 조금은 풀어질 터였다.

『어서 와, 우빈. 너무 보고 싶었어!』

우빈이 재인의 손을 잡고서 초인종을 누르자, 현관문을 열고 나타난 우빈의 친구 멜라니가 그를 와락 끌어안으며 말했다. 그러곤 재인을 보더니 마찬가지로 반갑게 웃으며 안아줬다. 두 사람은 멜라니 옆에 서 있던 그녀의 남편 조이와도 기쁘게 인사를 나눈 후 멜라니의 안내를 받아 2층으로 올라갔다. 멜라니는 활달한 성격답게 끊임없이 수다를 떨면서 재인과 우빈에게 방을 보여줬다.

『우빈의 연락을 받고서 깨끗이 청소했어. 침대 시트도 새로 갈았고. 그나저나 약혼녀를 데려온대서 얼마나 놀랐는지 몰라. 둘이 정말 잘 어울려.』

『하하, 고마워, 멜라니. 갑자기 부탁해서 당황했지?』

우빈이 멋쩍게 웃자, 멜라니는 말도 안 된다는 듯이 고개를 흔들었다.

『무슨 소리야! 나랑 조이랑 갈 곳이 없어 방황할 때 우릴 구원해준 게 누군데? 형편이 괜찮아질 때까지 집세도 안 받았잖아. 너한테는 무슨 도움이라도 줄 수 있어. 재인도 필요한 거 있으면 뭐든지 말해요. 내가 있는 힘껏 도와줄게요.』

『고마워요, 멜라니. 그럼 시간날 때 쇼핑 같이 가줄래요? 옷이 별로 없거든요. LA는 처음이라 어디에 뭐가 있는지도 모르고요.』

『그거야 내 전문이죠! 마침 조이도 나도 내일 쉬기로 했으니까 우리 다 같이 나가서 쇼핑하고 근사한 레스토랑에서 식사해요. 물론 오늘은 내가 이 특별한 손님들을 위해 솜씨를 발휘했으니까 쉬다가 내려와요?』

『정말 고마워요, 멜라니. 당신 참 다정하네요.』

『별말씀을요! 우빈의 약혼녀는 내 친구예요.』

한참을 재잘거리던 멜라니는 재인의 뺨에 가볍게 키스를 하고는 다시 1층으로 내려갔다. 재인은 멜라니가 깔끔하게 정리해 놓은 방 안과 2층 거실, 작은 테이블이 놓인 테라스를 둘러보며 우빈을 향해 웃었다.

"예쁜 곳이다. 멜라니 부부도 좋고. 네가 왜 멜라니와 친구가 됐는지 알겠어."

"실은 조이와 먼저 알고 지냈어. 대학 동창이거든. 조이가 멜라니와 결혼한 지 얼마 안 돼 실직하는 바람에 잠시 형편이 어려워졌을 때 이 집을 빌려줬지. 내가 한국으로 들어간다니까 그럼 이 집에서 살 수 있겠냐고 묻기에 세놓은 거야."

우빈은 대답하며 멜라니가 새하얀 시트를 깔아놓은 침대 위에 걸터앉았다. 그리고 재인에게 이리 와서 앉으라는 손짓을 했다. 그녀가 가까이 다가오자, 우빈은 재인을 끌어당겨 무릎 위에 앉히고는 꼭 끌어안았다.

"이 집은 언제 산 거야? 뉴욕에 있는 아파트만 네 거인 줄 알았는데."

재인이 우빈의 어깨에 머리를 슬며시 기대며 물었다. 우빈은 그녀의 몸을 더 바싹 끌어당기며 속삭였다.

"대학원 다닐 때. 미국으로 오자마자 사놨던 벤처 회사 주식이 올라서 이 집값을 벌었거든."

"하여간 능력도 좋아. 난 주식은 도통 머리 아파서 싫던데."

재인이 우빈의 목 옆에 아이처럼 얼굴을 비비며 종알거렸다. 그러자 우빈이 재인을 번쩍 들어 침대 위에 눕히며 말했다.

"넌 네가 잘하는 걸 하면 되지."

"이를 테면?"

"나를 행복하게 해주는 것? 이렇게."

"아하하!"

우빈이 대답과 동시에 귓불로 숨결을 불어넣는 바람에 재인이 웃으며 자지러졌다. 우빈은 상체를 들썩이는 재인을 위에서 끌어안으며 그녀의 가슴에 머리를 댔다. 규칙적인 심장 소리와 따뜻한 체온이 전해지자 이 세상 전부가 그의 곁에 있는 것처럼 느껴졌다.

"내가 원하는 건 늘 이거였어. 따뜻한 집, 그리고 너."

우빈이 눈을 감으며 속삭였다. 재인이 숨 쉬는 소리에 따라 그녀의 가슴이 위아래로 작게 움직였다. 그는 그마저도 너무 소중하다는 듯이 옅은 미소를 지었다.

재인은 우빈의 머리를 살며시 끌어안으며 멍하니 천장을 바라봤다. 방 안은 온통 하얗고, 창밖에는 푸른 바다가 펼쳐져 있고, 우빈은 그녀의 몸 위에 누워 색색 고른 숨을 내쉰다. 이 순간만큼은 모든 게 평화로웠다. 여기, 이 방을 둘러싼 모든 게 두 사람의 새로운 시작을 축복해 주는 듯하다. 재인의 입가에도 귀여운 미소가 피어올랐다.

"좋다. 우리 당분간 여기서 지내자. 뉴욕은 시끄럽잖아."

"그래서 여기로 왔어. 네가 좋아할 줄 알았거든."

우빈이 후후 웃으며 말했다. 그러곤 머리를 들어 몸을 일으키더니 재인의 얼굴을 지그시 내려다보면서 읊조렸다.

"여기서 2킬로미터쯤 가면 바닷가가 내려다보이는 언덕에 작은 교회가 있어. 그곳에서 내 신부가 돼줘."

우빈의 표정은 어느 때보다 진지했다. 재인은 말간 눈으로 우빈을 올려다보다가 배시시 웃었다.

"지금 청혼하는 거야? 청혼치곤 너무 약소하잖아."

"나중에 정식으로 할게. 그때까지는 푹 쉬자, 우리 아기."

"아하하하, 또 그런다!"

우빈이 이번엔 목 옆을 불시에 기습했다. 재인은 까르르 웃으며 몸을 움찔했다. 그가 장난을 치듯 목에 얼굴을 비비자, 재인은 더더욱 몸서리를 치며 도리질했다.

"그만해! 간지럽단 말이야."

"난 계속하고 싶은데? 네 체향이 좋거든."

"야아!"

옥신각신 서로를 만지고 실랑이를 하며 투명하게 부서지는 햇살 속에서 두 사람은 한동안 연인만의 사랑놀음을 계속했다. 그러다 까무룩 잠이 들어버렸고, 멜라니가 저녁 식사를 하자며 깨우러 올 때까지 서로를 포근히 품고서 달콤한 꿈속을 함께 거닐었다.

재인은 2층 테라스로 나와 작은 테이블에 촛불을 올려놓았다. 미국에서의 첫날밤을 달콤하게 보내라며 멜라니가 챙겨준 것이었다. 그녀는 난간에 팔을 걸치고서 심연과도 같은 밤바다를 바라봤다. 하늘에는 별들이 총총히 박혀 있고 검은 바다에선 잔잔한 파도 소리가 들려왔다. 재인은 눈을 감고서 바람이 부드럽게 얼굴을 스치며 지나가는 것을 느꼈다. 등 뒤에서 우빈이 조용히 다가오는 소리도.

"근사하네."

우빈이 양팔로 재인의 허리를 나긋이 감싸며 말했다. 재인은 눈을 뜨고 얼굴을 옆으로 돌렸다. 우빈이 입술에 가볍게 키스하자 슬며시 입매를 올렸다.

"멜라니가 줬어. 좋은 시간 가지래."

테이블 위에는 촛불 말고도 와인 한 병과 크리스털 잔 두 개, 과일 접시가 놓여 있었다. 재인은 그것들로 둘만의 작은 파티를 열기 위해 먼저 샤워를 하고 나와 우빈이 욕실에서 나올 때까지 기다렸다. 그러나 우빈은 후후 웃으며 다른 말을 했다.

"아니, 너 말이야. 네 뒷모습이 근사하다고."

재인은 속이 비치는 얇은 캐미솔만 입고서 바닷바람을 맞으며 난관에 서 있었다. 그녀의 젖은 머리칼과 몸매가 고스란히 드러나는 상아색 실크가 바람에 살랑이듯 나부껴 땅으로 잠시 올라온 바다 인어를 연상케 했다. 고혹적으로 남자를 유혹하기 위해 다리를 얻어 지상으로 산책을 나온 어여쁜 인어. 그는 막 그 인어를 잡아둔 참이었다. 그리고 신부로 맞이해 영원히 곁에 붙잡아둘 심산이었다.

"원래는 더 근사하게 준비해서 주고 싶었는데……."

우빈이 운을 떼며 재인을 끌어안았던 팔을 풀었다. 재인이 의아하다는 표정으로 뒤돌아서 그를 보자, 우빈은 빙긋 미소 짓더니 방 안으로 들어갔다. 그러곤 작은 상자를 손에 들고 와 천천히 재인에게 다가갔다.

"설마……."

"지금 널 보니까 미루고 싶지가 않아. 너무 예뻐서 누가 데리고 도망이라도 칠 거 같거든."

우빈이 말과 동시에 재인 앞에서 천천히 무릎을 꿇었다. 그는 숙녀 앞에서 충성을 맹세하는 기사처럼 칼 대신 상자를 내밀어 뚜껑을 열어보였다. 눈부시게 투명한 광채를 발하는 커다란 다이아몬드 반지가 서서히 모습을 드러내자 재인의 눈매가 동그래졌다. 재인은 어리둥절해진 얼굴로 입을 벌렸다.

"이건 또 언제 준비한 거야?"

"미국으로 가자고 말한 다음날. 이제 정식으로 청혼할게. 신재인, 내 아내이자 유일하게 사랑하는 여자로서 남은 인생, 매 순간 순간을 나와 함께해 줄래?"

재인은 꿀 먹은 벙어리처럼 눈만 동그랗게 뜬 채 우빈의 얼굴과 반지를 번갈아 바라봤다. 우빈의 준비성은 항상 그녀를 놀라게 했지만 이번에는 정말 예상도 못했다. 청혼 비슷한 말이야 몇 번이고 했지만 미국에 도착한 첫날밤에 바로 반지를 내밀 줄은 예상도 못했는데.

"어서 허락해줘, 재인아. 나 무릎 아파. 팔도 아프고."

재인이 계속 바라보기만 할 뿐 아무 말도 없자, 우빈이 능청스레 엄살을 피웠다. 어느 때고 재인과 함께하길 바라기에 지금까지

직간접적으로 여러 번 청혼한 그였다. 그러나 아직까지 한 번도 재인의 입에서 제대로 된 대답을 들은 적이 없었다. 그래서 이번만큼은 꼭 그녀에게서 기꺼이 그러겠다는 확언을 받고 싶었다. 그 눈부신 반지를 재인의 손에 끼워주고 열정적으로 입 맞추고 싶었다.

"알았어. 어서 끼워줘."

재인이 화들짝 정신을 차리며 말했다. 순간적으로 그를 일어서게 하는 것이 우선이란 생각이 들어서다.

하지만 우빈은 그걸로 만족하지 못했다. 그는 재인의 입에서 좀 더 확실한 답을 듣길 원했다. 우빈은 서둘러 손을 내미는 재인의 두 눈을 지그시 응시하며 물었다.

"그리고? 또 할 말 없어?"

"기꺼이 그럴게. 바보, 꼭 확인하려 든다니까?"

재인이 우빈에게로 다가가 그의 머리를 와락 껴안으며 말했다. 그 바람에 반지 상자를 들었던 우빈의 손이 갈 곳을 잃었다. 우빈은 팔을 아래로 내린 채 그녀의 배에 얼굴을 묻으며 중얼거렸다.

"네 입으로 듣고 싶으니까 그렇지. 네가 정말 원하는지 궁금하니까."

"여기까지 같이 온 걸로 대답은 충분한 거 아니야?"

"그래도 직접 듣고 싶었어. 날 원한단 말을. 날…… 사랑한단 말을."

"이럴 땐 정말 바보라니까. 언제나 널 원했고, 언제나 널 사랑했어. 다 알면서 그래."

재인이 피식 웃으며 대답했다. 항상 불안했던 쪽은 자신인 줄 알았다. 가족을 닮아서 감정에 쉽게 휘둘리는 성격인데다 오랜 시간 우빈이 그녀를 피해 다녔으니까. 그래서 우빈을 만나 좋으면서도 한쪽으론 불안했다. 서로를 원하는 두 사람의 마음과는 별개로 결국에는 갈라설까봐.

그런데 이제 보니 더 불안해했던 쪽은 우빈이었다. 이곳으로 올 때까지 한시도 마음을 놓지 못한 사람은 오히려 그였다. 그녀에게서 거절당할까봐, 그리고 함께 도망치지 못할까봐. 그래서 더욱 철저하게 준비하며 온갖 상황에 대비를 다한 것이다. 재인은 그제야 겉으로는 차분하고 신중하기 그지없는 우빈의 내면을 깊숙이 들여다본 기분이었다.

"이제 반지 껴줘."

우빈이 안심했다는 듯이 웃으며 그녀를 끌어안고만 있자, 재인이 그의 머리를 손으로 붙잡아 강제로 떼어내며 말했다. 우빈은 그래도 좋다는 듯이 빙긋 미소를 띠며 상자에 든 다이아몬드 반지를 꺼냈다. 그리고 조심스레 재인의 왼손 약지에 끼워주고는 단번에 자리에서 일어났다.

"어머, 딱 맞네? 넌 진짜 눈썰미가 좋아. 게다가 알이 크기도 하지!"

재인이 왼손을 펼쳐 보며 천진난만한 목소리로 감탄했다. 오색빛이 휘황찬란한 것이 족히 3캐럿은 넘어 보였다. 우빈은 굽혔던 다리를 접었다 펴며 만족스럽다는 투로 대꾸했다.

"좋아하니 다행이네."

"고마워. 너무 예쁘다."

재인이 아이처럼 까르르 웃으며 우빈의 가슴을 답삭 끌어안았다. 우빈은 귀여운 강아지를 보듯이 재인을 내려다보며 은근한 음성으로 물었다.

"답례는 없어?"

"답례? 아!"

재인이 고개를 갸웃하더니 생각났다는 듯이 까치발을 하고서 우빈의 입술에 쪽 하고 입을 맞췄다. 그러자 우빈이 미간을 찌푸리며 피식 웃었다.

"그 정도로는 어림도 없지. 이 반지가 얼마짜린데."

"뭐야, 그 생색은…… 읍!"

우빈은 재인이 말을 끝내기도 전에 그녀의 허리를 휘감고서 입술을 덮쳤다. 갑작스레 습격당한 재인은 동그란 눈망울로 버둥거리다가 이내 스르르 눈을 감고서 얌전히 그를 받아들였다. 입안 깊숙이 침투하는 그의 부드러운 혀를 환영하듯이 빨아들였다.

"내가 너를 얼마나 원하는 줄 알아? 보름 동안 미치는 줄 알았어."

덤벼들 듯이 키스를 마친 우빈이 고통스러웠다는 말투로 뱉어냈다. 몸은 이미 흡착한 듯 그녀에게 달라붙어 하반신이 성난 짐승처럼 부풀어 오르고 있었다. 불시에 기습을 당한 재인도 숨을 학학 내쉬며 우빈에게 간신히 말했다.

"그럼 빨리 안아줘. 나도 참기 힘들어."

툭 하니 불거져 나온 그의 남성이 재인의 아랫배를 찌르며 괴롭혔다. 어떤 애무를 당한 것도 아닌데 그것만으로 다리 사이 저 깊은 동굴이 움찔했다. 붉은 세포가 팔딱팔딱 뛰면서 농밀했던 자극을 기억해 냈다. 재인은 우빈에게 매달려 끈적이는 목소리로 애원했다.

"빨리, 응? 우빈아!"

연인의 간교한 유혹을 받은 우빈은 단숨에 재인을 안아 들었다. 성큼성큼 침대로 걸어가 그녀를 조심스레 눕혔다. 그리고 단박에 입고 있던 티셔츠와 바지를 벗고는 다리를 배배 꼬며 애타게 그를 기다리는 탐스러운 여신 위로 올라탔다. 그녀의 턱을 한 손으로 잡고서 붉은 혀를 날름거리듯 내밀어 다시 숨 막히게 키스를 퍼부었다.

"하읍!"

재인은 그의 달콤한 혀를 깊숙이 빨아들였다. 양손은 이미 그의 엉덩이 위에 올라가 있었다. 그녀는 성이 날 대로 나서 쿡쿡 찔러오는 그의 굵은 성기와 밀착하기 위해 우빈의 엉덩이를 끌어당겼다. 그러다 마지막 한 장 남은 그의 옷을 급하게 아래로 벗겨 내렸다. 우빈은 움찔하며 키스를 멈추더니 곧바로 몸을 일으켜 그 천 조각을 마저 벗어 버렸다. 그리고 재인의 위로 올라타 그녀의 캐미솔과 브래지어를 단숨에 벗겨 내렸다.

"너무 보고 싶었어."

우빈이 재인의 가슴 언저리에 키스하며 말했다. 그러곤 뽀얀 젖가슴의 정점에서 그를 먹음직스럽게 유혹하는 달콤한 포도 알 하나를 덥석 물어 삼켰다. 재인이 상체를 들썩이며 신음을 토해내자, 우빈은 양손으로 그녀의 양팔을 묶듯이 움켜잡았다. 그리고 마음껏 젖꼭지를 빨아대며 그녀를 유린했다.

"아흑! 아파!"

자극이 너무 셌는지 재인이 미간을 찌푸리며 앙탈했다. 고개를 들어 재인의 표정을 흘긋 본 우빈이 입술을 떼어 반대쪽 가슴을 덥석 물었다. 그러곤 이를 세워 입안에서 노니는 고 앙큼한 포도알을 잘근잘근 깨물며 실컷 먹어 삼켰다. 엄마 젖을 문 배고픈 아이처럼 게걸스럽고 축축하게. 마치 젖가슴을 애무하는 걸로만 절정에 이르게 하려는 것처럼 집요하고 끈적이는 그의 공격에, 재인은 쉴 새 없이 신음을 내지르며 머리를 저었다.

"그만! 그만 원하는 걸 줘! 제발……! 하윽!"

재인은 색기 어린 숨소리와 함께 애걸하듯 소리쳤다. 우빈은 끈질기게 물고 있던 그녀의 젖꼭지에서 입술을 떼고는 빙긋 웃었다. 그는 재인의 팔을 풀어주고서 머리를 위로 올려 그녀와 시선을 맞추더니 낮은 음성으로 물었다.

"날 원해? 지금?"

"응! 응!"

재인이 다리를 배배 꼬며 말했다. 깊고도 깊은 동굴 안쪽에서 흘러나온 꽃물로 다리 사이는 흥건히 젖었고, 자꾸 그곳을 가득 채울 굵고 뜨거운 무언가를 넣어달라고 보채고 있었다. 재인은 손을 아래로 내려 자신과 우빈의 하체 사이로 집어넣었다. 애타게 원하는 그의 남성이 만져지자, 재인은 지체 없이 그 딱딱하고 두꺼운 물건을 자신의 다리 사이에 끼워 넣었다. 그리고 질척하고 은밀한 동굴 입구에 그 뜨거운 남성의 끝 부분을 갖다 대고는 어서 들어오라는 듯이 다리를 슬쩍 벌렸다.

"급하네, 우리 아기."

우빈이 성기를 재인의 다리 사이로 아주 조금만 밀어 넣고는 그녀를 놀렸다. 재인이 못 참겠다는 듯이 허리를 들썩였다. 이걸 원하는데, 너무도 원하는데, 그 주인인 우빈은 그녀를 조롱하듯 애만 태울 뿐이었다. 재인은 양손으로 우빈의 엉덩이를 움켜잡고는 힘껏 아래로 끌어당겼다. 그가 힘주어 꿈쩍도 하지 않자, 재인은 어린아이처럼 울먹이며 항의했다.

"왜 이러는 거야? 왜 안 줘?"

"더 애원해봐. 날 원한다고. 이우빈을 원한다고. 듣고 싶어."

우빈이 얼굴을 아래로 내려 재인의 귓불을 입으로 빨아들이며 속삭였다. 재인은 몸을 바르르 떨며 그의 등을 꼭 끌어안았다. 그리고 금방이라도 울 듯한 목소리로 그에게 간청했다.

"널 원해, 우빈아. 너만 원해. 그러니까 얼른 넣어줘. 못 참겠어!"

"나도 그래. 나도 너만 원해, 신재인."

"아흣!"

대답과 동시에 그의 굵은 성기가 질척한 그녀의 동굴 속으로 단숨에 난입했다. 재인은 교성을 내지르며 상체를 스프링처럼 튕겼다. 그러자 우빈이 다시 재인의 입속으로 혀를 깊숙이 집어넣었다. 우빈은 혀로는 재인의 입안을 휘젓고 하체의 무기로는 끈적한 질 속을 헤집으며 마음껏 그녀를 독식했다.

"으흡! 으으읍!"

위아래로 우빈의 일부를 받아들이며 재인은 충만한 감각을 만끽했다. 자신의 비워진 부분들이 그로 채워져 완벽해진 기분. 그대로 둥실둥실 떠올라 천장으로 날아오를 것 같았다. 재인은 양다리로 우빈의 허리를 꽉 감았다. 양손으론 그의 어깨를 붙들어 절대로 떨어지고 싶지 않다는 의지를 온몸으로 표현했다. 우빈은 그녀의 욕심에 부합해 허리를 거세게 튕겨 나갔다.

"흐읍! 하아악!"

재인이 폭주 기관차에 올라탄 승객처럼 쾌락의 정점을 향해 고속 질주하는데, 우빈이 급하게 그녀에게서 빠져나왔다. 그의 갑작스러운 행동에 놀란 재인이 급히 고개를 들고서 그를 쳐다봤다. 우빈은 싱긋 웃더니 재인의 옆에 똑바로 드러누웠다.

"이번엔 네가 올라와. 날 가져봐."

"그치만 한 번도 안 해봤는데……."

우빈의 말이 무슨 뜻인지 알아챈 재인이 난감한 기색을 비쳤다. 매번 아래에서 그를 받아들이기만 해봤지, 위에서 그를 올라타 본 적이 없었기 때문이다. 그래서 호기심도 일고 해보고도 싶지만 제대로 할 자신이 없었다.

"그냥 날 안아주면 돼. 이리 와."

우빈이 머뭇거리는 재인의 팔을 부드럽게 끌어당겼다. 재인은 못 이기는 척 그의 허리 위로 올라갔다. 그리고 우뚝 서 있는 그의 딱딱한 남성 위로 천천히 내려앉으며 자신의 텅 빈 동굴을 그득히 채웠다.

"하아……."

재인은 남성이 대창처럼 꽂히는 그 생경한 자극에 턱을 들며 숨을 길게 내쉬었다. 우빈이 찔러 넣어줄 때와는 또 다른 느낌이었다. 탱글탱글한 두 개의 젖가슴을 거리낌 없이 드러낸 채 그의 성기로 희열에 젖어 신음하는 재인을 본 우빈이 만족스러운 미소를 머금었다. 그는 양손으로 재인의 잘록한 허리를 붙잡고서 위아래로 천천히 움직이게 했다.

"아! 아! 아흑!"

처음에는 우빈이 이끄는 대로 조금씩 허리를 놀리던 재인이 점차 속도를 높이며 스스로 엉덩이를 들썩였다. 본능에 따라 저절로 쾌락을 갈구하기 시작한 것이다. 그녀의 요분질이 격해짐에 따라 풍만하고 유혹적인 젖가슴이 정신없이 출렁였다.

"윽…… 허억!"

재인의 아래에 누워 그녀가 움직이는 대로 느긋하게 즐기던 우빈이 결국 못 견디고서 상체를 벌떡 일으켰다. 처음으로 그를 올라탄 재인은 강약을 조절할 줄 몰랐기에 우빈을 폭발하기 직전까지 몰고 갔다. 우빈은 앉은 자세로 재인에게 자신의 양어깨를 붙들게 했다. 그리고 한 손으론 침대를 짚고 다른 손으론 재인의 허리를 잡아 거칠게 하체를 튕겼다.

"아! 아아! 아아아아!"

절정에 도달한 재인이 목을 뒤로 꺾으며 환희에 찬 교성을 내질렀다. 그와 함께 우빈도 거친 신음을 내뱉으며 그녀의 질 안에다 울컥 액체를 뿜어냈다. 자신의 몸속에서 꿈틀거리는 남성을 온몸으로 만끽한 재인은 우빈을 꼭 끌어안았다. 무엇과도 비견할 수 없는 충일한 감각이 혈관 곳곳에 도달해 전신을 가득 채우는 기분이었다.

"아아, 너무 좋았어. 황홀했어."

재인이 우빈을 안은 채로 눈을 감으며 탄성처럼 내뱉었다. 우빈의 눈초리가 부드럽게 휘었다. 그는 양팔로 재인을 감싸며 농밀한 밀어를 속삭였다.

"나도 좋았어. 너랑 할 때마다 넋이 나가는 기분이야."

달콤한 꿀물을 잔뜩 마신 재인은 후후 웃으며 아이처럼 우빈의 뺨에 얼굴을 비볐다. 한껏 그러다가 문득 생각났다는 듯이 얼굴을 떼어 그에게 물었다.

"아래층에 들렸음 어떡하지?"

정신을 차리고 나니 부끄러운 모양이었다. 우빈은 쿡쿡 웃으며 재인의 머리를 슥슥 쓰다듬었다. 그리고 걱정하지 말라는 투로 대꾸했다.

"여기 방음 잘돼. 그리고 들리면 어때? 아래층 부부도 지금 한창 뜨거울 텐데."

"그런가?"

재인은 정말 골똘히 고민하는 표정이었다. 그 모습이 못 견디게 귀여워 우빈은 또 그녀를 와락 끌어안았다. 재인은 얌전히 그에게 안기면서도 시무룩하게 중얼거렸다.

"그래도 진짜 들었으면 내일 멜라니 얼굴을 어떻게 보지?"

"괜찮다니까. 오히려 멜라니는 우리가 너무 조용하면 걱정했을 걸. 미국인들은 신혼 때 가까이 가지도 못할 정도로 뜨겁거든."

"그렇긴 한데 그래도……."

우빈은 종알거리는 재인을 끌어안은 그대로 드러누워 버렸다. 우빈의 가슴에 폭 안긴 채 누운 후에도 재인은 방 안을 가득 채우다 못해 뒤흔들고도 남았을 자신의 신음과 교성에 대해 진지하게 고찰했고, 우빈은 그런 그녀의 등을 부드럽게 토닥였다.

품에 안은 재인의 온기를 느끼며 우빈은 생각했다. 앞으로도 재인이 이렇게 사랑스럽고 행복한 고민들만 하면 좋겠다고. 그러기 위해 자신은 온 마음과 몸을 다 바쳐 그녀를 사랑하겠노라고.

❖

성북동 최 회장 내외와 최 여사 앞으로 재인의 편지가 도착한 건 그녀가 미국으로 떠난 뒤 이틀이 지난 후였다. 하지만 민혁이 은근히 퍼트린 추문이 그 편지보다 빨랐고, 편지가 도착하기 전날 이미 민혁을 직접 만나 정황 설명을 들은 최 여사는 그날로 급작스레 혈압이 올라 응급실로 실려 가기까지 했다. 소문을 듣고선 말도 안 된다며 펄쩍 뛰던 최 회장과 정 여사도 재인의 편지를 읽고 나자 말문이 막혀 그 자리에 주저앉았고, 급기야 정 여사는 링거를 맞으며 앓아누웠다.

꼬박 사흘 만에 뛰쳐나오듯이 병원에서 퇴원한 최 여사는 정신없이 CTS 본사로 향했다. 그리고 곧장 부회장실로 올라가 약속을 하고 오셨냐는 비서들의 항의를 깡그리 무시한 채 이 부회장의 코앞까지 쳐들어갔다.

"당신은 알고 있었어요?"

이혼한 전남편을 근 2년 만에 본다는 것, 문을 연 채로 들어와 밖에 대기한 비서들이 이 모습을 고스란히 지켜보고 있다는 것은 안중에도 없었다. 지끈거리는 이마를 짚으며 얼굴을 잔뜩 찌푸리고 있던 이 부회장은 시선을 최 여사 뒤쪽으로 보내 비서에게 문을 닫으라는 눈짓을 했다. 눈치 빠른 비서가 조용히 문을 닫자, 그는 책상 한쪽에 놓여 있던 편지 봉투를 집어서 최 여사 앞으로 툭 던졌다.

"이걸 보기 전까진 몰랐네."

최 여사는 불안한 눈으로 그것을 내려다봤다. 흰 봉투에 정갈한 글씨로 '아버지께' 라고 쓰여 있었다. 그녀는 미세하게 떨리는 손으로 편지 봉투를 집어 안에 든 편지를 꺼내 읽었다. 장문이 쓰인 그 종이에는 우빈이 재인을 얼마나 오랫동안 사랑했는지, 그리고 자신이 왜 이럴 수밖에 없는지가 정연한 문장으로 나열돼 있었다. 내용을 읽은 최 여사의 입에서 신음처럼 말이 흘러나왔다.

"이것들이…… 이것들이……!"

"재인이도 편지를 보내 통보했나?"

이 부회장이 한숨을 내쉬며 물었다. 다소 감정적인 성격인 최 여사가 그간 어땠을지는 안 들어도 충분히 알 수 있었다. 그 댁 어른들도 대경실색했겠지. 게다가 그는 이 편지를 읽기 전까지 정황을 몰랐으나, 누가 일부러 퍼뜨리기라도 한 듯 소문이 삽시간에 퍼진 모양이었다. 그것도 살이 덧대고 덧대져 악질적인 변모를 거듭하면서.

"당신이 뉴욕에 아파트를 사줬잖아요. 거기 있을 거예요. 거기부터 뒤져 봐요, 어서!"

최 여사가 퍼뜩 생각났다는 투로 편지를 떨어뜨리며 소리쳤다. 이 부회장의 질문 따위는 귀에 들어오지도 않았다. 이 부회장은 흥분으로 벌겋게 달아오른 최 여사의 얼굴을 가만히 올려다보더니 천천히 자리에서 일어났다. 그리고 책상에서 벗어나 손님용 소파로 느릿느릿 걸음을 옮기며 흘리듯 말을 꺼냈다.

"그 녀석이 미국 시민권을 땄더군. 몇 주 됐어."

"뭐, 뭐라고요?"

최 여사가 벼락을 맞은 표정으로 외쳤다. 시민권이 있으면 미국에서 혼인신고가 가능하다. 곧 우빈은 재인과 미국에서 부부로 살겠다는 뜻이었다.

"마, 말려야 해. 어서 말려야 해요!"

최 여사의 시선이 불안하게 움직였다. 이미 소문은 일파만파 퍼졌고, 이 불효자식들은 두 집안에 제대로 먹칠을 했다. 민혁은 어떻게 안 건지 재인이 보낸 편지가 도착하기도 전에 최 여사를 찾아와 심란한 얼굴로 '재인과 우빈이 깊은 사이였다. 오래된 일 같다' 고 말했고, 사람들은 여기저기서 수군거렸다. 그녀가 두 번째 이혼을 했을 때보다 더 추잡한 말들이 오르내렸다. 그중에는 급기야 부모들이 이혼한 이유가 자식들의 문란한 관계를 한집에서 더는 볼 수 없었기 때문이라는 새빨간 거짓까지 마구잡이로 섞여 있었다. 재인과 우빈은 편지를 통해 재회한 후 연인이 됐다고 말했는데도.

"내 자식이지만 우빈이 녀석, 무서운 데가 있지. 치밀해. 아마 미국에서 오기 전에 이런 상황까지 다 계산했던 모양이야."

이 부회장은 미간을 찌푸리며 소파에 털썩 주저앉았다. 그라고 어찌 경악하지 않았을까. 전화도 없이 쳐들어와 눈앞에서 펄쩍펄쩍 뛰는 최 여사보다 어찌 더 화나지 않았을까.

하지만 그보다 더 놀라운 건 우빈의 편지를 읽고 나서 좇은 아들의 행적이었다. 우빈은 회사를 다니며 차분히 상태를 파악하고, 발전안을 제시하고, 오래전에 제몫으로 해놨던 오피스텔을 처분하고, CTS를 제외한 한국 회사의 주식들을 모조리 팔아치웠다. 그리고 떠나기 전에 올린 보고서 두 개를 제외하고는 미국으로 다시 가는 그 순간까지 모든 걸 숨겼다. 아버지인 이 부회장마저도 감쪽같이 속았으니 이제 와서 미국 시민권자가 된 아들을 어떻게 찾아내겠는가? 설사 찾아낸다 하더라도 얼마나 걸리겠는가?

이 부회장은 손가락으로 눈 사이를 지그시 눌렀다. 또 두통이 밀려왔다. 마치 다 이해하고 포기했다는 듯한 그 태도에, 최 여사가 득달같이 달려와 이 부회장을 졸라댔다.

"이대로 두고 볼 순 없잖아요. 정말 혼인신고라도 하기 전에 어떻게든 찾아내야죠! 짚이는 장소가 몇 군데 있을 거 아니에요?"

마지막 지푸라기라도 잡고 싶은 심정으로 안면 몰수하고서 여기까지 달려왔다. 이 부회장은 우빈이 미국에 있을 때 몇 번 건너가서 아들을 만났으니까, 직접 집을 마련해 줬으니까 분명 거처를 알 거라는 생각이 들었다. 그로만 가득 차서 전화도 없이 여기까지 들이닥쳤다.

하지만 이 부회장을 만나고서 들은 얘기는 온통 절망적일 뿐이었다. 그의 말대로라면 우빈과 재인은 이제 미국 어디에서든 부부로 함께 살 수 있었다. 안 그래도 쉽사리 찾아낼 수 없을 걸 알기에 최 여사는 더 안달이 났다. 어떻게 제 부모의 속을 이렇게까지 뒤집어놓을 수 있나? 어떻게!

"나도 뉴욕에 있을 게 확실하다면 진즉 사람을 보냈겠지. 하지만 내가 뻔히 아는 곳으로 갔겠나? 그렇다고 자식새끼들한테 수배령을 내릴 수도 없잖나? 내가 이 편지를 읽고서 할 수 있었던 거라곤 고작 그 자식이 무슨 일을 벌였나 확인하는 것 정도였네. 메일로나마 호통을 치는 것뿐이었어! 자네도 기가 차고 답답하겠지만 나도 마찬가지야!"

이 부회장이 매사 차분한 그답지 않게 격앙된 목소리로 외쳤다. 그 또한 가슴에 화병이 들기는 마찬가지였다. 최 여사는 외동딸을 잃었겠지만, 그는 하나뿐인 아들이자 후계자를 잃은 셈이었다. 앞으로 어쩌면 좋을까. 그가 물러난 후 CTS는 어찌 될까. 이 부회장은 이런 걱정이 들 때마다 하루에도 몇 번씩 정신이 아득해졌다. 한계까지 잡아당긴 고무줄처럼 팽팽한 신경을 간신히 붙들고서 회사를 지키고 있을 뿐이었다. 그런데 최 여사가 다짜고짜 찾아와 그를 들쑤셔 놓은 것이다.

"그럼 어떡해요? 이것들 어떡해요! 이대로 내버려 두자는 거예요? 어떻게 그럴 수가 있어요, 어떻게!"

최 여사가 울부짖듯이 소리치며 이 부회장의 팔을 잡고서 흔들었다. 속에서 천불이 나고 화가 들끓었다. 어미가 깔아놓은 꽃길을 짓밟고서 진흙탕에 몸을 뒹구는 딸 때문에 애끓어 미칠 지경이었다. 그래서 결혼이 싫다고 했나? 그렇게 민혁을 싫다고 했나? 어떻게 엄마를, 그토록 따르던 외할아버지와 외할머니를 이리 감쪽같이 속일 수가 있나! 우빈이 그 자식이 뭐기에…… 저를 길러준 가족보다 얼마나 더 중요하기에!

"뭐라고 말을 해봐요, 좀! 어떡하냐구요……! 얘들 어떡해요! 엉엉…… 어떻게 해!"

급기야 최 여사는 아무런 대꾸도 없이 미간만 짓누르는 이 부회장의 옷자락을 붙들고서 엉엉 통곡하기 시작했다. 예나 지금이나 사람을 참 힘들게 만드는 성정이었다. 하지만 그는 오늘만큼은 그녀를 받아주기로 했다. 결혼 생활을 하는 동안 그녀가 가끔씩 찾아와서 이런 난리를 치면 자리를 피하고 말았지만, 이번만큼은 참기로 했다. 그 또한 쑥대밭이 됐을 최 여사의 마음에 깊은 동질감을 느꼈기에.

최 여사는 한참을 그렇게 울며불며 난리를 치다가 넋이 빠진 얼굴로 일어섰고, 이 부회장은 그녀를 댁까지 모셔다 드리라고 기사에게 지시했다. 최 여사가 떠난 후 사무실에 혼자 남은 이 부회장은 소파에 쓰러지듯 몸을 누였다. 그동안 축척된 피로가 한순간에 쏟아지는 기분이었다. 그는 그대로 눈을 감았다. 한동안 잠에서 깨어나지 않고 싶을 정도로 지치고 힘이 부쳤다.

❖

LA에서 머무는 열흘 동안 재인은 구름 위를 둥실둥실 떠다니는 듯했다. 하루는 우빈의 손을 잡고서 재잘재잘 떠들며 바닷가를 산책하다가 가벼운 피크닉을 즐겼다. 하루는 멜라니와 실컷 쇼핑을 하다가 저녁에 조이와 우빈을 만나 넷이서 유쾌하게 맥주를 마시며 밤거리를 돌아다녔다. 또 하루는 우빈과 함께 그가 말했던 작은 교회에 갔다가 법원으로 가서 결혼허가서를 받았고, 다른 하루는 자신의 미니 웨딩드레스와 우빈의 턱시도 사러 갔다가 내친김에 보석상에 들러 결혼 반지를 맞췄다. 소소한 행복으로 가득한 며칠이 눈 깜짝할 사이에 흘렀고, 그러는 내내 재인은 꿈속을 거니는 기분이었다. 무섭도록 행복해서 언제 깨어날지 두려운 그런 꿈.

웃고 떠들고 서로에게 과감 없이 애정 표현을 하고 키스를 주고받으며 시간은 다시 열흘이 지났고, 우빈과 재인은 멜라니와 조이가 지켜보는 가운데 언덕 위의 작은 교회에서 하얗고 예쁜 결혼식을 올렸다. 두 사람은 목사님의 주례 아래 맹세의 서약을 하며 서로의 손에 결혼 반지를 껴주고는 진한 키스를 나눴다. 그리고 다함께 법원으로 가서 예약해 놓은 판사님의 증언 아래 법적으로 부부가 됐다.

우빈이 이미 시민권을 따놓은 상태였기 때문에 재인은 배우자 영주권을 신청해 우빈 곁에서 문제없이 미국 생활을 할 수 있었다. 게다가 우빈에게는 LA의 2층집과 뉴욕의 아파트, 한국에서 주식과 오피스텔을 처분하고서 만든 현금이 있었고, 재인에게는 회사를 다니며 모았던 저축과 아빠가 아파트값이라며 넣어준 돈이 있었다. 그 재산을 전부 합치면 굳이 일하지 않아도 먹고사는 데 별 지장이 없었다. 이제 부부로서 함께 생활할 재인과 우빈의 앞날에는 두 사람이 건강한 이상 아무 걸림돌도 없을 터였다. 다만 한국에서 폭풍 속을 걷고 있을 그들의 가족이 가시처럼 맴돌 뿐.

그래서 인생 중 가장 행복하다는 듯이 웃으며 우빈에게 해맑게 사랑을 표현하는 재인의 얼굴에는 문득문득 그늘이 드리워졌다. 우빈 또한 더없이 평화롭고 행복했지만 가끔씩 아버지의 얼굴이 떠오를 때마다 가슴 한구석이 불편해지곤 했다. 하지만 두 사람은 일부러 그 얘기를 꺼내지 않았다. 미국행을 선택했을 때부터 각오한 일이었으니까. 즐겁고 행복하더라도 가족을 향한 죄책감을 지울 수 없을 거라는 사실은 이미 알고 있었으니까. 다만 재인은 이따금씩 가족이 떠오를 때마다 테라스의 난관에 기대 푸른 바다를 향해 한숨을 내쉬었다. 저 바다를 넘어 한국에 있는 가족들에게 마음으로나마 사죄하곤 했다.

『새 신부 얼굴에 수심이 가득하네.』

어느새 곁으로 다가온 멜라니가 머그컵에 담긴 따뜻한 커피를 건넸다. 재인은 빙긋 웃으며 그녀가 내민 커피를 받아 들어 한 모금 마셨다. 그윽한 커피 향은 늘 뛰어난 안정 효과를 가져다준다. 재인은 그 매력적인 검은 액체와 함께 다시 근심을 저 아래로 밀어놓았다.

『혹시 한국에 있는 가족 생각하는 거야?』

멜라니가 커피 잔을 들고서 재인의 옆에 서며 물었다. 만난 지 한 달도 안 지났지만 두 사람은 급속도로 친해져 마음을 터놓는 사이가 됐다. 재인은 결혼식을 준비하는 자신을 친자매처럼 챙기는 멜라니의 따뜻한 마음씨에 반했고, 멜라니는 재인의 솔직한 태도를 좋아했다. 그렇게 친구가 된 두 사람은 가끔 이렇게 바닷바람을 곁들여 커피나 와인을 마시면서 함께 시간을 보내곤 했다.

『가족 생각이야 할 수밖에 없지.』

재인은 대답하면서 희미하게 웃었지만, 멜라니는 그 미소가 더 안쓰러워 보였다. 그녀는 머리를 흔들며 재인에게 말했다.

『나는 그 한국 문화란 걸 이해할 수가 없어. 너희들은 정말 아무 문제가 없잖아. 오히려 이렇게 잘 어울리고 서로 사랑하는 커플은 보기 드문 데. 둘 다 착하고 다정하고. 물론 부모님 입장에선 다소 놀랄 수 있겠지만, 아예 말도 못 꺼낼 정도라니.』

재인은 마치 자기 일처럼 열을 내는 멜라니의 열변을 들으며 피식 웃었다. 미국인의 시각으로는 그 꽉 막힌 한국의 결혼 문화를 도저히 이해할 수 없을 것이다.

『한국에선 그래. 암묵적인 금기 같은 거랄까? 어쨌든 우빈이와 나는 10년 동안 가족으로 지냈으니까.』

『하지만 너는 우빈과 같은 성을 쓴 적이 없다면서. 혈연도 전혀 없고. 그럼 그쪽에서 혼인신고를 했어도 아무 문제가 없지 않아?』

재인이 부드럽게 설명하자, 멜라니가 고개를 갸웃하며 되물었다. 재인은 작게 한숨을 쉬며 고개를 끄덕였다.

『맞아. 법적으로는 아무 문제 없지. 다만, 유교 문화가 뿌리 깊은 나라라서 사람들이 받아들이기가 힘든 거야.』

『하아…… 답답하네. 그럼 〈가십 걸〉이란 드라마는 왜 그 나라에서 인기가 있었던 거야? 미국인들이 보기에도 말도 안 되는 일들이 가득한 드라마인데.』

『일종의 동경이지, 뭐. 그리고 막장 드라마는 한국에서도 인기가 많아. 보는 건 재밌거든. 막상 자기들 일이 되면 못 받아들이지만.』

『막장 드라마? 그게 뭐야?』

『음…… 그러니까 그야말로 갈 데까지 간 가족 관계나 사건들로 점철된 드라마? 보는 내내 욕을 하면서 '말도 안 돼!' 라고 외치는데 끝까지 보게 되는 그런 드라마? 〈가십 걸〉이 딱 그랬잖아. 나도 홀려서 봤는걸?』

『하하! 나도 그렇긴 하다.』

멜라니와 대화를 하다 보니 축 처졌던 마음이 그나마 활기를 되찾았다. 아마 멜라니는 처음부터 이를 의도하고서 재인에게 커피를 내밀었을 것이다. 재인은 눈초리를 부드럽게 내리며 멜라니가 가져다준 커피를 다시 한 모금 마셨다. 멜라니에게는 온통 고마운 일뿐이었다.

『그래도 재인, 우빈과 결혼해서 행복한 거지?』

멜라니가 목소리를 가라앉히며 조심스레 물었다. 재인은 그녀가 뭘 걱정하는지 알고 있었다. 그래서 웃으며 고개를 끄덕였다.

『당연하지. 우린 서로가 아니면 안 되는걸.』

『그래 보이긴 해.』

『어떻게 하면 우빈과 더 행복해질 수 있을까 고민 중이니까 너무 걱정하지 마, 멜라니. 신경 써줘서 고맙고.』

『그래. 네가 우빈과 내내 행복했으면 좋겠어.』

『너도. 조이와 너도 근사할 만큼 잘 어울리니까.』

대화를 하는 새 어느덧 하늘은 석양에 물들어 장대한 경관을 연출하고 있었다. 붉게 타오르는 태양이 수평선 아래로 점차 기울어 가는 것을 말없이 바라보던 재인과 멜라니는 더 늦기 전에 1층으로 내려갔다. 한국 식료품점에 갔던 우빈과 조이가 슬슬 돌아올 시간이었다.

오늘 저녁 요리는 미국식과 한국식의 조화. 떡볶이에 스테이크 샐러드, 크림 파스타에 김치를 곁들여 조촐한 만찬을 즐기기로 했다. 곧 조이와 우빈이 현관문을 열고서 집 안으로 들어오자, 두 여자는 각자의 남편에게 애정 어린 입맞춤을 퍼부었다. 그러고서 식재료를 정리하고 요리할 준비를 하던 멜라니가 재인에게 찡긋 윙크를 날리며 말했다.

『게다가 우리 남편들은 요리 솜씨도 수준급이잖아. 우리는 여러모로 운이 좋아.』

『후후, 그건 그래.』

재인은 멜라니 덕분에 다시 한 번 웃으며 식사 준비를 할 수 있었다. 와인 잔이 경쾌하게 부딪치는 소리와 화기애애한 담소 속에서 미국에서의 평화로운 하루가 또 저물어갔다.

❖

한 달이 지났지만 소문은 수그러들 기미가 보이지 않았다. 최 여사는 모든 공식적인 자리에 발길을 딱 끊고서 오직 성북동과 단골 마사지 숍, 미용실만 가끔 드나들 뿐이었다. 그런데도 우연찮게 민혁의 어머니 우 여사와 딱 한 번 마주치고 말았다. 최 여사가 무슨 말을 꺼내야 할지, 피해야 할지 몰라 잠시 고민하는 새에 우 여사가 먼저 다가와 인사를 건넸다. 그러고서 우습다는 눈빛으로 쳐다보는데, 최 여사는 딱 그 자리에서 죽어버리고 싶은 심정이었다.

이 불효막심한 딸년은 어미를 이 꼴로 만들고서 대체 어디에 처박혀 있을까? 어디로 숨었기에 이토록 깜깜무소식일까? 도저히 포기를 못하겠어서 재인이 아빠에게도 가봤고, 우빈의 아버지를 들볶아 뉴욕 아파트에도 사람을 보냈지만 어디에서도 못난 자식들의 소식을 들을 수는 없었다. 재인이 우빈과 함께 인사하러 찾아온 걸 어쩌겠나 하고 보냈다는 신 대표의 복장 터지는 얘기나 들었을 뿐이다.

"그 망할 것…… 망할 것!"

남은 건 그저 한탄뿐이었다. 최 여사는 가슴이 답답할 때마다 성북동으로 쪼르르 달려와 응접실 소파에 앉아서 재인을 욕했다. 우 여사를 만난 뒤부터 미용실도 마사지 숍도 가기가 꺼려졌다. 어디서 누가 모이든 자신과 재인 얘기를 하는 것처럼 느껴졌다.

그를 보다 못한 정 여사가 참다 참다 호통을 쳤다.

"여기서 이러지 말어! 너는 가만히 숨기라도 하지, 네 아버지는 밖에서 온갖 얘기를 다 듣고 계신다. 만나는 사람마다 불편한 눈치를 받으신다구! 이럴 시간이 있으면 차라리 미국에 건너가서 애들이나 찾아!"

"내가 무슨 수로요? 그 넓은 땅으로 작정하고 도망간 것들을 내가 어떻게 찾아요? 범죄자라고 신고라도 할까? 나도 답답해서 이래요, 나도! 아이고, 진짜! 이것들을 잡기만 하면 그냥……!"

최 여사가 가슴을 팡팡 치며 소리쳤다. 우빈과 재인을 찾는다면 머리털을 다 뜯어놓고 몽둥이로 다리를 부러뜨릴 기세였다.

정 여사는 한숨을 푹 내쉬며 최 여사의 앞에 앉았다. 그동안 딸이 열 내는 모양새를 보니 재인이 말도 못하고 내뺀 이유가 조금은 이해됐다. 분명 도리에 어긋난 일이고, 말고 많고 탈도 많으나, 편지에 쓴 대로 그 애가 그토록 좋다는데 아무것도 모르고 민혁과 결혼하라고만 했으니 얼마나 속이 썩었겠나? 그리고 소문이 쉴 새 없이 퍼지며 가라앉지 않는 것을 이상타 여긴 정 여사가 며칠 전에 은근히 알아본바, 그 출처는 십중팔구 민혁의 집안이었다. 재인이 우빈과 벌인 짓은 분명 혼쭐을 내줄 일이나, 민혁을 그렇게까지 저어한 이유가 아예 없지는 않았던 것이다. 아무리 화가 난대도 그렇지, 결혼하고 싶을 정도로 좋아했다면서 못된 거짓말까지 끊임없이 퍼트리고 다니니……

"그 애들을 찾았다고 하자. 너는 어찌할 셈이냐?"

정 여사가 흥분을 가라앉히며 차분한 목소리로 물었다. 그러자 최 여사가 단박에 쌍심지를 켜고는 소리쳤다.

"어쩌긴 뭘 어째요? 무조건 갈라놔야지! 다리몽둥이를 분지르고 머리털을 다 밀어서라도 재인이 고거 가둬놔야지!"

"츠츠, 그다음에는? 이미 소문은 퍼질 대로 퍼졌는데, 재인이를 다른 집안과 어떻게 맺어줄 거야?"

"그건……!"

최 여사가 얼굴을 잔뜩 찌푸리며 말꼬리를 흐렸다. 엄마를 보기 좋게 속이고서 내뺀 딸년이 괘씸해 어떻게든 잡아서 혼쭐을 내고 그 미친놈과 떨어뜨려 놓고만 싶었지, 그 이후에 대해선 깊이 생각해 본 적이 없었다. 그만큼 그녀의 분노는 깊었고, 얼굴을 들고 다닐 수도 없이 창피했다. 두 번 이혼한 제 엄마에 이어 의붓남매였던 남자와 도망친 딸년이라니, 어떤 철판이 얼굴을 들고 다닐 수 있을까?

어미가 이러니 말 한번 못 꺼내보고 도망을 쳤지. 정 여사는 손으로 이마를 짚으며 도리질했다. 할아비와 할미에게도 편지 한 통 달랑 보내고서 소식이 없는 외손녀가 괘씸하긴 했지만, 어차피 이렇게 된바 어찌하겠나. 서로 살 길은 찾아봐야 되지 않겠는가? 그런데 어미라는 애가 아직까지 저런 생각만 하고 앉아 있으니…….

"잔말 말고, 시간날 때 우빈이 애비에게 전화해서 좀 보자고 해."

"갑자기 그 사람은 왜요? 이미 내가 찾아갔던 거 알잖아요. 자기도 모른대."

최 여사가 미간을 팩 찌푸리며 말대꾸를 했다. 그러자 정 여사가 '이런 답답한 어미를 봤나!' 라는 표정으로 단박에 호통쳤다.

"대책을 세워야 할 거 아니야, 대책을! 그럼 너도 그 사람도 친

자식이라곤 하나뿐인데 평생을 미국에서 떠돌게 할 거야?"

"그 우빈이 자식이 재인이랑 혼인신고하려고 미국 시민까지 됐다는데, 애들을 찾아야 대책을 세우든 말든 하지요!"

"잔말 말고 연락이나 넣어!"

더 이야기를 해봤자 열불만 더할 뿐이다. 정 여사는 투덜거리는 최 여사를 두고서 혀를 차며 소파에서 일어났다. 어째 이리 나이가 들어도 달라지질 않누?

"다 내 탓이다. 다 내 탓이야! 너 재혼시킬 때 재인이를 그 집으로 같이 들여보내는 게 아니었어. 딸이라곤 하나 있는 거, 간수도 제대로 못할 위인한테 딸려 보내는 게 아니었다. 그 애가 외로워서 제 또래 남자애랑 붙어 지내다 이 사달이 난 게야. 다 너와 내 탓이다!"

"엄마!"

최 여사는 한탄하며 안방으로 향하는 친정 엄마를 향해 빽 소리 질렀다. 안 그래도 온갖 곳에서 욕을 먹어 배가 터질 지경인데 엄마마저 저러다니!

정 여사는 고개를 설레설레 흔들며 방으로 들어갔다. 어미란 사람이 저 지경이니 어쩌겠나. 인생이나마 다 산 할미가 그 젊고 어린것에게 어떻게든 살 길을 찾아줘야지.

'그래도 그렇지, 못 쓴다. 못 써! 이건 아니다, 아가…….'

한숨을 길게 내쉬는 정 여사의 노안에 주름만이 깊어갔다.

우빈이 재인과 미국으로 떠났다는 이야기가 파다하게 퍼진 후부터 CTS의 내부에선 후계자를 내세운 정치 싸움이 본격적으로 시작됐다. 이 부회장의 연치가 아직 많지 않고, 그가 쥔 권력이 흔들리지는 않았기에 그 싸움은 표면적으로는 드러나지 않았다. 하지만 회사 곳곳에 눈과 귀를 심어둔 이 부회장은 아들과 딸을 내부로 들인 둘째 남동생과 아들 둘을 낙하산으로 입사시킨 셋째 남동생이 파벌 만들기에 박차를 가하고 있다는 사실을 알았다. 우빈이 회사에 입사한 순간부터 사라질 때까지는 쥐 죽은 듯이 몸을 낮춰 조카가 실수를 저지르기만을 기다렸던 그들이 이제 활개를 치기 시작한 것이다.

"후우……."

이 부회장은 혼자 있는 시간에 한숨을 쉬는 일이 부쩍 많아졌다. 우빈이 사라진 날의 출입국 기록을 은밀히 입수해 그가 재인과 함께 LA로 떠났다는 건 알아냈지만, 정확히 지금 어디에 있는지는 알 수 없었다. 최 여사의 하소연대로 지푸라기라도 잡는 심정으로 사람 몇을 LA로 보내긴 했지만, 막상 찾는다면 또 어찌할까. 이미 차기 경영권도 국적도 포기해 버린 놈을.

'하나 지분은 여전히 크지.'

이 부회장은 사무실의 소파에 앉아 머리를 뒤로 기대며 생각에 잠겼다. 비밀리에 도망을 갔으니 CTS의 주식마저 처분할 수는 없었을 것이다. 그래서 우빈이 소유한 주식들은 아직 그의 명의로 돼 있었고, 우빈은 지금도 CTS의 대주주였다. 그 정도 양이면 처분을 하고 싶어도 할 상대를 못 찾았을 테지만.

'아니면 이놈……'

설마 일부러 CTS의 주식을 놔둔 것인가? 그걸 가지고 있는 한 누구도 회사 내부에서 우빈을 무시하지 못할 테니 말이다.

"후우우……."

이 부회장의 입에서 또다시 무의식적으로 한숨이 흘러나왔다. 당사자의 입에서 듣지 않는 이상 그 의도를 어찌 알 수 있을까? 여자 하나 때문에 모든 걸 버리고 떠나간 한심하기 짝이 없는 놈인 것을.

'고약한 녀석. 그 정도로 맘이 깊었으면 얘기라도 꺼내볼 일이지, 어째 내빼기부터 해? 그 애만 얻으면 애비고 회사고 다 필요 없단 말이냐? 다 소용 없단 말이야?'

그는 오른손으로 미간을 주물렀다. 다시 화가 치밀어 오르자 또 두통이 밀려왔다. 예전에도 이따금씩 두통이 있었지만 우빈이 떠난 뒤로 유독 심해졌다. 여간 골치가 아픈 게 아니니 당연한 증상이라 생각했지만 횟수가 걱정될 정도로 빈번해졌다. 이 부회장은 아무래도 주치의를 불러야겠다고 생각했다. 혈압 지수가 확연히 올라갔대도 전혀 이상하지 않을 상황이니.

'흥분하지 말자. 흥분해서 해결될 일은 하나도 없어. 흥분하지 말아야 해.'

이 부회장은 주문을 외듯 생각을 거듭하며 스스로를 가라앉혔다. 몇 해 전, 고혈압 판정을 받고서 주기적으로 약을 복용한 후부터 생긴 버릇이었다. 이제 크게 화를 내거나 흥분하면 순간적으로 혈압이 상승해 쓰러질 위험이 있으니 조심하라며 주치의가 신신당부했다. 그야 원래부터 냉철하고 쉬이 열을 내지는 않는 성정이었으나, 그때부터 더 조심하며 언짢은 일이 생겼을 적마다 명상을 하듯 이 말을 되뇌었다. 그렇게 우빈의 편지를 읽으면서도, 회사의 발전은 안중에도 없이 파벌 만들기에 급급한 동생들의 행보를 듣고 나서도 크게 노하지 않으려 애썼다. 다만 유독 피로하고 머리가 아팠을 뿐.

'눈을 붙이면 좀 낫겠지. 한숨 자고 나면 그나마 괜찮을 거야.'

그는 습관처럼 스스로를 다독이며 팔을 편히 내려놓고 눈을 감았다. 근 30년 동안 갖은 시련을 겪으면서 회사를 키워왔건만 요즘처럼 힘든 때는 없었던 듯했다. 이제 자신도 늙은 것일까? 그래서 우빈이 든든하게 곁에 있어주길 바랐는데…….

"몹쓸 녀석. 너도 네 어미도 내 맘을 모르긴 똑같구나. 이 몹쓸 녀석아……."

이 부회장은 낮게 중얼거리며 스르륵 깊은 잠에 빠져들었다. 의식마저 잃을 정도로 깊디깊은 수마의 세계로.

13. 파란의 저편

우빈이 회사를 아예 떠났다는 사실을 가장 먼저 안 사람은 인력 관리실의 은희태 부장이었다. 미국으로 가기 전날 낮에 아버지 앞으로 편지를 부친 우빈은 공항에서 출국하기 전, 은 부장에게 메일을 한 통 보냈다. 그동안 정말 감사했으며 큰 짐을 드리고 가서 죄송하다는, 부디 아버지에 대한 충성심을 저버리지 말아달라는 내용이었다. 누가 봐도 영영 돌아오지 않을 사람이나 쓸 법한 그 메일에는 왜 갑자기 떠나는지에 대한 구체적인 이유는 없었지만, 은희태 부장은 2주 후 소문을 통해 알게 됐다. 우빈이 의붓남매였던 여자와 함께 미국으로 도망쳤다는 사실을.

그 소식을 들은 순간 은 부장은 패닉에 빠졌다. 차분하고 신중해 보이던 이 부회장님의 아들이 그런 소설책이나 나올 법한 사고를 치다니! 아무리 혈연관계가 아니라지만 이 정도 스캔들이라면 일평생 꼬리표가 될 수준 아닌가? 그래서 야반도주하듯 미국으로 가버렸나? 후계자 자리보다 그 여자가 더 탐나서?

하지만 그는 결코 충동적인 성격이 아니었고, 일순간의 열정에 눈이 멀어 대업을 그르칠 사람도 아니었다. 그렇다면 결론은 하나, 그 여자를 아주 오랫동안 끈질기게 좋아했던 거다.

"그래도 이건 아니지! 남겨진 개판은 누구 몫입니까?"

은 부장은 홀로 옥상 정원에 서서 담배를 뻑뻑 태우며 드물게 성을 냈다. 잘해주고 싶었다. 그동안 봐왔던 도련님들과는 차원이 다른 재목이었기에. 그 기대대로 우빈이 제출한 사업계획서와 인재 개편안은 끝내줬다. 이대로 이루기만 하면 업계를 뒤흔들 수준이었다. 회사 내부의 고름을 죄다 도려내고 다시 1위 자리를 탈환할 테다! 은 부장은 이 부회장과 그의 우수한 후계자를 도와 기꺼이 그럴 심산이었다. 그런데 전략서만 던져 놓고 막상 전쟁이 터지자 내빼다니! 게다가 이 추문으로 회사의 파벌 싸움은 더한 개판 오 분 전이 되지 않았나?

"이 사태를 어쩌라는 겁니까!"

은 부장은 뒤통수를 벅벅 긁으며 쓴소리를 내뱉었다. 부하 직원들 사이에서 온화한 신사로 통하는 그였지만, 현재 상황은 그만큼 심각했다. 물론 우빈이 없다고 해서 인력관리실에 문제가 생긴 건 아니었다. 사원 한 명이 빠졌다고 해서 돌아가지 않을 부서란 말이 안 되니까. 요는 그가 없어졌다는 사실을 알고서 기뻐 날뛰는 노땅들과 그의 천둥벌거숭이 같은 망아지 새끼들이었다. 아직 연세가 예순도 안 된 이 부회장님이 버젓이 자리를 지키고 계시거늘, 벌써부터 후계자 세우기라니. 거기에 부화뇌동한 인간들은 또 얼마나 되나? 이편저편에서 아주 난리도 아니었다.

"하아……."

그나마 다행인 건 역시 이 부회장님이 굳건하다는 것일까? 그 분도 그분의 권력도 아직은 막강한 수준이니까. 게다가 알아본 바로는 우빈이 여전히 대주주였다. 그렇다면 그가 돌아올 가능성이 아예 없지는 않은 터. 비록 일평생 여기저기서 말을 들을 테지만, 어쨌든 그건 사생활이고 이건 비즈니스다. 그가 언제든 돌아와서 기량을 발휘해 준다면…….

"메일이라도 보내볼까."

은 부장은 축 처진 어깨로 중얼거렸다. 핸드폰은 당연히 끊었고 연락할 방도는 그것뿐이었다. 그러니 구구절절 글이라도 써볼 수밖에. 혹시 아나? 자신이 떠난 후의 상황을 듣고 나면 마음이 조금이라도 바뀔지.

"부장님, 왜 여기 계셨어요? 한참을 찾았잖아요!"

은 부장이 메일에 뭐라고 쓸지 고민하고 있는데, 갑자기 여직원 한 명이 헐레벌떡 달려와 그를 불렀다. 핸드폰을 책상 위에 두고서 사라진 은 부장을 찾기 위해 회사 내 여기저기를 다 뒤지고 다닌 모양이었다.

은 부장은 낯익은 목소리에 뒤돌아 그녀를 봤다. 그리고 허리를 숙인 채 숨을 헉헉 내뱉는 그 인력관리실의 여직원을 향해 고개를 갸웃하며 물었다.

"뭐가 그리 급해요, 송 대리? 오늘 내가 결재할 서류가 있었나?"

"그게 아니라…… 지금 큰일 났어요! 부회장님이 쓰러지셨대요!"

"뭐요?"

왜 나쁜 일은 단짝 친구처럼 항상 붙어 다니는 것일까? 따로 떨어져 한 번에 하나씩만 찾아와도 감당하기가 버거워 미칠 지경인데!

반사적으로 소리친 은 부장은 몇 초간 멍하니 송 대리를 응시했다. 그러다 퍼뜩 정신을 차리고 사무실로 뛰어 내려갔다. 이제부터는 진짜 비상사태, 정말 전장의 한복판이다.

❖

은 부장이 보낸 메일은 이 부회장과 은밀한 파벌 싸움이 한창인 CTS에 대한 걱정으로 가득했다. 우빈 자신의 인생과 사랑하는 여자가 몹시도 중요하다는 것을 알지만, 아버지가 잘못되기라도 한다면 그 후회를 어떻게 할 거냐는 우려의 말까지도. 우빈은 팔꿈치를 책상 위에 댄 채 두 손으로 얼굴을 감쌌다.

아버지가 쓰러지셨다. 내내 철인 같을 줄로만 알았던 그 아버지가. 엄마가 도망쳤을 때도, 재인의 어머니와 이혼했을 때도, 그 치열했던 경영권 다툼에서도 눈 한번 깜빡하지 않고 냉정하게 사태를 처리했던 아버지가 쓰러지신 것이다. 극심한 스트레스와 과로로 혈압이 치솟았는데도 방치하셨다고, 그래서 아직도 의식불명 상태라고 은 부장은 말했다. 아마도 우빈의 비밀스러운 미국행이 아버지의 건강에 제일 큰 독으로 작용했을 테다.

"한국으로 돌아가자, 우빈아."

컴퓨터 책상 앞에 앉은 우빈의 태도가 심상치 않은 것을 본 재인이 조심스레 다가와서 메일을 읽어보더니 단호히 입을 열었다. 우빈은 손에서 얼굴을 떼고 옆에 선 재인을 올려다봤다. 그녀는 미간을 찌푸리며 정면을 노려보다가 급히 고개를 돌려 그를 보더니 힘주어 말했다.

"한국에 가자. 가야 돼, 우리."

그녀의 얼굴은 더없이 결연했다. 우빈은 일견 어머니의 표정과도 같은 재인의 얼굴을 말없이 바라보다 천천히 의자에서 일어났다. 그리고 그녀의 어깨를 양손으로 잡으며 나직한 음성으로 물었다.

"가야겠지?"

"응. 지금 안 가면 평생 후회할 거야. 그런 일은 만들지 마."

"그래. 그럴 거 같아."

우빈이 재인을 와락 끌어안으며 한탄하듯 말했다. 아버지의 건강 문제는 그가 예상했던 차후 시나리오에 없었다. 물론 충격이 크시겠지만, 아버지는 늘 그랬듯 무탈하실 거라 믿어 의심치 않았다. 그 어떤 경우에도 흔들리는 모습을 보이지 않으셨던 분이었기에.

하지만 그의 예상은 완전히 빗나갔다. 아버지는 더 이상 그 젊은 시절의 냉혈한도, 어떤 일에도 끄떡없는 철인도 아니었다. 그저 세월의 풍파에 못 이겨 쇠약해진 아버지란 이름의 한 남자일 뿐이었다.

"우선 내가 다녀올게. 넌 여기서 기다려 줄래?"

우빈이 재인을 끌어안은 채 차분한 목소리로 말했다. 재인은 미간을 찌푸리며 우빈에게서 조금 떨어져 그의 얼굴을 쳐다봤다. 우빈은 깊게 가라앉은 눈으로 이유를 얘기했다.

"돌아가면 질타를 피할 수 없을 거야. 아직 여기에 온 지 두 달도 안 됐으니까. 그러니까 이곳에서 기다리고 있어."

"하지만 언제 올지도 모르잖아. 아버님의 입원 기간이 길어질 수도 있고. 그리고 이 일을 너만 감당하게 할 순 없어. 우린 부부잖아."

우빈의 뜻을 모르는 바는 아니었다. 돌아가서 무슨 일이 벌어지든 약속대로 자신이 다 막겠단 소리다. 우빈은 늘 그녀를 방패처럼 지켜주고 싶어했으니까.

하지만 재인은 우빈을 홀로 맞서게 하고 싶지 않았다. 아버님이 누워 계신 병상에 혼자서 찾아가게 하고 싶지도 않았다. 이제 시아버님이신 그분이 편찮으신데 어찌 남편만 보낸단 말인가.

"매일 연락할게. 그리고 보름 안에 돌아올게. 내가 보름이 지나도 미국으로 못 오면 그때 한국으로 와."

우빈은 재인을 찬찬히 타일렀다. 은 부장이 메일을 보낸 날은 아버지가 쓰러지신 당일, 그리고 자신은 이틀이 지난 후에 그걸 확인했다. 만약 아버지의 건강에 큰 이상이 없다면 벌써 깨어나셨을 터. 적어도 그가 한국에 도착할 때까지는 의식을 찾으셔야 했다. 그러지 못하신다면 그때야말로 사태가 심각해진다. 우빈의 유예 기간 보름은 아버지가 깨어나신다는 가정하에 입원 기간까지 합쳐서 계산한 시일이었다.

"후…… 알았어. 그 대신 보름 안에 안 오면 무조건 비행기 탈 거야."

재인이 한참 만에 고개를 끄덕였다. 마음 같아선 그와 함께 한국으로 돌아가고 싶지만, 이렇게 실랑이를 벌일 시간에 한시라도 빨리 비행기 표를 알아보는 게 나을 것이다. 그리고 한편으론 우빈과 자신이 함께 있는 걸 이 부회장이 본다면 오히려 더 화를 낼지도 모른다는 두려움이 일기도 했다.

"그래, 말 들어줘서 고마워."

우빈은 재인의 머리를 슥슥 쓰다듬고는 컴퓨터로 가장 가까운 공항에서 출발하는 한국행 비행기 표를 검색하기 시작했다. 그동안 재인은 우빈의 여행용 크로스백을 찾아 그의 짐을 챙겼다. 다행히도 몇 시간 후에 한국으로 떠나는 표를 예매한 우빈은 바로 조이와 멜라니에게 전화를 걸어 사정을 설명했다. 그의 이야기를 들은 두 사람은 고맙게도 일하는 중간에 차를 몰고 뛰쳐나와 우빈과 재인을 태우고서 공항으로 향했고, 포옹과 가벼운 키스를 나누며 그에게 조심히 다녀오라는 인사를 건넸다.

조이와 멜라니와 함께 서서 손을 흔들며 우빈을 배웅하는 재인의 얼굴은 근심으로 가득했다. 그녀는 떠나는 우빈의 뒷모습을 보는 내내 지금이라도 같이 가겠다고 달려갈까, 억지로라도 가야 하지 않나 갈등했다.

하지만 만에 하나라도 그녀가 함께 감으로써 사태가 더 악화된다면……. 아마 우빈도 그런 우려를 했기에 혼자 가겠다고 한 것일 테다. 게다가 섣불리 둘이서 같이 한국으로 들어갔다가 오랫동안 떨어져 있어야 할 상황이 닥칠지도 모르고…….

'제발 괜찮으셔야 할 텐데…….'

재인은 출국장으로 들어가는 우빈을 초조한 눈길로 바라보며 간절히 기도했다. 부디 그분이 무사히 깨어나시기를, 그래서 우빈이 별 탈 없이 돌아오기를 재인은 빌고 또 빌었다.

❖

우빈은 한국에 도착하자마자 은 부장에게 전화해 아버지가 입원해 계신 병원을 물었다. 은 부장은 다른 말 없이 바로 병원 이름을 댔고, 우빈은 곧장 그 병원으로 출발해 아버지가 계신 귀빈실로 올라갔다. 그는 아버지가 제발 무사히 깨어나셨기를 빌며 가쁜 숨을 잠시 고르고는 조용히 문을 열었다. 그리고 침대에 편히 기대앉아 들어오는 사람이 누군지 확인하는 이 부회장과 눈이 마주치자, 무너지듯 안도의 한숨을 내쉬었다.

돌아온 탕아처럼 제 발로 찾아온 우빈을 보는 이 부회장의 표정은 담담했다. 감히 무슨 말씀을 드릴 수 있겠는가. 우빈은 천천히 아버지 앞으로 다가갔다. 그리고 군말 없이 무릎을 꿇고서 고개 숙여 사죄했다.

"죄송합니다, 아버지. 무사하셔서 다행입니다."

"그래도 애비가 걱정은 됐나 보구나."

이 부회장이 머리를 숙인 채 얼굴도 못 드는 아들을 향해 타박하듯 말했다. 아들을 여기까지 오게 만든 사람이 은 부장임은 굳이 안 들어도 짐작할 수 있었다. 아마 그이는 일부러 이 부회장이 깨어났다는 말을 안 했을 것이다. 그러고도 나타나지 않는다면 가능성이 아예 없는 인간 망종일 테니.

"죄송합니다. 뵐 면목이 없지만, 그래도 왔습니다. 죄송합니다."

우빈은 그저 머리를 조아릴 뿐이었다. 아버지의 낯을 볼 자격도 없다는 듯이 얼굴을 들지 못하는 아들을 향해 이 부회장이 느린 음성으로 말했다.

"그만 일어나서 앉아. 제대로 얘기를 해야 될 거 아니냐."

우빈은 그제야 꿇었던 무릎을 펴고서 병상 곁에 있던 의자에 앉았다. 그러고 나서야 아버지의 얼굴을 제대로 마주 봤다. 그사이 더 늙고 거칠어진 아버지의 모습에 우빈은 왈칵 죄책감이 밀려왔다. 그는 다시 고개를 푹 숙이고 말았다.

"사고 칠 땐 아무렇지도 않더니 이제야 미안한 게냐?"

이 부회장이 눈시울이 뜨거워진 아들을 향해 무심히 내뱉었다. 우빈은 애써 울음을 삼키며 다시 한 번 죄송하다고 사죄했다. 이 부회장은 그런 아들을 잠자코 바라보다 물었다.

"내가 재인이 어미와 이혼하지 않았으면 어쩌려고 했냐?"

"……최대한 피하려 했습니다. 평생 그랬을 겁니다."

우빈이 숨을 삼키며 간신히 대답했다. 그러고서 고개를 들어 이 부회장을 보는데, 그 눈이 아프기 그지없었다. 아버지를 향한 죄책감과 재인에게 품은 끈질긴 연정, 그 무거운 사랑에 대한 책임이 뒤섞인 우빈의 복잡한 눈빛을 본 이 부회장의 마음마저 덩달아 심란해질 정도였다. 그런데도 아들은 한 번도 티를 내지 않았다. 오래도록 이 상태였을 자신의 엉망진창인 속내를 단 한 번도 내색한 적이 없었다. 그저 미국에서 홀로 조용히 싸웠을 뿐. 모두를 피해, 자기 자신마저도 피하며.

이 부회장이 한탄하듯 중얼거렸다.

"내가 오랫동안 사업을 하며 사람 볼 줄은 알게 된 줄 알았거늘, 지척에 있는 아들 속 하나 들여다보지 못했구나."

"드릴 말씀이 없습니다. 죄송합니다."

사내로서 한 여인을 마음에 품는 것이 무에 그리 죄송한 일일까. 이 부회장은 그저 죄송하다고만 말하는 아들을 향해 소리 없이 탄식했다. 그 큰 집에서 자신은 늘 사업에 바빴고, 최 여사는 돌아다니길 즐겼다. 가정부들과 운전기사 외에는 오직 아이들 둘뿐. 그 아이들은 서로 외에 선택할 여지가 없었을 것이다. 다만 편지에 쓰인 대로라면 재인이 그 아이는 우빈을 끝까지 소중한 가족의 눈으로, 우빈이 이 녀석은 어느 순간부터 남자의 눈으로 그 아이를 봤다는 게 다를 뿐.

하지만 재인도 끝내는 우빈을 남자로 받아들여 함께 살겠다며 도망치기까지 했으니, 결국 두 아이가 이렇게 된 데는 부모인 자신과 최 여사가 책임을 피할 수 없을 것이다.

"어제 성북동 어르신들이 다녀가셨다. 재인이 그 아이의 외가 어르신들 말이다."

이 부회장이 고백하는 어조로 털어놓자, 우빈이 고개를 들어 아버지를 봤다. 이 부회장은 씁쓸히 웃으며 말을 이었다.

"그분들도 안색이 좋지 않으시더구나. 그래도 사위였다고 나를 무척이나 걱정해 주셨다."

"……그분들께도 사죄드리러 가려고 합니다."

우빈이 어렵사리 입을 열어 말했다. 재인에게 말하지는 않았지만, 우빈은 한국행을 결심한 순간에 만약 아버지가 무사히 깨어나신다면 때를 봐서 재인의 가족에게도 가야겠다고 생각했다. 미국에서 죽 머물렀다면 모르지만 한국으로 온 이상 그게 도리였다. 그분들을 찾아가서 욕을 들어도 자신이 듣고, 매를 맞아도 자신이 맞기 위해 재인을 두고 온 것도 있었다. 그로 인해 가족들한테 핍박받는 재인을 본다면 자신이 더 못 견딜 테니까.

"그래야지. 가서 싹싹 빌어라. 맞아 죽더라도 용서받고 와."

"아버지."

퉁명스러운 말투였지만 이 부회장은 이미 용서했다는 뜻으로 들렸다. 우빈은 놀라서 그를 불렀다. 이 부회장은 여전히 툭툭 던지는 투로 이야기를 계속했다.

"하지만 재인이 어미는 각오해야 될 게다. 나도 꽤 시달렸어."

"아버지, 그럼……."

"소문이 더럽다. 그게 가라앉을 때까지는 여기 없는 게 낫겠지. 돌아와서도 너희를 볼 때마다 뒤에서 말들이 많을 거야. 하나

난…… 하나뿐인 아들마저 잃고 싶진 않다."

마지막 말은 아버지의 입에서 나올 거라곤 상상조차 못해본 얘기였다. 우빈은 말없이 이 부회장의 얼굴을 바라봤다. 평생 아들을 향한 애정을 입 밖으로 표현할 줄 몰랐던 아버지가 처음 소리로 꺼낸 그 말이 우빈의 심장에 정통으로 박혀 버렸다. 우빈은 끝내 눈물을 흘리고 말았다.

"다 커서 울긴."

이 부회장이 얼굴을 옆으로 돌리며 핀잔을 툭 던지듯 말했다. 단지 쑥스러워할 뿐, 그 말마저 애정 어린 것이었다. 눈물을 흘리던 우빈의 입가에서 미소가 피었다. 우빈은 진심을 담아 아버지에게 고개를 숙였다.

"감사합니다, 아버지. 정말 감사드립니다……."

"그만 판교로 가봐. 거기서도 각오하고."

"네……."

이왕지사 이렇게 된 바에야 어른들을 찾아다니며 몽둥이로 맞더라도 도리는 하란 말씀이었다.

우빈은 미소를 지으며 의자에서 일어났다. 그리고 내일 다시 오겠다는 말과 함께 허리를 깊이 숙였다. 아버지께 그저 감사드릴 따름이었다. 무사히 깨어나 주셔서, 불효자식이 저지른 죄를 이해하고 용서해 주셔서, 다시 그를 받아들여 주셔서 감사드렸다. 만들어 길러주신 은혜만큼이나 큰 이 은혜를 어떻게 다 갚아야 할까? 다만 그는 열심히 노력하자고 다짐했다. 먼저 어른들에게 용서받기 위해 노력하고, 아버지가 퇴원하실 때까지 곁에서 챙겨 드리고, 미국으로 돌아가 부족한 부분을 채우며 공부하고, 그리고 다시 돌아오는 그날 CTS를 바로잡아 더 키우겠다고. 그렇게 상황에 따라 그에게 주어진 역할에 최선을 다하겠노라고.

무거운 짐을 한결 덜은 표정으로 돌아가는 아들의 뒷모습을 보며 자조 섞인 웃음을 지었다. 지난날, 누구보다도 날카롭게 냉철하게 회사를 이끌어온 그이건만 자식이 뭐라고 호통 한번 제대로 치지 않고서 쉽사리 용서해 버렸다. 하지만 어쩌겠나. 제 놈이 스스로 저를 잡는 얼굴을 하고서 들어오는데. 한 번도 그런 적이 없고, 또 그런 행동을 아예 하지도 않았던 아이가 대역죄를 지은 표정으로 얼굴을 들지도 못하는데. 당연히 아비로서 약해질 수밖에 없지 않나. 이래서 자식을 이기는 부모는 아무도 없는 게다.

"그래도 아들마저 잃을 수는 없지 않나."

이 부회장은 씁쓸히 중얼거렸다. 아들을 잃느니, 차라리 회사를 잃는 게 나을 테다. 그게 아버지란 이름이었다.

판교에 계신 할아버지는 우빈의 얼굴을 보자마자 냅다 따귀부터 때리셨다. 그것으로도 모자라 들고 있던 지팡이로 우빈의 몸을 후려갈기며 다리로 걷어차기까지 하셨다. 옆에서 보다 못한 할머니가 애를 잡아 죽일 셈이냐고 뜯어말려도 성을 참지 못하고 지팡이를 휘두르시는 바람에, 집안 고용인들까지 다 동원돼 할아버지를 붙잡고 나서야 씩씩거리며 소파에 앉으셨다.

원래 귀여워하는 아이일수록 배신했을 때 분노가 더 큰 법. 그를 아는 우빈은 할아버지의 매질을 굳이 피하지 않았다. 그저 묵묵히 맞다가 할아버지와 할머니 앞에서 무릎을 꿇었다. 그런 후에도 할아버지가 고래고래 호통을 치며 썩 꺼지라고 난리를 치시는 통에 우빈은 결국 내일을 기약하며 판교 저택에서 나오고 말았다.

우빈은 쓰게 웃었다. 미국으로 가고 나면 할아버지나 할머니가 울화로 몸져누우실지도 모른다고 생각했는데, 오히려 할아버지는 저리 정정하시고 아버지가 쓰러지다니. 거의 모든 일을 대비했다고 여겼는데 큰 착각이었다. 그래도 두 분이 건강하신 건 어찌나 다행인지. 아마 찾아가면 또 불벼락과 함께 지팡이 세례가 떨어지겠지만 우빈은 한국을 떠날 때까지 되도록 여러 번 판교로 가려고 작심했다. 용서를 받고 안 받고를 떠나서 지금 두 분께 할 수 있는 일을 하고 싶었다.

그리고 지금, 우빈은 재인의 성북동 외가 앞에 서 있었다.

이 집의 위치와 재인의 외할아버지 최 회장의 연락처는 감사하게도 아버지가 알려주셨다. 아버지가 연락까지 넣어주신바, 최 회장이 이틀 후 저녁때 찾아오라 했고, 그래서 마침내 이곳까지 올 수 있었다. 우빈은 심호흡을 하며 초인종을 눌렀다. 아버지의 말씀대로 단단히 각오를 다진 후였다.

커다란 대문을 통과해 정원을 가로질러 저택 현관문을 여니, 세 어른이 응접실 소파에 앉아 그를 기다리고 있었다. 화로 후끈 달아오르기보단 냉랭한 공기가 집 안 전체에 퍼져 있었다. 우빈은 천천히 그분들 곁으로 다가가 낮은 음성으로 천천히 입술을 떼었다.

"이우빈입니다. 말씀드렸던 대로 어른들께 사죄드리기 위해 여기까지 찾아뵀습니다."

"하! 사죄? 이제 와서 무슨 사죄를 해? 어른들 감쪽같이 속이고 내 딸 데리고 도망칠 땐 언제고, 네가 무슨 사죄를 하니? 재인이는 어따 놓고서 뻔뻔하게 혼자 나타나?"

팔짱을 낀 채 다리를 꼬고 앉아서 그때까지 우빈이 다가오는 것을 모른 척하고 있던 최 여사가 대번에 언성을 높였다. 이보다 더한 일들도 얼마든지 당할 수 있기에, 우빈은 정중한 목소리로 대답했다.

"재인이는 미국의 제 집에서 쉬고 있습니다. 우선 제가 먼저 왔습니다."

"네가 오고 싶어 왔겠니? 제 아버지 아프단 얘기 듣고 억지로 왔겠지. 안 그랬으면 여기 나타나지도 않았을 거 아냐? 나, 그래도 너한테 잘 대해줬다. 우리 재인이랑 잘 지내줘서 고맙다고 볼 때마다 웃으며 대해줬어! 그 대가가 이거니? 부모들 얼굴에 먹칠하고, 내 딸년 인생 망쳐 놓고 뻔뻔하게 용서라니. 용서라니!"

최 여사는 시뻘게진 얼굴로 바락바락 소리쳤다. 분노와 경멸, 그동안 참아왔던 열불이 그녀의 눈 속에서 맹렬히 소용돌이쳤다. 그를 본 우빈은 어른들을 향해 천천히 무릎을 꿇었다. 그리고 차분한 목소리로 다시 입을 열었다.

"다 제 잘못입니다. 제가 재인이 꾀었습니다. 같이 지내자고, 미국으로 함께 가자고 설득했습니다. 재인이는 저를 따른 것 외에 아무 잘못이 없습니다. 그러니 저만 꾸짖으십시오, 어머니. 저만 미워하십시오."

"어머니라니! 내가 네 어머니면 감히 이런 짓을 벌였을 거 같아? 어디서 어머니라니! 뻔뻔하게 어머니라니!"

'어머니'라는 단어 하나에 눈에 뒤집힌 최 여사가 급기야 우빈의 멱살을 부여잡고서 마구 흔들기 시작했다. 우빈은 피하지 않고서 그를 그대로 받아들였다. 이보다 더한 대우를 받아도 괜찮았고, 더한 욕설을 들어도 상관없었다. 어머니가 재인만 용서해 준다면, 그래서 가족들을 다시 볼 수 있게 된다면, 자신이 모든 걸 감당해 내리라 다짐하고 온 터였다.

"그만해라! 그 정도 했으면 됐다."

옆에서 가만히 보고만 있던 최 회장이 타이르듯 호통을 쳤다. 딸애의 울분을 알기에 어느 정도 화풀이를 할 때까지 놔뒀는데, 이제 정도가 지나쳤다. 몽둥이로 매우 쳐도 성에 안 찰 만큼 몹쓸 짓을 저지르긴 했다만, 그래도 이 부회장 그 사람의 독자가 아닌가?

하지만 최 여사는 그칠 줄을 몰랐다. 한번 터진 화는 원래 걷잡을 수가 없는 법. 그녀는 악을 쓰며 외쳤다.

"내가 어떻게 그만둬요! 이 미친놈 때문에 하나뿐인 딸애 인생을 망치게 됐는데 내가 어떻게 그만해! 말해! 재인이 어디 감췄어? 어디 숨겨놨냐고!"

"그만하라고 했다! 밖으로 쫓아내랴?"

결국 최 회장이 벼락처럼 노화를 내며 소리를 치고 나서야 최 여사는 우빈에게 하던 패악질을 억지로 멈췄다. 웬만해선 성을 내지 않는 자신의 아버지가 한번 화를 내면 얼마나 무서운지 똑똑히 알기 때문이다.

그렇게 한바탕 소동이 일고 나서야 다시 침묵이 찾아왔다. 딸애가 잠잠해지자, 최 회장은 여전히 무릎을 꿇고 있는 우빈을 향해 무거운 목소리로 물었다.

"미국에서 재인이랑 결혼했나?"

"네, 했습니다. 혼인신고도 마쳤습니다."

"억! 기가 막혀서! 기가 막혀서!"

우빈의 대답을 들은 최 여사가 손바닥으로 소파를 퍽퍽 치며 소리쳤다. 부모 몰래 도망쳐 냉큼 결혼마저 해버렸으니 기함할 노릇이기도 하지. 최 회장 또한 끓어오르는 화를 참으며 간신히 다시 물었다.

"재인이는 정확히 어디에 있지?"

"제가 LA에 마련해 둔 2층집에서 지내고 있습니다. 그 집 1층에서 제 친구 부부가 살고 있고, 제법 친해져 혼자 지내지는 않습니다."

"언제 재인이를 데리고 미국으로 도망칠 생각을 했어?"

"……저는 오래전부터 재인이를 가슴에 담았습니다, 어르신. 다만 가족이었기에, 품어서는 안 될 감정이었기에 평생 피해 다니겠다 생각하고 죽 미국에서 머물렀습니다. 그러다 부모님이 이혼하셨고, 그 후에도 어떻게든 이 감정을 평생 묻어두려 안간힘을 썼습니다. 해도 해도 안 돼서, 그래서 돌아온 겁니다. 재인이를 만나서 함께하자고 꾀기 위해, 함께 가자고 설득하기 위해서. 결국 재인이는 제게 넘어와 같은 마음이 됐고, 집안에서 노민혁과 결혼하길 바라자 미국행을 따라준 겁니다. 다 제가 그렇게 만든 겁니다.”

“너, 넌 패륜아야! 천하의 못된 패륜아야! 어떻게 나와 네 아버지에게 이런 짓을 할 수가 있니! 어떻게?”

옆에서 듣다 못한 최 여사가 경악하며 자리에서 벌떡 일어났다. 일곱 살 때 처음 만난 아이들이다. 친남매보다 더한 가족애를 보였던 애들이었다. 그런데 이런 소리를 지껄이다니, 이보다 더한 불효가 어디 있단 말인가?

“너만 안 왔으면! 너만 다시 나타나지 않았으면 잘살았을 애야! 너만 없었으면 민혁이와 결혼했을 거라고, 너만 없었으면!”

급기야 최 여사는 고장난 라디오처럼 같은 소리를 반복하면서 우빈의 등을 퍽퍽 치기 시작했다. 우빈은 얌전히 그 매질을 다 당했다. 고개를 숙이고 무릎을 꿇은 채 최 여사가 내리는 체벌을 달게 받았다. 여기 오기 전에 다짐했던 대로 재인만 용서받을 수 있다면, 그럴 수만 있다면 얼마든지 달게 받을 일이었다.

“그만 가게. 더는 안 되겠어.”

최 회장이 한 손으로 얼굴을 짚으며 나직이 중얼거렸다. 마음 같아서는 당장이라도 두 사람을 용서하고 재인을 데려오고 싶지만, 아직은 가슴속에 들끓는 불같은 화가 그 마음보다 더 강했다. 이 부회장의 얼굴을 봐서라도 찬찬히 대화를 나눠볼 요량이었지만 저리 흥분해 날뛰는 딸 때문에 그럴 수도 없고…….

“어서 가보게. 나중에 따로 얘기하지.”

안 되겠다 싶었는지, 최 회장이 소파에서 일어나 딸을 잡아 세우며 다시 말했다. 오늘은 이 정도로 하고 다음에 다시 자리를 마련하는 게 좋을 테다. 우빈은 고개를 끄덕이고는 서서히 저릿한 다리를 펴고서 일어났다. 감각이 없을 만큼 다리에 쥐가 났지만, 그를 최대한 감추며 최 회장에게 깊이 허리를 숙였다.

“폐를 끼쳤습니다. 다음에 다시 와서 사죄드리겠습니다.”

“사죄는 무슨 사죄! 나는 너 용서 못해! 평생 용서 못해!”

최 여사는 아버지에게 양손을 잡혀서도 끝까지 발악했다. 우빈은 그런 최 여사와 말 한마디 없이 이 모든 걸 지켜보기만 한 정 여사에게도 고개를 숙여 인사하고는 천천히 뒤로 물러났다. 그러고는 저택에서 빠져나왔다.

단번에 용서받을 거란 기대는 품지도 않았다. 이 부회장이 넓은 마음으로 아들을 이해한 것일 뿐, 다른 분들은 쉽지 않을 거라 예상했다. 하지만 최 여사는 분노를 넘어 우빈을 경멸하는 수준에까지 이르렀고, 그게 마음에 걸렸다. 자신이야 일평생 미워한대도 어쩔 수 없지만 재인까지 그럴까봐서. 원래 사이가 좋은 모녀는 아니었지만 그래도 하나뿐인 어머니고 딸이지 않은가?

우빈은 나직이 한숨을 내쉬었다. 일단 재인에게 약속한 보름까지 최대한 애써볼 요량이었다. 다행히 아버지의 실신은 과로와 스트레스로 인한 일시적인 증세라 조만간 퇴원이 가능했다. 다만 연세와 고혈압이 있으신 분이라 앞으로는 각별히 조심해야겠지만.

‘재인이의 가족 중 한 분만이라도 용서해 주시면 좋겠는데…….’

하지만 지나친 과욕이겠지.

우빈은 씁쓸히 웃었다. 그래도, 매일 매를 맞는다 해도, 미국으로 떠날 때까지 매일 어른들을 찾아가 용서를 빌어볼 참이었다. 설사 온몸이 멍과 붉은 자국으로 너덜너덜해진다 해도.

미국으로 떠나기 전 열흘 동안 우빈은 오전에 아버지를 찾아뵌 후 낮에는 판교로, 저녁에는 성북동으로 향했다. 어른들은 날이면 날마다 지치지도 않고 노화를 내며 우빈에게 호통과 욕설을 퍼부었고, 어떤 날은 아예 대문조차 열어주지 않았다.

하지만 우빈은 그래도 꿋꿋했다. 적어도 두 분, 판교에 계신 친할머니와 성북동에 계신 재인의 외할머니만큼은 어느 순간부터 우빈을 몹시 안쓰럽다는 눈빛으로 바라봐 주셨으므로. 친할머니야 우빈이 제 어미에게 버려진 후 아기 때부터 보살폈으니 당연히 매일 찾아와서 매를 맞는 손자가 가엾어 보였을 테고, 재인의 외할머니도 유독 하나뿐인 외손녀를 챙겼다 했으니 마음이 쓰이셨나 보다. 그러나 다른 가족들이 워낙에 화가 난 상태라 두 분 다 별달리 내색은 안 하셨고, 우빈은 이대로 미국으로 가게 되는 건가 하며 씁쓸해했다.

성북동 정 여사에게서 뜻밖의 연락이 온 건 우빈이 미국으로 떠나기 바로 전날이었다. 정 여사는 한국에 있는 내내 어른들에게 시달리길 자청한 우빈이 마음에 걸린다며, 한적한 한정식 집으로 그를 불러냈다. 그리고 주문한 음식 외에 본인이 직접 쒀온 닭죽을 우빈에게 내밀었다.

"감사히 먹겠습니다, 어르신."

우빈은 감격한 표정으로 정 여사가 건넨 닭죽을 떠먹었다. 나직이 한숨을 내쉬며 그 모습을 지켜보던 정 여사는 핸드백에서 작은 상자를 하나 꺼내 우빈의 앞에 놓았다.

“내가 우리 재인이 결혼할 때 주려고 마련해 뒀던 거야. 가져다 주게.”

우빈은 정중히 그 상자를 받아 챙겼다. 아마도 이것은 외할머니가 손녀에게 물려주는 패물일 터, 재인을 용서한다는 증표일 것이다. 재인이 이 상자를 받으면 얼마나 좋아할까? 우빈은 정 여사에게 감사해 고개를 숙였다. 그리고 다시 한 번 인사를 올렸다.

“정말 감사드립니다, 어르신. 제 무거운 마음을 덜어주셨습니다.”

“츠츠, 그러게 왜 이런 일을 벌였나? 남의 집 귀한 아들이 왜 굳이 찾아와서 매를 버느냐 말이야. 그거 재인이 가져다주고, 그 애더러 소문 잠잠해지면 들어오라 해. 이 할미, 살날 오래 남지 않았단 말도 하고.”

말뜻인즉 너무 오랜 시간이 지나기 전에 곁으로 돌아오란 얘기였다. 이미 정 여사는 용서했으니. 우빈은 어깨에 얹었었던 짐 하나를 또 하나 내린 기분이었다.

“둘이서 도망칠 정도라면 우리 재인이 평생 사랑해 주겠지?”

정 여사가 대뜸 물었다. 우빈은 주저 없이 고개를 끄덕였다.

“예, 어르신. 제가 가진 모든 걸 바쳐서 그럴 겁니다.”

“그래. 됐네. 우리 재인이 눈에서 눈물 나게 하지 말어. 그러면 내가 하늘로 가서도 자네 해코지할 거네.”

"예, 어르신. 명심하겠습니다. 하지만 재인이를 위해서라도 만수무강하십시오."

우빈이 굳게 고개를 끄덕이며 말했다. 과한 꾸밈도 유쾌한 넉살도 없었다. 그저 진중하고 차분한 태도. 어른들이 보기에는 그게 나쁘진 않았다. 적어도 재인에게 정성인 것만은 확실해 보여 내심 다행이다 싶었다.

정 여사는 한숨을 조용히 내쉬며 마지막으로 우빈에게 충고했다.

"힘들게 맺어졌으니 평생 서로를 귀이 여기며 살아. 아끼며 잘 챙겨줘. 그게 어른들께 지은 죄, 조금이라도 갚는 길이네."

"알겠습니다, 어르신. 깊이 새기겠습니다."

"그럼 난 이만 일어나네. 재인이 그건 언제야 볼 수 있을지……."

정 여사가 할 일을 마쳤다는 듯이 먼저 자리에서 일어났다. 우빈은 정 여사가 준 상자를 챙겨 들고서 그녀를 모시며 같이 나와, 정 여사가 운전기사가 몰고 온 승용차에 올라 떠날 때까지 정중히 배웅했다.

이제 내일이면 다시 미국행. 재인과 약속했던 대로 한국에 온 지 딱 보름째 되는 날이었다. 비록 아버지가 쓰러지셨다는 소식에 갑작스럽게 돌아왔으나, 우빈은 오히려 많은 것을 얻었다. 뜻밖에도 아버지에게 이해를 받았고, 어른들께 용서를 빌 기회를 얻었고, 감사하게도 정 여사의 용서를 받았다. 게다가 오늘 저녁에는 퇴원한 아버지와 함께 식사하기로 했으니, 도망치듯 미국으로 떠날 때보다 지금이 훨씬 나은 상황 아닌가?

'재인이에게 가져다줄 선물도 받았고.'

우빈은 손에 든 상자를 내려다봤다. 외할머니가 보낸 징표를 보면 아마 재인은 기쁨의 눈물을 흘릴 것이다. 이렇게 빨리 용서받을 줄은 몰랐다며 외할머니를 만나고 싶어하겠지. 그녀가 원한다면 우빈은 기꺼이 한국행 비행기에 다시 오를 생각이었다. 아버지 말씀대로 완전히 돌아오려면 시일이 좀 필요하겠지만, 비밀리에 잠시 다녀가는 건 일도 아닐 테니까.

그는 발길을 돌려 택시를 잡아탔다. 마지막까지 해봐야 하는 법이니 판교로 직행할 참이었다. 혹시 아는가? 내일 미국으로 다시 떠난다는 소식을 들은 할아버지와 할머니도 조금은 마음이 누그러지셨을지.

'기다려, 재인아. 우린 곧 행복해질 테니까.'

서로를 끝없이 사랑하며 가족에게도 용서받는다면 분명 그럴 테다. 그는 꼭 재인을 행복하게 만들고야 말리라 다짐했다.

택시 안에서 정 여사가 내어준 상자를 꼭 쥔 채 우빈은 사랑의 서약보다 더 진한 맹세를 가슴에 새기고 있었다.

14. 기다림, 그 후

재인은 LA의 2층집으로 돌아온 우빈을 보자마자 와락 끌어안기부터 했다. 보름새 까칠해진 피부만으로 그가 한국에서 얼마나 마음고생을 했는지 본 듯했다. 별 탈 없이 돌아와 줘서 어찌나 감사한지…….

말없이 품으로 달려드는 재인을 양팔로 꼭 안고서 그리웠던 그녀의 체향을 흠뻑 들이켠 우빈이 나지막한 음성으로 물었다.

"걱정 많이 했지?"

"매일 네가 전화하기만 기다렸어. 무사히 돌아와서 정말 다행이야."

"그래. 나도 감사해."

우빈이 고해하듯 말했다. 아버지는 무사하시고, 가족들에게선 가능성을 얻었고, 다시 재인의 곁으로 왔다. 이 모든 게 얼마나 큰 축복인지…….

"그만 들어가서 얘기하자. 내가 문가에 널 세워두고 있네."

지나치게 반가운 마음에 우빈을 보자마자 끌어안고서 가만히 있던 재인이 헤헤 웃으며 그를 놓았다. 우빈은 그런 그녀가 귀엽다는 듯이 머리를 쓰다듬고는 함께 집 안으로 들어갔다. 평일 낮이라 그런지 멜라니와 조이는 아직 집에 없었다. 우빈은 가방을 들고서 재인과 함께 2층으로 올라갔다.

"주스랑 과일이라도 좀 갖다 줄까? 아니면 씻고 식사할래?"

재인이 방 안으로 들어가 침대 옆에 여행 가방을 내려놓는 우빈을 보며 걱정스레 물었다. 한국에서 내내 힘든 시간을 보내다 장시간 비행했으니 얼마나 피곤할까. 그래서 궁금한 것투성이지만 일단 우빈을 편히 쉬게 해주고 싶었다.

그런 재인의 마음을 모를 리 없다. 우빈은 옅게 웃으며 침대에 걸터앉고는 옆자리를 손바닥으로 툭툭 쳤다.

"괜찮으니까 이리 와서 앉아. 줄 게 있어."

"뭔데?"

재인이 우빈의 옆으로 얌전히 다가가 앉으며 물었다. 그러자 우빈은 고개를 숙여 여행 가방에서 작은 상자를 하나 꺼냈다. 그것을 재인에게 내밀며 다정한 음성으로 말했다.

"외할머님이 가져다주라고 하신 거야. 이곳으로 돌아오기 전날, 우리 사이를 허락해 주셨어."

"정말? 그러니까 우리 외할머니를 만났다는 거야?"

재인이 상자와 우빈의 얼굴을 번갈아 보며 동그래진 눈으로 물었다. 한국을 떠나기 전날 밤에도 통화했지만, 우빈이 이런 얘기를 일절 하지 않았기 때문이다.

우빈은 희미하게 웃으며 재인의 손에 상자를 쥐였다. 그리고 그녀의 머리를 쓰다듬으며 차분한 목소리로 말했다.

"사실 한국에 있는 동안 다른 어른들도 찾아뵀어. 네 외가에도 여러 번 갔고. 거기까지 날아갔는데 아버지만 뵙고서 그냥 돌아올 순 없잖아."

"그런데 왜 아무 얘기도 안 했어?"

재인이 미간에 주름을 그리며 비명처럼 외쳤다.

우빈은 늘 좋은 소식만 전했다. 한국에 오자마자 병원에 계신 아버지를 찾아갔는데 다행히 의식을 찾으셨다, 매일 아버지를 뵈러 간다, 아버지가 용서해 주셨다……. 그 외에 다른 언급은 없었고, 재인은 불행 중 다행이라 생각하며 안도했다. 우빈의 아버님은 무사하시고, 그분이 두 사람을 용서하셨다는데 더 이상 뭘 바라겠는가?

하지만 우빈은 항상 그 이상을 준비하는 남자였다. 재인은 우빈에게 너무 미안한 나머지 눈물이 핑 돌았다. 그녀는 상자를 손에 든 채 우빈의 목을 와락 끌어안았다.

"대체 뭘 하고 온 거야? 설마 우리 엄마도 만났어? 엄마가 엄청 화냈을 텐데……."

"하하, 어머니보다 우리 할아버지께 더 혼났어. 두 분은 시간이 좀 더 필요하실 거 같아."

우빈은 아무렇지도 않다는 듯이 너스레를 떨며 말했지만, 재인의 두 눈에선 눈물이 뚝뚝 흘러내렸다. 우빈은 이 집에서나 저 집에서나 길길이 성내셨을 어른들에게 죄인처럼 사죄만 하고 왔을 게 뻔했다. 그런데도 미국에 있는 재인이 염려할까봐 전화로는 한 마디도 하지 않았다. 우빈이 그녀를 끔찍이 아끼는 줄은 알았지만, 혼자서 감당했을 그를 생각하니 재인은 너무 미안하고 속이 상했다.

"이러려고 혼자 간 거지? 너 혼자 다 감당하려고! 어떻게 나한테 아무 얘기도 안 하고……."

"얘기했으면 네 성격에 당장 비행기 탔을 게 뻔하잖아. 맞아도 내가 맞아야지, 네가 혼나는 걸 어떻게 봐? 다행히 아버지는 무사하시고, 우릴 용서해 주셨잖아. 네 외할머님과 우리 할머니도 떠나기 전에 용서해 주셨고. 오히려 여기서 한국으로 갈 때보다 훨씬 상황이 좋아졌어. 그러니까 그만 울고 그 상자 열어봐. 나도 외할머님이 뭘 주셨는지 궁금해."

우빈이 달래듯 재인의 등을 쓸어내리며 조근조근 속삭였다. 그 다정한 목소리에 눈물이 더 왈칵 솟았다. 재인은 간신히 울음을 삼키며 우빈의 목을 놓았다. 그리고 손에 쥐고 있던 작은 상자를 조심스레 열었다.

"이건……."

외할머니가 선물로 주셨다는 그 상자 안에는 순금으로 만든 비녀 하나가 곱게 놓여 있었다. 정교하게 투각 된 물고기 문양과 비취로 장식된 아름다운 귀물이었다. 재인은 이 비녀에 담긴 숨은 뜻을 한눈에 알아봤다. 이것은 외할머니가 결혼 30주년 때 외할아버지에게 받은 귀한 물건으로, 언젠가 외할머니가 재인이 짝을 찾아 언약을 맺고 나면 물려주겠다고 약속하신 보물이었다.

"할머니가…… 정말 우리 사이를 허락해 주셨네. 정말 허락해 주셨어……."

상자 안에서 순금 비녀를 꺼내 든 재인은 끝내 북받치는 울음을 참지 못했다. 그녀는 비녀를 품에 소중히 안고서 엉엉 소리 내며 울었다. 기쁜데, 말도 못할 만큼 기쁜데, 동시에 슬프기도 했다. 우빈은 어린아이처럼 서럽게 우는 재인을 끌어당겨 다시 꼭 안아줬다.

"너무 속상하게 운다. 난 네가 웃는 걸 보고 싶었는데."

우빈이 재인의 등을 가만가만 토닥이며 부드럽게 말했다. 얼마나 마음고생이 심했으면 이리 엉엉 울까. 한국을 떠나기로 결심한 순간부터 지금까지 한 번도 눈물을 보인 적이 없었던 그녀인데……. 아마 그가 불안해할까봐 내색하지 않았을 것이다. 조금이라도 슬퍼하는 모습을 보이거나 가족들을 걱정하는 기색을 비치면 그의 마음에 먹구름이 낄까봐서. 그에게 함께해서 행복하다는 얼굴만을 내내 보인 것이다.

"기쁜데…… 너무 좋은데…… 그래서 자꾸 눈물이 나……."

재인이 훌쩍이는 목소리로 겨우 말했다. 감정이 터져 흐르는 순간마저도 재인은 우빈을 생각하는 마음을 놓지 않았다. 그에게 오직 기쁘다는 말만을 전할 뿐이었다.

우빈은 재인을 더욱 꼭 껴안으며 다정한 목소리로 달랬다.

"외할머님께 연락드리자. 그리고 조만간 한국에 가자. 아버지도 외할머님도 소문만 잠잠해지면 들어오라고 하셨으니까. 다른 어른들께도 내가 어떻게든 용서받을게. 시간은 필요하겠지만 분명 모두들 용서해 주실 거야. 그러니까 걱정하지 마."

"응, 응……."

재인이 울음과 함께 대답하며 우빈의 어깨에 얼굴을 묻었다. 결국 자신은 얼마나 행복해졌는가. 이토록 사랑해 주는 남자와 가족들에게 둘러싸여 어린애처럼 응석만 부리고 있는데. 애정을 받고만 있는데.

재인은 비녀를 손에 꼭 쥔 채 고개를 들었다. 우빈이 손가락으로 눈물을 닦아주자, 재인은 손으로 물기를 훔치고는 우빈을 바라봤다. 그리고 다시 한 번 그를 와락 끌어안으며 젖은 목소리로 속삭였다.

"고마워, 우빈아. 고마워……. 사랑해."

"나도 사랑해, 우리 아기."

우빈이 후후 웃으며 대답했다. 이걸로 충분했다. 이걸로 족했다. 더 이상 무엇을 바랄 수 있을까?

우빈은 재인의 목에 얼굴을 묻으며 옅게 미소 지었다.

❖

"그래. 울지 말어. 그리 죄송할 거면 사고는 어찌 쳤누? 그래…….

알아, 할미도. 그런 말은 얼굴을 보면서 해야지. 그래. 아냐, 할미가 오랄 때 와. 응. 건강히 지내고. 아, 그만 울래도? 할미 속상하잖아. 그래, 알았다. 들어가거라. 휴우……."

정 여사는 한숨을 내쉬며 전화를 끊었다. 며칠 간격으로 벌써 세 번이나 통화했건만, 재인은 미국에서 연락할 때마다 울음 섞인 목소리로 죄송하다며 어쩔 줄을 몰랐다. 그나마 세 번째라 좀 나아졌지, 처음에는 저도 당장 한국으로 돌아가서 할머니께 사죄하겠노라 울며불며 말하는 걸 오히려 정 여사가 말렸다. 우빈이 돌아간 지 얼마 되지도 않았는데 재인이 나온다면 아직까지 극성맞게 성을 내는 딸 최 여사가 가만히 있지도 않을뿐더러 그 아이들만 더 힘들어질 테다. 차라리 이 부회장이 퇴원한 지 얼마 되지도 않은 몸으로 찾아와 정중히 의논한 대로 소문이 잠잠해지길 기다리며 미국에서 몇 년간 공부나 더 하라고 이르는 게 현명하다.

"그러려면 이 지긋지긋한 입들을 좀 잠재워야겠지."

핸드폰을 탁자 위에 내려놓고서 소파에 앉은 정 여사는 미간을 찌푸리며 홀로 중얼거렸다. 가만히 내버려 두면 나아지겠거니 했다. 민혁이 그 아이가 소문의 진상지라는 걸 알았을 때도 앙금이 풀리면 안 그러겠지, 설마 언제까지고 불을 피우겠나 했다.

그런데 하는 양을 보아하니 쉬이 멈출 기미가 보이질 않았다. 물론 1년이 지나고 2년이 지나면 그 아이의 화도 누그러지고 금세 다른 짝을 찾아 관심을 돌릴 테지만, 그렇다고 그리 심한 이야기까지 사실인 양 지어내 계속 퍼트릴 필요는 없지 않은가? 이미 민혁이 풀어놓은 소문 속에서 재인과 우빈은 한집에 살 때 놀아난 인간 망종들이 돼 있거늘.

숙고를 거듭하던 정 여사는 고민 끝에 핸드폰을 집어 들었다. 몹시 괘씸하고 화가 났지만 애정으로 재인을 용서하고 말았듯, 정 여사는 민혁에게도 비슷한 마음을 품고 있었다. 어렸을 때부터 외손녀의 친구로 봤던 그 아이, 손녀딸의 얼굴에 일부러 먹칠을 하는 게 언짢고 거북하긴 했지만 얼마나 제 속이 망가졌으면 그럴까 안쓰럽고 짠한 게다.

하지만 마냥 두고 볼 수만은 없는 법. 하여 정 여사는 어른인 자신이 먼저 민혁을 청해 차분히 타이르기로 했다. 다행히 민혁은 한번에 전화를 받았고, 고즈넉한 곳에서 식사나 한 끼 하자는 정 여사의 제안을 망설이는 듯하더니 결국 받아들였다.

민혁과 통화를 마친 정 여사는 천천히 몸을 일으켜 안방으로 향했다. 아예 내치지 못할 거면 받아들이고 품어야 하는 법. 비록 손녀딸이 저지른 짓을 생각하면 아직도 가끔 기가 막혔지만, 이왕에 용서하기로 했으니 어른의 현안으로 풀어야 할 부분은 풀어줘야 할 테다. 민혁을 만나 그 다친 마음을 달래는 것도 그중 하나일 테다.

정 여사는 차분한 심정으로 자개장에서 쪽빛 한복을 꺼냈다. 그저 너그러운 마음으로 그를 보듬어주자고 자신을 정갈히 가라앉히면서.

남산의 풍경이 시원히 내려다보이는 한정식 집에서 마주한 민혁의 얼굴은 수척하고 어두웠다. 이제는 편치 않은 어른을 만났으니 그렇기도 하겠지만, 정 여사는 노인의 혜안으로 그가 요즘 잠을 제대로 이루지 못했음을 눈치챘다. 이렇게 마주하고 있자니 민혁이 그간 짐작했던 것보다 더 스스로를 괴롭혔음을 느낀 것이다. 정 여사는 보이지 않는 한숨을 내쉬며 굴비 살을 뚝 떼어 민혁의 밥 위에 얹어줬다.

"잘 먹어. 그 잘생긴 얼굴이 왜 그리 상했누?"

"별로 입맛이 없습니다. 잠도 잘 안 오고요."

민혁이 씁쓸하게 웃으며 대답했다. 굳이 정 여사에게 자신의 상태를 감추지 않은 것이다. 정 여사는 마치 친손자를 대하듯 그를 걱정스레 나무랐다.

"그럴수록 잘 챙겨 먹어야지. 너는 어디서든 기둥이 될 사람이야. 제 스스로 상하게 하는 짓은 말아. 널 위해서 하지 말거라."

"……하시고 싶은 말씀하십시오."

정 여사의 얘기를 들은 민혁이 잠자코 있다가 젓가락을 내려놓으며 말했다. 그간의 인연을 봐서 어른의 말씀대로 이 자리에 나오기는 했으나 길게 시간을 끌고 싶지는 않다는 뜻이었다.

정 여사는 수저를 내려놓고서 그를 지그시 바라봤다. 착잡한 속내를 숨기지 않는 민혁의 모습을 찬찬히 응시했다. 그러곤 차분한 음성으로 입을 열었다.

"내, 네게는 미안한 마음뿐이다. 우리 가족 모두가 그래. 다만 놀라고 경황이 없어 이제야 이런 자리를 마련했구나. 너그러이 이해해 주려무나."

"어찌 사모님께서 그런 말씀을 하십니까. 일을 저지른 당사자들은 따로 있는데요. 회장님과 사모님께서도 많이 당황하고 놀라셨다는 것, 저도 잘 압니다."

민혁은 미간을 찌푸리며 입꼬리를 비틀었다. 정작 그에게 미안해야 될 인간들은 미국으로 도망쳐 희희낙락 살고 있거늘, 어째서 함께 뒤통수를 맞은 분이 이리 면구한 사과를 하신단 말인가.

아니, 이것이 사과받을 일이긴 할까? 신재인은 끝까지 이우빈만을 고집했고, 이우빈 그 정신 나간 새끼 또한 마찬가지였는데. 결국 민혁 자신이 혼자서 병신춤을 추다 보기 좋게 엎어졌을 뿐인데.

인정할수록 속이 썼다. 가슴에서 천불이 나고 자다가도 벌떡 일어나길 여러 번이었다. 그들이 죽도록 미웠다.

"안다. 그 애들이 밉겠지. 속이 많이 상했을 게야. 나도 그랬다. 가족들 모두가 그랬어. 하나 그 애들을 그리 궁지로 몰아넣은 데는 우리 어른들의 책임도 크구나. 민혁이 네가 예뻐서 내가 탐을 많이 냈다. 재인이 그 아이 의사도 들어보지 않고서 네가 손녀사위가 됐으면 좋겠다고 밀어붙였어. 나도 그랬고, 재인이 어미도 그랬다. 그 욕심이 상황을 이 지경으로 만든 게야. 네게도 그 애들에게도 참 못할 짓을 했다."

정 여사는 담담하게 속내를 털어놓았다. 손자뻘인 민혁에게 이런 말까지 한다는 게 어찌 어렵지 않을 것인가. 하지만 그녀는 민혁의 뒤틀린 마음을 어루만져 주자고 작심하고서 나온 차였다. 상처받은 그를 그저 어르고 달래려 마음먹은 터였다. 하여 정 여사의 눈에는 지금 민혁이 무엇보다 가여울 뿐이었다.

"저를 아껴주신 것 압니다. 사모님도, 회장님도, 그리고 어머니도. 저를 좋게 봐주셨다는 것 알아요. 단지 재인이가 안 그랬을 뿐."

혹은 신재인에게 이우빈보다 큰 존재가 못 됐을 뿐.

그를 모르는 바가 아니었다. 그걸 어떻게든 해보고 싶어서 두 사람의 관계를 알고 난 뒤에 오히려 더 불타올랐으니까. 하지만 안간힘을 쓰면 쓸수록 변치 않는 신재인의 마음 때문에 더욱 화가 치밀었다. 그럴수록 더 둘을 갈라놓고 싶었다. 결국 뒤에 남겨진 채 애꿎은 화풀이만 해대고 말았지만.

"그러니까 재인이, 그만 버리거라."

정 여사가 자조 섞인 웃음을 보이는 민혁에게 단호히 말했다. 민혁은 이마를 찌푸리며 눈을 크게 떴다. 정 여사는 다시 한 번 강하고 단호한 어조로 민혁에게 얘기했다.

"제 스스로 내뺴 버린 그 아이, 너도 마음으로 버리거라. 넌 아쉬워할 필요도 없다. 오히려 우리 가족이 아쉽지. 왜 그 못난 아이 하나 때문에 네 스스로를 괴롭히고 있니? 네 쪽에서 야멸차게 잊어버리거라. 너 같은 거 마음에 품은 적도 없다고 보란 듯이 멋진 규수와 연분 맺거라."

꼭 피를 나눈 친할머니가 예뻐 마지않는 손자에게 해주는 충고 같았다. 민혁은 물끄러미 정 여사의 얼굴을 응시했다. 그녀의 미간에 서린 고집과 진심을 눈빛을 통해 읽어 내렸다. 그러다 마침내 깨달았다. 정 여사가 정말로 그를 재인 못지않게 생각했음을.

그리고 부디 증오를 끊어내고 새 출발하길 바라고 있음을.

"다 알고 계셨군요."

민혁이 쓴웃음을 지으며 말했다. 두 사람이 미국으로 도피한 후 분노로 한 맺힌 자신이 어떤 짓을 했는지, 정 여사가 다 알고 온 것이다. 그 전부를 끊어내고서 새로 시작하라고, 그게 민혁과 그 두 사람 모두에게 좋은 결말이라고 조언을 빌어 넌지시 알린 것이다.

정 여사는 굳이 그의 말을 부정하지 않았다. 다만 타이르는 투로 다시 입을 열 뿐이었다.

"화가 나면 그럴 수 있다. 분이 나면 분출할 수 있지. 하지만 너까지 다쳐 가며 그럴 필요가 있겠니? 지금 네 속도 말이 아니잖느냐. 그러니 내, 부탁하마. 너를 위해서, 모두를 위해서, 재인이를 아예 놔버리거라. 훨훨 잊고서 네가 더 찬란한 삶을 살려무나."

그러고서 정 여사가 보인 온화한 표정에, 민혁은 진짜 그녀의 친손자라도 된 듯한 기분이 들었다. 잠시간 침묵하던 민혁은 천천히 고개를 주억거렸다. 그리고 어렵사리 입술을 떼어 정 여사에게 답했다.

"노력해 보겠습니다. 쉽진 않겠지만……."

"그래. 그거면 됐다. 어서 먹자. 못 본 사이에 너무 말랐어."

정 여사는 희미하게 웃으며 고개를 끄덕였다. 그리고 직원을 부르더니 대화를 나누는 사이에 미지근하게 식어버린 민혁의 밥과 국을 새로 바꿔달라고 주문했다.

민혁은 정 여사가 하는 양을 가만히 말없이 지켜봤다. 꼭 혈육처럼 식사를 하는 내내 자신을 챙기는 정 여사의 손짓을 부러 마다하지 않았다. 비록 인연이 뒤틀리고 말았지만, 그 또한 그동안 최 회장과 정 여사를 겉으로만 살갑게 대했던 건 아니었으므로.

그래서 입맛이 써도, 밥이 목 아래로 잘 넘어가지 않아도, 내내 그의 상한 마음을 달래려 애쓰는 노인을 위해 조금씩 음식을 씹어 삼켰다. 정 여사를 위한 마지막 예우를 잊지 않으려 노력했다. 정 여사가 말했던 대로 민혁 자신을 위해서라도.

❖

『너무 서운하다. 계속 함께 지내면 좋을 텐데.』

뉴욕으로 떠나려는 재인과 우빈을 공항까지 배웅 나온 멜라니가 못내 섭섭하다는 투로 말했다. 재인은 멜라니의 손을 꼭 잡으며 똑같이 서운한 기색으로 대답했다.

『나도 그래. 공부를 더 하기로 결정하지만 않았으면 계속 너희와 함께 지내고 싶었어. 그 대신 방학 때마다 놀러 올게. 너랑 조이도 언제든 뉴욕으로 와줘. 뉴욕에 있는 아파트가 LA 집보다 크진 않지만 손님용 방은 제법 넓으니까.』

『그래, 알았어. 건강히 지내야 해. 자주 연락하고.』

멜라니가 재인을 꼭 끌어안으며 당부했다. 재인도 멜라니를 마주 안으며 고개를 끄덕였다.

『알았어. 너랑 조이도 아프면 안 돼. 항상 보고 싶을 거야.』

『이거 너무 소외감 드는데? 안 그러냐, 우빈?』

멜라니의 옆에 서서 도저히 끝날 것 같지 않은 여자들의 뜨거운 안녕을 몇 분째 지켜보고 있던 조이가 당황스럽다는 투로 말했다. 친해지기는 우빈과 자신이 먼저였건만, 어째 재인과 멜라니가 더 절절한 우정을 과시하게 됐다. 이래서 여자들이 연합하면 무섭다고 하는 건가?

우빈도 옆에서 멋쩍은 웃음을 흘렸다.

『하하! 아무래도 멜라니가 재인을 많이 챙겨줬으니까. 나도 네가 그리울 거다, 브로.』

『갑자기 뭔 낯간지러운 소리야? 그새 와이프들한테 물들었냐? 여하튼 뉴욕에 가면 연락할 테니 맥주나 사라.』

『그거야 당연하지.』

조이와 우빈은 역시 남자들답게 간단한 인사말을 주고받으며 서로를 가볍게 툭 끌어안았다. 이제는 출국을 위해 헤어져야 할 시간. 우빈은 재인의 손을 잡고서 멜라니와 조이에게 다시 한 번 인사를 건넸다.

『두 사람 다 그동안 고마웠어. 조만간 또 보자. 연락할게.』

『그래. 공부 열심히 하고 잘 지내야 돼!』

멜라니와 조이는 우빈과 재인이 사라져 모습이 보이지 않을 때까지 계속 손을 흔들어줬다. 친구들을 향해 마주 손을 흔들던 재인은 출국 심사대를 통과하자 금세 침울한 표정이 됐다.

"저들이 너무 보고 싶을 거야."

"그새 정이 많이 들어서 그래. 이제는 나보다 네가 더 두 사람과 친한 거 같다."

우빈이 재인의 머리를 쓱쓱 쓰다듬으며 다정하게 말했다. 미국으로 와서 처음으로 사귄 친구들이니 어쩌면 당연할 것이다. 멜라니와 조이가 성격이 워낙에 친근하기도 하지만.

하지만 언제까지나 제자리에서 머무를 수만은 없는 법. 두 사람은 미국에 있는 동안 더 발전해 가기로 뜻을 모았고, 그를 위해 노력하기로 합의했다. 그래서 재인은 MBA 과정을, 우빈은 모교에서 박사 과정을 밟기로 했다. 그것은 한국에 계신 어른들께 조금이라도 떳떳한 모습을 보이고자 함이었다.

탑승 시간에 맞춰 비행기에 올라서 좌석에 앉는 동안에도 우빈과 재인은 손을 꼭 붙잡고 있었다. 자신이 청혼했을 때 준 다이아몬드 반지와 작은 교회에서 조촐하게 결혼식을 올렸을 때 둘이서 함께 나눠 낀 결혼 반지, 한국에서 새끼손가락에 끼워줬던 약속 반지를 양손에 전부 끼고 있는 재인을 보며 우빈은 부드러운 미소를 머금었다. 그는 잡고 있던 재인의 손을 들어 손등에 쪽 입을 맞췄다.

"사실 나 좀 걱정돼."

재인이 갑자기 불안한 어조로 말했다. 우빈은 여전히 입술을 그녀의 손등에 댄 채 고개를 갸웃하며 물었다.

"뭐가?"

"너야 미국에서 줄곧 공부했으니 괜찮겠지만, 난 잘할 수 있을까? 대학원 입학 허가받는 데에 오래 걸리면 어떡하지?"

"왜 그런 걸 걱정해? 너도 공부 잘했으면서."

우빈이 피식 웃으며 재인의 머리를 끌어당겨 품에 안았다. 재인은 그에게 얌전히 안기면서도 계속 종알거렸다.

"공부에서 손 놓은 지 오래됐으니까 그렇지. 그리고 준비하다 덜컥 임신이라도 하면 어떡해? 안 그래도 이번 달에 좀 불안하단 말이야."

"걱정하지 마. 내가 다 봐줄 테니까. 공부도 봐주고, 애도 봐주고. 정 안 되겠다 싶으면 베이비시터 고용하면 되잖아. 아무 문제 없어."

"너무 쉽게 말하잖아!"

"어려워할 거 없어. 뭐든 내가 같이 할 텐데 뭘 걱정해? 다 잘될 테니까 고민하지 마."

우빈은 말하며 재인의 얼굴에 가볍게 키스했다. 재인은 눈을 흘기며 그의 가슴을 툭 때렸지만, 양팔로 우빈을 와락 끌어안았다. 우빈의 말이 모두 가슴에서 우러나온 진심임을 알기에. 그리고 그가 어떤 노력을 해서라도 지금 한 얘기를 지킬 것임을 알기에.

그와 오랜 시간을 보내며 때로는 상처 입은 채 먼 길을 돌고 돌았지만, 그 과정 속에서 재인이 깨달은 건 결국 이우빈이 자신에게 그런 남자라는 사실이었다. 오직 신재인만을 사랑하며 그녀와 함께 행복해지기 위해서라면 그 어떤 노력이라도 마다하지 않을 그런 남자.

곧 굉음과 함께 비행기가 하늘을 날기 위해 활주로를 힘차게 내달리기 시작했다. 재인은 우빈의 품에 안긴 채 그의 따뜻한 체온과 심장 소리를 느끼며 빠르게 지나가는 창밖 풍경을 바라봤다. 지금부터가 진짜 출발, 이우빈과 신재인이 당당히 함께 살아가기 위한 새로운 삶의 시작이었다.

에필로그

정신이 사나울 만큼 빠르게 4년이란 시간이 훌쩍 지나갔다. 그 사이 재인은 뉴욕 대학 경영대학원에서 MBA 과정을 무사히 마쳤고, 우빈은 컬럼비아 대학 경영대학원에서 박사 학위를 따냈다.

전화로 그 소식을 들은 이 부회장은 때가 됐다며 아들 내외를 한국으로 불러들였다. 가끔씩 뒷소리들이야 나오겠지만 시간도 흐를 만큼 흘렀고, 공부도 시킬 만큼 시켰으니 더 이상 미국에 머무르게 할 필요가 없었다. 그리고 이제는 우빈을 본격적으로 CTS의 후계자로 키워내고 싶었다. 아들이 미국에 있는 동안 일부러 친인척들이 하는 양을 묵묵히 지켜본 결과, 자신의 아들이라서가 아니라 객관적으로 봐도 우빈 이상을 해낼 아이가 없었다. 하여 우빈과 재인은 천천히 한국으로 돌아갈 준비를 했고, 몰래 미국으로 온 지 근 5년 만에 모국으로 가게 됐다. 그동안 태어난 두 사람을 골고루 빼닮은 어여쁜 딸아이와 함께.

한국으로 왔으니 집안 어른들께 인사를 올리는 게 당연지사. 우빈과 재인은 먼저 판교로 찾아가 우빈의 할아버지와 할머니, 아버지께 정중히 절을 올렸다.

5년이나 부부로 지내 버젓이 공부까지 마치고 들어온 아이들을 호통치고 나무라 봤자 어른으로서 부족한 모습만 보이는 법. 게다가 우빈의 품에 안겨 집 안으로 들어온 고 증손녀, 오목조목 이목구비가 귀여운 게 아기치곤 자태가 지나치게 빼어나지 않은가? 하기야 부모의 인물들이 훤하니 당연할 테지만.

하여 한눈에 증손녀 팔불출이 된 우빈의 할아버지는 흠흠 헛기침을 하면서 고 예쁜 아기를 단번에 안아 들었다. 할머니도 할아버지 옆에 앉아 미소 띤 얼굴로 아기를 어르고 달래느라 여념이 없었다. 한 상 푸짐하게 차려주신 건 두말할 필요도 없고.

그러고서 찾아간 곳은 성북동. 사실 미국에 있는 동안에도 재인은 외할아버지와 외할머니, 아빠에게는 간간이 전화를 했다. 외할머니야 비녀를 받은 후로 계속 연락을 드렸고, 외할아버지도 외할머니가 건넨 재인의 전화를 못 이긴 척 받으신 후로는 따로 전화해 통화하곤 했다.

문제는 최 여사. 엄마의 성정을 익히 알기에 재인은 유독 엄마에게만은 전화를 먼저 할 수 없었다. 그렇게 시간은 흐르고 흘러 지금이 됐고, 단단히 앵돌아진 최 여사 또한 전화 한 통 걸지 않아 모녀는 근 5년 만에 처음으로 이야기를 나누는 셈이었다.

"다들 건강해 보여 다행이다."

응접실 소파에 다 같이 모여 앉아, 가장 어른인 최 회장이 먼저 말문을 열었다. 분위기야 여간 어색한 게 아니다만, 그래도 집안의 큰 어른으로서 인자하게 아이들을 받아주자고 마음먹은 것이다.

"그럼 건강하기라도 해야죠. 지들 좋다고 거기까지 내뺐는데 아프면 억울해서 어쩌겠어요?"

다리를 꼰 채 팔짱을 끼고서 앵돌아 앉아, 재인이 집 안으로 들어온 순간부터 눈길 한번 제대로 주지 않던 최 여사가 팩하니 쏴붙였다.

"어허, 애도 있는데……!"

최 회장이 재인에게 안겨 맑고 까만 두 눈을 영롱히 빛내는 세 살배기 여아를 힐끔 보며 딸을 나무랐다. 그 또한 우빈의 조부모님처럼 재인이 이 작고 예쁜 아기를 안고서 들어온 순간 남아 있던 모든 언짢은 감정의 찌꺼기들을 말끔히 치워 버리자고 작심한 터였다. 우빈이 곁에 있었다고는 하나, 친정 식구 하나 없이 미국에서 몸을 푼 외손녀가 못내 안쓰럽기도 했다. 외할아버지인 자신마저 이럴진대, 저건 어미가 돼가지고 어째 아직도 저러누?

"자자, 할아버지가 안아봐도 될까?"

최 회장이 화제를 전환하려는 듯이 우빈과 재인의 딸 지수를 향해 두 팔을 활짝 벌렸다. 지수는 처음 만나는 외증조할아버지가 낯설어 머뭇머뭇했으나 끝내 품에 쏙 안겨들었다.

"어이쿠, 요 녀석! 너 크는 거 보려면 이 할아버지가 오래오래

살아야겠구나."

최 회장이 지수를 번쩍 안아 들어 무릎에 앉히면서 벙끗 웃었다. 진심으로 지수를 예뻐하는 듯한 최 회장의 모습에 옆에 앉아 있던 우빈과 재인도 마주 보며 웃음 지었다. 정 여사도 지수에게서 줄곧 눈을 못 떼더니, 최 회장에게서 얼른 고 귀여운 외증손녀를 받아 품에 안아봤다.

고개를 옆으로 팩 돌린 채 돌아가는 상황을 객처럼 관망하고만 있던 최 여사가 소파에서 벌떡 일어났다. 반칙처럼 아기를 안고 나타나서 제대로 사죄 한마디 하지 않는 재인이 괘씸하고, 저들을 사랑으로만 품어주는 부모님이 영 못마땅했다. 최 여사는 자리를 떠나면서 한마디 툭 내뱉었다.

"나 빼고 잘들 얘기하세요. 난 저것들 꼴 뵈기 싫으니까."

"넌 어째 아직도 그래? 이제 너도 외할머니잖아!"

보다 못한 정 여사가 꾸지람을 했지만, 최 여사는 들은 체도 안 하고 2층으로 휙 올라가 버렸다. 총총히 사라지는 최 여사의 뒷모습을 바라보던 재인이 안 되겠다 싶었는지 따라 일어서며 말했다.

"제가 가볼게요. 그래야 할 것 같아요."

"그래. 어미 심정도 네가 이해해야지. 가서 잘 풀어봐라."

정 여사의 품에 안긴 지수를 어르듯이 바라보며 귀여워하던 최 회장이 타이르는 목소리로 말했다. 재인은 고개를 끄덕이며 최 회장에게 알았다 대답하고는 얼른 엄마에게로 올라갔다.

최 여사는 2층의 자기 방에서 문을 닫은 채 침대 위에 앵돌아 앉아 있었다. 손녀까지 대동하고 나타난 딸을 어른으로서 용서해야 된다는 것은 알았다. 시간이 많이 흐르기도 했고, 이제 딸도 엄마가 됐으니.

하지만 그 긴 시간 동안 먼저 사죄 한번 하지 않은 딸에 대한 괘씸함은 어쩌면 좋을까. 쌓이고 쌓인 이 서운한 감정은 누구에게 풀어야 한단 말인가. 최 여사는 무엇보다 재인이 다른 가족들에게는 살갑게 굴면서 자신은 여전히 무시하는 것 같아 화가 났다. 설사 속내는 그게 아닐지라도 겉으로는 영락없이 그렇게 보여 저들을 인자하게 받아들일 수가 없는 것이다.

"엄마, 들어갈게."

재인이 문 밖에서 노크하며 말하는 소리가 들렸다. 최 여사는 아무 대답도 하지 않았다. 그러자 재인이 문을 열고서 방 안으로 들어와 자신의 얼굴을 쳐다보지도 않는 엄마를 향해 사과부터 했다.

"미안해, 엄마. 내가 잘못했어."

최 여사는 여전히 아무 말이 없었다. 재인은 진심을 담은 음성으로 엄마에게 거듭 사죄했다.

"정말 미안해. 엄마한테 계속 연락하고 싶었는데…… 겁이 났어. 엄마가 화내고 소리치고 그러면 또 싸우게 될까봐…… 그러고 나변 너 안 좋아질끼봐 도저히 엄두가 안 났어……. 미안해. 내가 잘못했어."

"그래도 그렇지, 나한텐 천년만년 전화 한 통 안 하려고 했니? 다른 사람들한텐 다 전화했으면서, 어떻게 나한텐 임신했을 때도 연락 한 통을 안 해!"

그제야 최 여사가 재인을 향해 눈을 치뜨며 팩 소리쳤다. 재인은 그저 고개를 숙인 채 최 여사의 앞에 서 있다가 어렵게 입을 열어 대답했다.

"엄마는 또 화냈을 테니까. 화내면서 내가 임신한 거 가지고 뭐라고 했을 테니까. 그래서 가장 전화하고 싶은 사람이 엄마였는데도 자꾸 망설여졌어."

"하! 너 지금 그걸 말이라고 하니?"

"……봐. 엄마는 지금도 화만 내잖아. 우리 지수가 외할머니를 처음으로 만났는데 한번도 안아주지 않고. 지수가 무슨 잘못이 있어? 잘못은 다 내가 했는데."

순간, 최 여사는 말문이 막혔다. 더 뭐라 하며 화를 내고 싶었지만, 재인의 얘기에 찔려 입을 다물고야 말았다.

재인은 그런 엄마를 말없이 바라봤다. 그러다 한숨을 내쉬고는 고해하듯 최 여사에게 말했다.

"엄마가 화 많이 난 거 알아. 한번에 풀리지 않을 거란 것도. 그러니까 엄마 마음이 풀릴 때까지 내가 찾아와서 사과할게. 이제 난 한국에 있을 거고 가족들 자주 만나면서 살 거니까 엄마한테도 계속 찾아올게. 부탁인데 엄마도 지수가 클 때까지는 날 좀 용서해줘. 외할머니잖아……. 우리 지수도 외할머니가 얼마나 푸근한 존재인지는 알아야 하잖아. 오늘은 그만 가볼게."

그러고는 조용히 방문을 닫고서 빠져나갔다.

차분히 제 속마음을 털어놓고서 나가는 재인을 보며, 최 여사는 딸애가 예전과는 많이 달라졌음을 느꼈다. 반항적이고 날이 서 있던 말투가 사라지고 신중하고 애정 어린 태도가 은연중에 보였다. 아마 그동안 겪은 여러 일들과 미국에서 우빈과 아이를 키우며 함께 보낸 시간이 재인을 변하게 했을 것이다.

최 여사는 미간을 찌푸리며 재인이 닫고 간 문을 노려봤다. 다들 달라졌는데 어쩐지 자신만 홀로 앙금을 품은 채 5년 전 모습 그대로 정지한 기분이었다. 이제 나이가 들어 외손녀까지 봤는데 딸애에 대한 미움은 그대로 남아 있으니.

"휴우……."

그녀는 한숨을 크게 내쉬었다. 재인이 말한 대로 한번에 되진 않을 것이다. 어쩌면 몇 년은 더 걸릴지도 모르겠다. 하지만 외할머니가 됐다는 재인의 말이 최 여사에게 큰 무게로 다가온 건 사실이었다. 그러니 정말 딸과 외손녀를 영영 안 보고 살 게 아니라면 이제부터는 그녀 자신이 변해야 할 테다.

"하여튼 저 망할 것! 으휴……."

결국 최 여사는 세상의 모든 부모처럼 자식에게 지고야 말 것임을 인정했다. 끝내 사랑으로 재인을, 지수를 품게 되리라는 것도.

❖

정식으로 CTS의 후계자가 되기 위해 경영전략실의 상무로 부임한 이후 우빈은 정재계 사교 모임에 간간이 참석했다. 비록 뒷소문들이 은근히 맴돌긴 했으나 드러내 놓고 우빈 앞에서 그를 언급할 만큼 어리석은 사람들은 없었고, 우빈 또한 혼자서 각종 모임에 참석했기에 딱히 사람들의 이목을 끌 만한 일은 없었다.

하지만 이 부회장의 죽마고우인 태황물산 사장의 귀한 독자이자, 우빈과 재인의 고등학교 동창이기도 한 윤현성의 결혼식에는 우빈 혼자서 가기가 영 애매했다. 하여 우빈과 재인은 할 수 없이 지수를 판교에 계신 조부모님께 맡기고서 처음으로 함께 공식적인 자리에 참석했다. 비록 아는 얼굴이 지나치게 많아 시선이 따가웠지만, 그럴수록 부부는 다정한 사이를 드러내며 부드러운 미소를 머금었다. 괜히 어려워해 봤자 오히려 비웃음을 살 테니.

그렇다 해도 스트레스는 스트레스. 사실 이런 자리에 언제 와봤는지 까마득할 정도로 오래된 재인에게 장시간 억지 미소는 가벼운 두통과 얼굴 근육 경련을 초래했다. 우빈이야 원체 포커페이스에 능하니 수월하겠지만, 그녀는 예전부터 이런 결혼식이나 모임을 웬만해선 피해 다니지 않았는가? 그래서 신랑과 어른들께 대강 인사를 마친 재인은 우빈에게 양해를 구하고서 잠시 구석진 야외 테라스로 나왔다. 이곳에서 또 껄끄러운 사람을 마주치는 불상사가 생길 수도 있으나, 일단은 답답한 웨딩홀을 벗어나 바깥 공기를 쐬고 싶었다.

"후우…… 좀 살 거 같네."

다행히 일부러 외진 곳을 찾아온 보람이 있는지, 이 작은 야외 테라스에는 아무도 없었다. 재인은 손님용 의자에 앉아 크게 심호흡을 하며 아래의 정원을 내려다봤다. 특별한 웨딩하우스답게 정원이 꼭 유럽의 성처럼 꾸며져 있어 보기만 해도 기분이 전환되는 느낌이었다. 재인은 그 잘 손질된 정원을 멍하니 응시하며 마음을 차분히 안정시켰다.

그때, 건물 안쪽의 문이 열리더니 누군가가 밖으로 나왔다. 재인은 앉은 채로 고개를 돌려 그가 누군지 확인했다. 그 낯익은 얼굴을 보고 나자, 그녀는 몇 초간 할 말을 잃었다.

"나이 들어도 여전하구나, 넌. 이런 데는 어지간히도 싫어해."

민혁은 삐딱한 웃음을 물고서 재인의 옆에 서더니 담배를 한 개비 꺼내 물고 불을 붙였다. 재인은 엉겁결에 의자에서 일어났다. 그러곤 다짜고짜 민혁에게 말했다.

"미안해. 널 만나면 꼭 사과하고 싶었어."

"이제 와서 새삼스레? 그땐 미안해하지도 않았잖아?"

민혁이 담배를 태우며 피식거렸다. 도망갈 땐 말 한마디 없었으면서 지금 사과하면 뭐가 달라지나?

"그땐 나밖에 안 보였으니까. 내가 급해서 널 제대로 볼 여력이 없었으니까. 변명은 안 할게. 미안해. 널 기분 상하게 했던 모든 행동들, 전부 사과할게."

재인은 민혁의 비난을 피할 생각이 없었다. 가족들 외에 유일하게 그녀를 원망할 이유를 가진 사람이 있다면 그건 오직 민혁뿐일 테니. 그래서 그 외에 다른 누가 자신이나 우빈을 손가락질한다면 당당히 받아쳐 줄 용의가 있었지만, 민혁에게는 아니었다. 그저 가족에게 했던 것처럼 진심을 담아 그에게 사과하고 싶은 마음뿐이었다. 비록 재인은 처음부터 뜻을 분명히 전했고 억지로 밀어붙인 건 민혁이었다 해도, 그에게 상처를 준 것만큼은 사실일 테니.

"변했네, 신재인. 어디서 득도라도 하고 왔어? 그러게 처음부터 넌 아니라 하지 않았냐고 당당히 말해야 정상 아니냐?"

민혁이 담배를 재떨이에 비벼 끄며 빈정거렸다. 재인은 미간을 살짝 찌푸리며 옮게 웃었다. 아마 예전이라면 그랬을 것이다. 미국으로 가기 전의 자신이라면 충분히.

하지만 이제 자신은 한 아이의 엄마였다. 누구보다 사랑하는 남자의 아내였다. 그 두 사람을 위해서라도 그녀는 최소한 오만한 사람이 되지는 말자고 결심했다. 재인은 차분히 민혁에게 답했다.

"널 지나치게 편히 대한 것 맞아. 편했던 것도 사실이고. 하지만 그걸 당연하게 생각했던 적은 없어. 그냥 안심했던 거였어, 너한테. 이제 와서 떠올려 보면 너무 과했다 싶어. 그것도 미안해."

"됐다, 됐어! 무슨 고해성사 시간이냐? 미안해 퍼레이드네. 내가 어쩌다 여기로 나와선! 나 먼저 들어갈란다!"

민혁이 졌다는 듯이 양손을 들어 보이더니 몸을 획 돌렸다. 재인은 안으로 향하려는 그를 향해 급하게 외쳤다.

"민혁아, 결혼했다고 들었어! 위선같이 들릴지도 모르지만, 네가 행복해져야 된다는 건 그때도 지금도 진심이야. 정말 그러면 좋겠어."

민혁은 잠시 걸음을 멈추고선 고개를 슬쩍 뒤로 돌렸다. 그리고 몇 초간 침묵하더니 낮은 음성으로 재인에게 대꾸했다.

"걱정하지 마. 너랑 그 자식보다 훨씬 더 잘살고 있으니까. 네가 가고 나서 '진짜'를 만났거든."

그러고는 지체 없이 걸음을 옮겨 건물 안으로 획 들어가 버렸다.

재인은 민혁이 사라지고 나서야 비로소 안도의 한숨을 내쉬며 의자에 털썩 주저앉았다. 그를 만나는 통에 아까보다 더 긴장해 버렸지만 상관없었다. 저녁에 집으로 돌아가서 몸살로 앓아눕는다 해도 괜찮았다. 지수를 낳고서 과거를 돌아보며 한국에서 있었던 일들을 떠올릴 때마다 아프게 걸렸던 것들 중 최후로 남은 한 가지가 지금 내려갔으니.

재인은 아까보다 더 크게 심호흡을 하며 몸을 일으켰다. 양팔을 위로 뻗어 기지개를 힘껏 켜고서 옷매무새를 단정히 가다듬었다. 저 안으로 들어가면 최소한 두 시간은 방긋방긋 웃어야 할 터. 하지만 어떠랴. 이제 거리낄 것 없이 옆에 우빈이 있는데.

재인은 힘차게 몸을 돌렸다. 그리고 사랑하는 남편의 옆자리로 돌아가기 위해 기분 좋게 발걸음을 옮겼다.

THE END

작가 후기

그런 사랑이 있다고 믿었습니다. 정말 서로밖에 없어서 아무리 오랜 시간을 떨어져 있다 해도 서로만을 그리워하는 그런 사랑이. 설사 다른 사람을 만난다 해도 도무지 잊혀지지 않아서 결국에는 그 사람을 찾아가고야 마는 그런 사랑이.

그런 사랑을 꿈꿨습니다. 그리고 하고 있다고 믿었습니다. 하지만 현실에서 그런 사랑은 물거품처럼 사라져 버렸고, 저는 상처받아 홀로 울었습니다. 그때는 제가 그런 사랑을 하지 못했다는 게 사무칠 만큼 비참하게 느껴졌습니다. 꼭 꿈을 손으로 잡지 못해서 우는 어린아이처럼 말이지요. 그럼에도 그 꿈을 놓지 못해 아직도 그리고 있는 건, 어쩌면 제 속에 사는 영원한 아이가 원해서인지도 모르겠습니다. 그리고 그 아이가 죽지 않는 한, 저는 그런 사랑을 주제로 계속해서 이야기를 상상하지 않을까 합니다. 그것이 어떤 형태를 띠든 말입니다.

이 이야기를 쓰는 동안에도 역시 주변의 여러 분들이 저를 도와주고 챙겨주셨습니다. 가장 먼저 내용과 인물에 대한 조언을 아낌없이 해주시고 끝까지 함께 고생해 주신 유경화 팀장님, 감사드립니다. 팀장님처럼 성실하고 푸근한 분을 만나 정말 행운이라 생각합니다.

그리고 언제나 곁에서 당근과 채찍과 쉴 그늘을 동시에 주시는 유지니 언니, 이지환 작가님, 제가 두 분 항상 사랑하고 존경하는 거 아시지요? 늘 건강하시고, 행복하시고, 앞으로도 함께 많은 이야기를 나눴으면 좋겠습니다. 두 분과 맺은 인연에 늘 감사합니다.

끝으로 이 이야기를 읽어주신 독자님들께 감사드리며, 건강과 웃음이 독자님들과 늘 함께하기를 바라봅니다. 저는 느리고 아직 많이 미흡하지만, 항상 지금보다는 개미 눈물만큼이라도 더 재미있는 이야기를 쓰고자 노력해 나가겠습니다.

그럼 다음 이야기로 찾아뵐 때까지 모두 평안하세요.

귀뚜라미가 우는 늦여름의 새벽에

적영 올림